此书的出版得到集美大学学术专著出版基金资助
得到集美大学文学院行健学术基金资助

本书为“教育部人文社会科学青年基金项目（项目号：11YJC751095）的研究成果”

集美大学文学院行健学术丛书

强力的『挣扎』与主体性『突围』

——路翎创作研究

谢慧英 著

中国社会科学出版社

图书在版编目（CIP）数据

强力的“挣扎”与主体性“突围”：路翎创作研究／谢慧英著．
北京：中国社会科学出版社，2012.12
ISBN 978－7－5161－1946－4

Ⅰ.①强… Ⅱ.①谢… Ⅲ.①路翎（1922—1994）－小说研究
Ⅳ.①I207.42

中国版本图书馆 CIP 数据核字（2012）第 308023 号

出 版 人 赵剑英
责任编辑 任 明
特约编辑 李晓丽
责任校对 王兰馨
责任印制 王 超

出　　版 中国社会科学出版社
社　　址 北京鼓楼西大街甲 158 号（邮编 100720）
网　　址 http://www.csspw.cn
中文域名：中国社科网　010－64070619
发 行 部 010－84083685
门 市 部 010－84029450
经　　销 新华书店及其他书店

印　　刷 北京奥隆印刷厂
装　　订 北京市兴怀印刷厂
版　　次 2012 年 12 月第 1 版
印　　次 2012 年 12 月第 1 次印刷

开　　本 710×1000　1/16
印　　张 19.5
插　　页 2
字　　数 310 千字
定　　价 58.00 元

凡购买中国社会科学出版社图书，如有质量问题请与本社联系调换
电话：010－64009791

总序：在遥远的海滨

苏　涵

展现在您面前的这套丛书，是由一个居住在遥远海滨的学术群体——集美大学文学院的教师致力于各自学科的研究，近期所推出的部分学术成果。这套丛书的内容涉及中国古代文学、中国现当代文学、语言学、文艺学、比较文学与世界文学等若干学科方向，分界交融，见仁见智，各立一说，从不同角度体现着这个学术群体所做出的勤劳而智慧的工作。

这套丛书之所以能以这样的形式出版，并且冠以“集美大学文学院行健学术丛书”之名，又是由于一个必须铭记的事实：它是由吕行健先生捐资设立的集美大学文学院行健学术基金资助出版的。吕行健先生是集美大学文学院的校友，毕业后曾经留校工作，后来求学京都，驰骋商海，再将自己所获得的财富回报于母校，支持母校的学术事业，其行其意都令人感佩。

当然，不论是这个学术群体所作出的努力，也不论是吕行健先生对母校学术研究的支持，又都与集美大学源远流长的精神传统与学术传统有着密切的关系。

远在1918年，著名的爱国华侨领袖陈嘉庚先生就在他的家乡——集美创建了集美师范学校，1926年又在集美师范学校设立了国学专门部，我们将此视为集美大学的前身 。虽然，那个时候，这“前身”仅仅是师范学校的格局，而非陈嘉庚先生期望的“大学之规模”，但是，却有着卓越的教育理念与学术思想。这些，都绝非我们今天所认识的同等学校所可比拟，甚至于值得我们今天具有“大学之规模”的诸多学校管理者借鉴与思考。

在当时的集美学校，校主陈嘉庚先生不仅倾尽自己在海外经营获得的所有财富，在内忧外患的年代里，倾力支撑集美学校的发展，而且倡导以最优厚的待遇聘任优秀教师，支持他们的学术研究。曾先后聘任过诸如国学家钱穆、文学家王鲁彦和汪静之、教育学家朱智贤和罗廷光、哲学家王伯祥和杨筠如、生物学家伍献文、经济学家陈灿、地理学家盛叙功等到校任教。这些或盛名于当时，或享誉于后来的学问大家，在这里教书，在这里做学问，培养了一批批非常杰出的人才。翻开至今保存完好的当年出版的《集美周刊》，几乎每一期上都刊登当时师生的学术论文、文学作品，以及大量的学术活动与教学活动的报道，可以感受到一种扑面而来的学术气息，感受到朴实而充满灵性的学术研究品格。

到了20世纪50年代之后，陈嘉庚先生创建并维持了近半个世纪之久的集美学村里门类众多、规模巨大的所有学校，逐渐归属于国家所有，并以“大学之规模”迅速发展，才有了今天作为福建省重点建设高校之一的集美大学，也才有了今天正在蒸蒸日上的集美大学文学院。

正是在这样的地方，我们的教师欣融相处，切磋砥砺，致力学问，锐意进取，不断提高着自己的学术境界，也不断扩大着自己的学术影响。到目前为止，我们学院已经拥有中国语言文学一级学科硕士学位授予权，拥有一大批颇具影响或崭露头角的优秀学者。他们在中国古代小说、中国戏曲文学、古代文艺理论与批评、西方小说史、英美当代文学、现当代文学批评、现当代纪实文学与乡土文学、应用语言学、文字学、方言学、文艺学基本理论、民间文艺学等研究方向上都做出了优异的成绩。尤其值得一提的是，这个学术群体有着非常明晰的学术发展理念，那就是：以中国语言文学的基础研究为主体，为根基，做扎实的学问；以现实文化问题研究为辅翼，为延伸，增强学术研究对社会现实的介入可能。在这一学术理念的引导下，我们近年不仅获得了一大批国家社科基金、教育部社科基金、省社科基金项目，而且获得了来自社会的有力支持，正在开展着大方向一致而又丰富多彩的各种系列研究。

也正是因为这样，我们才决定组织出版全由我们教师自己研究而推出的“集美大学文学院行健学术丛书”。我们计划，这套丛书，每年一辑，每辑可以根据情况编排不同的数量。而每一辑的丛书，既可能是不同作者在不同方向上的撰著，也可能是围绕相同或相近方向，不同作者的各抒己见。但不论如何，我们都希望它成为一个见证，从一个角度见证我们学院教师的学术努力，见证我们不断向更高境界前行的足迹。

我们不可能停留在学术研究的某一个层面上，维持现状，我们期待的是在这个前行的过程中，不断地向自己挑战。因为只有这样，才有学术上的真正创造和持续发展。

虽然我们遥居海之一隅，但是，这里不仅有着由陈嘉庚先生亲手创建并在后来日益扩大、愈臻优美的校园，而且有着陈嘉庚用一生的言行所体现的伟大精神为我们注入持而不竭的精神动力，我们一定能够不断地到达我们追求的一个个目标。

从集美大学文学院的楼头望去：近处，红顶高楼林立于蓝天之下，湖泊花园散布于校舍之间，白鹭翔集，群鸟争鸣，正乃自然与人文交融为一的景象；远处，蓝色大海潮涌于鹭岛之外，连通着广阔的台湾海峡，交汇入汹涌的太平洋洋流——有时暖气北上，幻变成风雨晴阴，有时台风遥临，呼唤出万千气象，恰是天地造化之壮观。置身于斯，不生江湖之远的感慨，反而令人常常想起李白的名句：“阳春招我以烟景，大块假我以文章。”

是为序。

2012 年 6 月 29 日

于集美大学文学院

序　　一

童庆炳

谢慧英于2006年完成北京师范大学学业，获得了文学博士学位。她在校期间，留给我的印象是朴实无华而又不乏青春的热情，勤奋刻苦而又爱思考问题。特别是她学习用功方面，真是令人佩服。记得有一次，我在校园里的小路上遇到她，她急匆匆正往宿舍去，她头发都未梳理好，手里却抓住一本《巴赫金论小说》的著作。我看到了她手里的那本书，心中涌上一种热流，那本书已经被她不知看了多少遍，翻了多少遍，几乎所有的书页似乎都被叠过，书已因破旧不堪，而变得不像一本书了。这是谢慧英才会有的独特的书。这本书可以证明她是用一种什么精神来对待博士论文的写作的。我觉得她应该永远保存这本书，以便回忆她在青年时期攻读博士期间，她自己度过了一段非同寻常的难忘的时光。

谢慧英的论文《强力的"挣扎"与主体性"突围"——路翎创作研究》就要出版，谢慧英嘱我给她的书稿写个"序"。我又一次认真地阅读了她的优秀的博士论文。

谢慧英论文所写的路翎，是一位命运多舛的作家。他很不幸地在他正值创作力旺盛的壮年时期，被无情地打为"胡风分子"，遭受了无尽的苦难，被剥夺了他所热爱的文学创作的权利。但是就在解放前的有限的小说创作中，已经形成了他创作的鲜明而独特的格调，并引起广泛关注和热烈的讨论。路翎的小说的确有它的复杂性，把路翎说清楚说透彻，并不是容易的。谢慧英知难而进，选择了"路翎研究"这个"棘手"的课题，表现出她的学术勇气。

谢慧英的论文，把路翎的小说置于抗日战争时期和解放战争那个独特的历史语境中去解释和理解。她引了巴赫金的话："文学应与文化史建立更紧密的联系，文学是文化不可分割的一部分，脱离了那个时代整个文化的完整语境，是无法理解的”。她写道：“‘五四’时期文艺和时代之间相互呼应、共生共长的和谐状态发生了显著变化。其中，与‘五四’文学传统相关联的‘人’的命题，以及作为时代诉求的‘人民’命题之间的关系，开始变得紧张微妙——这也同时构成了‘转折期’文学最直接的‘问题情境’；这两个命题或文学中这两个维度之间的对立性、冲突性逐渐浮出地表，并且愈益复杂化了。年轻的路翎，带着青春的激情和强烈的使命感，热切投身于‘人民’的洪流之中，却始终回顾着那个逐渐远去的‘人’的主题——这使他的创作充满紧张感。而透过这种来自于形式也来自于内蕴的‘紧张’，我们可以看到‘人民’的时代命题在其创作中的繁复状态，也由此去探视他对文学终极命题——‘人性’和‘人学’的独特体悟和表现。作为我们的研究对象，路翎创作正是在这个极为特殊的语境中展开。”五四新文化时期与抗日战争、解放战争时期，的确是不同的时代，的确是一个“转折期”，因此文学的命题也发生了转变，这就是谢慧英在她的论文中反复讲到的五四时期“人”的命题，和抗日开始后“人民”的命题，以及两个命题之间的“紧张”关系。

这样，路翎一开始创作就不能不面临这“两难”的困境。不能不考虑时代的“人民”的要求，又不能不继承五四的传统，召唤“人”的觉醒。当时，有些人认为，作家本身无足轻重，只是一种工具和载体。路翎和他的朋友胡风不认同这种观点，而认为作家也是“人民”，也是“人”，他们的主体性，主观战斗精神，也同样应该得到承认。而“人民”是什么也应该得到具体的而非抽象的理解。谢慧英的论文中指出：胡风则坚决地断言了作为个体的“人”的先在性，因为在他看来正是个体的、具体的“活的人”才构成了作为集体的“群众”的基础和生命。胡风还借用黑格尔关于抽象和具体的例子作了说明：“水果”是桃子、苹果、橘子等的统称，但是人能吃到的却是具体的桃子、苹果、橘子，而不可能是抽象的“水果”。依此，“群众”（“人民”）的概念只有在“社会科学或政治分析”的理论概括性上才有意义，对于实际生活中的“群众”，则无法脱离具体的“活的人”。按照这样的逻辑来理解“阶级”问题，“阶级”也同样不再是一个僵硬的、抽象的概念，而是成为“活”的：“阶级是在活的个别的阶级成员里面，或通过他而存在的；离开了具体的活的阶级成员就没有阶级。阶级内容是以具体的活的诸成员为内容的，仅仅近似地表现着他们每一个个体，每一个阶级成员是在这一或另一路径里面的阶级内容。”对此，路翎则认为：形式主义和机械主义观点的理论家，冷淡的虚伪的客观主义者，他们看不见具体的、就在他们身边、街上、贫民区里、工厂和农村里的带着创伤而又向前奔突的活生生的人民。

正是基于对于“人民”的这种理解，路翎的创作无论就其语言、人物、倾向和思想追求，就与赵树理一类的作家区分开来。谢慧英认为：路翎着眼于对“人”的价值的追寻，始终不曾割弃对“人”的眷顾；在创作中，他则以“苦斗”方式致力于对“人性”的不懈掘寻。这在“大众化”、“通俗化”的文学主潮中颇具“异端”色彩。在特殊的历史语境中，其创作对“人”的特殊关切和对时代的强烈感召之间的紧张关系，导致了其心态的矛盾性，其创作正是两难处境中的艰难“挣扎”和“突围”。无论是作家本人，还是其笔下的人物，似乎都处于宿命性的焦虑、惶恐和危机中，在精神上处于最为剧烈的“挣扎”中。对路翎而言，“人”的价值正在于精神世界的丰富性和内在心理的复杂性。因此，他的创作核心，正是穿越表层的社会生活状貌，尽其所能地透视出动荡时代中普通人心灵的真实状态。因此，这种精神上的“挣扎”，正体现出“人”的价值所在。这也恰恰彰显出作家强烈的主体意识及其对人性始终不渝的探掘和寻索。

谢慧英的这种研究的立足点是鲁迅对文学和人的关系的理解。她引了鲁迅先生在论及“智识者”与“大众”的关系的话：“由历史所指示，凡有改革，最初，总是觉悟的智识者的任务。但这些智识者，却必须有研究，能思索，有决断，而且有毅力。他也用权，却不是骗人，他利导，却并非迎合。他不看轻自己，以为是大家的戏子，也不看轻别人，当作自己的喽罗。他只是大众中的一个人，我想，这才可以做大众的事业。”谢慧英以鲁迅的关于知识界和大众的关系作为立论点，这就使她的论文建立在坚实的理论基础上，而对路翎的创作能够作出准确而深刻的分析，而不陷入唯政治论的陷阱和狭小的天地。这也是谢慧英不断地论述路翎的小说继承鲁迅的思想传统的原因。

谢慧英论文的核心观点是她提出的富有创见的“张力论”。谢慧英的论文中说：“基于路翎创作的复杂性，‘人民’这个概念似乎可以分解为

‘人’与‘人民’这两个互相依存又互相对立的层面，更形象的说法是处于‘张力’的状态中。‘张力’（tension）一词，来自物理学，指同一物体内部相互作用又方向相反的拉力。简单说，它是指两种相反方向的作用力之间的‘紧张关系’。我们在此所说的‘张力’结构，意指路翎创作体现的‘人民’这个概念中，存在着相互关联、而在特殊历史语境中又处于紧张状态的两个维度：‘人’与‘人民’。应该说，这两个维度之间首先是一种相互推近、相互吸引的依存关系，‘人民’是以‘个人’的具体存在为前提，但是也只有集体性的‘人民’才能为个人的现实存在提供社会基础，因此两者之间存在“双向统一”的互相吸引。但是另一方面，‘人’的具体存在往往是以个人的现实欲求出发，趋向于本能的‘利己’原则；而社会的发展和历史的诉求，却使个人又要从‘利他’原则出发向集体的‘人民’归依，特别是在战争语境中，个人必须尽可能排除一己的欲求，服从民族国家和历史合理性的取向，最大限度地达成与‘人民’的同一。这样，这两个维度之间在相互趋同的同时，又内在地存在着两种欲求、两种法则相互的斥力，形成‘两极扩张’的对立关系。我们这里所说的张力，正是这两个维度之间既对立、又趋同，既相吸、又相斥的紧张关系；并且两个维度之间既在相互吸引力的作用下，两级趋同结合得越来越紧以求‘合一’，又在相互排斥力的作用下以更强的对抗作两极扩张。两个维度之间既趋同又扩张的关系就不再是一般意义上的‘同一’，而是在同一中依然保留了对立面的各自特性，又在扩张中不至相互割裂而能取得互补，这种紧张感也就具有了流动的性质。”谢慧英的“张力”论，不但解释了路翎的作品，也可以解释许多作品，如对抗日战争时期的孙犁的作品，也可以用这种“张力”论加以解释。总之，“张力”论作为谢慧英的研究成果，具有很大的阐释力，这是她的论文的理论发现，很值得重视。

谢慧英的博士论文是一篇具有难度的论文，是一篇资料丰富、分析透彻、说理充分的有创见的论文，是一篇优秀的论文。我希望谢慧英百尺竿头更进一步，在学术研究和教学实践中，为祖国做出更大的贡献。

童庆炳

2012年7月5日

序　一

程正民

路翎是中国现代文学史上一位悲剧式的天才作家，他的创作独具特色又颇有争议，是革命文学中的“异类”。新时期以来，他的创作开始引起重视，得到很高的评价，其间出现了不少研究成果，也留下许多难题，这方面的研究要有所创新，难度很大。其中涉及如何看待作家创作的内在矛盾和内在紧张，如何看待革命文学本身的复杂性等问题。谢慧英在读博士研究生期间，迎难而上，刻苦钻研，终于完成了以路翎创作为题的博士学位论文《主体的强力“挣扎”与艰难“突围”——路翎创作研究》。她的论文在40年代的历史文化语境中，抓住路翎创作中“人”与“人民”的张力结构，语言的挣扎与形式传统的跨越等重要命题，展开深入的研究，提出了自己独到的见解。这篇博士论文由于对路翎创作的研究有新的推进，获得了论文答辩委员会的好评，称之为“一篇有理论深度、高质量的博士学位论文”。

今天，谢慧英的博士学位论文经过修改即将出版，作为导师我为她感到高兴，也有一种收获的感觉。论文给我留下最深的印象是在一定的历史文化语境中对路翎创作内在矛盾、内在紧张和内在张力的揭示，这是把握路翎创作内涵和特色的关键。她用“挣扎”和“突围”来概括作家的人生和创作是相当准确，相当到位，这也是对五四以来中国知识分子悲剧性命运的真实写照。所谓“挣扎”和“突围”，对路翎来说，有生存层面的，有思想精神层面的，也有艺术形式层面的，在创作中则表现为思想内容方面的挣扎和突围和艺术表现形式方面的挣扎和突围，而且二者是紧密相连，不可分割的。

在思想内容层面上，论文抓住了作家在“人”和“人民”关系问题上的挣扎和突围，深入分析了作家创作中“人”和“人民”的张力结构。40 年代的战争语境使“人民”成为核心的时代命题，五四文学“人”的命题受到挑战。面对这种尖锐的矛盾冲突和挑战，论文作者指出路翎进行艰难的探索，试图在两者之间找到一种出路，形成一种张力结构，这体现为路翎在创作中强调表现有个性的人民，有血有肉的人民，活生生的人民，强调表现“人民底原始的强力”。用张力结构来阐释路翎创作的内在矛盾和内在紧张，是有独到的见解和理论深度的。

在艺术形式方面，论文从语言形态，叙事方式、心理展现等方面分析了作家的挣扎和突围，其中关于语言的挣扎和突围给人耳目一新的感觉。路翎作品带有欧化色彩的语言独具个性，也常受人诟病。作家为此既感到苦闷，也提出辩解。论文认为作家对“知识语言”的追求是同他的思想追求，同对主体性的追求相一致的，是针对一味强调语言通俗化和大众化的弊病，是为了提升文学语言的品质和文学的品质。同时也指出路翎在语言探索和语言实验方面存在的局限性，他过多仰赖外来语的影响，对民族的大众的语言有所忽视，因此无法像鲁迅那样吸收古代语言、民间语言、外来语言之所长，并将其融为一体，形成含蓄凝练的外在形式和深广丰富的内蕴之间的巨大张力，创造无人企及的文学高峰。论文这种分析是实事求是的，辩证的，因而是深刻的。

论文通过对路翎创作的挣扎和突围的分析，提出了一个很有意思的作家创作心理问题：如何看待作家创作的内在矛盾和内在紧张。在有些人看来，作家创作似乎处于一种稳定状态、和谐状态，其实不然，作家的创作过程是充满焦虑和不安，充满种种矛盾，其中诸如个人和社会、审美和功利、人文和历史、主体和客体、情感和理智、内容和形式、传统和革新、孤独和开放等等。问题是对这些矛盾和紧张是持一种积极态度还是持一种消极态度。论文所持的是一种积极态度，作者认为作家的内在矛盾和内在紧张会使作家迸发出一种艺术力量。内在矛盾是一种紧张状态，两难选择必然引起作家的心理紧张和心理焦虑，而这种心理紧张和焦虑。也必然会促使作家调动一切心理能量和创作能量，激发他的创作内驱力，从而达到矛盾的解决和创作的突破。当然，不能期待作家的创作纠结和紧张探索一定给出一个明确的结论和答案，重要的是这个矛盾过程和探索过程展示了作家精神探索和创作探索的独特魅力。例如，“人”和“人民”之间关系的问题是五四以来许多作家探索的问题，路翎对这个问题的紧张探索虽然不一定能给出明确的答案，但他的紧张探索却给后人留下思考的空间和有益的启示。

几年之后，再次阅读谢慧英的博士学位论文，我有一个突出的感觉，这部论文不只是通过分析路翎创作的挣扎和突围，帮助我们了解作家创作的内在矛盾和深层意蕴，同时也向我们提出了革命文学的复杂性和如何看待革命文学的“异类”这个重要的问题。这个问题在论文中虽然来不及完全展开，并得到充分的论述，但我认为这是文学理论和文学史研究中的重要问题。长期以来，人们总是用一种统一的标准和规范来看待作家和作品，符合它的就是正统的，好的，不符合它的便打成“异类”，斥之为“异端”，并大加讨伐。这种现象在苏联和我国的革命文学和社会主义文学中，难道见得还少吗？在苏联早期，绥拉菲莫维奇的《铁流》、法捷耶夫的《毁灭》被视之为革命文学的正统和典范，因为作家是用阶级斗争的观点来表现红军的斗争。巴别尔的《骑兵军》和拉夫尼约夫的《第四十一》却被视为“异类”和“异端”，一直遭到非议，因为作家表现了战争的残酷和紊乱，表现了人物的复杂性格和人性。在我国，在延安时期，在建国以后，丁玲的一些作品，萧也牧的一些作品，以及其他作家的一些作品，也先后遭到批判，原因也是不符合革命文学的规范。在中国，秦兆阳 1957 年提出“现实主义——广阔的道路”被打成右派；在苏联，理论界提出社会主义现实主义开放体系，开始也受到指责。这样一种“左”的文学观念从根本上否定了革命文学和社会主义文学的复杂性和多样性，它必然会使文学变得越来越单调，越来越公式化，概念化。从根本讲，排斥“异类”和“异端”，也就扼杀了文学的生机。通过路翎个案的研究，可以看到正确看待革命文学和社会主义文学中的“异类”和“异端”，对于文学理论研究和文学史研究，有何等重要的意义。当下文学要得到繁荣和发展就必须容得下路翎一类的作家，就必须对文学探索采取宽容的态度，让作家有思想自由和创作自由。

最近得知谢慧英将在路翎研究的基础上，进一步研究革命文学的“另类”现象，并且获得了国家项目的资助，我祝她的研究不断深入，并获得成功。

目　　录

绪论　问题情境中的路翎写作

20 世纪中国文学史上，路翎（1923—1994）是一个非常独特的作家。作为“七月派”小说的主将，他在 40 年代小说界曾掀起一股“路翎旋风”①，引起了批评家的惊讶和读者的强烈反响。然而，新中国成立前后，他的创作受到粗暴干涉和不断升级的政治批判。直至 1955 年，作为“胡风集团”的“骨干分子”②，他两度身陷囹圄，时间近 20 年，遭受了严重的精神折磨，最终创作天才被扼杀，出狱后已面目全非，完全失去生命的活力。与路翎隔绝二十余年后，胡风方获悉他的情状。他痛切地表示：“原来，我只想在余年里依然做一个普通劳动者，但也许要改变主意了。只要给我起码的条件，我要为四个冤魂去生命：曹雪芹、鲁迅、路翎、柳青。”③ 路翎一生的遭遇的确让人不胜欷歔，但是，

---

① 参见杨义《中国现代小说史》第 3 卷，人民文学出版社 1991 年版，第 184 页。

② 七月派，因胡风于抗战初期创办的文学刊物《七月》而得名，指活跃于《七月》杂志、《希望》杂志、《七月》丛书及其他有关杂志上的一群具有相似的生活态度和艺术追求的作家所形成的艺术流派。胡风既是流派组织上的领导者，又是文学精神上的引领者，其现实主义理论体系大体上成为该流派成员的创作纲领。路翎是七月派最重要的小说家。大体上说，七月派主要从文学或学术的角度指谓艺术流派或创作流派，而“胡风集团”则主要作为一个政治概念，是指 50 年代中期的政治运动中，中央对胡风文艺思想的批判逐渐升级到对“胡风反党反革命集团”的斗争，造成新中国成立以来最大的一个政治冤案。1955 年 5 月，胡风及七月派其他成员牛汉、路翎、梅志、徐放、绿原、杜谷、阿垅、贾植芳等相继被捕，并且在各个历史时期与胡风有过种种接触而不属于七月派的其他人如谢韬、刘雪苇、张中晓、耿庸、王戎、何满子、罗洛、王元化等都被株连，因此“胡风集团”不能等同于七月派，虽然其核心人物和大部分核心成员都有重合，但政治运动中牵连的人数之众远远超过了七月派的范围。参见贾植芳主编《中国现代文学社团流派》下卷，江苏教育出版社 1989 年版，第 683—715 页；周燕芬《执守·反拨·超越——七月派史论》第一章，中华书局 2003 年版，第 1—30 页；李怡《七月派作家评传》，重庆出版社 2000 年版，第 292—303 页。

③ 1979 年 9 月 23 日胡风给牛汉的信。《胡风全集》第 9 卷，湖北人民出版社 1999 年版，第 452 页。

当我们以历史的眼光，探入他所创造的文学世界，也许会获得更多、更深刻的启示……

第一节　路翎创作概述及其文化语境

一　路翎创作概述

路翎，原名徐嗣兴，1923 年 1 月出生于苏州。两岁时生父去世，母再嫁，随母亲和继父迁入南京。五岁起入学，颇早慧，酷爱读书和写作，至小学毕业已读过《三国演义》、《水浒传》、《西游记》、《红楼梦》、节译本《唐吉诃德》、《浮士德》、《茶花女》、《战争与和平》、《复活》、《穷人》等多部中外作品。

文学准备期：独当一面的少年编辑

抗战爆发后，路翎跟随家人从南京向内陆腹地逃亡，1937 年 8 月 15 日到达武汉，后经宜昌乘船入川。这一年他曾向赵清阁主编的《弹花》投稿，散文《古城上》在该刊预刊号上发表，后又发表《一片泪迹与血迹》（1938. 12），在“编后记”中被称为是“充实兼有力的作品”，为“值得向读者介绍的佳构”①。少年路翎从此开始文学道路。1938 年春他就读四川省国立第二中学，向重庆《时事新报》的《春光》副刊投稿，发表二十余篇作品；他出众的文笔和才情，引起合川县《大声日报》的兴趣，约请他组织“哨兵”文艺社，编辑文艺副刊“哨兵”（周刊），基本上由他一人化名撰稿，内容大都紧密配合抗战形势，在此期间，他开始尝试小说创作。

“未完成的天才”：从中学生到“七月派”主力作家

1939 年，渴望早日投入社会的高二学生路翎过早地结束了学业②，后入三青宣传队，不久被迫离开。在此期间向胡风主编的《七月》投稿。次年 5 月，小说《“要塞”退出以后》在《七月》第 5 集第 3 期发

① 路翎：《一片血迹与泪迹》，载《弹花》1938 年第 2 卷第 2 期，第 49 页。

② 据《路翎传》记载，他被“开除”的原因，“左”倾可能是原因之一。但据他的好友刘国光的解释，是因为他在学校“吊儿郎当”，就是不愿意学下去，而想尽快到社会生活中去。参看朱珩青《路翎》，中国华侨出版社 1997 年版，第 35 页。

表，路翎从此与胡风相识，在胡风的扶持下正式踏上文学之旅。他曾在北碚的育才学校短暂地当过“艺友”，后又在矿区当办事员，处理记账、填表格的杂务。他曾数次下到矿井参观，看到死难矿工的乱葬坑，造访工人宿舍，和矿工及其家人有了较多接触。在胡风鼓励下，写了《家》（1941.4）、《黑色子孙之一》（1941.9）、《何绍德被捕了》（1941.6）、《卸煤台下》（1944.12）、《祖父的职业》（1941.9）等矿区题材的小说。在此期间，与胡风交往甚密，许多作品得胡风指导，几经修改，大多发表于《七月》。他还写了20万字的《财主底儿子》，被胡风带到香港，最终毁于战火。1942年，完成《饥饿的郭素娥》，次年出版后引起了文学界的“惊讶”。此时还写了中篇《蜗牛在荆棘上》（1943.5），并开始重写《财主底儿女们》，积三四年之久，成80万言巨著，达到创作巅峰。1945年该书上卷出版，被“七月派”作为该派创作上的巨大收获，胡风高度评价它的出版为“中国新文学史上的一个重大的事件”。22岁的路翎已经成为“七月派”的主力作家，仅1945年5月《希望》第2期就刊登了他的六篇小说和一篇评论，堪称现代文学史上的奇迹。抗战胜利后，几经波折，路翎于1946年夏回到南京，再度失业；直至次年春，才又重回经济部燃料管理委员会当办事员。此间路翎写了许多短篇，后结集为《平原》（1952.1）。他还开始涉足戏剧创作，1947年7月写成《云雀》（1948.11），展现了“知识分子性格矛盾的悲剧”（胡风），后搬上舞台，上演一周，场场满座，反响强烈。1948年写成《燃烧的荒地》，代表了他在40年代晚期创作的成熟。

漫长的“沉寂”：政治劫难中的悲剧人生

南京解放后，路翎任南京军管会文艺处创作组组长，创作了剧本《人民万岁》（后改名为《迎着明天》（1951.8）），积极下工厂体验生活，写了反映新社会的小说《朱桂花的故事》、《劳动模范朱学海》等。1950年调北京青年艺术剧院创作组，写成剧本《英雄母亲》、《祖国在前进》（1952.1）。1952年调戏剧家协会《剧本》创作室。意欲专心写作的路翎，不断受到政治干预，已难有施展空间。同年12月赴朝，次年7月回国，写成《初雪》（1954.1）、《洼地上的“战役”》（1954.3）等，受到密集性的政治批判。最终被定为“胡风反革命集团”骨干分子，于1955年6月19日被捕。1964年1月，经保释出狱。但由于多次写申诉书，1965年11月再度被捕。1975年6月，从监狱释放回家，受监督改造。1979年平反。旧作相继再版，写于50年代反映朝鲜战争的长篇《战争，为了和平》（1985.12）也出版。随着身体逐渐恢复，"苏醒"的路翎再度提笔，用力甚勤。远在四川的胡风得知路翎近况，试图"把他的血液温暖过来，把他的灵魂唤回来"，然而经过二十多年的人世隔绝，他的思想力已经严重退化，"天才"的风采不复。所写的作品虽然数量不少，但能达到发表水平的却委实不多，路翎为此深受折磨。1994年2月12日，路翎停止呼吸，享年71岁。

二　路翎创作的文化语境

路翎创作的主要收获期在抗战、解放战争及新中国成立前后，文学与时代、作家与人民，也许从未如此紧密复杂地纠结在一起，特殊的时代成就了这个特殊的作家。这是一个新的社会和文化转型时期，新文学的内在逻辑正发生着显著的变化——不过，这之中总是包含着某种值得追味的历史必然性。正如路翎创作所处的40年代文化语境，在更早的源头就已经预埋了伏笔。

五四时期："人"的命题的提出

可以说，中国文学现代性发端之始，借助西方视野，不少先觉者在寻求救国方略的探索中，已经逐渐认识到"新民"对"新国"的直接影响，因而致力于对民众精神状态的观察与思考，这使中国传统观念中"民"的概念逐渐转化为更具现代性的"国民"概念。"国民性改造"课题已被提出。青年时代的鲁迅，则更具体地从"立人"和"立国"的关系中，强调"立人为本"；从现实出发，鲁迅在创作中对"先觉者"与"庸众"之间的矛盾作出了深入思考和探掘。中国现代文学中"知识分子与人民"关系的命题已被开启，而这一问题几乎贯穿了20世纪中国文学的全部过程。以启蒙话语为标志的五四新文学的一个显著特色，就是作家们强烈的忧患意识与参与意识，他们自觉分担国家和民族的苦难，关心国事民瘼，并企图以西方的新思想、新知识开启民智，以激进姿态推动着文学从贵族式的象牙塔走向现实的社会人生。不过，虽然提出了"人的文学"和"平民文学"的口号，白话文学的接受对象基本上还限于少数的青年学生和城市小资产阶级，普及工作尚未展开。

"大众化" 问题的讨论

30年代"左联"成立后，将文艺大众化作为首要问题，进行过两次讨论。郭沫若曾提出："大众文艺的标语应该是无产文艺的通俗化。通俗到不成文艺都可以。"① 鲁迅先生深刻地认识到大众化的客观现实需要和文艺自身审美特性之间的矛盾：一方面提出"应该多有为大众设想的作家，竭力来作浅显易解的作品，使大家能懂，爱看，以挤掉一些陈腐的劳什子"，同时意识到如果简单提倡大众化，"但那文字的程度，恐怕也只能到唱本那样"。② 鲁迅先生的看法是符合实际的，实质上为"左"倾敲响了警钟。但是据茅盾回忆说"这意见当时未被重视"③。在后来的"大众化"讨论中则涉及文艺作品的语言、形式、体裁、内容和描写技巧等许多具体问题。对于形式问题，大都同意利用旧形式并加以改造，"尽量地采用国际普罗文学的新的大众形式"④，多用"合于大众口味的艺术的动（指多写动作，少叙述——笔者注）的描写"⑤，瞿秋白更是具体指明："普洛大众文艺所要写的东西，应当是旧式体裁的故事小说，歌曲小调，歌剧和对话剧等"，"应当竭力使一切作品能够成为口头朗诵，宣唱，讲演的底稿"。⑥ 可以说，到这一时期，文艺大众化的观念已经在文化界达成共识，革命作家都充分认识到文艺大众化的现实需要；五四时期知识分子"化大众"的启蒙姿态，逐渐转向了对"大众"的靠拢和仰视，甚至以对"大众"的膜拜取替了先前对底层民众俯就式的同情。客观现实鼓动着知识分子急切地寻找着走近"大

---

① 郭沫若：《新兴大众文艺的认识》，载《大众文艺》第2卷第3期。

② 鲁迅：《集外集拾遗·文艺的大众化》，《鲁迅全集》第7卷，人民文学出版社1981年版，第349页。

③ 茅盾：《我走过的路》（上），人民文学出版社1997年版，第545页。

④ 周起应（周扬）：《关于文学大众化》，载1932年7月《北斗》2卷，第3、4合期。北京师范大学中文系现代文学改革小组编：《中国现代文学史参考资料》第1卷上，高等教育出版社1959年版，第356页。

⑤ 止敬（茅盾）：《问题中的大众文艺》，载《文学月报》第1卷第2期；《中国现代文学史参考资料》第1卷上，第333页。

⑥ 史铁儿（瞿秋白）：《普洛大众文艺的现实问题》，载1932年4月25日《文学》第1卷第2期，《中国新文学大系》第一集（文学理论集一），上海文艺出版社1987年版，第434页。

众”的理论支持和切实路径。

抗战爆发后的文学语境

“七七事变”后，中国卷入了全民族性的战争，文学的外部环境发生了显著变化，文艺的宣传作用和教育作用被提到空前突出的地位。文化中心转移到内陆腹地的重庆、桂林、延安等地，不同地域、不同背景的文化人从繁华都市散布到僻远的乡村。新文学在经历了20年的发展之后，在最现实的意义上开始和大众“亲密接触”。抗战为“文艺大众化”讨论中所关注的知识分子与民众的接近，提供了一个最切实的环境。同时，现实的紧迫形势和文学的新环境、新任务，使文化界意识到发动群众的极端重要性。就在几年前，在文艺大众化讨论中，茅盾还认为“没有艺术性的‘文艺作品’不是文艺作品，即使最通俗的文艺作品也然”①；在这时则鲜明地提出：“我们为了抗战的利益，应该把大众能不能接受作为第一义，而把艺术形式之是否‘高雅’作为第二义。”“我们应当不怕自己的作品形式的通俗化！我们所应当引以为戒的，是太‘高雅’了，只有少数知识分子能读，能懂”，他甚至强调“倘不‘庸俗’（即按他所说的通俗化技法写作——笔者注），就不能深入大众，不愿意深入大众，就是对于抗战工作的怠工！”② 这些极富鼓动性的宣言，一方面显示出文艺界对五四新文艺与大众及广大乡村社会隔绝状态的深切体认；另一方面也显示出文学所肩负的现实使命感之迫切与急骤——它甚至使得一向具有理论眼光和冷静批判力的茅盾都无法克制这种焦虑。许多知识分子像茅盾一样，决然地放弃了居高临下的精英立场，急迫地融入“人民”的洪流中，与民众同呼吸、共命运，为挽救民族危亡做出最实际的努力。③

抗战需要最大限度地动员民众，而绝大多数民众都还是文盲或半文

① 茅盾：《我走过的路》（上），人民文学出版社1997年版，第553页。

② 茅盾：《文艺大众化问题——上月在汉口量才图书馆的讲演》，选自《抗战文艺论集》，引自《中国现代文学史参考资料》第1卷下，第763页。

③ 在抗战时期，许多左翼作家都开始尝试用通俗的文艺形式创作反映抗战的作品，以发挥文艺的宣传作用。如郁达夫、台静农、楼适夷、夏衍、丁玲、沙汀、丘东平、何其芳、卞之琳、萧乾等，几乎囊括了当时所有的左翼作家群。他们几乎都写过报告文学或战地通讯之类的文体，这些作品实际上构成了“抗战文学”的主流。

盲。只有通俗化的文艺作品才能为大众所接受。这样，文艺的大众化和通俗化的要求非常自然地成为一个互为因果的问题，紧密联系在一起。如果说前期时断时续的“文艺大众化”讨论，基本上还是文化界内部的一种理论探索，那么，抗战的爆发则要求将其尽快落实在最现实的创作层面上，客观的现实环境驱动作家探索并急于去尝试先前较少关注的通俗作品。可以说，抗战作为新文学的“问题情境”，将“知识分子和人民”课题迅速推进到创作的实践层面。如果说，五四前后“国民性”改造课题，偏重于从精神层面思考“知识分子与民众”的关系，而抗战爆发则更强化了这一问题向物质层面的转移，“国民性改造”也被更具现实针对性的“普及”所取替。

“民族形式”论争

1938 年 10 月，毛泽东作《中国共产党在民族战争中的地位》的报告，提出“国际主义的内容”和“民族形式”结合，创造“新鲜活泼的，为中国老百姓喜闻乐见的中国作风和中国气派”；1940 年初，又在《新民主主义论》中提出“民族形式”与“新民主主义的内容”结合的问题。这对于当时正在探讨的文艺大众化和旧形式利用、通俗化问题的文艺界产生了极大影响，于是，围绕“民族形式”问题展开了论争。

这次论争首先从延安开始。艾思奇、何其芳、周扬、陈伯达等都发表文章。延安关于“民族形式”讨论，已经超出了对文艺自身发展与建设的探讨，而偏重于从政治性的考虑出发，将其作为抗战宣传（普及）教育比较便当的方式和途径。从总体来看，延安的“民族形式”的讨论，是应抗战的现实情况和宣传需要，把文艺的“民族形式”作为一项文艺政策和思想政治工作来贯彻的。

从 1939 年起，以重庆为中心的国统区文艺界也开展了“民族形式”问题的讨论。向林冰首先提出“民间形式”是“民族形式的中心源泉”的观点①，把利用旧形式看成大众化的唯一途径，主张全盘继承民族遗产。他认为五四以来的新文艺形式，是“畸形发展的都市的产物”，是

① 向林冰：《民间形式的运用与民族形式的创造》，载《中苏文化》第 1 卷第 6 期。见《中国新文学大系》第二集（文学理论集二），第 160 页。

“大学教授，银行经理，舞女，政客以及其他小‘布尔’的适切的形式”。[①] 这引起国统区作家的激烈辩论。葛一虹另执一端，把旧形式看成是“没落文化的垂亡时的回光返照”，“只是历史博物馆里的陈列品”，所以注定它“必归于死亡”。[②] 这两种相反的观点在文化界引起强烈反响，逐步在重庆、桂林、昆明、成都、香港、上海等地引起广泛论争。胡风站在维护五四传统的立场上，坚决反对向林冰的观点，认为五四新文艺“不但和古文相对立，而且也和民间文艺相对立”[③]，提出五四新文化则是无产阶级兴起后，“世界进步文艺传统的一个新拓的支流”[④]，是与旧民间文化相颉颃而在断裂中产生。只有经过五四的“民主”、“科学”等观念的引导和支持，才能产生出新文学的民族形式，这就不再是简单的“旧瓶装新酒”、依照惯性对传统形式的简单沿用，而是和西方的新观念、新思想相结合的新产物了。“所谓‘白话’，不过是构成文艺形式的基本材料，当没有通过创作者的一定的观点、看法之前，只能是自然状态里的语言，一旦和创作者的一定的观点、看法，五四精神的民主的科学的立场结合了以后，就必然要成为一种新形式了。”[⑤] 胡风强调对外来文化营养包括欧化语言和形式的吸收，注意“提高大众的认识能力”、揭发“国民性”的弱点和病态，揭示民众的“精神奴役创伤”，这些显然都与五四新文学特别是鲁迅传统的“启蒙”立场相承续。

“民族形式”论争中，问题关键所在是五四以来新文艺与广大民众（尤其是乡村社会的农民）的隔绝问题，其中包含着在民族矛盾尖锐化导致民族意识强化的背景下，对注重吸收外来文化成分而贬弃民族传统文化的五四新文艺加以反思和反拨的意味。相对于五四新文艺形式上与民众的隔绝，传统的“旧形式”与民众似乎维系了更为亲密的关系，

---

① 向林冰：《论“民族形式”的中心源泉》，载《大公报》副刊《战线》1940 年 3 月 24 日。《中国新文学大系》第二集（文学理论集二），第 148 页。

② 葛一虹：《民族形式的中心源泉是在所谓“民间形式”吗?》，载 1940 年 4 月 10 日重庆《新蜀报·蜀道》。《中国新文学大系》第二集（文学理论集二），第 164—166 页。

③ 胡风：《论民族形式问题》，《胡风全集》第 2 卷，湖北人民出版社 1999 年版，第 741 页。

④ 同上书，第 744 页。

⑤ 同上书，第 742 页。

对于“旧形式”的利用和改造就被自然地当作是文艺大众化、通俗化的主要途径。它意味着，作为文学创作的紧迫任务，“知识分子和人民”问题，已被推进到文学形式的取舍——即以怎样的形式实现这一目标。同时，还应看到，这一论争不仅是着眼于如何有效发挥文艺的直接宣传作用和动员效果，更是作为文学形态的转型和新的文学形态制度化的序曲，为长远的“抗战建国”总目标的政治部署和战略预构奠定基础。

《讲话》的发表

1942 年 5 月 2 日，毛泽东发表《在延安文艺座谈会上的讲话》，确立了文艺的“工农兵”方向和“政治标准第一”的原则，强调知识分子应该积极靠拢大众，要求“文艺工作者的思想情感和工农兵的思想情感打成一片”。在“普及与提高”的问题上，指出有些同志“相当地或是严重地轻视了和忽视了普及”，把“普及”规定为是“向工农兵普及”和“从工农兵提高”，要求“有出息”的文艺家“必须长期地无条件地全心全意地到工农兵群众中去”。[①]《讲话》主要是基于抗战的实际需要和解放区的现实状况，更好地解决文艺与革命实践相结合的问题，侧重于从政治建设的角度提出的文艺路线，主要论及文学和社会、文学和政治、普及与提高等“外部”问题，而对文学自身特性与“内部”规律和具体细节相对关注较少。针对解放区文艺中存在的许多问题、对于统一文艺界的思想认识、加强文艺界对于现实情况和文学的特殊使命感、责任感，《讲话》发挥了积极作用。随着 40 年代中后期中国共产党和国民党政治力量的对比变化，《讲话》的基本精神在全国范围得到了广泛宣传，逐渐成为文艺路线的纲领。

现实主义和“主观”问题的论争

1944—1948 年间，以胡风理论为目标，革命文学界内部进行了一场有关现实主义与“主观”问题的论争，路翎也卷入其中。1944 年，胡风发表了《文艺工作的发展及其努力方向》一文，其要义在于强调文艺家的主观精神，充分发挥创作主体的作用，改变抗战文学中出现的

① 毛泽东：《在延安文艺座谈会上的讲话》，载《中国现代文学史参考资料》第 2 卷，第 1—26 页。

不良倾向，提高抗战文学的水平。其后，1945 年初《希望》创刊号上，胡风又发表了《置身在为民主的斗争里面》，提出了文艺的基本要求“是从对于血肉的现实人生的搏斗开始的”。[①] 胡风高度重视创作中主体精神力量的发挥，强调文学创作的感性特质，把它作为现实主义的前提。他对文艺创作过程的阐释，强调作家和对象之间的“相生相克”，体现了较强的辩证思想，蕴寓着新鲜的活力，把主体作为最为活跃的因素贯彻在创作的全过程。《希望》创刊号上同时还发表了舒芜长达 4 万言的《论主观》。这受到革命文艺界的批评。到 1948 年初，理论家们对胡风及其同仁展开猛烈批评，指斥胡风及其同仁的文艺理论和创作为“个人主义意识的一种强烈的表现”、“是向唯心主义发展的一种倾向”[②]，是“小资产阶级的主观主义一种表现”[③]，和“马列主义与毛泽东文艺思想是相矛盾的”[④]。路翎的小说也受到较为严厉的批评。对此，路翎和胡风都曾撰文予以反驳。[⑤]

这场论争中，双方围绕着“人民”的问题，展开了关于“文艺创作的主观问题”、“知识分子和人民结合”、“人民的精神奴役创伤”等一系列问题的争鸣。可以看出，在文艺为“人民”服务的基本点上，双方立场是一致的。但是在对“人民”的具体理解上，则各有偏重，由于种种原因，胡风理论和路翎创作遭到了误解，路翎创作与胡风理论从此经常二而一地连在一起，遭到了来自革命文艺界内部的批评和指责。这种批评在后来愈演愈烈，终于演变成全国范围的政治批判和斗争，直至 50 年代中期升级为牵涉面极广泛的胡风案件，胡风、路翎及其同仁遭到整肃，路翎从此隔绝人世达二十余年。

① 胡风：《置身在为民主的斗争里面》，《胡风全集》第 3 卷，第 185—191 页。

② 荃麟执笔：《对于当前文艺运动的意见——检讨、批判和今后的方向》，载《大众文艺丛刊批评论文集》，《中国现代文学史参考资料》第 2 卷，第 283 页。

③ 乔木：《文艺创作与主观》，载《大众文艺丛刊批评论文选集》，《中国现代文学史参考资料》第 2 卷，第 398 页。

④ 荃麟：《论主观问题》，载《大众文艺丛刊批评论文选集》，《中国现代文学史参考资料》第 2 卷，第 388 页。

⑤ 路翎的反驳文章为《论文艺创作底几个基本问题》，胡风的为《论现实主义的路》。

小　结

总起来说，五四文学开启的“人的解放”的主题，意在唤醒国民的主体意识，以摆脱传统的依附性人格，把在封建制度和封建文化中被等级结构严格规范的以“群体”为依托的“人”，转换成为首先确认自身独立、完整存在，同时以平等观念确认“他者”同样独立、完整存在的现代的“个人”。但是，它基本上还是处于知识分子启蒙的意识层面和理论层面上的一种思考和设计，是试图摆脱传统文化束缚、以实现现代文化转型的发端与构思。更深入地看，这个观念本身，是呼应着知识分子对民族存亡的危机感而产生的——引进西方观念是着眼于对拯救国难、变革社会的终极诉求。**或者说，“人的解放”本身是以最终的社会变革为鹄的。**因此，对文学承担的“疗救”国民性功能——即从精神的提升、拯救而达到最终解决社会变革和社会发展问题，已经体现出五四文学中个人解放和社会解放的双重维度，这也使它与西方的“个性主义”有了明显的区分。

面对着“文学革命”向“革命文学”的逆转，特别是在全民抗战的语境中，文学的宣传、教育作用的强化和对政治意识形态建构的促助作用，使得“民间形式”最终成为一种最具有实效性的选择，成为占据支配地位的文艺形式，五四新文学传统开始受到挑战，“欧化”和“布尔乔亚式”的风格成为众所诟病的“靶子”。抗战需要充分发挥集体主义的优势以凝聚民族意志，这必然使得五四时期对“个性”的张扬受到抑制，知识分子们从“个性解放”出发所持的批判立场、对独立精神和人格的追求，也势必在新的历史要求中作出相应的调整。① 从作家

① 对这个问题需要切合实际、全面地加以理解。目前已有不少学者意识到，知识分子主体地位丧失的过程中，除了意识形态对知识分子话语方式的校正，也包含着相当多知识分子对于新意识形态的真诚认同，他们中多数是基于程度不等的对“新社会”的乌托邦式的想象。这方面何其芳是一个典型的例子。钱理群较早注意到何其芳“左转”过程的复杂性，也涉及其他作家在这一问题上的不同取向。（见《丰富的痛苦》，时代文艺出版社 1993 年版，第 273—277 页）贺桂梅也曾以萧乾、沈从文、冯至、丁玲、赵树理等为个案，较为细致和全面地研究了“转折期”作家基于不同原因和不同立场对于新意识形态所采取的各种态度，也充分说明了上述问题的复杂性。（见《转折的时代——40—50 年代作家研究》，山东教育出版社 2003 年版）不过，就胡风和路翎的立场而言，他们虽然对文艺的政治功能和社会功能也非常注重，但

这方面看，他们虽然迫切地意欲担负起文学在战争（及社会变迁）中的使命，但是，毕竟文学和创作有着自己的规律，并不能依据某种主观意图随意驱遣。文学作为独立自由的精神生产活动，不同于物质产品的制造，可以依据一定的模型、样板按图索骥，它必须把作家自身的情感、情绪、人生思考、个人灵性以及生命体验灌注，融会到整个创作中。用老舍当时说过的话，就是“艺术品是用我们整个的生命生活写出来的，不是随便的给某事某物照了个四寸或八寸的相片”①。由于过于趋附于读者需求，在“大众化”、“通俗化”的洪流中，文学被视作宣传工具，作家个性和创造性受到了较多束缚，因而也就违背了文学及创作的规律，不利于优秀文艺作品的产生。不少作家在时代的要求、政治的倾向和文学的艺术性、创作个性之间进退两难，举步维艰。老舍深有感触地说过：“为了抗战，你须教训；为了文艺，你须要美好，可是，在这里，你须用别人定好了的形式与言语去教训，去设法使之美好。”②作为深具民族责任感并身先士卒、以实际行动积极实践“文学报国”重任的著名作家老舍来说，他遭遇到的这种困境及他的矛盾心情是不难理解的。从某种意义上看，这句话也许道出了中国现代作家的普遍困境。

（接上页）是他们主要把“革命文学”作为发端于五四文学传统之源的自然发展，因而始终不放弃对具体的“个人”的关注，强调文学应该通过“感性”的方式实现其社会功能和政治功能。胡风敏感于抗战以后文艺中存在的“客观主义”和“主观公式主义”把“人”工具化的不良倾向，提出了“主观战斗精神”，倡导在文学中要发挥主体作用，以此纠正上述两种不良倾向。胡风的这些观点得到了路翎及其同仁的认同。特别是到40年代后期，政治意识形态对文学产生了越来越强的影响，胡风、路翎及其同仁始终对上述两种倾向保持着警惕。此处主要突出胡风和路翎在文学立场上与权威理论家之间的差异。事实上，作为革命作家，路翎始终以文学的社会性为归依。因此，他对理论家们的背离或偏离，不能理解为二元对立关系。美国汉学家邓腾克先生经过细致研究，以胡风的理论和路翎创作为个案，对中国现代文学“自我”问题的复杂性作了深入研究，他甚至考察了中国传统文化（包括儒家兼及道家）思想中以“二人”关系构造的所谓“自我”观念，作为一种文化心理的“深层结构”（deep constructure），在现代文学与中国传统之间的“断裂”的表象之下，仍然存在着深隐、复杂的连续性；这一点即使是胡风和路翎也难以排除，甚至正是在他们身上体现出了这一问题的全部复杂性。［参见邓腾克（Kirk A. Denton）*The Problematic of Self in Modern Chinese Literature*：*Hu Feng and Lu Ling*。斯坦福大学出版社1998年版］我们在理解这个问题时也应该尽量避免二元对立的思维模式。

① 老舍：《怎样写小说》，载《文史杂志》1941年8月15日第1卷第8期，转引自钱理群《二十世纪中国小说理论资料》第4卷，北京大学出版社1997年版，第77页。

② 老舍：《三年写作自述》，载《抗战文艺》1941年1月1日第7卷第1期，转引自《老舍生活与创作自述》，人民文学出版社1997年版，第64页。

从五四的“启蒙”，到左联时期的大众化，再到抗战时期的民族化、通俗化——文学风气的变迁，总是和具体的社会语境紧密相关。我们必须充分认识到中国现代文学发生、发展的特殊历史语境。每一个作家总是处在特定时代的语境当中，他的创作立场、创作方法乃至创作语言、叙述模式、风格的形成等都不能排除具体语境的制约；而且如果深入下去，总会发现作家创作和社会语境存在着呼应。这一点，正如已被广为接受的巴赫金“对话”理论所揭示的：“生活就其本质来说是对话的。生活意味着参与对话：提问、聆听、应答、赞同等等。人是整个地以其全部生活参与到这一对话之中，包括眼睛、嘴巴、双手、心灵、精神、整个躯体、行为。他以整个身心投入话语之中，这个话语则进到人类生活的对话网络里，参与到国际的研讨中。”[①] 从这种以“对话”为本体的观念看，我们可以认为每一个作家的创作，都是对他所处的时代——特别是这个时代对作家赋予了某种特殊使命的时候——的一种“应答”，是作家以自己的方式与时代展开的“对话”。因此，我们就不能不在对历史语境的尽可能“还原”中，对研究对象加以把握和分析——这应是我们研究的立足点。考虑到现代文学发生、发展的特殊历史语境，我们在对“左翼文学”和“抗战文学”进行评价时，就必须切合历史实际，对其发展变化的多种因素作出深入的辨正，不能过于简单化地加以指斥。

通过对五四以来中国现代文学语境的简单梳理，把它和路翎的文学立场及创作特征相对照，不难发现，无论是在文学形式方面（如语言的欧化特征、叙事话语“知识分子”特质）还是内容方面（如注重对心理的剖析、对人物主体意识的发掘等），路翎创作都显示出了显著的“异端色彩”。这种偏离主流文学倾向的“异质性”，将使他陷入严重的困境。特别是在意识形态对文学影响越来越强烈的情况下，路翎创作就被认为不合“规范”，在后来则更是严重地被视为偏离了“工农兵”方向的“小资产阶级个人主义”的表现，甚至被错误地指责为“拒绝和人民结合”。无疑，路翎的困境对处于社会转型和思想转型期的现代知识分子来说，具有显著的代表性。在某种意义上，它最集中地显示出文

① ［苏联］巴赫金：《巴赫金全集》第5卷，河北教育出版社1998年版，第387页。

艺和政治之间关系的尖锐性和复杂性。五四时期文艺和时代之间相互呼应、共生共长的和谐状态发生了显著变化。其中，与五四文学传统相关联的“人”的命题，以及作为时代诉求的“人民”命题之间的关系，开始变得紧张微妙——这也同时构成了“转折期”文学最直接的“问题情境”；这两个命题或文学中这两个维度之间的对立性、冲突性逐渐浮出地表，并且愈益复杂化了。年轻的路翎，带着青春的激情和强烈的使命感，热切投身于“人民”的洪流之中，却始终回顾着那个逐渐远去的“人”的主题——这使他的创作充满紧张感。而通过这种来自形式也来自内蕴的“紧张”，我们可以看到“人民”的时代命题在其创作中的繁复状态，也由此去探视他对文学终极命题——“人性”和“人学”的独特体悟和表现。作为我们的研究对象，路翎创作正是在这个极为特殊的语境中展开……

第二节 路翎创作研究述评

一 国内研究情况概述

基于路翎研究情况的复杂性，我们首先应该作一个基本的时间划分。

40 年代：路翎研究的发轫期

40 年代的论者从各个方面对路翎作品如创作价值、主题和人物、创作特色和艺术风貌等作了评判。胡风的评论文章具有重要意义。“时间将会证明，《财主底儿女们》底出版是中国文学史上的一个重大事件”。这一论断，尽管带有胡风个人的偏爱和期望，但从历史的眼光看，确是带着相当严肃的态度作出的客观评价。对路翎作品的主题，胡风指出他要表现的“是历史事变下面的精神世界的汹涌的波澜和它们底来根去向，是那些火辣辣的心灵在历史运命这个无情的审判者前面的搏斗的经验”[①]。“他从生活本身的泥海似的广袤和铁蒺藜似的错综里面展示了

① 胡风：《青春的诗——路翎著长篇小说〈财主底儿女们〉序》，原载《财主底儿女们》（上），希望出版社 1945 年版，见《胡风全集》第 3 卷，第 263 页。

人生诸相”，肯定他“替新文学的主题开拓了疆土”①。对其艺术特色，胡风则认为他“追求油画式的，复杂的色彩和复杂的线条融合在一起的……深度和立体”，并肯定了路翎对鲁迅精神和鲁迅传统的继承。值得注意的是，胡风敏锐地发现了路翎创作在形式上的“疑虑”和在探索新形式方面作出的努力。可以说，胡风的评论和介绍较全面地概括出了路翎创作的核心特征，其中许多观点对我们有着深刻的启示，为路翎研究奠定了一个基本思路。此外，路翎还获得了许多评论家的认可，如邵荃麟惊叹《饥饿的郭素娥》（1943.3）“在中国的新现实主义文学中已经放射出一道鲜明的光彩”②，鲁芋称《财主底儿女们》（1948.2）为“五四以来中国知识分子底感情和意志的百科全书”，从精神价值取向揭示出蒋纯祖这一形象的特殊性及其价值。③不过，论者或多或少对路翎的语言和风格都有些指摘，刘西渭认为副词和形容词显得“刻画机械化，因而刺目”，“时时违反习惯，不和原意相符”④；邵荃麟嫌“太冗琐一点”⑤；唐湜认为“有点零乱的夸张，有点凹凹凸凸的不均匀”⑥。这些意见说明了路翎创作形式尚不能完全被当时的文学规范所接受的事实。遗憾的是，直至目前，学界对路翎在形式创新方面所作的努力和意义尚未给予足够的重视，一般是停留在对艺术特色的分析上，对路翎创作形式的系统研究竟付阙如，这不能不引起我们的关注。

除了上述肯定性评价以外，40年代中后期，国统区革命文艺界的现实主义和“主观”问题论争中，路翎第一次受到全面批评，有人对

① 胡风：《一个女人和一个世界——序〈饥饿的郭素娥〉》，原载《饥饿的郭素娥》，南天出版社1943年版。见《胡风全集》第3卷，第99—101页。

② 邵荃麟：《饥饿的郭素娥》，原载1944年《青年文艺》第1卷第6期，见杨义等编《路翎研究资料》，北京十月文艺出版社1993年版，第63页。

③ 鲁芋：《蒋纯祖底胜利——〈财主底儿女们〉读后》，原载1948年11月《蚂蚁小集》之四。见张业松编《路翎印象》，学林出版社1997年版，第29页。

④ 刘西渭：《三个中篇》，原载1946年8月《文艺复兴》第2卷第1期，见杨义等编《路翎研究资料》，第79页。

⑤ 邵荃麟：《饥饿的郭素娥》，原载1944年《青年文艺》第1卷第6期，见杨义等编《路翎研究资料》，第67页。

⑥ 唐湜：《路翎与他的〈求爱〉》，原载1947年11月《文艺复兴》第4卷第2期；张业松编：《路翎印象》，第19页。

他写的工农形象提出质疑，认为“太强的主观”写出的是“知识分子的心情”、“思想”，对“人民底原始的强力”亦提出严厉批评。[①] 这些批评基本还是从文本出发，但政治色彩已很浓烈。由于论争中批评者大都作为党的文艺理论界权威，所以就不仅仅代表个人的立场，更预示着新的人民文艺所确立的规范对路翎的质疑——作为一个重要的转折，有着特殊的意味。

可以说，这一阶段属于路翎研究的发轫期。作为导师和友人，胡风的介绍和评价为路翎走上文坛迅速被读者接受创造了直接条件，他的许多概括精辟到位，切中肯綮，包含着真知灼见，显示了敏锐的眼光和极强的概括力，直接影响到路翎研究的主要走向。其他论者也都从自己的感受出发，提出了颇有价值的见解，这些都为路翎研究奠定了基础。总起来说，这一阶段，批评的客观性高于随意性和政治性，在方法上文本批评多于空泛的判断，评价上褒扬多于贬斥。作为起步阶段的研究，论者主要运用社会历史批评方法对单篇作品的主题、人物形象和作品价值给予评判，虽然也兼顾到了艺术特点，但主要采取的是以序文、书评、读后感的方式，多为简约的直感式、印象式、评点式的批评。

50 年代：路翎研究歧误期

1951 年 5 月，文艺界开始对电影《武训传》的讨论，1952 年全国文艺界的整风学习首先从北京开始，路翎被卷进了旋涡中心。在《光明日报》、《文艺报》和《人民文学》上先后发表了石丁[②]、企霞[③]、陆希治[④]等人的文章，认为路翎的剧本《祖国在前进》（1951. 8）把资本家作为核心人物，是“有意地”歪曲工人阶级，而达到替资本家“捧场”的“荒谬的目的”，歪曲了党的形象。这些批评尽管调门很高、火药味儿很浓，但基本上都是在文本的外部兜圈子，只是政治观念的空洞演绎，已经不属于艺术批评。

1953 年，路翎主动要求到朝鲜前线，回国后发表《初雪》（1954. 1）、《洼地上的“战役”》（1954. 3）等反映抗美援朝的小说，

---

① 胡绳：《评路翎的短篇小说》，原载 1948 年 3 月《大众文艺丛刊》第一辑。

② 石丁：《评路翎的〈祖国在前进〉》，载《光明日报》1952 年 3 月 22 日。

③ 企霞：《一部明目张胆地为资本家捧场的作品》，载《文艺报》1952 年第 6 号。

④ 陆希治：《歪曲现实的“现实主义”》，载《文艺报》1952 年第 9 号。

受到读者欢迎。巴人撰文认为它创造了“生活的最高真实”，从艺术真实、艺术形象的美学品位及创作主体情感结构的角度对作品的艺术价值给予较为合理的评价，是这一阶段难得一见的从创作规律本身出发的文艺评论①。但是绝大多数都是从政治意识形态出发的粗暴批评。侯金镜②、宋之的③等撰文指出路翎小说“有着严重的缺点和错误，对部队的政治生活作了歪曲的描写”、“宣传了个人主义的有害的作品”。全国大小报刊开始了对《洼地上的“战役”》（1954.3）等作品疾风骤雨式的批判。对这些“十分横暴的”批评，路翎写了三万多字的反批评长文《为什么会有这样的批评》，申述了他的强烈不满，对那些充满政治火药味儿的俗言滥语进行反驳④。这却导致了批判的不断升级。作家魏巍⑤、杨朔⑥和理论家陈涌⑦等都发文批判，以极“左”观念和政治话语曲解文本文意，严重脱离了作家的创作实际，失去了文艺批评的意义。随着对“胡风集团”批判的升级，对路翎的政治批判更上升为专政的政治斗争，全国范围内“揭发”、“揭露”“罪恶”、“阴谋”的政治斗争性文章汹涌而来。如此“超强度”的批判最终的结果是：1955年6月，路翎被公安部拘留逮捕，从此在中国文坛上销声匿迹长达廿余载，他生命中的黄金岁月付之东流！

这一阶段是路翎研究的歧误期。先是庸俗社会学批评置换了“创作问题的讨论”，非学术的粗暴方式代替了民主平等的对话，接着政治观念的批评压倒了文学批评，最终以有组织、有预谋的狂风骤雨般的轮番轰炸窒息了被批评者的微弱的正义申辩，政治斗争的专政方式最终取代了艺术判断和真理之争，使路翎研究走入了严重歧途。

80年代以来：路翎研究复归期

1979年11月，路翎平反后，他本人及其作品方始重见天日，对路

---

① 巴人：《读〈初雪〉——读书随笔之一》，载《文艺报》1954年第2号。

② 侯金镜：《评路翎的三篇小说》，载《文艺报》1954年第12期。

③ 宋之的：《错在哪里？——评路翎的小说〈洼地上的“战役”〉》，载《解放军文艺》1954年第8期。

④ 路翎：《为什么会有这样的批评》，载《文艺报》1955年第1—4号。

⑤ 魏巍：《纪律——阶级思想的试金石》，载《解放军文艺》1955年3月号。

⑥ 杨朔：《与路翎谈创作》，载《文艺报》1955年第5号。

⑦ 陈涌：《我们从〈洼地上的“战役”〉里看到什么?》，载《人民文学》1955年第5期。

翎及其创作的研究进入一个新的时期——文学批评和学术研究的时期，终于步入正轨。下面从研究方法和视角对新时期以来路翎研究情况加以梳理。

1. 社会历史批评

生平研究　基于路翎经历的复杂性，平反后许多好友、亲人和同事都撰写了回忆性文章。路翎去世后亲友发表了许多纪念性文章。此外，路翎的特殊身世也引起研究者的关注，出现了数种传记作品[①]，叙述了作家的生平经历和文学创作生涯以及悲剧命运。这些回忆文章和传记为路翎创作研究积累了史料基础。

综合研究　各个版本的文学史著作中，以杨义《中国现代小说史》最为详切，它以二十余页篇幅对路翎的生平、重要作品、主题、人物、艺术风格及语言特色等都作了细致的分析，最为突出的是对路翎心理描写的特色和风格作了深入论述，称他是“捕捉人物复杂的心理结构和瞬息万变的心理节奏的令人瞠目结舌的魔术师”，“以锐角式的心理倾跌去考验着他（人物）的生命强度”。具体的分析和精到的评议相结合，比较充分地展示了路翎创作的特性和成就，对路翎研究具有重要意义。[②] 刘挺生的专著《一个神秘的文学天才——路翎》[③]，由作者的博士论文修订而成，在详细占有材料的基础上，重实证，以文本分析和史论结合的方法从思想、创作和影响三个方面对路翎及其创作进行了研究，提出了一些比较新的见解，是较早开始对路翎进行系统研究的成果之一，为尚处于拓荒阶段的路翎研究积累了基础。但是，著作中叙述性的介绍与论述性的品评相结合的方法，影响了研究的深度和穿透力，造成平面化的缺憾。

主题与人物形象研究　钱理群较早注意到路翎小说在“原始的强力”、“知识分子的道路”、“人的灵魂的开掘”三个方面的探索，立足

---

① 如杨义撰写的《路翎传略》（《路翎研究资料》，北京十月文艺出版社 1993 年版，第 3—12 页），朱珩青撰《未完成的天才——路翎》（山东教育出版社 1997 年版）、《路翎传》（大象出版社 2004 年版），刘挺生撰《思索着雄大理想的旅行者——路翎传》（华东师范大学出版社 1999 年版）等。

② 杨义：《中国现代小说史》第 3 卷，第 169—191 页。

③ 刘挺生：《一个神秘的文学天才——路翎》，华东师范大学出版社 1999 年版。

于文本实际，对其“得与失”作出了较为深入的评价。该文力图冲破长期以来“左”的观念的束缚，认为路翎探索的“得与失”“都是现代文学史上的一笔财富”，肯定了路翎对现代文学的贡献。[①] 钱理群的概括和分析总体是比较中肯的，特别是为新时期路翎研究开了风气，具有特殊意义。他的另一篇论文则就小说《财主底儿女们》在探寻中国现代知识分子道路与心路历程方面的艺术表现作了细致分析，主要通过对蒋氏家族各个成员的心理特征及其所代表不同阶层的社会心理变迁和历史内涵加以揭示，对把握路翎创作多有裨益。[②] 此外，昌切认为痛苦和无聊是路翎小说的两大母题，是理解路翎的关键[③]；金彦河把“原始强力”解说成是作家的“无意识欲望”“移情到自己的人物身上，并且加以一般化操作而重新发现的”，分析了原始强力和革命之间的复杂关系[④]；王志祯亦从路翎小说主人公的“疯狂”特征切入，阐述了本体焦虑、道德焦虑和精神焦虑三个层面的焦虑体验及三者之间相互错综绞绕的特点，并把它和“原始强力”中生命本体的不可遏止的冲动相联系[⑤]。上述论者从不同角度出发，为我们认识路翎创作内容的丰富性和复杂性提供了颇有价值的观点。

2. 形式批评

文体风格研究　钱理群在《文体与风格的多种实验》一文中提到两个问题：（1）路翎对传统小说观念与创作技巧的公开挑战，认为“语言奴役创伤”命题表现了路翎对“精神（与表达）自由”的自觉追求；（2）对路翎创作与胡风理论的关系，提出在承认其一致性的前提下“也要注意彼此的差异以至矛盾”。限于篇幅，这些观点没有展开。[⑥] 相对于以往重社会历史研究、轻诗学维度的研究倾向，该文为路翎研究提

① 钱理群：《探索者的得与失——路翎小说创作漫谈》，《中国现代文学研究丛刊》1981年第3期。

② 钱理群：《展示知识分子心灵历程的史诗——路翎〈财主底儿女们〉简论》，《抗战文艺研究》1983年第4期。

③ 昌切：《路翎的小说世界》，《文学评论》1990年第1期。

④ 金彦河：《路翎的文学世界与疯狂主题》，《中国现代文学研究丛刊》2002年第3期。

⑤ 王志祯：《论路翎小说主人公的“疯狂”》，《中国现代文学研究丛刊》1996年第1期。

⑥ 钱理群：《文体与风格的多种实验——四十年代小说研读札记》，《文学评论》1997年第3期。

供了新的思路，具有相当的启发意义，并针对以往研究中对胡风、路翎关系理解的简单化倾向，提醒研究者注意其复杂性，这无疑是中肯之见。从文学理论和文学创作的互动关系来看，任何成功的创作都不可能只是对理论的生硬套用和机械图解，创作的活力恰恰在于作家个人生命力和创造力的涌动，它往往突破了理论的拘忌，充分呈现出人类精神世界的丰富性和人性的复杂性。所以，路翎创作与胡风理论之间的关系，特别是路翎创作的复杂性，就不仅是一个具体的文学问题，而是一个有着普遍意义的文学现象，值得深思。路翎创作的意义和价值，也必须通过他对胡风理论的丰富、深化甚至矛盾性中得以彰显。无疑，这也是认识路翎创作主体性的一个重要方面。

艺术特色研究　杨义以史家的眼光，深入分析了路翎对人物灵魂深层挖掘的特色，为路翎心理描写特色提供了最有影响的研究文献：肯定路翎对“原始强力”释放过程的艰难性、曲折性的把握；对其心理冲突表现手法和意识流小说作了区分；把路翎的心理描写手法和传统的“白描”作了比较，称为“层层皴染”的“复笔描写法”。[①] 这样，路翎作为“灵魂奥秘的探索者”在现代文学史上的特殊性就凸显出来。赵园把路翎小说的审美特征归纳为“悲壮美”、“紧张美”和“动荡美”，人物形象是“犷放”和“雄强”，心理内涵是“渴欲”和“追求”，情绪特征是“扰动”与“狂躁不安”，从审美感受出发对其美学品位和诗性特征作出了细致的描摹和评判。赵园以其敏锐的文学直感和对新文学传统中知识分子问题的深切关注，将路翎创作置入“史”的发展脉络中，使其特殊性和复杂性较为具体地呈示出来，为我们的研究提供了许多新鲜的启示。[②]

此外，路翎创作的异质性特征，与他受到的外国文学的影响也大有关系。不少学者从比较的视野，分析了其与西方文学之间的关系。如赵园认为路翎作品“由命意，到意象，到审美趣味，都离古老中国的文化传统那样遥远”，而与西方文学主要是陀思妥耶夫斯基和罗曼·罗兰有

---

① 杨义：《路翎——灵魂奥秘的探索者》，《文学评论》1983 年第 5 期。

② 赵园：《路翎小说的形象和美感》，载《论小说十家》，浙江文艺出版社 1987 年版。

着密切关系[①]；李春林、臧恩玉通过小说《谷》（1945.7）的分析，就路翎善于描写两极对立形态的复杂人物的心理活动特点，揭示了与鲁迅及陀思妥耶夫斯基心理现实主义的共同之处[②]。无疑，比较的视野扩大了我们对路翎创作丰富性的理解和把握。

总起来说，80年代以来路翎研究走上了正轨，取得了初步成果，引起了文学史家和部分学者的关注，研究空间有所拓展，研究视角也灵活多样，涉及内容更为细致深入，除了社会历史批评之外，个别论者已注意到具体历史文化语境和文本分析结合的必要，但是和路翎的创作实绩相比较，研究的深度、广度仍显不足，系统研究还比较匮乏。

二　海外研究情况概述

由于较少受政治影响，海外对路翎创作的研究，大都能从实际出发，不少论者很早就开始关注路翎及其作品，并充分肯定其艺术价值。

日本的研究情况

与路翎在20世纪50年代不断遭受横暴的政治批判的同时，日本学者却对正在进行中的“胡风事件”和路翎作品保持着密切关注。相浦杲于1954年5月撰文就1953年8月《人民文学》主编茅盾及副主编丁玲、赵树理、艾青、周立波等离任而胡风出任新的编辑成员一事表示了特别的关注，把它当作“现代中国文学的动向”，作出了“胡风一派的立场已得到肯定、认可”的判断。[③] 该刊下一期，大芝孝对相浦杲的文章表示异议，他肯定了路翎创作的意义和价值，认为《平原》是一部非常重要的作品集，敏锐地感觉到《初雪》（1954.1）中“蕴含着一种独特的人文主义气息”，强调“我却坚信路翎的灵魂，我以一种热切的眼光，并以一种长远的眼光，衷心期待着他的心灵的成长”[④]。相浦杲

① 赵园：《未完成的探索——路翎与外国文学》，载《论小说十家》。

② 李春林、臧恩玉：《论路翎的〈谷〉——兼及鲁迅与陀思妥耶夫斯基在〈谷〉中的印痕》，《河北学刊》1996年第1期。

③ ［日］相浦杲：《“一九五三年八月”：现代中国文学的动向》，载《现代中国》1954年第29期，收入张业松编《路翎印象》，第45—59页。

④ ［日］大芝孝：《“路翎”赞——读相浦杲〈“一九五三年八月”：——现代中国文学的动向〉》，载《现代中国》1954年第30期，收入张业松编《路翎印象》，第60—63页。

和大芝孝的文章表现出了日本汉学家对新中国文学的敏感与关注。特别是大芝孝从直感出发，不仅对当时“胡风事件”的复杂性显示出超常的敏锐，同时对路翎作品持有的“热切的”、“长远的”眼光，更显示了深邃的历史远见。

文学史家的研究

夏志清先生在《中国现代小说史》（1961年由耶鲁大学出版）中，曾提及“路翎是胡风手下的爱将”，认为在胡风所鼓励的小说家之中，“唯有路翎对黑暗势力战斗的不屈精神，最得胡风赏识”①，“我现在认为端木蕻良、路翎二人都应有专章评论才对”，并表示要另写一部“抗战期间的小说史”，准备对路翎列专章予以讨论。② 虽然该书明显的反共立场使部分论点不免偏激，但是客观地看，作者从艺术角度对许多作家的评价和发掘还是颇具启示意义。虽然对左翼作家路翎创作没有展开详细论述，但是他的重视已经为后来的研究提供了线索。此外，香港文学史家司马长风1978年出版的论著中也特别提及路翎，“学生出身，当过矿夫，受过穷苦的折磨，锻炼了倔强的意志，生命和创作都有不羁的冲力”③。海外文学史家对路翎的重视及其评价，较早确认了路翎在文学史上的意义。

刘康的博士论文

1989年刘康（Liukang）的博士论文《个人主义和现实主义：路翎和欧洲现代小说》（*Individualism and realism* : *Lu Ling and modern European fiction*），从比较文学的角度对路翎创作进行了研究。该文认为路翎是一位被严重忽视的中国现代作家，在中国现代小说史上有特殊地位。文章认为五四时期中国对西方现实主义模式的接受和消化是存在问题的，其中个人主义成分常常以集体道德训诫的名义被削弱了。路翎则作为一个例外，以鲁迅为中介，始终坚持着西方式现实主义模式中的个人主义视角和感知方式。该文并认为路翎作品中的现实主义常常和中国的马克思主义者及左派意识形态所承诺的义务相分歧，这导致了其创作风

① ［美］夏志清：《中国现代小说史》（*A History of Modern Chinese Fiction*）第十四章，刘绍铭等译，香港中文大学出版社2001年版，第271页。

② ［美］夏志清：《中国现代小说史》中译本序，刘绍铭等译。

③ 司马长风：《中国新文学史》下卷，香港昭明出版社1978年版。

格、形式和语言的矛盾性和混杂性。由此，刘康展开了与西方的格哈特、霍普曼和 D. H. 劳伦斯和托马斯·曼在小说叙述话语方面的比较研究，揭示了这些作者在面对意识形态的冲突、文类形式和文学模式等相似问题中的张力。应该说，在 80 年代，除了杨义、钱理群和赵园等学者所作的开拓性研究之外，路翎在国内学界尚未受到足够重视，刘康的博士论文作为系统研究，较有超前性，为体认路翎与西方文学之间的关系以及路翎作品的某些特点提供了一个新的视角。

美国汉学家邓腾克（Kirk A. Denton）的专著

美国汉学家邓腾克的专著《中国现代文学中问题重重的自我：胡风和路翎》（*The Problematic of Self in Modern Chinese Literature: Hu Feng and Lu Ling*, Stanford: Stanford University Press, 1998）经过翔实的资料积累，力图以宏观的视野来把握并呈现出中国文学现代性中"自我"问题的复杂性。该书首先对中国古代思想史尤其是儒家思想中的"自我"问题进行了梳理，认为在儒家（包括道家）"天人合一"观念中，"自我"的形成和最终完成，都是要通过与"他人"和"天"的相互作用才可能实现。这种（自我）观念作为中国文化的"深层结构"（deep structure）始终产生着深刻的影响，即使到晚清、五四时期，在反传统的表象之下，依然存在着与传统的内在关联。这非常复杂地表现在，其时西方理论的移植中往往并不是如表面上那样全盘西化，而是经过了中国传统观念的内在整合。从这种"大"历史（思想史）视野出发，该书以胡风和路翎为个案，认为正是在胡、路这里，最大限度地体现了中国现代文学中多种因素（个人的、革命的、启蒙的、传统的、西方的）的复杂交糅，该书对中国现代"自我"问题的呈现最终通过胡风理论和路翎作品的分析展开。总起来说，该书视野开阔，眼光独到，许多见解颇有新意，使我们对中国现代文学的"自我"问题获得了新的感知，也给我们的研究带来了不少重要启发。

可以发现，上述国内外研究基本上以两种方式展开：

其一，大部分侧重于从某个方面或某个角度切入，意在对其中某个具体问题有所把握：如通过文本读解对心理描写特点作出描摹，或者试图对某些主题（如"人民底原始的强力"等）加以提炼，或者侧重于对其涉及的"知识分子与人民"问题加以反思，等等。应该说，它们的理解和阐述都各有特点，都程度不同地切近了路翎创作本身，有助于我们从不同角度深化对它的认识和思考。但是，限于篇幅，这些成果作为局部研究，虽然有了"点"的凸显和钻研，而总体的把握则有欠缺，造成了"点"有余而"面"不足的缺憾。更重要的是，这种缺乏整体观照的研究，会造成对路翎创作复杂性的忽视。比如，许多论者对其语言的指摘，虽然也说明了某些特点，却显得过于简单化。其"语言"的"繁冗琐碎"固然是明显的不足，但是如果深切体认到路翎是立足于鲜明的主体立场，执著于对"人性"的掘寻和"人"的精神价值的捍卫，是出于对"通俗化"的主导语言取向有可能遮蔽"人"的命题的警觉，那么，这种不合时宜、颇受非议的语言恰恰彰显出作家的特殊性和对终极性存在问题的强烈眷顾。由此，也恰好可以帮助我们切入对其文学立场的把握和追索，最终揭示出它的特殊意义。从这样的立场上看，其语言的"弊病"，恰恰可以作为把握其创作的一个最具有生发性的开端（详见第一章）。事实上，路翎创作作为完整的整体，其各个要素决不能被孤立起来甚至生硬地将其割裂。只有从局部、表面延展、深入到整体、内里，再从整体的立场上加以反观和思考，对其具体要素的体认才可能相对全面和深入。另外，路翎创作正处于现代文学最为特殊的"转折期"，作为对时代的"回应"，它首先表征出强烈的时代意识。路翎始终着眼于对文学与时代关系的体察，把自己对历史的思考和体悟有意化合到创作中，无疑，现实针对性应是其最为首要的一个特质。这意味着，只有尽可能从"史"的视野加以观照，只有尽可能达到对其语境的切实了解，路翎创作的特质、特别是种种复杂性和矛盾性才可能透过"表象"的遮蔽而被把握，其文学价值和"史"的意义才能在较为深入的层面上得到确认。简言之，"史"的视野同样是为了获得最终的整体性立场，作为"点"和"面"的中介，"史"的发展演绎的逻辑性可以帮助我们认清路翎创作与语境之间的明显呼应，最终达到对其创作特质的适切定位。

其二，也有不少研究者视野宏阔，他们对"史"的复杂性作了非常深入的展开，而对现代文学许多课题的理解和分析眼光独到，颇为透辟。不过，他们往往更着意于对具有普遍性意义的某个命题的思考和掘发，在历史性的宏观把握中，力图揭示出该命题的复杂性。因此，在对问题内在历史逻辑的推演寻绎中，为了找到最具说服力的证据，他们往往把焦点对准了路翎。这样，路翎就作为最具典型性的个案，帮助其展开对问题的深层解析和有效诠释。这些研究非常重视路翎创作的复杂性，经过“史”的视野的观照，它的某些本质性内涵及其潜在文化内涵也得到呈现。不过，从实际看，这已经不是对路翎创作本身的研究，而是以路翎为局部性支持的文化研究。它一般是从课题本身的逻辑需要出发，为了更好地阐明其观点而对路翎创作与之相关的部分或问题作出有倾向的读解。虽然它给人以诸多启示，但是其旨趣并不在路翎创作本身，而仅仅将其作为构成它的一个要素。比如，邓腾克就是以“自我”为课题，试图阐明中国文学现代性中“自我”问题与传统思想的复杂关联。为了形象化地演绎出该问题的复杂性、混乱性和悖论性，在“史”的线索中，他又通过胡风理论与路翎创作作为个例，在语境的特殊性、与五四文学的密切联系以及强烈的时代意识等多种冲突性要素的组合当中，达到对这一问题的总体把握。因此，该书涉及对路翎创作的理解，就主要是从“自我”的角度切入，其分析主要限于代表作《财主底儿女们》和《饥饿的郭素娥》。虽然他的处理对其课题本身而言具有逻辑的自洽性和圆整性，但是，就路翎创作本身而言，却也可能不尽全面。“自我”问题固然是路翎创作的核心问题之一，但是，仅仅从主题内涵层面对路翎创作加以把握，就忽视了路翎在形式方面的显著特征，他作为作家在创作上的独特追求、探索的意义未能受到重视。更重要的是，这可能造成对其形式背后具体的、丰富的文化涵蕴的认识不足。而路翎创作同样具有重要意义的其他问题，如路翎提出的重要命题“人民底原始的强力”、其创作的关键性要素心理表现所体现的独特艺术视觉、情节布局的新变化等具体问题未能触及。这必然影响到对路翎创作的总体把握。

通过对路翎创作研究文献的回顾，我们遗憾地发现，许多论者侧重于从内容，从主题、思想观点去寻找作家创作的特点，对其本质的把握却有失准确，无法深入理解作家对生活的新发现。路翎艺术形式的特殊性，恰恰与其本质性的创作立场和特性紧密相关。由于缺乏一个较为超越性和整体性的立场，对具体问题的认识和阐发较多局限于对表面化的形式特征或主题意蕴的描摹、概括，缺少历史性的眼光，也就影响了研究的深度和准确性。或者由于着意于某个文化命题的研究，从其研究本题需要出发，对路翎创作的某些方面作了自己的取舍，虽然许多见解很新颖，仍然不是从路翎创作的整体实际出发的观照，因而也可能遮蔽某些对把握路翎创作有关键作用的要素和特质。我们认为，从路翎创作本身出发，经由对文本的直感和对形式特质的理解，深入到对其特殊语境的适切把捉，追索其形式的内在文化意蕴，从中感应并把捉到作家与时代的特殊“对话”方式，也许更能切近对路翎创作的理解。我们试图既忠实于文本的实际，又能将其与复杂的语境密切相连，意在将作家还原为特定历史中活生生的“人”，对其总体的文学立场和独特意义作出尽可能全面、准确地把握；以此为基点和统摄，再对其形式和意蕴的丰富性、复杂性加以反观，用语境的历史性内涵充分延展和拓深其内在的文化意义。路翎创作整体与部分、内容与形式之间就不是各组合要素的简单相加，而是相互联系、相互生发的一个完整系统。我们可以从其文本表层延展到特定文化的深层结构，亦可从文化的整体脉络中寻绎出作为独特的“人”、独特作家的路翎创作的“标点”——一个仅属于他而无法被取替的特殊位置。无疑，作为一次自觉的探索，作为本书的总体目标，对笔者而言，这仅仅是一个开始。

第三节　本书题解、研究思路和方法

一　题解

本书把作为作家的路翎及其创作状态用“挣扎”和“突围”加以概括。

在第一个层面，“挣扎”意谓生存的挣扎。路翎创作的主要阶段都处于为谋生存而不断流离颠簸，几度面临失业危机，相当一段时间居无定所，从事的职业都是小职员、会计、小公务员等，无法拥有一个合适的创作环境。可以说，战乱中路翎的生活相当动荡。新中国成立后其遭遇更是艰难，心灵和生命力都处于严重的“被压抑”状态。他笔下的人物同样也都处于“挣扎”状态，外强侵略、民族危亡和封建势力残酷剥削下，底层人民处于生死存亡的危急时刻，承受着多重的物质性苦难——饥饿、逃亡、死亡、妻离子散。这是“挣扎”一词最基本的含义。

第二个层面，“挣扎”是就精神维度而言，是路翎创作更为重要的层面。路翎怀有强烈的时代使命感，始终关切着社会民生的苦难；另一方面，其所处语境中，五四时期“知识分子和人民”的关系愈益敏感复杂，革命文学的政治化倾向造成了对“人”的问题重视不够，创作中出现了某些不良倾向。路翎着眼于对“人”的价值的追寻，始终不曾割弃对“人”的眷顾；在创作中，他则以“苦斗”方式致力于对“人性”的不懈掘寻。这在“大众化”、“通俗化”的文学主潮中颇具“异端”色彩。在特殊的历史语境中，其创作对“人”的特殊关切以及对时代的强烈感召之间的紧张关系，导致了其心态的矛盾性，其创作正是两难处境中的艰难“挣扎”和“突围”。无论是作家本人还是其笔下的人物，似乎都处于宿命性的焦虑、惶恐和危机中，在精神上处于最为剧烈的“挣扎”中。对路翎而言，“人”的价值正在于精神世界的丰富性和内在心理的复杂性。因此，他的创作核心，正是穿越表层的社会生活状貌，尽其所能地透视出动荡时代中普通人心灵的真实状态。因此，这种精神上的“挣扎”，正体现出“人”的价值所在。这也恰恰彰显出作家强烈的主体意识及其对人性始终不渝的探掘和寻索。

第三个层面，就路翎创作形式而言，则表现为“形式的挣扎”。在语言上，路翎有意打破常规，增加语词的情绪密度和心理含量，使其渗透着作家强烈的主体意识，造成了一种特殊的“陌生化”效果。同样，在叙述方式的选择上，他也有意与文学的主导倾向拉开距离，以凸显作家明确的主观立场。因此，形式层面的“挣扎”，表现出路翎在文学追求上的自觉意识和独立性，是精神层面的“挣扎”在写作中的物态化表现，二者是紧密相连、互为表里的。形式的“挣扎”，正是为了复原文学语言中的主观内容，以丰富的智性和情感表达“人”作为主体的存在价值，也同样服务于路翎对“人性”掘寻的目标。

需要指出的是，就“挣扎”一词而言，本书在此不是把它当作一个简单的动词，而是强调其“进行时”的含义——即“在挣扎”或“挣扎中”。这样，“挣扎”作为人存在的悲剧性境遇的表征，意味着总是“正在”或“已经”处于“困境”中，昭示着人的本体性的存在境遇。

正是在这个意义上，作为与“挣扎”相对应的策略，路翎选择了迎难而上的“突围”姿态，并尽其所能地体现在创作中。这里的“主体”不涉及哲学层面理论意义的探讨，仅指作为社会的独立个体和文学中的创作主体而言。无论是在生存的层面，还是精神的、文学形式的层面，路翎在“挣扎”的同时，是以高扬“主观战斗精神”来向种种困境突进的，创作主体强烈的激情和意志力量成为写作的重要构成因素。因此“挣扎”和“突围”就形成互文关系，而“强力”（语出路翎的“人民底原始的强力”）这一修饰词，正是力图强调创作中“主体力量”的参与和生成效果。因此，“挣扎”就不只意谓处于困境中被动的、勉强的、出于本能的对厄运的逃避意识和行为，而是有着强烈主体意识的“突围”。题目的并列结构及其对应的每一部分都可以看做互文的存在，是彼此联系和相互彰明的，共同昭示悖论性的人的存在境遇。从这样的意义上来说，无论是其审美创造还是文学立场，包括作为“人”的存在状态而言，路翎及其创作都表现出强烈的主体意识，显示出强烈的主体力量。特别是在他所处的文学转型期，面对来自外界的多重压抑，他始终以强烈的主体意识，着意于人性的掘寻和人性的“复原”，以此彰显“人”的存在价值。

二　研究思路

巴赫金的文化诗学理论给予本研究以直接的启示。在对以往社会学和形式主义研究将形式/内容、内部/外部机械划分的弊端作出考察之后，巴赫金致力于建立将两者浑融为一的新的诗学研究思路。他对陀思妥耶夫斯基创作的研究，正是其理论构想的杰出实践，即从作家的体裁创新中，寻找与之相关的文化内涵，并将该体裁置于文化史的发展过程中，寻找作家的体裁渊源及其文化意义、文化精神。因此，巴赫金对体裁给予了特殊重视。他认为“诗学恰恰应从体裁出发”①，如果艺术家没有创造出新的艺术形式就无法表现他对生活的新的发现。② 在巴赫金这里，体裁所包容的形式各要素不是作为内容的附属物，或仅仅是作为

① 钱中文主编：《巴赫金全集》第2卷，河北教育出版社1998年版，第282页。

② 程正民：《巴赫金的文化诗学》，北京师范大学出版社2001年版，第15页。

主题的外壳，而是与作家特定的理解现实、观照现实的方式相对应，“如果我们从体裁与现实及其形式之间的内在主题关系的角度来看体裁，那么我们可以说，每一种体裁都具有它所特有的观察和理解现实的方法和手段”[①]。所以，巴赫金强调“艺术家应该学会用体裁的目光来看现实”[②]，“不能把观察和理解现实的过程与以一定体裁的形式艺术地表现现实的过程割裂开来。如果认为造型艺术的做法是人先看到一切，然后把所看到的东西描绘出来，借助于一定的技术手段把自己的看法放进画面，那么这是幼稚可笑的。实际上观察和描绘基本是融合的。新的描绘方法使我们看到可见现实的新的方面，而可见事物的新的方面如不借助于把它们固定下来的新方法，就不能看清和真正进入我们的视野”[③]。显然，这种整体性的立场超越了传统研究中对内容和形式关系的机械理解：要么重内容，以形式为附庸、为枝节；要么重形式，而取消了内容的历史性及与文化的深广关联。巴赫金的体裁诗学，既立足于对文学根本特质的发现，却又没有将其孤立起来，而是要由此探寻出潜在的丰富文化历史内容，打通了形式和内容的分界，无疑是更符合文学和文化实际存在的崭新思路。

必须强调，巴赫金的体裁诗学并不是单纯的共时性研究，他更强调把体裁诗学与历史诗学和文化诗学结合起来。这种结合正是基于对更广泛的文学和文化关系的深刻理解。他认为：“文学应与文化史建立更紧密的联系，文学是文化不可分割的一部分，脱离了那个时代整个文化的完整语境，是无法理解的。”[④]这样，从文化的视野研究文学，把对文学的体认融入复杂广阔的文化领域，无疑给文学研究拓展出辽阔的空间。而历史诗学就是从历时的角度研究文学的体裁和形式是如何形成和发展的。[⑤] 体裁是发展变化的，有其稳定性的一面，却又是不断更新和发展的。作家存在的意义正在于对某种体裁继承中的“深刻的独创性和个人特色”，必须从“史”的脉络中，才能把握和体会到作家的创造性所

① 钱中文主编：《巴赫金全集》第 2 卷，第 288—289 页。
② 同上书，第 290 页。
③ 同上。
④ 钱中文主编：《巴赫金全集》第 4 卷，第 364—365 页。
⑤ 程正民：《巴赫金的文化诗学》，第 17 页。

在。可以说，对体裁创新的发现，文化的视野和历史主义的深度，构成了巴赫金诗学研究的总体构架。有学者在对巴赫金理论作了深入考察之后颇有感触：“一个时期以来，我们的文艺学研究更多侧重于共时性的分析，缺乏历时性的分析，因此不少理论问题的研究只能停留在共时的层面，缺少一种历史感和理论深度。当然，历时性的分析是相当艰难的，但它可以帮助我们印证共时性研究所得出的结论，并且深化这种结果。”① 这正是切中了巴赫金诗学的核心思想，也揭示了传统研究方式的明显不足，值得我们深思。

用上述理论视野看待路翎写作，我们就会发现，以往研究中之所以缺乏一种整体性、超越性的立场，首先是囿于传统研究方式中形式、内容关系的二分法模式，缺乏对路翎创作体裁特点及其文化意蕴的新认知。因而虽然也注意到路翎在形式方面的特性，但却习惯于用一种“通用”的形式标准加以衡量，自然就只能指摘它的弊端，反而忽视其异质性形式背后所包含的作家看待世界的新的艺术方式——无疑，这正是作为作家创作的整体性质素，决定了其创作从观念到实践的所有方面。自然，路翎“体裁”方式的特异性还必须与其具体的语境相结合，尽可能在对“史”的还原中加以体认。因此，我们对路翎创作的研究，正是以巴赫金所确立的方法为基点，力图从形式方面的异质性特征中去找寻其与语境和特定文化历史内涵的关联。总体上说，路翎创作体现了鲜明的主体意识和强烈的主观色彩，彰显出独特的创作个性。本书力图通过路翎创作与所处语境之间的互动，揭示出其文学形式的基本特征及复杂性，这种复杂性的缘由、内在矛盾及其文化涵蕴；路翎创作的突出特点，在于对人的内在心理的剖析和展现，作为重要内容，亦通过文本读解把握其心理展现的总体特征，力求对其心理展现的意义和价值给予适当把握；由于路翎创作强烈的时代色彩，已经较深地触及40年代重要命题——“人民”，作为探索和“回应”，路翎提出了“人民底原始的强力”的命题，结合其创作，本书力图揭示这些命题在创作中的具体表现，所包蕴的内涵及其文化意蕴。在作者能力范围内，本书意在从“史”的发展脉络中，对处于文学“转折期”的路翎创作特性和价值有

① 程正民：《巴赫金的文化诗学》，第75—76页。

所把握，最终呈现出它的意义所在。总的来看，路翎创作具有强烈的主观性，这体现了作为“七月派”作家共同取向和文学追求，同时更与他对文学主导形态的认识有关。路翎意识到文学创作中日益强化的政治化倾向，使五四的“人”的命题重视不够。因此，怀着强烈的责任感，他试图通过自己的理解和实践，以“主体性”的张扬实现某种程度的“补益”。但是，随着文学语境的发展，他的这种努力必将陷入不可避免的困境之中。正是在作家强烈的使命感、特出的创作意图与文学语境的关系中，路翎创作的复杂性得以呈现，也才可能被我们把握。

具体来说，本书共分五章：

第一、二章，着眼于形式的层面，凸显其为实现“形式传统”的“跨越”而付出的努力及意义。第一章从路翎语言形态的特殊性入手，就路翎提出的“语言奴役创伤”、“知识的语言”的命题，把握其语言的基本特征、修辞策略的取向、内在意图及与主导语言形态之间的关系。第二章从叙述方式入手，揭示其叙述的特殊性，并就其叙述模式和叙述话语的“对话”特性所体现的强烈主体意识，确认其对“人”的命题的热切呼应。无疑，对于形式自觉意识和不懈的探索，正体现出作家强烈的主体意识。

第三章就路翎创作的核心内容——对精神世界的探掘的总体情况加以把握。首先对其艺术视觉的特点加以分析；以此为基础，揭示其创作中心理展现的具体方式及特点；结合文本，理解其为凸显人物内在心理的复杂性在情节结构方面的新探索；并从“史”的视野就路翎心理展现的意义和价值有所观照。无疑，对心理的倚重，正彰显出路翎对“人”的命题及“文学是人学”的深刻理解，表现出他对人的“主体性”的强烈眷顾。

第四、五章就路翎创作触及的与时代密切关联的“人民”命题作总体把握。第四章重点分析“人”/“人民”的张力结构在其创作中的表现。与五四文学相关联的“人”的命题在40年代文学语境中受到抑制，这使得具有强烈主体意识的路翎承受深重的焦虑。作为这种“焦虑”的表现，其创作以最为复杂的形态展现了“人”和“人民”在特定语境中的纠葛，作家本人在这种强烈的张力中处于持续“挣扎”状态。第五章重点分析路翎提出的“人民底原始强力”这一命题。就该命题的内涵、渊源、在创作中的具体表现及其与新文学“改造国民性”命题的承传关系作初步阐释；并就该命题潜含的与胡风之间的微妙差异，揭示出在文学转型期的特殊背景中，路翎依然难以割弃对“人”的命题的关注；因而，作家在“理智”和“情感”的分裂中，试图将“人”与“人民”渐呈紧张之状的两个命题之间的“缝隙”加以“弥合”的努力。因此，该命题作为对时代和他者的“回应”与探索，依然昭示出强烈的主体意识，同时也是对自身“挣扎”状态的一种“强力”式的“突围”。

结语从路翎创作实际出发，力图寻绎出其与鲁迅为代表的五四文学传统之间的亲密关系。就其大要，从二者的关联中，将路翎创作确认为在40年代文学转型期的一个典型个案，路翎通过创作实践在最大限度内承续了以鲁迅为代表的五四文学传统。虽然这种“承续”本身不可能完美无缺，但从历史实际出发，从路翎自身的条件出发，特别是从它显示出的强烈的创造力和鲜活的生命力，路翎创作开拓了文学的新的空间，增添了新的景观，给我们带来许多新的启示，也同样赋予其创作以重要意义。仅此而言，路翎作为20世纪中国文学史的重要作家应有不容忽视的重要地位。

三 研究方法

首先，语境是切入路翎创作研究的基本立足点。可以说，新时期以来的现代文学史的书写正是一个不断深化的“重读”和“重写”过程。这种“重读”和“重写”作为历史的必然性，本身就显示出现代文学特有的复杂性。这一点，就本书研究对象路翎的文学命运而说，也许暗含着更为典型的意味。在文化转型期的40年代，作为革命作家，路翎与“工农兵”方向的写作方式存在明显距离，使其不可避免地陷入创作和现实的困境；以此为基点，我们力图把握和展示出其创作的复杂性。也是在这个意义上，我们把路翎的创作视为与时代的一种“对话”。在语境性最强烈的40年代，作为一种独特的“回应”，它既显示了作家独特的立场，同时也相当充分地表征了转折期作家的某种普遍的文化境遇。由此，路翎选择的文学立场和作品本身的意义得以昭示。

其次，基于对路翎创作语境的充分体认，我们着眼于他的创作实际，从对文学形式（如语言、叙述及其特定的心理表现方式等）特征的体察入手，着意挖掘出隐藏在其文学形式后面的文化内涵，这种文学形式所代表的作家独特的观察世界、感知社会人生的方式——即作家的独创性所在。这样，就可以对作家总体的文学立场有所把握。尽量做到形式分析、文本分析、文化分析融会贯通，既从文学自身的特性和文本实际出发，又尽力避免“形式主义”的狭隘性，最终在语境的观照和“史”的视野中探寻其丰富的文化意蕴，力图做到从微观和宏观两个方面的融合中对路翎创作的特殊性与价值都能有所把握。

最后，从更高的角度看，对路翎文学形式和文化意蕴的发掘，正是为了实现从“史”的视野，寻找它的历史连续性。路翎写作必然有其渊源和历史根基，其创作的价值和意义正在于在文学史和文化史发展过程中的继承和创新，以及这种继承和创新所达到的程度。文学史的书写，正是由于作家各以其创作的独特性和复杂性，以其特殊的艺术魅力，丰富并拓深了我们对历史的感知和理解，同时为充满灵性的文学世界增添了新的景观，最终引领我们抵达对于存在的体悟和思考。在这方面，作为“未完成”的天才，路翎付出了他的努力，提出了许多新的命题，值得我们从历史的视野加以反思和总结。

另外，需要说明：

一、本书以路翎40年代小说创作为重点，对其新中国成立后的作品较少涉及，没有涉及平反后的创作。笔者认为作家40年代小说创作基本上代表了他的主要风貌和最高水平。其新中国成立后的小说创作和戏剧创作，以及平反后的创作也具有重要的研究价值，但是限于篇幅，未能深入展开。

二、全文注释按惯例承前省略，相同文献第二次出现时仅标明著者、文献名和页码，详细信息可查阅文后参考文献。

三、文中在路翎作品后面所注年月均为初版或初次发表年月。其中《财主的儿女们》上卷为1945年11月初版，1948年2月下卷（初版）和上卷（重版）合出，该作品后均以1948年11月标注；《燃烧的荒地》1948年5月1日作毕，初版情况不详，1951年作家书屋再版，该作品后均以写作日期1948年5月标注。

第一章 语言的“挣扎”与形式传统的“跨越”

路翎写作从最开始就伴随着深深的疑惑和焦虑：他反复向胡风倾诉写作中的困惑、苦闷和失望，认为自己“显然失败”①、“很觉不安”②，觉得自己是“很无能的”③，认为《财主底儿女们》（1948.2）“或许是一篇拙劣之中最拙劣的小说”④；对自己的作品他感到的是“厌恶”⑤、“它那样坏”⑥，并且“预备挨打”⑦ ……总之，初涉文坛，路翎感觉到的不是少年得志的意气风发，而是被失败的梦魇和深重的困惑苦恼着。这就使我们不能不去思考：年仅 17 岁即登上文坛而迅速成名的路翎，为什么感受到的不是成功和成名的欢悦，而是无以言说的困惑和苦恼？从现实情况看，抗战热潮中，文学的民族化、大众化已是大势所趋；胡风鼓吹的“主观战斗精神”显然是这一和声中明显不同的声部。作为胡风理论实践者的路翎创作，在这样的背景下无疑显示出某种“异端”色彩，似乎注定要经历一番艰难的“挣扎”。

胡风提到，路翎“曾带着疑虑说过，‘我越写越弄不清楚什么叫小说了’”，这句话被胡风理解为“是为生活内容探求相应的形式的呼声，也是无法不从形式传统跨过的呼声”⑧ ——实谓“知人”之言。显然，

---

① 路翎：《致胡风书信全编》，大象出版社 2004 年版，第 18 页。

② 同上书，第 21 页。

③ 同上书，第 36 页。

④ 同上书，第 32 页。

⑤ 同上书，第 36 页。

⑥ 同上。

⑦ 同上书，第 59 页。

⑧ 胡风：《一个女人和一个世界——序〈饥饿的郭素娥〉》，见《胡风全集》第 3 卷，第 102 页。

路翎创作的“异端”色彩，正是由于他凭借着“初生牛犊不畏虎”的勇气，要向那渐趋牢固的“形式传统”发出挑战——这个“跨越”是否能够成功？它是怎样展开的？它的意义何在？我们首先切近路翎颇具“异端”形态、充满了“挣扎”意味的语言，来进入对这一问题的考察。

第一节 一个陌生的命题：“语言奴役创伤”

一 “语言奴役创伤”的提出及其内涵

在一篇回忆文章里，路翎曾谈到关于其小说创作问题特别是语言问题，以及与胡风的争论。

> 又谈到语言的问题。① 胡风说，我的小说所采取的语言是欧化的形态，在这一方面曾有过很多的争论。我小说人物的对话也缺少一般的土语，群众语言。他说，他隔壁的朋友向林冰就说过，我写的工人，衣服是工人，面孔、灵魂却是小资产阶级。还说：人物缺少或没有大众的语言，大众语言的优美性就被你摒弃了，而且大众语言是事实，你不尊重事实了。我说我的意见是，不应该从外表与外表的多量取典型，是要从内容和其中的尖锐性来看。工农劳动者，他们的内心里面是有着各种各样的知识语言，不土语的，但因为羞怯，因为说出来费力，和因为这是“上流人”的语言，所以便很少说了。我说，他们是闷在心里用这思想的，而且有时也说出来的。我曾偷听两矿工谈话，与一对矿工夫妇谈话，激昂起来，不回避的时候，他们有这些词汇的。有“灵魂”、“心灵”、“愉快”、“苦恼”等词汇，而且还会冒出‘事实性质’等词汇，而不是只说

① 路翎文中并未说明这次争论的具体时间，根据《胡风回忆录》载，约在 1940 年 6 月 3 日由向林冰等帮助，住进了“他们院子旁的三间土房”，在这之前，路翎与胡风结识并时常去胡风的寓所交换关于其创作的意见。直到 1941 年 5 月，胡风接到党的指示离开重庆去香港。因此，这样的争论应当发生在这段与向林冰为邻的时间，即在 1940 年 6 月至 1941 年 5 月间。可参看《胡风回忆录》，人民文学出版社 1993 年版，第 190—192、195 页。

“事情”、“实质”的。当然，这种情况不很多，知识少当然是原因，但我，作为作者，是既承认他们有精神奴役的创伤，也承认他们精神上有奋斗，反抗这种精神奴役的创伤的。胡风听了便大笑了。喜欢大笑也是他的特征。我说，我想，**精神奴役创伤也有语言奴役创伤**，**反抗便会有趋向知识的语言**。我说，我还是浪漫派，将萌芽的事物‘夸张’了一点。胡风又大笑了。我还说，在语言奴役创伤的问题里，还有另外的形态。负创虽然没有到麻木的程度，但因为上层的流氓、把头、地痞性的小官与恶霸地主，许多是用土语行帮语，不用知识语言，还以土语行帮语为骄傲；而工农不准说他们的土语，就被迫说成相反的了。劳动人民他们还由于反抗有时自发地说着知识的语言。胡风赞成我的见解，他说，这样辩论很好。”① (着重号为引者加)

路翎小说确实存在胡风所说的“欧化”问题。语言学家朱星指出，中国现代文学语言“大量学取了外国语法”，即“欧化句法”，并把这些新句法分为21类，其中包括“长的修饰语”和“长句”两项。② 路翎小说中就存在着大量“长的修饰语”以及“长句”，这种“知识的语言”与当时许多作家所热衷的语言通俗化取向或者“群众语言”大相径庭，因此其作品也被指斥为“硬要把本来属于小资产阶级知识分子的东西装到工人的心里面去”③。

可以看出，胡风是从当时文学语言的流行趋向上对路翎作品提出质疑的。这里包含着两个相互关联的方面，“衣服是工人，面孔、灵魂却是小资产阶级”，这显然是从通行的阶级分析眼光来评价作品；而语言“缺少土语、群众语言”则与大众化、通俗化的潮流相乖谬。依据当时的逻辑，没有采用“群众语言”，是因为小资产阶级的“灵魂”本质上是对群众立场的背离；同样，因为背离了群众立场，所以就不可能采用

① 见《一起共患难的友人和导师——我与胡风》，张业松编：《路翎批评文集》，珠海出版社1998年版，第282—283页。

② 朱星：《中国文学语言发展史略》，新华出版社1988年版，第150—152页。

③ 胡绳：《评路翎的短篇小说》，载《大众文艺丛刊》第一辑《文艺的新方向》，1948年3月1日。

“群众语言”，二者互为因果。——虽然这种意见并不一定就是胡风的真实立场。[①]

路翎的“回应”和“辩解”

上述引文中，路翎对这一质疑的“辩解”和“回应”则值得深究。

首先，“不应该从外式或外表的多量取典型”，“要从内容和其中的尖锐性来看”，意味着对路翎而言，对于作家创作的评判，不能简单化地按照时代通行、主流的趋向从表面形态加以论定，而应该依据具体内容和实际情况。从内容上看，“尖锐性”是他创作的一个尺度；与此相应，就语言来说，并非简单采用通行的“大众语”、“群众语言”就可万事大吉，他以“知识的语言”来命名自己语言的特质。“尖锐性”一语，是路翎对自己创作的自我肯定性评价——他显然意识到自己作品的内容和当下主导创作倾向之间的差异，并且以自己的“尖锐性”对之作出“回应”。

另一方面，“回应”显然不是理直气壮、毫不犹豫的，路翎对此作出进一步解释：工农劳动者“内心”里面有着“知识的”、“不土语”的语言，并以自己偷听到的两次谈话为例来说明。也许是意识到这样的说法不够令人信服，他接着承认了“这种情况不很多”，工农的“知识少”。但是，随即他又用更进一步的“辩解”抵制了这种退让——由“精神奴役创伤”而提出了“语言奴役创伤”的概念，“语言奴役创伤”源自于更深层面的“精神奴役创伤”；有奴役便有反抗，与语言的“奴役”相应的即是语言的“反抗”，“反抗”的形式则是“趋向知识的语言”。虽然路翎接下来对“语言奴役创伤”的具体解释是地主恶霸对土语行帮语的垄断而使工农失去了该语言的权利，但是至此我们可以发现，“知识的语言”恰恰是作为与“群众语言”相对立的一种语言形态而存在的。联系新文学以来尤其是抗战以后的文化语境，我们不难从这些“蛛丝马迹”（如果按照巴赫金的术语，路翎这段话或许可以称做“预留后路、极力解释的、一再退让的”暗辩式语言，而这种“暗辩”

① 我们可以从胡风关于“民族形式论争”的论文很明确地发现，胡风并不对欧化有过多的反对，并且对“民间形式”本身颇有异议。但是胡风的这种质疑正是站在时代的立场，从时代的具体语境出发的质疑。

意味着说话人的话语暗含着与一个潜在的对话者的一种对话，这样的语言“好像是看到或感到了他人语言的存在，预感到他人的反驳，因而本身仿佛遭到了扭曲”，由于时时考虑到了这个潜在对话者的，因而其语言就是针对着这个潜在的对话人而发，也就带上暗含的“争辩”意味[①]）中，发现路翎的解释与当时现实之间存在着某种紧张关系。胡风和路翎的这次争论，就可以看作是时代对路翎的一次“提问”以及他的一种“回应”——胡风和路翎的“争论”，同时也正是路翎和“时代”的对话。

“语言奴役创伤”的内涵

引文中的“语言奴役创伤”，虽然路翎并没有系统阐释，但是对于理解他的创作特征及深层的创作心理具有重要意义；作为一个崭新的命题，它本身就是应对着其所处的文学语境（“形式传统”），因而具有丰富的内涵。简单来说，“语言奴役创伤”大概包含着这几个方面：

其一，它由“精神奴役创伤”的命题推演出来，意指本该以一种更接近个人内心本真状态（健康、自由）的语言来表达人的内心，但是由于种种原因，却受到了“奴役”而未能得到表达，因而人们惯常使用的**“大众语言”或“群众语言”**，就成为这种**“语言奴役创伤”的主要形式**，其弊端在于不能表达出人的内在生活，因此是“负伤”的。

其二，“语言奴役创伤”必然伴随着“反抗”，其形态之一就是“知识的语言”，它可能采用了“欧化的形态”，其目的在于要把原先被“压抑”的、“闷在心里”的那种内在本真状态表达出来，因此，它也是摆脱“精神奴役创伤”的有效途径。

其三，对于“语言奴役创伤”的“反抗”，在劳动人民生活中本来就存在。路翎提出“语言奴役创伤”的命题，正是“民族形式”论争最为激烈的时期，从他的“辩解”不难看到，来自外界的影响已经使创作不复成为作家“独立自主”的“个人行为”，它甚至已经影响到作

① 参看巴赫金在《陀思妥耶夫斯基诗学问题》第五章中对陀思妥耶夫斯基作品语言的分析。见钱中文主编《巴赫金全集》第5卷，第239—363页。

家对语言方式的选择。“民族化”、“通俗化”逐渐构成了有力的“形式传统”，然而路翎却从这“传统”中发现了“创伤”，并立意要以“反抗”的姿态作出“补救”——日益遭到贬斥的“欧化”语言，成了他借以“反抗”的方式。

二　语言的“挣扎”与“突围”

1. “我越写越弄不清什么叫做小说了”

抗战的特殊时期，时代向每个作家提出了明确的要求，并以强大的力量吸引着作家融入它的滚滚洪流中。每个人都总是处于特定时代和特定现实之中。虽然每个人的立身处世方式不同，每个人对于时代的立场不同，他与时代的关系可能会有各种不同的方式：有的表现为强烈的参与感，他们总是处于时代的中心而引导着时代的潮流和方向；有的则尽可能追随时代的鼓点，融入其中；有的可能相对比较超脱一些，他们保持着冷静，以自己的眼光反思和审视着一切，因而就对时代的激荡保持着审慎的疏离。在抗日战争的特殊时期，对于作家来说，情形就可能更加复杂。

从路翎的经历来看，“他的文学活动，是与他对国家、民族的救亡活动交汇在一起的”[①]。小学老师潘美是对路翎小时候影响最大的人之一，她给予他最初的爱国启蒙。八岁的时候，她曾带着学生去监狱看望国际革命人士牛兰，上街游行，高喊抗日口号，为抗战募捐等，这些都在幼小的路翎心中培植起强烈的爱国热情。[②] 发表在《弹花》上的《一片血迹与泪迹》，他满怀激情地呼喊着：“在这个劫难的国度，伟大的时代里啊！我们要拥抱战斗！我们要跳到战斗的火里去……”[③] 可以说，路翎最初的人生经历及文学训练就是和抗战密不可分地联系在一起的。在这样的环境中成长起来，并且又经历了战乱带来的流离失所、漂泊异乡，自然对于民族危机有着深切的体验，亦很自然地孕育出极强的社会关怀意识和参与精神。他认为“对待作品里的人物，应该用最严肃

---

① 参看朱珩青《路翎传》，大象出版社 2004 年版，第 36 页。亦可参看《路翎年谱简编》，收入张以英编《路翎书信集》，漓江出版社 1989 年版，第 183—187 页。

② 朱珩青：《路翎：未完成的天才》，山东文艺出版社 1997 年版，第 11—12 页。

③ 路翎：《一片血迹与泪迹》，载《弹花》1938 年第 2 卷第 2 期。

的、社会的、战斗的态度”①、“要在社会关系的纠葛里去写人物和世界，没有什么能离开这个的”②、“你得从自己走出去，返进到社会的核心里去”③。而他自己则说写作《饥饿的郭素娥》的目的是“我企图‘浪漫地’寻求的，是人民底原始强力，个性底积极解放”，“我只是竭力扰动，想在作品里‘革’生活底‘命’”④；“我写作蒋纯祖的初衷，是要表达革命理想；但在写的过程中，却对中国的社会作了探索”⑤。总之，成长于战火之中的路翎，在其主要的文学生涯中（主要是40年代前后），是像当时大部分作家一样，怀着强烈的社会使命感，把文学作为一种能够参与社会变革的方式，绝非“为艺术而艺术”的唯美派。

2. 抗战背景下作家们的语言取向

如果把视野延伸到抗战前后的其他作家如老舍、赵树理、张爱玲、沈从文，我们也许会更进一步明确路翎的困境所在。以他们为代表，也许可以宽泛地把作家的写作立场及其与时代的关系分为趋附型和超脱型。

趋附型：以老舍和赵树理为代表，30年代老舍已经凭借《骆驼祥子》在小说创作方面取得了众所瞩目的成就，而随着“大众化”运动的发展，他又自觉地“向人民群众学习语言”。他说：“在抗日战争以前，无论怎样，我绝对想不到我会去写鼓词与小调什么的。抗战改变了一切。我的生活与我的文章也都随着战斗的急潮而不能不变动了。”⑥他虚心向民间艺人学习写作鼓词、旧剧、唱本等，并开始了他认为更具有宣传作用的戏剧创作，同时也在实践中自觉总结着通俗写作的技巧和理论。显然，老舍是自觉地、密切地从行动上应和着时代的要求，他的

① 见张以英编《路翎书信集》，第22页。这句话出自路翎在1944年6月写给好友袁伯康的信中对袁的小说《父亲、母亲、未来的母亲》提出的意见之一点。

② 《路翎书信集》，第42页。这句话出自1945年5月路翎写给袁伯康的信，是对袁的小说《森林里》提出的意见。

③ 《路翎书信集》，第55页。这句话出自1945年10月路翎写给袁伯康的信，是对袁作品提出的意见，篇名已不可考。

④ 路翎：《致胡风书信全编》，第45页。

⑤ 张以英：《路翎的生平、小说和书信——代序》，见张以英编《路翎书信集》，第8页。

⑥ 老舍：《我怎样写通俗文艺》，见《老舍生活与创作自述》，人民文学出版社1982年版，第49页。

创作立场的这种转变具有相当的代表性，虽然后来他对放弃自己熟悉的文学形式从事通俗创作的得失进行了反思[①]，但这种对于主流的趋附，意味着它确实是在抗战热情中的大多数作家近乎本能的一种选择。解放区的赵树理，则更是“深深植根于农村，从思想气质到生活习惯都彻底农民化了的”[②]，可以说是达到了毛泽东所说的“文艺工作者的思想感情和工农兵大众的思想感情打成一片”，因此他的创作很快地作为“方向”，成为解放区作家学习的典范，后来也影响到了国统区对于文学发展的新要求。

超脱型：以沈从文和张爱玲为代表。沈从文和张爱玲则属另一种类型，他们相对超脱于当时的主流文学倾向。沈从文以“对政治无信仰而对生命极关心的乡下人”[③] 自居，在动荡不安的社会环境中，他却保持着相对宁静、超脱的心态，并执著于对艺术之“美”的琢磨与经营。早在20年代末，他就表示“把文学当作一种个人抒写，不拘于主义，时代，与事物论理的东西……”[④]。这种“把文学当做个人抒写”的文学立场，把他与当时投身于时代热潮、充满政治热情的大部分作家拉开了距离。他更多是从个人生命体验出发，以审美的眼光感应并搜寻着生活于乡野中山民们身上的、富于原始意味的拙朴的“人性”之美，并常常升华出“神性”的光泽。如他所言：“我将把这个民族为历史所带走向一个不可知的命运中前进时，一些小人物在变动中的忧患，与由于营养不足所产生的‘活下去’以及‘怎样活下去’的观念和欲望，来作朴素的叙述。”[⑤] 执著于变动社会中的“人性”之“常”，兼其具有的

---

① 老舍在《三年写作自述》一文中，总结了自己三年间学习通俗文艺创作的得失，认为“就成绩而论，我写的那些旧剧与鼓词并不甚佳。毛病是因为我是在都市里学习来的，写出来的一则是模范所在，不肯离格；二则是循艺人的要求，生意相关，不能伤雅。于是，就离真正民间文艺还很远很远。”“三年来的成绩毫无可观”，最终“在试验了不少篇鼓词之类的东西之后，我把它们放弃了”。见《老舍生活与创作自述》，第60—70页。

② 钱理群等编：《中国现代文学三十年》（修订本），北京大学出版社1998年版，第476页。

③ 沈从文：《七色魇·水云》，《沈从文全集》第12卷，北岳文艺出版社2002年版，第127页。

④ 沈从文：《阿丽思中国游记·第二卷的序》，《沈从文全集》第3卷，第145页。

⑤ 沈从文：《〈边城〉题记》，《从文自传》，人民文学出版社1981年版，第127页。

传奇经历和特殊的乡村生活体验，使沈从文获得了一个颇为独特的文学视野，在30年代多元化的文学景观中独具一格。

沦陷区的特殊环境和张爱玲自身对政治的疏离，以及她所具备的扎实的文学涵养，使她能够在初涉文坛时，对自己的创作就具有相当的自信，并已获得较为成熟的、极富个性的见解。她的一系列主张如注重“人生安稳的一面”、致力于“美的成分”而不是“力的成分”、“不喜欢采取善与恶，灵与肉的斩钉截铁的冲突那种古典的写法”而钟情于“参差对照的写法”、“写小说应当是个故事，让故事自身去说明，比拟定了主题去编故事要好些”等①，都显示出她对于时代、对于自己、对于文学、对于生命都有着较为清醒的认识，她的写作正是基于这些认识的自觉指引。对于政治和时代的超脱，在某种程度上，也使她能够保持着理性，不着笔于当下的战争而仅以之为背景，从都市世俗人生的独特角度，发掘出在战争中仍然存在的、更贴近琐碎现实人生的“真实”人性，最终表达了一种超时间性的、对于生命存在的独特思考和发现。而且从她的那篇用以回应傅雷先生的批评文章，我们不难发现她对自己的创作有着相当的自信。这种较为冷静的思考和明确的文学立场，都使她能够保持写作的独立性，也能够保持较为理性的视角，执著于自己的审美趣味和美学追求，不会受到过多的困扰和影响。

因此，就沈从文和张爱玲而言，他们比较注重于文学艺术特性包括对语言的经营，注重于更富有整体性、超越性的审美情调和艺术品格的营造。同时，跟路翎相比，他们二人的阅历和对于时代的超脱，使他们能够保持自己独特的审美眼光、审美价值观，因而在创作中的自我调控是颇为自觉的。沈从文知道自己的作品会受到冷遇，而依然坚持着自己的立场，甚至有意以“乡下人”的“执拗”对都市文明作旁观之状。张爱玲的自负和清高，使她同样在艺术追求上保持了镇静。所以，对于相对边缘化的沈从文和张爱玲来说，创作是在一种相对自足的自我世界中进行的。对他们来说，来自外界的干扰如时代或政治因素的影响要小得多。但是，对路翎来说，情形则显然不同。特别是创作之初，一方面

① 张爱玲：《自己的文章》，原载《苦竹》1944年12月第2期，见《二十世纪中国小说理论资料》第4卷，第283—285页。

他没有接受过像张爱玲那样系统的文学训练，也没有像沈从文那样的特殊经历和较为沉稳、相对超脱的心境，他毕竟是尚未高中毕业，生活阅历相对简单，创作中激情的、直感的成分可能就多于理性和自觉的成分。

如果说老舍和赵树理各以其对于主流文学立场和文学形式的趋近、融合，表现出时代之于作家强大“向心力”的吸附效应以及作家对于时代感召的热切呼应，那么，张爱玲和沈从文则对此保持了冷静，着重于从文学艺术性的审美要求出发，从自己的生活体验出发，通过对更为日常化的世态人生的细致描摹，各以独特的眼光表达了对恒久人性的关注和探索。我们可以宽泛地认为，他们（老舍、赵树理/张爱玲、沈从文）分别代表了抗战时期作家与时代之间关系的两种基本取向——热切地趋近与冷静的疏离。对路翎而言，情形则更为复杂。一方面，时代对他的感召力及自身对文学社会功能的体认，是他对文学社会属性极为关注的内在动因；另一方面，他又不满足于当时通行的过于注重实用性而忽视了艺术性、对生活的理解过于简单化的抗战文学，并进而产生了“暧昧的反感”。并且在最初的文学生涯中，由于过早中断学业、文学准备尚嫌欠缺，年轻的路翎还未能如上述作家一样，达到对社会人生的深刻洞察，明确自己的文学立场，并以自觉的文学观来指导写作。因而他的困惑、疑虑、苦闷就显得尤为强烈。

显然，老舍和赵树理对于时代热潮的呼应，作为更为适应“历史合理性”的选择，代表了战争年代作家立场的主流倾向；相对而言，沈从文和张爱玲相对边缘化的立场更多基于个人的因素，体现了执著于艺术探索的疏离者的特殊性。因此，从路翎的实际看，对民族危亡的强烈使命感、对抗战救亡的高昂热情以及对于文学社会性的坚定立场，就不仅是时代的要求，它也同样来自路翎内心的本能和自觉——而这正是时代之于个人的影响所在。

至此，如果再回头读一读他和胡风那段争论，也许还可以再次借用巴赫金的术语（“暗辩体的对话”），把胡风的质疑解读为路翎内心那个潜在的“我”的一种质疑：潜在的生活中的“路翎”站在时代的立场上，站在多数人的立场上，质问着那个在写作中颇为不合时宜的作家路翎。而那个争论也就是现实中的路翎和作家路翎的一次“对话”。路翎对胡风的辩解体现的是作家路翎的立场，但这也是应着那个"未在场的、生活中的路翎而回答的，所以这里面有争辩、解释，也有保留和退让，处于一种激烈的"暗辩"中。我们也许可以就此把这两个立场相互对立的路翎看做路翎写作中的一种独特的现象，它使得路翎的写作成为处于这两者——写作个性的本能要求或基于"自我"的独立性诉求与基于时代特殊要求的创作趋势的认同感——之间的一种"挣扎"。因此，路翎的写作取向就不仅和时代的要求相抵牾，而且更为重要的是，这种时代的要求也同时内在地来自自身，这使其创作心理必然处于一种严重的分裂状态——同时也决定了路翎与同时代其他作家相比，不仅会遭受到更大的来自外部的压力，而且他也必须承受首先来自内心的"自我"的压力。这一点宿命性地决定了其写作面临的困境。这同时也意味着，他的"反抗"和"跨越"，比之于大部分作家，将成为更其艰难的"挣扎"。

第二节　作为"反抗"的语言形态："知识的语言"

下文我们试以路翎小说文本的分析，来说明路翎的写作困境是怎样体现在语言中，同时他的语言体式和语言形态又是以怎样的方式表现出时代语境的潜在影响。

一　语汇特点：超密集性的心理语汇

恩斯特·卡西尔把人界定为"符号的动物"，并认为"符号化思维和符号化的行为是人类生活中最富于代表性的特征，并且人类文化的全部发展都依赖于这些条件"①。而语言作为人的最重要的一种符号，曾被苏珊·朗格称为是"人类发明的最惊人的符号体系"②。她还从文化的意义上把人比作"语言符号动物"，是因为人的思维必须借助于语言才能得以进行，语言和思维是同一的，更具体地说，就是"人的语言与

① ［德］恩斯特·卡西尔：《人论》，甘阳译，上海译文出版社1985年版，第35页。

② ［美］苏珊·朗格：《情感与形式》，刘大基等译，中国社会科学出版社1986年版，第40页。

人的感觉、知觉、想象、理解等心理机能是同一的。语言是内在于人的感觉的，就以个体的人的语言发展而言，他的语言与他的感觉是一致的”[①]。对文学而言，每个作家对特定语言方式的选择，就往往显示出其“感觉”和“思维”的个性特征，从而体现了他感受世界、理解人生的独特性所在。小说是作家对现实世界的重铸，这个重铸的活生生的世界就存在于语言之中，小说语言就是小说世界存在的家园。汪曾祺的这段话颇有深意：“语言不只是技巧，不只是形式。小说的语言不是纯粹外部的东西。语言和内容是同时存在的，不可剥离的。”[②] 我们不能不对作家写作中区别于他人的语言要素如语音、语汇、特定的句式和突出特征给予特别关注。

1. 心理语汇超密集分布

读过路翎小说的人，都会对他的语言留下深刻印象。的确，即使不把它放在抗战前后“民族化、通俗化、地方化”的大背景中来看，其语言形态也具有鲜明的特征。有的论者认为可以从路翎小说中“罗列一大堆缺点”，如“文笔太嫩、句法、语气逻辑结构不严密，语言生涩、重复、冗赘”[③]，也有论者认为“作者所使用的语言，有时似乎太冗琐一点，有些地方因为着色太浓，反而看不清楚”[④]。且不说它与中国古典小说的语言风貌相去甚远，就是把它和风格各异的五四新文学相比，其中差异性也是显而易见的。在《财主底儿女们》中，路翎显示了惊人的创造力和独特的风格，作为代表作，它无疑也最为充分地体现了他的语言风格。下面，我们通过对这部作品（上、下卷）中出现频率较高的一些语汇作简单统计，粗略了解其语汇的分布特征。

这篇小说中表示**心理动作的动词**占据了非常高的比例：**“觉得”**出现1862次，**“感到”**出现647次，**“想到”**出现554次，**“明白”**出现492次，**“理解”**出现155次，**“感觉”**出现了252次，**“发觉”**出现90次，**“意识”**出现139次……

---

① 童庆炳：《文学语言论》，《学习与探索》1999年第3期。

② 汪曾祺：《关于小说的语言（札记）》，见《汪曾祺全集》第4卷，北京师范大学出版社1998年版，第7页。

③ 谢伟民：《路翎小说二题》，《现代文学研究丛刊》1990年第1期。

④ 邵荃麟：《饥饿的郭素娥》，原载《青年文艺》1944年第1卷第6期。

另外，表示情绪、情感或心理状态的形容词也占据了非常大的比例：如“**严肃**”出现 578 次，“**可怕**”出现 411 次，“**热情**”出现 356 次，“**愤怒**”出现 340 次，“**兴奋**”出现 308 次，“**温柔**”出现 269 次，“**冷淡**”出现 237 次，“**强烈**”出现 210 次，“**激动**”出现 196 次，“**冷酷**”出现 183 次，“**孤独**”出现 184 次，“**苦恼**”出现 178 次，“**凄凉**”出现 169 次，“**安静**”出现 160 次，“**恐怖**”出现 168 次，“**感动**”出现 159 次，“**怀疑**”出现 136 次，“**光明**”出现 134 次，“**恐惧**”出现 126 次，“**热烈**”出现 108 次，“**失望**”出现 103 次，“**渴望**”出现 96 次……

虽然并不能依据这些数字对路翎小说风格作出明确规定，但是它至少让我们能感受到其语汇的一些突出特征。从总体上看，无论是动词还是形容词，**路翎选用最多的是那些用来表示人的心理行为、心理状态的语词**。形容词的选用中，那些表示人的情感状态、情绪特征、心理活动、心理状态或思想性质、意识意愿等的状态、性质、属性、特征的形容词，构成了其小说语汇的主体部分，而这些密集性的性质相同的形容词，往往用来描述人物复杂、错综的内心状态，即使描述环境、景物或具体事物，在路翎小说中也会经常出现这些具有复杂心理内涵的形容词。动词中，使用较多的也是“心理活动动词”如“觉得”、“感到”、“认为”，等等，作为谓语往往引出较长的句子作宾语，是对人物的心理、意识的具体呈现。这类动词的选用就意味着对人的内在世界的关注和着重。

2. 心理语汇的功能：“内指”性

下文我们从路翎小说中选择一些具体例子，来看看语词选用的基本特点：

> 在一·二八当时，蒋少祖满意在接到王桂英底来信后和她来上海后自己所感到的和所表现的，他认为那一切全是由于他底意志力；只在最后的晚上他感到惶惑，但那个惶惑被洒脱的态度和后来的英雄似的情绪所遮掩，他自己未曾特别考虑。事情过去，这个惶惑留下了，且那样深刻，蒋少祖含着一种不确定的痛苦明白了它。最近两个月，在王桂英底愤怒的沉默里，他不时想到那个晚上，明

白了自己底限度，并且明白了自己在那个时候所怀的玩世不恭的恶意，——他觉得是这样——深深地感到不安。（着重号为引者加）

——《财主底儿女们》

这一语段是对接到王桂英的信后蒋少祖复杂微妙的心理的叙述。在200多个字符中，表示人物的内心状态的语词非常密集，这些语词（包括名词、动词、形容词、副词）构成了本语段的基本内涵。

动词　动词部分主要由“满意”、“认为”、“感到”、“考虑”、“想到”、“明白”、“觉得”这样表示心理活动的动词构成。一般来说，这些动词后面连接的或者是表示意志、心理、情绪的短语，或者是表达这些内容的结构复杂的句子，其宾语往往延伸到对人的内在状态，如情感、情绪、意识、心态、精神、心理状态的陈述，可以说是**对未展开的、被封闭的主语（主体）之内在状态的展开**。[①] 在这个意义上，可以说，动作动词的功能是“**外指**”的，强调的是施事者与受事者之间的一种主动/被动的关系，或者显示施事者的行为所造成的后果。而心理活动动词的功能却是“**内指**”的，它指向主体的内在心理世界，因而并不着意于对某个明确的客体对象施加外在影响，它仅仅是为了实现对主体内在状态的展示或洞察。

形容词　引文中有许多形容词、形容词化的名词，同样与人的主观情感、心理相关联，或者出现一些“感觉化”、“心理化”的特殊短语，如此处的“所”字结构。主观性名词、形容词“意志力”、“惶惑”、“态度”、“情绪”、“痛苦”、“愤怒”、“恶意”、“不安”，等等，这些语词，大都属于语言学家郭列洛夫所说的“带感情评价意义的词”或“表示感情的词”。郭列洛夫认为：“汉语中词汇表现力的重要手段之一就是带感情评价意义的词”，它们“充满表情和感情色彩，包含着主观评价。这些词属于激情词汇，并创造表述的总的情调，传达说话者对思

① 一般的动作动词，如“坐”、“看”、“跑”、“打”、“关闭”、“加宽”等，表示具体动作或状态的变化，一般会紧接被支配对象形成“动宾结构”。这样，动作动词的宾语总是指向相应的主语之外的对象、客体，形成支配与被支配的关系。如“看书”、“打人”，等等；如果是状态的变化则指谓对原有状态的改变。但是，本引文中多次出现的这种“心理活动动词”的功能却截然不同，它们一般不存在明确的动宾支配结构，也不指谓某种外在状态的改变。

想对象、对周围现实事实的感情的、主观评价的态度”。“带感情评价意义的词应区别于表示各种感情的词。前者是表达感情的手段、后者是表示作为逻辑概念的感情的手段，也就是表情的名称（如高兴、惊骇）。”[1] 路翎小说中大量存在的“感情评价意义的词”和“表示感情的词”，就构成了其小说独有的“情调”——不着重于人物与外在客体世界关系的呈现，而是极力探入到人物错综复杂的心理世界，把那些隐秘的、微妙的、难以言传的情绪和心理、意识内容用相当严密、繁复的语言一一显示、剖解出来。

在蒋少祖和王桂英的恋情中，这种心理是极其微妙的。蒋少祖是一个极端英雄主义的人，相当自负。在和王的恋爱中，虽然被强烈吸引，却又不满于王给他造成的压力，于是匆促地和妻子陈景惠结婚。但是，他还是不能忘情于王桂英，并且也正是他的自负性格，使他一方面对王怀着冲动的欲望，同时也混合着强烈的征服欲。所以，在王写信说要来上海时，他并没有明确表示态度，但是潜在的征服欲却大大地得以满足。王来到上海蒋家中时，蒋则又处在道德伦理的压力和肉欲的诱惑之间，他对王的态度则处于伪装的冷淡和含蓄的引诱之间。同样是由于自负，他总是把这些纠结不清的心理以自我欺骗的方式，“压抑”到无意识领域竟至毫不自觉，但他的心绪却又不能不受到影响。路翎想表现的正是这样一种复杂的心理状态，这里面既有人物情绪、情感的展示，也有叙述人对人物心态的剖解，有意识层面人物性格与行为之间关系的分析，也有无意识深层矛盾心态的揭示和探究。所以，人的内在世界的丰富、幽微、隐约、复杂、纠葛等都涵括其中。如此看来，选用这些具有**“内指性”**的心理语汇，似乎就成为路翎“为生活内容探求相应形式”（胡风）的必然起点。

3. 语言的“挣扎”与“跨越”：从“暧昧的反感”到自觉的“反抗”

可以说，对内在世界的关注，正是路翎作为作家所显示出的独特感受方式，也同构性地成为其小说的总体取向。我们当然不能忘记，路翎

① ［苏联］郭列洛夫：《现代汉语修辞学》，王德春译，江苏教育出版社1987年版，第13页。

在提出“语言奴役创伤”的命题时，是把它和“精神奴役创伤”关联在一起的——也就是说，它是以“精神奴役创伤”为归依，而语言形态的选择正是为了表现出对“精神奴役”的一种“反抗”。这种“反抗”式的语言就不可能是常规化的、以“创伤”形态存在的、以日常生活语汇范围为主。他的“反抗”，尽管是一种经过反思获得的意识和观念，但是，在写作中则首先会落实到最具体的语词层面。这种对人的复杂心理的过分执著，就使他在语词的选用时不能不集中到可以表现相应内涵的语词上。无疑，如此集中地使用表现心理的语汇，对路翎小说来说具有某种必然性。对此，有的论者认为“作者的语言句式结构太单调固定，语言表达技巧过于贫乏”①，我们认为这种说法过于表面化，未能意识到：正是其深层的创作取向决定了路翎语言、语汇的这一特点。很长时期以来，人们对文学作品语言的评价往往过于简单化。一般是先预设了一种所谓“理想”的语言形态——诸如通常所说的“准确、鲜明、生动、形象”、“个性化”，等等——然后用这些抽象的标准去衡量所有的作品，而不对作品的情况作具体分析。固然，这些标准有其合理性，但是，如果把它作为一个抽象的万灵法则去鉴别所有对象，那么这种合理性也就消失了。优秀的艺术作品，首先总是在形式和内容两方面达到了高度的和谐，或者在所谓的“相克相生”中超越了现实的障碍而达到了艺术的佳境。一定的语言总是内在地与一定的形式相互关联，如果脱离开内容要素（题材、主题、情感取向、价值形态，等等）而孤立地评价语言，则难免会造成机械化的弊端。我们评价文学作品的语言，不能不综合考虑语言形态与内容的相互关系。

而这一点，路翎在创作初期，凭着他的创作直觉已经强烈地感受到了，他在一封写给胡风的信②中曾表示过这样的见解：

你说关于作品的话，想了一下。文句上的毛病，那起源是由于对熟悉的字句的暧昧的反感：常常觉得它们不适合情绪。关于创作

① 谢伟民：《路翎小说二题》，《现代文学研究丛刊》1990 年第 1 期。

② 胡风的信的具体内容已经无法确认，在胡风给路翎的信中没有看到和这封信对应得上的一封信了。内容大致是在路翎初次写作《财主底儿子》时胡风对他的意见。

> 方法。那第一节底不和谐是受了事件来源的限制，开始时好像对这片东西并无大的追求。叙述的摒弃等等，则生根于近来的某些倾向里：以为要尊重读者的想象力，以为作者不需多说话，以为作者要宽大，使读者自己去明白那些未显露的内容，等等。现在想了一下，觉得这也是偏颇的，精神深邃高远的人当不会意识到这些问题。[①]（着重号为引者加）

20岁的路翎，对文学的理解还缺乏相当的自信，但是对于文学现状的不满（“反感”）却是显见的。这种不满来自他的创作直感，他虽不能用高深的理论和深刻的思想表达出来，但是却清晰地意识到，这种“反感”源于“熟悉的字句”“不适合情绪”。显然这成了创作初期最为困扰路翎的问题。一方面，语言通俗化、大众化、地方化、民间化此时既已成为主导的语言形态，它就必然会产生巴赫金所说的那种“社会政治文化的集中过程”，即“向心力”的作用——把一切的“杂语”形态加以强制性整合归并的趋势。而其他无法纳入这个主流之中的语言形态，都可能会受到阻碍和排斥。“向心力”和“离心力”的悬殊对比，决定了路翎这种“异端分子”的悲剧命运。而路翎在给胡风的信中反复申述的疑虑、苦闷、焦虑、不安，就必然是在这种处境中的自然产生的心理状态了。不过，在此我们应该更加注意路翎提到的“反抗”一词：可以想见，最初的“反感”是“暧昧的”、朦胧的、出于直觉的，而随着创作实践的积累和文学认识的深入，这种“反感”可能愈益强烈，以至于最终开始了有意的“反抗”。也就是说，最初仅仅是“暧昧”地感觉到熟悉的字句、流行的形式不适合表达自己的情绪，因自己的创作和主流存在偏差，就可能产生对于主流的同样“暧昧”的、盲目的趋近意向。到后来，在更为清醒地认识到自己的创作取向和主流（“近来的某些倾向”）之间的本质差异之后，就逐渐经过理性思考确认了自己写作的价值所在，认识到应该自为地选择不同于主流倾向所规约，而与自己的取向相匹配的方式。所以这种“反抗”就变成了自觉的、有意的追求，基于对自身的创作价值的体认和创作个性的坚持而具

① 此信写于1943年5月13日，路翎20岁，见路翎《致胡风书信全编》，第65页。

有了对自身主体性存在加以确认的意味。当然，在时代潮流的裹挟中，作出这种选择无疑需要极大的勇气。路翎最终选择的写作方式，虽然体现了“初生牛犊不畏虎”的少年意气，但肯定也经过了理性思考，是从自己的创作实际出发的有意选择。

1. “有意味”的形式：从人称转换透视路翎的“挣扎”

在他早期的一部作品《谷》（1945.7）中，有一段文字颇堪玩味，我们也许能从这段人物独白特别是其中的人称转换来发现某些微妙的内涵。

> “在今天，自然，我自己……我们是也代表着这现实的一部分的。我们并不好；我们需要改造。……一个真正的时候，真正试炼一切人的时候已经来到了。现实在酝酿着；为战争初期的热情的急流所暂时蒙蔽住的各种样像显现了。……我们开始面对着实际生活。我们要在各个独立的环境里作斗争！”他停了一下，眼睛被激情所照耀，放射着光辉，“而我，是的，我这样走着路，我也望见了太阳升起的方向，然而我也许无力走到：到那一个力量尽完的时刻，我就默默地倒下。……不变节，不投降，败退了也还是英雄。……”（着重号为引者加）
>
> ——《谷》

如文中的着重号所示，这一段短短的人物语言中，出现了三次人称转换：**“我自己”—“我们”—“我”**，而这种微妙的转换之中语言的格调是并不相同的，它能够反映出“我”所意指的“个体”和“我们”所意指的“群体”之间的复杂关系。

“我自己”—“我们”　先看人物对话的上半段。代词“我自己”起句，说明林伟奇惯于在人称上使用这些表达个体存在的代词。但是紧接着却马上转换成了“我们”这个集体代词。从字面上看，林是用“我们”来指代自己和恋人左莎，但是，他使用的“现实”、“改造”、“战争”、“斗争”则属政治语汇，有着清晰的时代色彩；从修辞上说，它们一般应与公共语境相关，如政治会议、政治性演讲、争论和时事新闻等。这种公共的、政治的语汇，在这里却被置于一对恋人独处的私人语境之中。从表层文本看，林是在对他的恋人说话，但话语本身具有的“公共”性质，暗含着他同时也是对一个“潜在的”公共群体而发。在私人语境中选择这种语体形式，隐现出说话人有着某种更为深隐的内在意图和目的。这样，引文中“我们”一词就超出了字面的所指意义，指向一个更为抽象的“集体”。“我们”这个代词，与表示个人、私人、个体的“我自己”相对立，着重对整体的概括和把握。经过集体力量的强制性挤压，参差不齐的个体差异将最终被抹平。

“我们”，无疑显示了时代的强劲感召力，从“我自己”到“我们”的字面转换，也就蕴涵着时代语境对个体的强大影响力。更进一步看，这种转换在更深的层面上，意味着时代“转型”的先兆及其在人（特别是知识分子）的意识层面的一种微妙“折射”。五四时代“人的解放”的主题正通过“革命”主题的散播而向更具“力”的象征的集体、大众转移。这种感召，对一个个体，特别是像林伟奇这样热衷于“现实”和极富激情的热血青年，无疑具有最强烈的感染力（以至于这种时代的语境被他无止境地延伸到几乎所有的私人领域，如作品中恋人独处的私人场合）。这里体现出的是时代的集体性诉求对个人的强势吸引。所以，一个可能过去是激进的个性主义者林伟奇，就显示出了“遏制不住”的对于“集体”——或对于时代的认同意愿。另一方面，林伟奇话语中从“我自己”到“我们”的转折（这里不能不特别注意到其间的省略号：“在今天，自然，我自己……我们是也代表着这现实的一部分”，就显得别有意味），并非沿着说话者语言惯性的自然语流，而经过了较长时间的停顿（省略号的间隔），才发生了人称的单复数转换。这些微妙的信息，暗示出他对自己话语也许有意也许无意的调整。这一调整也表明了林伟奇的这种认同，并非出于自然状态或自然发生的，而是出于明显的自觉——他意识到“认同”或“融入”的必要性之后而对自己作出了调整。这种调整是个人应对时代召唤而作出的积极反应。同时，这也说明了集体意识、时代感召、政治观念和对革命话语的迷恋，已经以强势的姿态渗透到私人生活当中，成为私人生活的一部分。这正是抗战前后中国社会的一个突出特征。

这是上面所引人物的对话的上半个段落。接下来再看看下半个段落。

"我们"—"我"　人称代词再次发生转折：从前面的"我们"转向了"我"。这中间有叙述人对人物神情的描摹作为过渡："眼睛被激情所照耀，放射着光辉。"显示的是人物沉浸于"激情"当中，处于与日常状态迥异的"诗意"状态：处于精神的亢奋和高度集中状态，忘记了物质性的现实存在。在"激情"的鼓动下，那个先前被有意识地加以调整的"我们"，（相对于前一次转换的"不自然"）此时很自然地向作为主体的"我"回归。也许可以认为，起句时的"我自己"，由于后面很快意识到的"我们"而被强制性地压抑了，成为一个没有展开的、仅仅在符号意义上表征其个体属性的代词，而没有能够成为对其存在状态的陈述。"我们……"这一段落语句则明显具有政治口号性色彩，体现时代对个体的压抑和对个性的排斥。"我自己"到"我们"的称谓就表达了这种个人与集体、社会、时代之间的失衡的对比关系——势单力薄的"个人"，显然无力抵御强大的"大众"洪流的裹挟。因此，对个人而言，无论是自愿还是不自愿，这种转折都具有某种必然性。但是，引文中林伟奇却又一次把"我们"置换为更为清晰的"我"。这样，先前"被压抑"、未展开的那个"我"，在向强势的"我们"作了某种妥协之后，又终于在"激情"中浮现出来，而且，显示了更为悲壮的"英雄"气概。

如果说，引文中人称的第一个转折，表征了从"革命文学"转向后，集体对于个人的"收编"和个体对社会归属感的强烈诉求；那么，从"我们"——"我"的第二个转折，则体现了人物反潮流的、极具特殊性的一种立场。这里有着对时代感召的呼应、趋附，同时又敏感地意识到因为无条件地融入而导致自身主体性失落的敏感，于是在向"时代"靠拢的同时，迅即产生了近乎本能的抵制和拒绝，而让先前被时代洪流所淹没的个体——"我自己"重新得到确认。这里面存在着个体与集体、革命、国家、民族、政治、战争之间的复杂纠结和缠绕——既不是无条件的迎合和趋同，也不是黑白分明的对抗。同时也呈现了处于社会转型时期个体的高度紧张状态：妥协与对抗、认同与抵制、控制与反控制……在"锤与砧之间"，个体将处于不可避免的"心灵危机"之中。

还应看到，这段引文中，存在两个语境，也相应存在两种不同的话语方式。一个语境是由政治性语汇构成的公共语境，它以标语口号式的词语为特征，简洁的句式，有力的节奏，明晰的判断和警示性的语气，都以无以置疑的姿态表达出历史、时代“无情”的、斩钉截铁的力度。而另一个语境则是后半段落以“我”为主语展开的陈述。由于和日常生活语境（语词通常指向字面意义）相分离，这些话语已经带有明显的象征意义，因而成为与政治语汇和生活语汇相区别的一种“知识分子话语”，显示出作为主体的个人对自我精神状态或思想意识的体认和省思。显然，这个代词“我”表达的是对个体精神存在的确认，它体现出主体具有独立思考、自我反思和对自身的精神状态、存在价值进行理性判断的能力。于是，前面的“我自己”由于“我们”的挤压而经历了短暂“压抑”之后，随之释放的则是这个更为清晰的“我”兼含着情感与理性的自我指认。我们也不难从这个象征性的描述中（舒缓的句式、低沉的语调、犹疑的语气、不确定的感觉以及语句的抒情意味）体味出与前面的政治话语相迥异的话语风格，它使这个“我”显得孤独、忧伤、富有浪漫色彩和悲剧意味；“我”的密集式使用和末句的有力风格，更强化了主体（“我”）的一种决绝姿态。

林伟奇这段独白中，“我”与“我们”的称谓及其转换，显示了时代语境与个性极强的青年之间的某种紧张关系。最后，这个桀骜不驯的林伟奇，经过与“我们”所代表的群体的艰难挣扎之后，他还是选择了“不变节，不投降，败退了也还是英雄”的立场，悲壮中含着勇毅。从某种意义上说，林伟奇所习惯并最后坚持了的“我”（“我自己”），意味着对于“我们”所隐含的大众人生哲学的背离，拒绝融合到世俗化的、日常生活的松弛状态之中，宁愿做一个孤独的、不被众人所认可的精神探索者或思想者。因此，相对于“我们”语境中的公共性，主语“我”所述谓的正是一种贴近个人心理感受、精神存在的状态。林伟奇的独白中所暗含的困境与最后的选择，也许正可以用来类比路翎的文学立场，如他最开始感觉到的“疑虑”与困惑所带来的深重的苦闷，以及在后来给胡风信中所表示的“反抗”意愿，似乎正是这种“我”与“我们”之间的艰难较量。就路翎语言形态的选择来看，“语言奴役创伤”命题其实正是因为对于流俗的“熟悉的字句”（它们恰恰负荷着“语言奴役创伤”）的“反感”而提出的；因而，如同林伟奇最后选择作为悲剧式的英雄一般，路翎似乎也要通过这不免过于沉重的“反抗”，来拯救在他看来是“负伤”的语言。

二　句式特点：“繁冗琐碎”的长句

和他的构词特征相似，路翎的句式选用也别具个性，关系复杂的长句子是一个突出特点。而之所以“关系复杂”，是因为他的句子总是使用了繁冗的、有时候又互相矛盾的修饰语、限定语，在句子主干中插入了各种性质的状语和补语，尤其是关联词的使用非常之频繁。老舍说：“要把语言写好，不只是‘说什么’的问题，而也是‘怎么说’的问题。创作是个人的工作，‘怎么说’就表现了个人的风格与语言创造力。”“尽管是写同一题材，可也十个人写十个样。”① 的确如此，同样的题材或主题，作家在写作中选择不同的话语体式，运用不同特征和风格的语汇、句法、措辞技巧，甚至是微妙的语调调整，其效果都可能是完全不同的。对此，美国学者理查德·泰勒表达得相当清楚：“句子的长度、措辞上的流畅与否以及音调模式的相似性都会对所反映的情感形象和意义产生决定性的振动力量。例如，一个长句子就能在时空范围产生增加长度的印象。当用长长的、开朗的或洪亮的音调很流畅地陈述，具有强大声势时，这种句子就会根据题材的需要，导致强烈的感情，要么沉静、厌烦，要么消沉或沮丧。另一方面，一个短句子，要是它被打散成短语，并且进而用尖锐而快速的爆破音重读，那就会给人以富有生气、有煽动性或狂暴的强烈印象。”② 显然，句式的选择直接影响到接受心理，造成多元化的审美格调，并且也可能最终决定该作品的艺术品格。“我们只要稍微在语言的声调、加重语气、停顿、句的长度方面加以改变，这个诗的世界就会变成另外一个世界，这个作品就会变成另外一个作品。”③

1. 繁冗的修饰语

路翎对长句子情有独钟，这造成了其作品滞涩凝重的风格。并且，

① 老舍：《关于文学的语言问题》，见《老舍文集》第 16 卷，人民文学出版社 1991 年版，第 93 页。

② ［美］理查德·泰勒：《理解文学要素》，四川大学出版社 1987 年版，第 130—131 页。

③ 凯塞尔：《语言的艺术作品》，上海译文出版社 1984 年版，第 7 页。

对于习惯于首先寻求情节曲折和语言流畅的读者来说，这种高密度长句子实在是过于陌生和特异，不能不构成对期待心理和阅读惯性的挑战。其小说语言相比于传统现实主义小说[①]，显示了迥异的风貌和强烈的个性色彩，也不免留下了被人指摘的“靶子”。下面举例析之。

> 女人动着失色的嘴唇，摇着头，明白了自己的绝望。在喉管里震响了一下之后，用一个郭素娥这样的女人在最后的绝望里所能有的愤怒的一击，她以一种充满不可侵犯的尊严的声音叫：
>
> “哪个敢动我！”（着重号为引者加）
>
> ——《饥饿的郭素娥》

美丽强悍的女主人公郭素娥在饥馑中被父亲抛弃，在饥饿的昏迷中被大她二十几岁的鸦片鬼刘寿春收留而成为他的女人。命运剥夺了她作

① 传统现实主义小说，主要意指19世纪欧洲批判现实主义文学思潮和创作方法，以“按照生活的本来面目再现生活”（契诃夫：《致苏沃陵》，见《契诃夫论文学》，人民文学出版社1958年版）为宗旨。其创作模式是从人和社会的悲剧性冲突中展示人的性格、处境和命运，揭示社会对人的摧残和压迫，表现对社会的批判，创作的注意力倾注在人的外部世界的社会生活，从人的外部世界向人的内在世界透视，从人的社会关系中表现人。巴尔扎克是其典型代表。法国以左拉和福楼拜等为代表的自然主义也与此相似。到陀思妥耶夫斯基和契诃夫后期创作，已经逐渐转向人的内心生活，从人对社会生活的感受和反映中表现人。到后来被称做“心理现实主义”的“意识流”派小说，则基本上是对现实主义“传统”的颠覆，强调从人的内在世界对外在世界的感受和反应中，即从人的内在生活——人的意识流动中去表现人、揭示人的复杂的性格、处境和命运的本来面目，可以说是开创了现实主义的“新”模式（见胡尹强《现实主义在二十世纪西方文学中的历史命运》），载柳鸣九主编《二十世纪现实主义》，中国社会科学出版社1992年版。五四时期中国现代文学对现实主义的接受，来自两个传统：一是以法国为代表的西欧现实主义文艺传统，二是以俄罗斯文学为代表的批判现实主义文学传统。其中俄国现实主义传统的影响更甚，特别是由于鲁迅对俄国现实主义文学的借鉴、吸收及其在创作上取得的辉煌成就，更促成了作家和理论家对俄国文学的亲近。但是到30年代以后，以恩格斯的“真实地再现典型环境中的典型人物”为原则的现实主义小说模式逐渐成为中国小说的“正格”，强调“作者的见解愈隐蔽，对艺术作品来说就愈好”（《致哈克奈斯》）。以“典型人物”为核心的小说创作模式正与欧洲传统现实主义小说相类似。我们在此使用“传统现实主义小说”这个概念，主要意指以恩格斯的界定为原则的小说模式，也基本上与19世纪欧洲批判现实主义小说属同一范畴。路翎小说与“传统现实主义小说”模式有诸多差异，而与“意识流”派的心理现实主义小说也大有不同。关于它与“意识流”的区别，详见后文。

为人的基本生存条件，于是产生了强烈的肉体“饥饿”（食物和肉欲）。而隐含在这些物质“饥饿”下面的，是她更为饥饿的情感和精神的需求。冷峻乖戾的机器工人张振山吸引了她并最终与之发生恋情。但是张起初仅仅把她当作冀求于得到肉欲满足的普通女人。当他发觉郭对他怀着家庭的希望和对正常人身份的要求时，他那被险恶的生活所压抑的人性复苏了，开始以怀疑的眼光审视郭素娥；但同时，多年的流浪生涯培养了他桀骜不驯的性格和不想接受任何束缚的心态：他不愿意“让一个女人缠在裤带上”。鸦片鬼在得知郭和张的恋情后，联合唯利是图的族人和乡场上的恶霸，准备把郭素娥卖给一个有着生理病态并已致四个女人于死命的绅粮。郭此时带着强烈的希望等待着张到来并带她逃离苦境。但是，她等来的却是鸦片鬼带着无赖黄毛和贪得无厌的保长，以及冷酷的族人来实施他们的阴谋。郭素娥从希望中跌入绝望的深渊。

引文中第二个句子就是这个具有强烈反抗力和生命力的女子，在心境逆转之时对自己命运的抗击：“**用一个郭素娥这样的女人在最后的绝望里所能有的愤怒的一击**”，作者使用了一个冗长的介词短语作为状语，状写动词“叫”的方式。这里，他没有像一般作者着意于在情节危急时刻，用动作或人物的外在情态来展示人物内心的态度、感受或对某事产生的反应。路翎在此使用的动作仅仅是“动着嘴唇”、“摇着头”，“在喉管里震响了一下”，如果不结合后面这个冗长的修饰语对于人物特定心理情状及情境的描摹，这些动作则显得相当平板。“一个郭素娥这样的女人”，这一短语直接以作为主体的人物自身来修饰并限定“女人”这一集体性名词的内涵，意在突出郭素娥之特殊性、无可替代性；它没有使用如“勇敢”、“泼辣”、“强悍”之类的词，因为这样的形容词作为对事物普遍性状的修饰而难免其抽象性，缺乏对特殊个体的指认，尤其是这里作为“原始强力”之象征的郭素娥的独特性。普通形容词的力度，远无法达到路翎意欲表达的效果。文中有意使用这一短语，恰恰是以这种“扭曲”的“反自动化”形式引起读者对语词本身的关注，从而进入到文本所创造的特定情境中，即在上下文关联中（对于郭素娥总体命运和境遇深入了解的基础上）去把握“郭素娥式”的绝望、“郭素娥式”的愤怒、“郭素娥式”的尊严——只有在这个意义上，这个承受着重重“饥饿”之苦而越发迸射出“原始的强悍”的女人，她所处的世界给予她的“奴役创伤”和她的“原始强力”的反抗，才足以被读者深切地体认。路翎小说中，这种冗长的修饰构成了一个显著的特征，也为许多人所诟病。如郭沫若在谈及语言时就特别强调要用“最经济的语言”：“任何一种对象，无论是客观的景物或主观的情调，要能够用最经济的语言把它表达得出。”“形容词宜少用，‘的的的’一长串的句法最宜忌避，句调不宜太长，太长了使人的注意力分散，得不出鲜明的印象。”①

且不论路翎这种用语习惯是否符合文学的审美要求，但是一个作者对语言方式的选择，的确体现了他对世界的感知和他自身作为主体对于“人”之存在的体认。于路翎来说，每个生命都有其特出的不可替代之处：不管是一个在战争的毁灭状态和旷野的蒙昧中经历了险恶逃亡的贵族少年（《财主底儿女们》，蒋纯祖），还是一个处于社会最底层的、其微贱的生命仅仅依存于一口锅的矿工（《卸煤台下》，许小东）；不管是一个行乞于乡场、以成为一个“能欺凌别人的光棍”为生存欲望的“卑劣的奴才”（《罗大斗的一生》（1945.1），罗大斗），还是一个孤苦伶仃、把一头小猪作为生命唯一慰藉的老太婆（《王家老太婆和她的小猪》（1945.5））……生命，对于每个人来说，都属于自己，而且都以自己的独特性被意识到，被加以确认。郭素娥，几乎被所有的社会等级秩序（经济：有产/无产；地域：本地/外地；性别：男性/女性；伦理：贞节/放荡）所压抑、所弃置，从现实的角度看，无论是作为一个人，还是作为一个女人，这样的秩序只能使她的“饥饿”更其深重，竟至于“麻木”和“昏倦”。但是，当这个摆香烟摊的普通女人进入路翎作品中的时候，路翎却“浪漫”地赋予了她如此强烈的生存意愿和生命价值。②

对路翎来说，个体的内在生活（相对于外在生活）才具有本质性的

① 郭沫若：《略论文学的语言》，原载《文坛》1943年第2卷第2期，转引自黄俊英编选《小说研究史料选》，四川教育出版社1988年版，第62—63页。

② 郭素娥的原型是天府煤矿区文星场上一个极平凡的卖香烟的女子，是个寡妇。在小小乡场上，时有人指指点点。这一个“寡妇门前是非多”的“寻常”细节，被在这里读书的路翎所了解，成了写作《饥饿的郭素娥》的动因。参见朱珩青《路翎：未完成的天才》，第48—49页。

意义，这是路翎写作的基本立场。他曾说：“不喜欢像巴金那样用什么一个字来称呼‘女孩子’——作者应该保持人的尊严，不能随便亲热和责骂。”①（着重号为引者加）“尊严”一语，在这里体现出作为作家，他意识到了人物价值与自身价值的平等，或者说在生命意义上每一个体都具有平等价值，因而必须怀有对这“尊严”的珍视。恰恰是对“人的尊严”的这份虔敬和执著，路翎在创作中就不止于从“再现”意义上对人的外在状态的细察和展示，而总是要深入到内在的、人的意识和精神层面去发掘、剥离出每一个具有独特意义的个体的内在复杂状态。每一作为主体存在的个人都显示了自己独有的价值（虽然不全然是正面的），人与人的差异就体现在这种内在精神价值的差异上。引文中这句颇为独特的修饰语也正体现了他的意图：不用外在动作展示人物的心理，不用过于抽象化的形容词湮没个人的特殊性，而宁可选用这样显得繁冗、无法称得上“形象化”的修饰语来表达无法代替的“这一个”郭素娥。

2. 关系复杂的复合句

路翎小说中还经常选用关系复杂、层次繁多的复合句。这些复句之间主要通过关联词的频繁使用，造成语意的起承转折，显得迂回曲折，繁复错综。他小说中，关联词的密集性使用，往往是用来分析人物的心理过程或外在事件对人物心理和精神造成的强烈、复杂的冲击。由于他把重心集中在对人的“内在”世界的展示，特别是对人物心理过程的跟踪、心理层次的剖解和梳理，即心理过程或心理状态本身的理性化呈现，这些关联词所具有的展示逻辑性的功能，恰好与此相契合。下面举例加以说明。

> 1. a 他想，一切是好的，一切是有价值的，| b 但他，假如得不到个人底光荣，| | | 便不能承认这些美好和价值；| | c 假如得到，| | | 那又从根本上就是虚伪的，还是不能看到这些美好和价值。2. 他不能在它们底客观的，原来的样子上看见它们，因为，对于他，假如他不存在，一切便也不存在。3. 但他底存在——假

① 张以英：《路翎书信集》，第22页。这句话出自写给他的朋友袁伯康的信。

如不是最丑恶的，便是最不幸的：他只是追求个人底成就和光荣。……4. 看到这个，他就对自己冷淡了，因此就对一切冷淡了。5. 他想除非他底存在有另外的意义，他便不能再有生活的热情。6. 他想假如不能摆脱这些丑恶的动机，他底生活便再无任何意义。7. 他发觉一切人都生活在这种丑恶的动机里面，他想他决不能和他们妥协。（着重号为引者加）

——《财主底儿女们》

蒋纯祖是一个情感极为敏锐剧烈、思想极为复杂多变的青年。对他来说，只有"内在"的精神生活才是有意义的。这段引文就是他的一个思想片断和心绪波动的旋涡。可以看出，这些思想和情绪中有两种矛盾的趋向，它们互相纠结在一起，互不妥协，又无法分离，就使得蒋纯祖陷入了心理上的悖论性情境。其矛盾之处在于他自己与其他"一切"的关系：他意识到外在于他的"一切"之"美好"与存在的"价值"；但是，这个"超人式"的蒋纯祖却首先要确认自己"精神"的优先性——即必须"得到个人的光荣"，只有在精神上超越了世俗的平庸，他才能借此确认自己的存在。而这种确认却需要以社会或他人所给定的或共同遵循的尺度作为评判的依据。如果他按照这样的尺度行事，则他获得的这种"个人的光荣"，无疑就成为对世俗生活的屈服和认可——这是他无法接受的，因为他本是强烈地鄙弃和抵制着这种世俗欲求，并以此为"虚伪"。反之，如果拒绝这样的尺度，他又无法实现自我确认。这种缠绕不清的心理和意识脉络，如果不通过大量关联词，其复杂性就无从展现。

为便于分析，我们用数字（句序）和字母（复合句的层次）作了标注。由于引文中人物内在思路，有因果的推论，有条件的假设，有情态的转折，分句之间的关系较为复杂，作者频繁使用了关联词和复合句中用以承续句意的副词"便"、"就"、"还是"，等等。先看句1。这是一个复合句，我们用"｜"表示一级分句，用"｜｜"表示二级分句，用"｜｜｜"表示三级分句。句 a 是一个肯定性的判断句，来自蒋纯祖理论上（或理想中）的设定："一切是好的，一切是有价值的。"一级分句 b 中连词"但"的出现，意味着句意将由肯定而转入了对另一个性质相反的陈述，即相对于前面“理想”的预设，而强调“现实情况”的否定性质。对于这“现实”的情况，二级分句 c 又由两个并列关系而实际上构成了选择或对立意义的分句构成，用以说明两种相反情况。而对每一种情况则又各自使用了假设条件句“假如……便”、“假如……那”，构成了三级分句。一级分句的转折关系，标示出“理想”和“现实”的不一致、相抵牾，尤为强调了现实的两难局面；二级分句的选择关系，两个对立而互补的假设句，意味着人物只能在这两种对立条件中进行选择，无疑设定了选择的有限性（非此即彼）；三级分句中两种对立假设所产生的后果却具有同一性——都是导向“理想”和“现实”的尖锐对立，从而显示出这种悖论性困境的不可化解性。

句 2 则是一个倒装了的因果复合句，倒装作用在于强调被后置了的原因。这一表示原因的分句中又包含了二级假设分句，“假如他不存在，一切便也不存在”，强调的是他“自己”对于“一切”的先在性，这又把上文提到的第 1 句中的那个“理想”和“现实”的两难矛盾再次凸显出来，既有对第 1 句的承续和解释的意味，又有把结论和语意更明确化的意味。句 3 承续句 2 再次发生转折，并使用了“假如……便”的条件句式，但暗含的却是非此即彼的选择关系，对“他底存在”的性质作出否定性描述，这种否定性同样是对其心理的悖论性情境的揭示。句 4 则可视做一个省略了表原因连词的因果句，“（因为）看到这个（即句 1、2、3 所述）……”，从前面的着重于对蒋纯祖的矛盾思想和观念的内在的逻辑的剖解梳理，而自然转到对其情绪、态度和意念的描述。句 5、6、7 则是承续上文对其思想、意识的进一步深入展开。

总之，这一语段中，关联词和副词构成了句子之间的转折、对比、条件、假设等多种关系，**对人物的思想、意识、观念、感受、情绪等一系列精神活动进行跟踪，并梳理出其脉络和内在逻辑的关联和抵牾，把复杂的、曲折的、凌乱的、模糊的，并且矛盾重重的心理状态加以理性化、明晰化**。这是路翎小说的一个显著特色。他不是把人物放在外在事件、社会关系的框架中（像传统现实主义所做的那样），通过行动来展示人物心理，而是直接深入到人物的内在世界，特别是在这种缠绕不清、复杂含混、不可捉摸的意识层面（甚至无意识层面），把这些似乎很难用语言清晰表达的心理内容加以理性化，展示出其内在的逻辑——“心理的逻辑”。这样看来，由于他的叙述对象是这些曲折、矛盾的思想意识内容，所以就必须借助于层次繁多的复合句和大量关联词，才能够条分缕析地剖析人物的意识过程和心理转变脉络，展现出其内在的逻辑性。

从形式上看，这些长句中，修饰语较多，联合成分较多，某些成分结构复杂，并且分句中的结构层次较多。一般来说，“长句和短句各有修辞效果。长句的修辞效果是表意周密、严谨、精确、细致，短句的修辞效果是表意简洁、明快、灵活”①。路翎选用长句作为主要句式结构，正是为了以其“周密、严谨、精确、细致”的特点达到尽可能展示人的“内在世界”的复杂性和丰富性的目的。

3. “知识的语言”的特点

路翎选用欧化形态的“知识的语言”，是作为对“语言奴役创伤”的自觉反拨，意在对主流的通俗化、民间化语言取向——即路翎所谓“群众语言”——加以反抗。根据路翎的说明和我们对其语言风貌的感知，“知识的语言”大致有这样几个特点：**（1）内指性**。主要指向对人的内在心理的表现。或者说，它是一种“心理化”的语言。这样，传统观念中小说对社会生活的再现，经由“知识的语言”，就转换成为对“精神生活”的展示。**（2）追求表意的复杂性**。路翎通过对特定语汇和句式的选择，来达到对人物内在心理复杂性的深度展示。因此，他不惜破坏通常意义上的流畅和“美感”，使用冗赘烦琐的修饰语和复合句，造成词语的拥塞局促和句子的连绵委曲，强化表意密度，使语意在接受过程中受到阻拒，延长了接受过程。这种语言形态就似乎是被扭曲过的（路翎曾用过的“痉挛”一语，也许可以表现这种语言的非常态性质）。**（3）体现了偏于智性的知识分子话语风格**。从根本上说，作为对“群众语言”的反抗，“知识的语言”是为了表达超出日常生活范围的“精神内容”和“思想”，把那些压抑在内心深处、却真实存在的人的另一面、另一种状态表达出来。从这几

① 黄伯荣、廖序东主编：《现代汉语》（增订三版）下册，高等教育出版社2003年版，第230页。

个方面可以看出，路翎与主要以知识分子为言语主体的五四新文学保持了明显的一致。相反，以通俗化和民间化为特征的“群众语言”，则主要贴近普通人特别是底层农民、市民的日常生活状态，反映他们平实、俭朴生活的本来样貌。

解放区作家赵树理的小说语言，也许可以作为“群众语言”的一个代表，恰与路翎构成鲜明对照。为了追求语言与人物（大部分是农民）身份的对应，赵树理小说中一般选用口语化的短句，正是为了达到“表意简洁、明快、灵活”的修辞效果，同时这种语体风格与他“农民本位”的文学立场相互合拍，也应和了当时在延安解放区倡导并成为主流的民间化、大众化的文艺方向的要求。我们可以先看看他的代表作《小二黑结婚》的开头：

> 刘家峧有两个神仙，邻近各村无人不晓：一个是前庄上的二诸葛，一个是后庄上的三仙姑。二诸葛原来叫刘修德，当年做过生意，抬脚动手都要论一论阴阳八卦，看一看黄道黑道。三仙姑是后庄于福的老婆，每月初一十五都要顶着红布摇摇摆摆装扮天神。

这段话中使用的大都是简单的句子，简洁明了，开门见山，有条不紊，不紧不慢。按照中国传统的审美习惯，特意选用了对称结构的句子，“一个是……，一个是……”，并且又长短句相间，读来朗朗上口，朴素自然，颇近于口语。开头交代人物的来历、身份、居住地点，行为方式及特征，使用非常客观的语调，从容不迫，心平气和，为的是能够让每一个人都“听”清楚，没有比较书面化的、难以理解的语汇，也没有如路翎小说那般复杂句式和众多的关联词语。这样的语言是“透明”的，所指和能指基本上对应，也就是说语言基本上是作为叙述故事的媒介，“在读者的阅读过程中，迅速地转换成‘行动’、‘场面’，读者往往得鱼忘筌，得到了关于人物、事件的全部情形而忘记了传递它们的语言本身”①，这种语言强调的是表意清晰、确定，因而力避繁冗、

① 张忆：《小说的抒情化与语言的本体性变迁》，《四川师范大学学报》（社会科学版）1998 年第 3 期。

模糊。对于叙述者来说，它的主观情感、思想、意志都尽量地被过滤。对于读者来说，不需要过多思考，就可以完全把接收到的信息消化掉。这种语言的效果像日常聊天、闲谈，轻松、随意、完全生活化。因此它非常符合农民的欣赏习惯和趣味，也就自然地得到农民的欢迎。赵树理小说语言追求的正是贴近现实的日常生活，特别是与农民日常生活的自然状态相一致的效果，是把故事性寓于对农民日常生活的展示之中。所以，虽然《小二黑结婚》写的是农民在新时代的环境中意识、观念和行为方式的“转变”，但是，心理描写却并不多，主要内容都是通过情节和人物动作言语来表现。

与赵树理民间化、通俗化、乡土化的语言形态相比，路翎表现出截然不同的风貌。他的语言渗透着创作主体强烈的主观意味，常常携带着超常的情感浓度，表意密度大大增强。由于写作重心从再现社会现实转向呈现人物深层意识和心灵内涵，除了一些情绪性起伏比较强烈的语词之外，文本中充满了理性色彩的语句。它超越了日常生活的松散和随意，常态语言往往开始扭曲变化，显得夸张，造成紧张感和滞涩感。同样一个语词，反复出现在不同语境中，意义可能呈现出巨大反差，被许多人指摘为“不好理解”、“凸凸凹凹的不均匀”①。但是另一方面，从阅读实际看，这种长句子在打破阅读惯例的同时，以“陌生化”的语言形态造成了一种特殊的修辞效果；兼之以路翎行文中饱满的热情和“主观战斗精神”的感染效果，这些长句子在挑战读者审美愉悦的同时，也挑战着读者的意志和思想，把读者带入作者所创造的那种超越了日常松弛状态的精神境界之中，被它高强度的精神冲击力所震撼，最终被裹挟进人物置身其间的精神涡流中，从而战胜了读者。这些都强烈地冲击着读者的期待而造成一种特殊效果，形成了另一种审美张力。从更深层的意义看，由于这些长句子主要用来作为对人的复杂心理过程的解剖、分析和梳理，指向对人的精神世界的开掘。作为对常规语言形态和文学立场的反拨，作为对“语言奴役创伤”的“反抗”，这种语言取向本身也体现出强烈的主体色彩。

① 唐湜：《路翎与他的〈求爱〉》，原载《文艺复兴》1947 年 11 月第 4 卷第 2 期，转引自《路翎研究资料》，第 88 页。

第三节　路翎小说的修辞策略：知不可为而为之

心理语汇构成路翎小说的主要部分，这一点充分显示出他对人的“内在世界”——“精神”维度的高度关注。他早期的小说已经显示了对于人的精神状态的关注，比如最早的《朦胧的期待》（1939.1—2）、《“要塞”退出以后》（1940.5）等，都是着眼于对被迫进入战争情境的人物内在心理，主要表现其不安的情绪和犹豫、彷徨的心理过程。如前文所引，他觉得“熟悉的字句”“不适合情绪”——这意味着，“情绪”构成了其写作的另一个关键词。他的写作正是以这个“情绪”为旨归，虽然最初的“反感”是“暧昧”的——还未曾明确意识到那些“熟悉的字句”何以会与他所要表达的“情绪”不相匹配，或者应该采取何种方式作出回应——但是这种对于“情绪”表达的执著，最终还是让他选择了一种被胡风称做“有毛病的”的语言形式，以解决这一严重困扰着他的问题，直到最终开始自觉的“反抗”。当然，这里的“情绪”应当从广义上来理解，不单包括了具体的较为短暂的、细微的情绪、意绪、情感，还应当跟前面的“精神”（“精神奴役创伤”）相关联，包含复杂的精神领域的所有活动及状态。“情绪”之主体，就写作而言，应该包括两个方面，一个是写作主体自身的“情绪”（创作情绪和对于题材的情绪），另一个当然就是小说人物的“情绪”。路翎小说和剧作的主要人物类型是知识分子、农民、工人和形形色色的“乡场人物”。在这些身份各异的人物身上，很难找到传统现实主义所极力追求的“角色语言”，或“个性化语言”——即与人物特定身份、稳定性格和所属社会阶层相关联的语言——路翎的语言大大地被“心理化”了。

一　路翎创作修辞策略的客观原因

路翎之所以选择这些被当时人们所贬抑的“欧化”的句法、文法，首先有其客观原因，大致来说，有这样几个方面：

1. 阅读大量外国译作的影响

路翎和外国文学关系极为紧密。虽然未接受过高等教育，但是他的阅读量无疑是相当广泛的，他所读的书中，相当大的部分是外国译作[①]。他曾专文强调了外国文学尤其是苏联文学对他的影响，认为外国文学“帮助我形成了我的美学观点”。他说：“所有的外国著名的文学作品我差不多全读了，有几个阶段我读书很多，而且作着用这些文学形象来比喻中国现实的思维。人们问我，哪些外国文学作品对我影响最深，我常回答：统统翻译过来著名的文学作品。因为实在是这样的，哪一种我都注意。”[②] 大量地阅读、接触这种译作，长期浸淫其中，就自然会培养出这种“欧化”语言的语感，这种欧化语言的形式就会内化为语言储备的一部分，最终影响了其语言的取向和风格。正如王力先生所说：“译品、准译品和以西语为腹稿的作品实在是欧化语法的来源，青年们的欧化文章都是从它们里面辗转学来的。”[③] 对路翎来说，他的写作也许正属于这种情况。

2. *适应现代汉语的表意需要*

从现代汉语的发生来看，它所以与中国传统的文言在诸多方面表现出差异，很大原因就在于对外来语言尤其是欧洲语言的借用，这种借用从词汇、语法、句法、修辞法、标点符号的用法直到文字的书写方法，也包括了从俄语和日语输入翻译的大量语汇。正是通过对大量外来语的借用，五四文学创作对促成现代汉语的形成起了相当大的作用。鲁迅无

---

① 据不完全记载，仅在路翎七八岁到十三岁小学毕业前，他读过的外国作品至少就有这些：《福尔摩丝查理探案》、节译本《唐吉珂德》、《浮士德》、《茶花女》、《侠隐记》、《四骑士》、《灯台案》（显克微支）、《战争与和平》、《复活》、《穷人》、《巴黎圣母院》及几出希腊悲剧……而在中学以后他的阅读范围就更广了，苏联文学的影响非常显著，十四岁时他读过屠格涅夫的《罗亭》、《贵族之家》、《烟》、《前夜》等，读过小说《爱的教育》、《小妇人》、《木偶奇遇记》及普希金的《杜波罗夫斯基》等；十六岁时读过的作品包括高尔基的《在人间》、《我的童年》、《我的大学》，卡达耶夫的《第四十一个》，法捷耶夫的《毁灭》，肖洛霍夫的《静静的顿河》，巴尔扎克的《欧也妮·葛朗台》，《普希金小说集》，狄更斯的《大卫·科菲波尔》，雨果的《巴黎圣母院》，陀思妥耶夫斯基的《穷人》和《罪与罚》，尼采的《苏鲁支如是说》，显克微支的《你往何处去?》等；十七岁时读过的作品则有《铁流》、肖洛霍夫的《被开垦的处女地》、司汤达的短篇小说集和他的长篇小说《红与黑》、托尔斯泰的《安娜·卡列尼娜》等作品。参见《路翎年谱简编》，载张以英编《路翎书信集》，第187—202页。朱珩青：《路翎：未完成的天才路翎》，第15—16页。

② 路翎：《我与外国文学》，见《路翎批评文集》，第255页。

③ 转引自朱星《中国文学语言发展史略》，新华出版社1988年版，第153页。

疑是把这种形式中的外来因素创造性地融合到创作实践中的典范。曾有学者对鲁迅在《狂人日记》的语言进行了认真分析之后指出，如果没有对西方语言表现方法的借用，鲁迅根本无法将作为五四先驱者特有的那种复杂的精神意识活动传达出来。[①] 因此五四期间就有许多学者对“欧化”现象作了正面评价。浦江清提出：“吾国之文言，其美在庄严简洁，其病则在如结晶品之固定而缺乏弹性。”[②]老舍从自己创作实践的切身感受发出感慨：“我们自己的文法是那么简单，简直没有法子把一句含义复杂的话说得圆满呀！……欧化的语句有时候是必不能舍弃的。”[③] 朱光潜则通过比较体会到：“就大体说，西文的文法较严密，组织较繁复，弹性较大，适应情思曲折的力量较强。这些长处迟早必影响到中国语文。这就是中国语文欧化的问题”。[④]

古汉语的松散性、模糊性，与五四时期大量输入的以西方话语所代表的新思潮、新观念难免发生龃龉，这使得文化界在寻求“人的解放”的同时，也在迫切寻找着语言革新的新出路、新方法，这就需要对传统古汉语的框架作出适应性调整，某些“欧化”的成分自然会渗透融汇进来。有的论者提出：“作为由‘五四’知识分子创造的形诸文字、以书面阅读为主要形式的现代形态的文学语言，只能是以文字为中心而不是以声音为中心的书面语言、文人语言、个性化的语言，一种充满理性的深度与感性的张力的语言。”[⑤] 以此来概括五四文学语言的特征是比较合理的。这种“以文字为中心”的语言，是与“人的觉醒”的主题相适应，意在传达出言语主体力图摆脱中国传统文化塑造的依附性人格的强烈意愿，同时确认自己作为具有独立人格的主体，以深度的理性思考和批判精神来体现主体意识。这种表意较为严谨、结构较为复杂的趋于“欧化”的语言形式，才能够承载不同于与古文言相连的士大夫阶

---

① 徐德明：《中国现代叙事的语言传统》，《福建论坛》（人文社科版）2001 年第 4 期。

② 浦江清：《王静安先生之文学批评》，见《浦江清文史杂文集》，清华大学出版社 1993 年版，第 11 页。

③ 老舍：《我的“话”》，《老舍文集》第 15 卷，人民文学出版社 1991 年版，第 511 页。

④ 朱光潜：《现代中国文学》，见《朱光潜全集》第 9 卷，安徽教育出版社 1993 年版，第 330 页。

⑤ 泓峻：《从新文学语言的形成与发展看现代文学史上的大众化转向》，《浙江学刊》2005 年第 4 期。

层的新思想、新观念以及新的美学品位和审美情趣。从路翎的文学准备来看，他更多地吸收了五四新文学的养料（包括与此相关的外国文学的滋养），传统文化对他的影响相对较为薄弱。他自己就曾说过“我是对古东西怎么也不行的”①。因此，对于五四新文学传统的趋近，也使路翎更倾向于在写作中探索现代汉语中的“欧化”成分可能达到的修辞效果，而不是从民间语言和传统文言语言中汲取营养。

3.“为生活内容探求相应的形式”

特定的题材总是寻求着相应的表现形式和言语格调。形式和内容总是内在地结合在一起。对路翎来说，由于创作重心是强调对个体内在独特心理的探掘，因此，他就不能不去寻找与这种题材相匹配、相适应的语言形式。这一点，结合童庆炳先生关于文体形成中题材与形式之间关系的观点，可以认识得更为深入。童庆炳认为，作为质料的题材还只是一种“停留于作家心中的未定型的东西，还是‘眼中之竹’，至多是‘胸中之竹’”，它能否转化为真正的作品内容还很难说。“如果一个作家选择了一个题材，那么，他和它就会急切地吁求形式，吁求某种理想的形式，以促使题材向真正的内容转化，并最终形成文体”。同时，“一定的形式只有在题材的吁求下才出现。题材的吁求是形式出现的前提条件”。但是，就题材本身而言，它又并不是可以任由作家随意驱遣，它自身内部已经包含了某种“内在的逻辑”（童庆炳把它分为“生活的固有逻辑和来自作家主体的情感逻辑”），这种“内在的逻辑”对于作家来说就成为一种客观的制约。因此“题材对形式的吁求”就是“这种内在的逻辑吁求形式对它作出与之匹配的呼应”②。依据这样的观点，路翎小说语言的“欧化”取向，或他自己所说的“知识的语言”——密集的心理语汇，繁复的句式、层层叠叠的关联词，冗赘的修饰语等——就成为题材的“内在逻辑”或“内在特质”对于形式的自然“吁求”。路翎的告白也证明了这一点：“（作品中）文句上的毛病，那起源是由于对熟悉的字句的暧昧的反感：常常觉得它们不适合情绪。”这里的“情绪”，也就不妨理解为包括了“来自生活的固有逻辑和来自

① 路翎：《致胡风书信全编》，第75页。

② 童庆炳：《文体与文体的创造》，云南人民出版社1994年版，第294—297页。

作家主体的情感逻辑”两个方面。鲁迅先生在反驳某些论者贬斥指责五四时期白话文学中的“欧化”现象时曾指出：“欧化文法的侵入中国白话中的大原因，并非因为好奇，乃是为了必要”，认为“中国语法的欧化并不就是改学外国话”，在事实基础上还提出“我主张中国语法上有加些欧化的必要”。[①] 鲁迅的这一说法，正是基于表意的客观需要（“必要”），本着语言应随时代的发展而有所更新，以容纳新事物和新观念而提出的切实意见。因此，在评价小说语言时，不能不考虑到与形式相关联的内容要素和题材“逻辑”，考虑到各种主客观因素之间的关系。同样，对于路翎这种“知识的语言”，也就不能单纯用通常所谓的“形象”、“生动”、“鲜明”等一般标准作出简单的评价。而要考虑到具体的时代语境、作者本人的意图和立场，以及与它的内容之间的关系等多方面因素，综合考虑，才可能尽量做到公允、客观。

二　路翎创作修辞立场的选择

1. “知识的语言”与五四新文学语言观

在对路翎小说的语言形态作了初步分析之后，我们可以回过头来，再仔细体味这种“知识的语言”所具有的丰富内涵。依据前文所引路翎和胡风关于语言问题的争论，不难发现路翎的话语中暗含了这样的逻辑：“精神奴役创伤”会相应地带来“语言奴役创伤”——这种“奴役创伤”又引起了相应的“反抗”——“知识的语言”正是这种“反抗”的方式。仔细辨析，可以从中清理出几组逻辑关系。

首先是“语言”和“精神”的对应关系　“精神奴役创伤”的一个重要方面是在语言领域。对路翎来说，他的写作总是和个体内在“精神”的维度紧密关联，所以要求读者必须透过表面去体味“内容和其中的尖锐性”，他执著于对精神世界的深度探求，不是仅仅以“情节”为旨归的。

其次，“知识的语言”，一方面作为路翎有意的“反抗”，它与“群众语言”是互相对立的关系；但是，路翎的话似乎又暗示了二者之间的

---

① 鲁迅：《花边文学·玩笑只当它玩笑（上）》，见《鲁迅全集》第5卷，第520—522页。

另一种可能，即“外”与“内”的关系：**“大众语言”是“用来生活的”，而“知识的语言”是“闷在心里用这来思想的”，两者之间构成了互补关系**。在这个意义上，“知识的语言”仅仅是为了弥补“群众语言”的不足——当然，这“不足”在路翎看来显然又是至关重要的。因此，要反映真正的现实，就应该由“外”而“内”抑或轻“外”重“内”——透过“外表”进入到内在的“思想”深处。

另外，“知识的语言”，作为对“语言奴役创伤”连同“精神奴役创伤”的一种“反抗”，可以说是**起了连通从“语言”到“精神”的作用**；非“知识的语言”，因为不能表达那些潜隐的“闷在心里”的思想，也许就无从通达复杂的精神领域。对“精神”的着重，决定了语言只能以“知识的语言”（而不能是“大众语言”、“群众语言”）作为表现的方式。这样，就不能依据常规，仅仅从“外表”上缺乏“群众语言”来指责其小说脱离了“工农劳动者”的实际。

但是，不管路翎是如何为自己辩解，根据我们对其语言形态的分析不难发现，他所谓“知识的语言”，强调的主要是对人的内在心理的把捉和剖析、评判。“知识的语言”的主体，是作为在精神上完整独立的个体，有着复杂微妙的情感，同时又有着深刻的理性思考能力，始终保持着独立的批判立场。“知识的语言”的主体，必须能够透过“外表”洞察出人、事、物内里的“尖锐性”。这种深度精神的追求从根本上说是对日常生活的超越。“知识的语言”，无论是从语言的主体看，还是从其形态的特质看，或者从其表意的终极诉求看，它都和五四启蒙文学语言观保持了更紧密的联系。

2. 新文学语言观和语言形态的变迁

新文学诞生之初，倡导者们强烈地意识到，中国旧有的语言形态与他们张扬的新思潮之间存在深切的矛盾，意识到思想转型首先要通过文体和语言的转型才能启动。如周作人所说“旧的皮囊盛不下新的东西，新的思想必须用新的文体以传达出来，因而便非用白话不可”[①]。这固然是非常重要的一个方面。但是，由于过于强调对传统文言的拒斥，高

---

① 周作人：《中国新文学的源流》，见《周作人散文》第2集，中国广播电视出版社1992年版，第150页。

张“白话”大旗而把古典文言作为“死的文学”打入冷宫。“白话”，在传统中主要是作为大众日常生活口语的主要形态，其功能主要适应于日常生活交际情境。“白话文运动”倡导者们提出的“言文一致”的观点，显然未能意识到，这种以注重日常交际功能的口语为基准的语言形态与五四新文学所追求的“理性”精神之间，有着内在的矛盾。现代语言的转型，应当在合理吸收白话资源的同时，也必须寻找它所欠缺、而新文学亟须的书面语资源以互相补益（除了西方话语资源之外，对他们谙熟于心的古雅的文言加以吸收、改造和融合，也许是最有效的途径；同时也必须以理性的态度对待民间语言资源，认识到存在的不足，对其合理性的成分加以借鉴和转化）。其激进的姿态使他们忽视了这种“新的文学语言首先应当是一种能够表达中国‘五四’时期知识者独特的个人感受和体验的语言。大众化的口语根本无法满足‘五四’知识分子的这一诉求”①。

在实践上，五四时期，以鲁迅为代表的小说创作为现代文学语言的形成奠定了坚实的基础，而且也正是他们的创作显示出新文学的强大生命力，向人们展示了它在表现思想的深度方面所具有的特殊意义，树立了人们对新文学的信心。但是，鲁迅创作之成功，恰恰并不单是借助于尽如运动的倡导者们偏重的白话的口语性、通俗性、大众化及非书面化特征，而是立足于本土的语言资源（包括白话，亦融入了文言的因子），吸收了西方语言的有益成分和艺术手法并将其创造性地融会贯通。因而他的小说语言“从措词与符号、从语法结构的弹性与信息包容量，从修辞手段中的混叙与沉默等多种运用，从文本结构中的特殊的运行方式或主导方式的基本设置，从多主体的复调语言，从中国与外国、现代与历史之间的文本间性诸方面”②，都显示出了现代白话的巨大潜力，提高了口语化的民间“白话”的语言品位，把生活语言成功地改造为令人耳目一新、具有丰富修辞效果的文学语言。鲁迅的语言是极富个性的、鲜明的感觉化色彩和极具反省与批判意识的理性化色彩的高度融

① 泓峻：《从新文学语言的形成与发展看现代文学史上的大众化转向》，《浙江学刊》2005 年第 4 期。

② 徐德明：《中国现代叙事的语言传统》，《福建论坛》（人文社会科学版）2001 年第 4 期。

合，这种显示了鲜明主观色彩的语符系统和编码体式，“既是对传统语言结构的超越，又是对现有语言秩序的超越，既传达了主体精神又创造了内在意蕴”①，最大限度地呈现出语言的表现功能。这种注重“主体性”的语言形态，在本质上与用于日常生活交际语境的大众语言及日常语言是两种不同形态，它表达的是具有主体意识的个体对于“自我”的生命体验以及“自我”与“他者”之关系的理性思考，它是与“觉醒”了的现代知识分子所追求的“独立人格”、“自我表现”和批判意识相对应的。

鲁迅和其他五四作家在文学语言方面实践的成功，和白话文运动的倡导者的主张并不完全一致。相反，由于新文学创作中语言实践的成功，使过于强调白话口语性的理论主张的偏差和失误，并没有被清醒地认识到。这样，从20世纪30年代“文艺大众化”讨论开始，对于大众化语言和口语的过度张扬，在后来直接影响着主流文学的语言观。以白话文运动的理论主张为发端的、偏重于口语化、大众化的语言形态的“白话”，在经历“革命文学”转向（由“化大众”到“大众化”）之后，由于对知识分子的贬抑和对“大众”的崇拜，愈益走向极端，也愈益偏离了五四新文学语言的优长之处。这种为当时茅盾所反对的“标语口号文学”，极力强调“我们要使我们的媒质接近工农大众的用语，我们要以农工大众为我们的对象”②，文学作者和读者的关系由先前的自上而下的“启蒙”，一变而为“读者”（工农大众）中心、读者至上——文学主体与受体之间的等级关系发生了貌似出人意料实则不可避免的逆反。作家作为创作主体的自由身份和独立性受到了强烈的质疑，相应地，五四时期知识分子话语的独立性开始受到挑战。以阶级秩序为基准机械地划分语言秩序，必然导致对语言的“阶级”内涵的单一化理解，五四新文学着重于对语言的“表现”功能和审美品格的追求遭到抑制。不过，从实际情况看，尽管“革命文学”的理论主张明显过于偏激，它的文学创作成就也显薄弱，但是其“大众化”的取向在当

① 朱德发、张光芒：《五四文学文体新论》，《中国社会科学》1999年第5期。

② 成仿吾：《从文学革命到革命文学》，原载1928年2月1日《创造月刊》第1卷第9期，转引自李何林编《中国文艺论战》，陕西人民出版社1984年版，第243页。

时（就他们所抨击的五四文学的“个人主义”性质而言，阶级论对于文学从布尔乔亚的“自我”向“无产阶级”的“大我”或“他我”的转移）无疑具有历史的合理性和必然性。因此这种倾向一直发展到三四十年代“民族形式”论争中，加之以抗战爆发带来的文学宣传功能的强化，论争中不同意见的争鸣最终落实到了“民间形式”——即以方言、俗语、歇后语等广泛存在于民间社会的口语化色彩强烈的语言风格为代表的“大一统”语言形态，并逐渐在后来成为强势的“标准语”、“规范语”、“主导语”。

上文我们对新文学发展历程中，文学语言观和语言形态的变迁作了简单梳理。如果把路翎小说亦放入这一历史谱系，就不难发现，路翎的语言观及其形态，与五四文学语言观保持了更明显的一致，即取用的是一种更具“主体性”的语言形态——与作者自己的内在情感（“情绪”、“精神”）相对应，同时把言说重心放到对人的内在心理（心态）的表现上——是既“重感觉”又“重理性”的语言，因而它表征出的就是一个具有强烈主体意识（意识到自己作为一个完整独立的主体存在）的言语主体，通过自己的感觉和独立思考，表达出鲜明的主体立场，同时也要通过这种主体立场的表达来对“他人”产生影响——这与五四文学“个性解放”思潮对“人”的主体意识的张扬和重视密切相连。这样，它与作为时代主潮的革命文学（左翼文学）所强调的文学的社会性、阶级性及抗战以来强调的文学的通俗性、大众性、民间性取向表现出明显的偏离甚至抵牾。

3. “向心力”与“离心力”：作为“规范语”的民间语言与作为“杂语”的“知识的语言”

巴赫金在其《长篇小说的话语》中，把语言生活的两极——即“一个统一语言的体系，以及用这一语言说话的个人”——理解为是语言所具有的两种力量：“向心力”和“离心力”。“统一的语言”是“语言的向心力的表现”，是“克服杂语现象的力量”，它是“居主导地位的口头语言（生活语言）和标准语即‘纯正的语言’两者的统一”，它体现了语言和思想的具体组合与集中的力量，这一过程又是同社会政治文化的集中过程不可分割地联系着。这种“向心力”的语言是社会主导语言，它排挤和役使其他语言。而与这种向心力同时，“还有一股离心力在不断起作用，与语言思想的结合和集中的同时，还有一个四散和分离的过程在进行”。“每一表述都参与‘统一的语言’（即向心力量及集中倾向），同时又参与社会的和历史的杂语现象（即四散的、分解力量）。”[1] 这样，巴赫金的核心概念“杂语”以及“杂语”之间的相互关系，就具有了意识形态的性质；文化与政治之间的关系，正是在这种“向心力”与“离心力”的相互作用中体现出全部的复杂性。这意味着，文学形式不只是作为意义的载体，并不单纯是技术性、技巧性的因素，它本身就渗透了意识形态性质，与意识形态之间关系密切。一旦某种语言“向心力”的集中作用大大强于其“离心力”的分离作用，就可能形成一个时代占主导地位的语言形态，即巴赫金所说的**“标准语”、“规范语”**。相应地，是语言的“离心力”所导致的居于附属地位的各种“非规范语”、“非标准语”等“杂语”现象，而正是这种“离心力”在分解、离散语言的主导倾向的同时，使得“规范语”、“标准语”在发展的过程中不至于僵化和停滞，不断将各种新鲜的活力注入其中，而使语言呈现出愈益丰富的多样化景观。如果依据语言的两种力量之间相互作用这一理论，那么在路翎所处的抗战时期，无疑，“通俗化”、“民族化”、“地方化”的语言形态（如路翎所说的“群众语言”），已经借助于现实语境的推动和政治意识形态的合法性地位，获得了一种强大的“向心力”作用，逐渐成为社会的**“规范语”**——它借助于全民抗战的高涨热情和迫在眉睫的战斗诉求，吸引着被热情所鼓舞的许多作家趋近与聚拢。

4. 语言“跨越”与“挣扎”

从语言“向心力”与“离心力”，或者“规范语”与“杂语”之间这种互动关系出发，对于路翎提出并表现在创作实践中的“知识的语言”，我们也应该充分认识到它存在同样的复杂性。一方面，这种“知识的语言”在许多方面有着和主导语言截然相反的特征，因而，我们可以把它看做迥异于主流“规范语”的、具有显著的“离心力”的一种“杂语”，它选取了和“标准语”、“规范语”相背离的方向。但是，另一方面，也正如巴赫金所指出的，这种“向心力与离心力、中心话语与

---

① 巴赫金：《长篇小说的话语》，见《巴赫金全集》第3卷，第47页。

非中心话语之间的对立、紧张和冲突，决不是泾渭分明、两军对垒、二元对立的关系，而是同时共存于每一个具体言谈中的互相渗透、互相融汇的对话关系”①。也就是说，语言的“向心力”和“离心力”之间，虽然在总体趋势上是相反的，但是由于现实中语言本身的“双声语”性质——两种对立方向的语义在言语内部往往是相互渗透、相互影响，互相交错纠结在一起的——因此，“离心力”和“向心力”之间，必然也存在同样复杂的纠葛。从上文中对路翎作品及其言论的简单分析中，不难感受到这种“复杂的纠葛”对他的写作及其心理所产生的直接或间接的影响。

简单来说，路翎写作既受制于自身对于时代主流及其诉求（“革命”）的认同和对文学社会性的推重，同时政治和文学之间的关系亦变得越来越微妙——政治语境的变化无疑也会影响到作家的创作。所以，在某种意义上，路翎小说形式的“异端”性质，就可以看做种种语境错综交织的一种征象。从前文所引他与胡风关于“语言”问题的争论来看，他对“知识的语言”的解释，同样是依据当时占主导地位的阶级论观点的内在逻辑（即文学应当是以“工农大众”为服务的对象，否则就不具有社会性）。这是他作为革命作家的一个基本立场。但是他所认同的胡风关于“精神奴役创伤”的命题，一方面既确认了阶级论中以人的经济上的本质关系（“有产”与“无产”）作为区分标准；同时又对这一标准进行了“改造”，把物质性的对抗关系转移到了“精神”的层面，其实也就赋予了经典阶级论以不同的含义。而由“精神奴役创伤”的概念，不难寻溯到鲁迅在解释自己写小说的缘由时所说的“揭出病苦，引起疗救的注意”②。所以，路翎的小说写作（和胡风的理论）也许暗含了某种内在的意愿：即试图把新文学发展两个阶段的不同取向——五四文学的精神（重“主体”、重“内心”）与革命文学以来的阶级论和大众化方向——加以“缝合”的努力。但是，这种“缝合”的意愿和实践，随着抗战的爆发以及整个文学气候的改变，已经变得越

① 转引自刘康《对话的喧声——巴赫金文化转型理论》，中国人民大学出版社 1995 年版，第 162 页。

② 鲁迅：《南腔北调集·我怎么做起小说来》，见《鲁迅全集》第 4 卷，第 512 页。

来越艰难，其内在的矛盾就愈益明显了；这种强调“主观性”的创作，也越来越受到非议和压制。路翎写作心态自然也就表现出剧烈的波动和变化：一方面，从创作直感出发，对于自己文学形式的取向经过逐渐深入的思考而表现出相当的自信，认定其有充分的合理性，因而对主流取向经由“暧昧的”反感发展到自觉的“反抗”；另一方面，一旦面对现实的处境，诸如文学的接受问题、抗战现实对文学的实际要求，政治意识形态对文学的干预，等等，这种“自信”和“合理性”就不能不受到既来自外界，同时也来自自己内心的严重质疑乃至否定。对此，对路翎写作情况最为了解的胡风显然知之甚深，因而提醒读者注意其作品形式中“苦闷的痕迹”[①]——“苦闷”这个词，的确是对路翎写作形式的探索、写作立场的选择，特别是其写作心态最为精粹的一个概括。

本章小结

无疑，路翎带有“欧化”色彩的语言具有鲜明的独创性，特别是在大众化热潮向民间形式复归的背景中，其所昭示出的“主体性”就更为突出。从总体看，他对自己语言形态的选择，发挥了对“标准语”的“离心力”作用，试图通过异于主流话语形态的方式，作为对自己创作困境的一种突破，颇有“实验”的意味。这种探索的勇气和实践的意志值得称赞。从实际看，他的语言带有显著的知识分子智性特征，与其创作的内容和倾向基本呼应。正如批评家指出的：“他有一股拙劲儿，但是，‘拙’不妨害‘冲’，有时候这两股力量合成一个，形成一种高大气势，在我们的心头盘桓。”[②] 这是因为他的语言饱含着强烈的情感热度，因此，在诉诸理性的同时，又以强烈的感性冲击力裹挟着读者的心灵，不能不被卷入他所展开的复杂簸荡的精神世界之中。这一点，正如茨威格所说：“艺术创作中所发生的，本质上是这两极之间的一种紧张状态。艺术的迸发几乎一直仅是通过处于两种对立成分之间的

---

① 胡风原话为“一个明眼的读者当不难看出这里面的苦闷的痕迹”。见《一个女人和一个世界——序〈饥饿的郭素娥〉》，见《胡风全集》第3卷，第102页。

② 刘西渭：《三个中篇》，原载1946年8月《文艺复兴》第2卷第1期。见《路翎研究资料》，第79页。

紧张而产生的，这有如自然界中雄性和雌性为了繁殖而必须结合一样，在艺术生产活动中总是两种成分的混合：无意识与有意识，灵感和技巧，昏迷和清醒。”“创作是无意识与有意识之间的一种持续不断的搏斗。”① 创作的成功往往也存在于这种“两极对立”形成的“张力”之中，在这种对立的“张力”场中，主体的潜能被激发并急剧释放，而达到了真正的“突围”。以此来比附路翎语言的修辞效果，也许是恰确的。他的这种兼容了“拙”和“冲”的修辞方式造成的独特效果，值得我们给予足够的重视。

20 世纪 30 年代以来主导语言的通俗化取向，对解决文学的普及问题有着非常显著的效果，值得认真加以总结和实践。但是，就文学的审美要求而言，仅仅以通俗化为本位，却难免会降低文学语言的美学品质和表意限度。总体上说，融合了表情的感性特质和表意的理性深度，使五四文学的语言品质大大提升；特别是鲁迅创作对多种语言资源的优化整合，大大增强了语言的弹性和涵容现代意识的深广度，为文学语言的现代形态树立了典范。从这个意义上看，一意追求通俗化，就可能忽视了五四文学语言的成功经验，包含着令人遗憾的教训。就此而言，路翎的“探索”，则是着眼于对五四文学语言现代内涵的理解和反思，着意提升文学语言品格，是对语言发展中的不良倾向的一种自觉“矫正”，这在热情有余而理性不足的抗战文学热潮中，尤为可贵。就其动机而言，也彰显出他独立思考的主体意识。

不过，必须看到，作为“探索”和“实验”，路翎语言的局限性也非常明显。一般来说，文学语言运用的成功，大概会受到两方面的制约：一方面，是作家自身的语言素养和语言能力的整合与调控；另一方面，则是既存的语言秩序和语言惯性的巨大制约力量，要在这两个制约性因素中实现创造性“突围”，并非易事。从这两个要素来看，路翎的条件并不完全具备，因而他对形式传统的“跨越”，也就显得颇为局促。在对外来语言、古文言和民间口语这几个现代汉语主要资源的利用上，我们看到，作为“stylist”（文体家）的鲁迅是各取所长，将情绪的

① ［奥］茨威格：《艺术创作的秘密》，见《波佩的面纱》，社会科学文献出版社 1999 年版，第 70—71 页。

感染效果和意蕴的富足性浑融为一，以含蓄凝练的外在形式和深广丰厚的内蕴之间的巨大张力创造了无人企及的文学高峰。相形之下，路翎过于仰赖外来语言的影响，对本土语言的优势多所忽视，令人惋惜。这必然会削弱创作的审美效果，受到文化惯例的抵制，同时也增加了接受的难度，限制了创作可能达到的高度，留下了令人遗憾的不足。

第二章　由叙“事”向述“人”的转变

路翎曾说：“我的小说里穿插少，那意思是，写人生第一。不必为故事而写，那样会牺牲很多人生的内容的。”① 为了更充分地展现“人生的内容”，路翎有意牺牲了“故事”而转向对人的深层精神世界的探掘，不是通过罗列事件和追求情节的刺激性来组织题材，而是由外在的“事”的描摹转向了对“人”的心理的呈现。因此，路翎小说中的“人”，并不是传统现实主义中作为“典型性格”的人物，即一方面强调“人”与“环境”的统一性，同时也强调“环境”对“人”的制约性。在路翎小说中，“人”主要着重于精神的维度和心理的层面，因此，“事”在这里似乎并不必然地制约着人的命运、人的性格，而附属于对“人”的内在世界的展示，或者说是作为进入到“人”的内在世界的一个媒介。同时，值得注意的是，路翎小说中，多叙述、议论性的“讲述”而较少描写性的“展示”，这样，他在叙述方式上，与当时作为“正格”小说范式的“典型性格中的典型人物”的规范，就显示出许多不同。这一点，舒芜曾作过的概括也许是准确的：“在路翎的小说里，最触目的特点是，作者的分析的详细，和故事的平常。那些分析就是战斗，那些平常的故事就是人生。”② 从叙述学的角度看，舒芜所说的“作者的分析的详细”，是指叙述人的叙述成分占据了更重的分量，同时，这和对故事因素或情节性的淡化相结合，必然使得小说的“叙事”成为对于人物内在世界的“叙述”。因此，路翎小说在叙述方式和叙述技巧的运用上面，与传统小说相比，以及在当时作为主流的革命小

---

① 张以英编：《路翎书信集》，第92页。

② 舒芜：《什么是人生的战斗——理解路翎的关键》，原载1947年7月25日《泥土》第三辑。

说就显示出某些值得注意的特征。

第一节 “强力”的叙述：“用力在主要的东西上面”

一 “强力”的叙述人“形象”

“路翎式的叙述”

纵观路翎作品，除了语言的“异端”性质，他在叙述方式上迸射出的“力”度之强，也不能不让读者感受到极具“陌生化”效果的冲击力，以至于会产生对“小说”概念的怀疑：难道小说不首先是为了叙述一个曲折动人的情节？难道小说不最终是为了呈现给我们完整、清晰、有着特殊性格的人物？路翎小说中，并非没有情节，但是情节显然不是他的“用力”之处，那些“曲折动人”的地方，似乎被有意地淡化了；他的小说，也并非没有人物，但是我们几乎无法从作品中看到人物鲜明的形貌和确定的性格。如有的论者已经指出路翎的某些作品是“散文中的小说，是小说中的散文”，“材料几乎难得结构成一个短篇，但他着力在这大时代下人类精神生活行程的记录”。[①] 总的来说，他的小说展现给读者的往往是一个个紧张、突兀而充满动荡感的心灵世界，日常的现实生活似乎在这里隐退了，每一个人物都挣扎于情感和思想的湍流中，永不可能安宁下来。有研究者在阅读《财主底儿女们》之后，带着惊讶指出它的作者具有一种“使自己也使别人狂躁不宁的因素，——中国作家中极其罕见的个性与气质”，并细致描摹出该书“异乎寻常的叙述方式”：“生活像是在他的叙述中一块块碎裂了，风化了，变成了一个个局部，片断，瞬间”，将这种极富个性的叙述称为“路翎式的叙述”。[②]

倾向一端的“讲述”

按照传统比较简便的分法，叙事作品一般分为两种不同的叙述方

① 晓歌：《路翎的〈求爱〉》，原载1947年1月《文艺春秋》，转引自杨义等编《路翎研究资料》，第81页。

② 赵园：《艰难的选择》，上海文艺出版社1986年版，第322—323、339页。

法：“展示”（showing）和“讲述”（telling）①。“展示”往往是叙述者让读者“直接”去看生活场景，即通过人物的对话、姿势、神情和场景等的相对客观的描绘，造成一种“现场感”，使读者感觉仿佛就在现场观听。而“讲述”则经由叙述人的“转述”（这种转述可能融入了作者的概括、评判、议论，因而附加了叙述者的某种主观价值立场），读者对叙事内容的感知就较为“间接”，这样，“讲述”的主观色彩要较“展示”更为明显。②

从叙述方式上看，路翎小说采用的是典型的“讲述”体。然而，与一般“讲述”体不同，路翎小说中，一方面是叙述与描写的比例严重失衡。小说中主要通过叙述人充满了强烈“主观战斗精神”的“叙述”，把人物内在世界的“局部，片断，瞬间”不断地抛掷给读者、同时也锤打着读者的心灵。读者从文本中获知的关于人物或环境的“形象”式的再现少之又少，而叙述人公开的、清晰的“声音”充斥于读者耳际，叙述人的存在非常强烈地被读者所感知。另一方面是路翎的“讲述”，并不像通常“讲述体”小说中作者对他的人物保持着超脱的距离感，以“上帝”般的视野俯视着一切。路翎的“讲述”，似乎携带着作者炙人的热力，叙述人和他的人物一起感同身受着情绪的惊涛骇浪，也体验着人物陷于精神困境中的“困兽”般的狂躁。我们不妨选取其作品稍作分析。

> 把纸币捏在手里的郭素娥，所以那么痛苦，是因为她原来是存着她的情人可以给她一种在她是宝贵得无价的东西的希望的。她的痛苦并不是由于普通的简单的良心的被刺伤，而是由于，显然的，

① 关于“展示”和“讲述”的区分法，已经遭到许多人的质疑。从本质上说，任何“展示”都不可能是完全客观地再现，“展示”什么和怎么“展示”必然要经过叙事主体的选择和加工。因此，就不能用“展示”和“讲述”来判别叙事的主观或客观。我们在此仍然使用了这样的提法，是因为就路翎的小说来看，它确实具备了“讲述”的典型特征，从而使它与当时主导的叙事模式（相对来说则注重“展示”）显示出泾渭之别。因此，“讲述”和“展示”这样的概念对本书来说仍然具有有效性。

② 自从福楼拜以来，许多作家和批评家都确信，客观的“展示”优于叙述人直接出现的“讲述”，但韦恩·布斯对此提出质疑，并通过对薄伽丘的《十日谈》的叙事方式的分析确证了“讲述”所具有的绝妙效果。

> 她所冀求的无价的宝贝，现在是被两张纸币所换去了。她捉不住张振山，当由偷情开始的事件在她现在苦恼地越过了偷情本身的时候，这个强壮的工人的不可解的行为，他的暧昧的嘲讽，他的恨恨地离去，使她绝望。整整一年来，她整个地在渴求着从情欲所达到的新生活，而且这渴求在大部分时间被鼓跃于一种要求叛逆，脱离错误的既往的梦想。
>
> ——《饥饿的郭素娥》

叙述人在叙述时，不是通过人物的行动、言语、神情等外在表现的描述（“展示”），而是取了“讲述”的方式；并且这种“讲述”并不是着重于对人物心理情状的模仿性“转述”，而是使用了类似于“分析”的手法，郭素娥的复杂心理，是通过叙述人颇为清晰和严谨的“解析”为读者所了解。读者获得的不是人物具体的、外在情状的“映象”，而是一种比较抽象的对人物心理状态的感知；这种感知，往往需要读者调动自身的情感体验，同时也要具备对感性生活进行理性思考和观照的能力。这种“分析”的语调同时表明，叙述人对人物所有具体情况和情绪、心理非常了解；他通过自己的这种优越地位，居于人物之上，把其意志贯彻到叙述过程中。这种“分析”所使用的语言具有书面化色彩，句式比较严谨繁复，显示出较强的理性和智性色彩，因而这种拥挤稠密的语句就造成了语调的沉滞和缓慢，显示出叙述人具有丰富的感知能力，同时具有洞悉复杂的人物心理并使之逻辑化的能力。对于读者来说，这种书面化的叙述、分析的语调同样显示出强大的力量。叙述人不仅对他的人物，而且也对读者造成了强有力的影响。因此，从宽泛的层面看，相较于通常的叙述方式，在路翎的小说中，甚至可以说，**叙述人自身已经被凸显为一个完整的“形象”**：在“叙述”人物的同时，叙述人通过种种方式的强烈参与（比如对人物的解析、议论以及主观性极强的转述等），已经使得读者能够对“他”的存在获得一个清晰的感性印象。因此，“他”不仅仅是承担了所谓“叙述代言人”（作为媒介）的单纯功能。从这个意义上说，“写人”，在路翎创作中，**就有了“双向度”的特征：作者不仅在叙写着他的主人公，同时也把叙述人塑造为一个“强力”的“形象”**。路翎显然是要以此来突出作者的主体作用——这无疑充分体现了“主观战斗精神”，也是它不同于“正格”小说的突出特征。

路翎的“反抗”，“用力在主要的东西上面”。

路翎曾向胡风谈到对于“写实主义”的看法：

> 写实主义的所谓内容，常常只是罗列事实和追寻外部的刺激：以情感（疑为情节——引者注）为精神。因此，写实主义全无高度的组织气魄。我底反抗是去年动手写长篇时开始的。长篇不知怎样，但这个短篇里，我是企图获得一个中心的内容：用力在主要的东西上面，而不使作者碎裂。但也许因为回避了次要的东西，主要的东西就没有生辉了。[①]（着重号为引者加）

从信中可以看出，与他在语言上所作的“反抗”相应的是，他在叙述中也对成为主导形态的“写实主义”深感不满，因此，在极力探索一条适合自己需要的叙述方式。从引文中一些关键词句，可以看出他的“反抗”是从两个方面展开的：

1. 反抗“以情节为精神”的“写实主义”，“用力在主要的东西上面” 这里的“写实主义”，应该指以情节结构为中心的古典小说或传统现实主义小说，注重情节布局，以“事件”（包括环境因素）的发展推动人物的行动或完成“性格”的塑造。这种以“事”为中心的叙事方式，仅仅通过“罗列事件和追寻外部的刺激”，以情节的曲折刺激来获得故事性的效果，显然为他所不满并立意要作出“反抗”：把叙述重心转向人的精神世界，恰恰是要“透过社会结构的表皮去发掘人物性格的根苗”（胡风）。这样，“情节的戏剧性，往往让位给情绪的戏剧性”[②]。传统小说中，依托于“事”的“人”，在路翎小说中，则转换成为“人”本位，“事”成了“人”的附属性要素。

① 路翎：《致胡风书信全编》，第65页。

② 赵园：《路翎小说的形象与美感》，载《论小说十家》，第208页。

如我们在第一章所论及，对路翎来说，"情绪"和"精神"（即人的内在生活的丰富性、复杂性，应该包括感性的情感、意绪层面和理性的思想、意志层面）是创作的核心所在，——这也正是他所谓的"主要的东西"，最终旨意是要把人的精神世界的复杂性呈现出来。路翎也正是以此作为自己的原则，毫不懈怠地开掘和剖解人物的精神世界。总之，路翎对"写实主义"的反抗，正是要把逐渐成为主导、以"事"为中心的叙事方式，转换到"直写人生"上面，转换到"人本位"上面。

2. 追求"高度的组织气魄"，"不使作者碎裂" 这是路翎的目标和追求的叙事效果，也是借以反抗他所不满的"写实主义"的具体方式。"组织气魄"可以具体理解为，无论是在写作中还是作品中，都应该通过作者鲜明的立场和强有力的姿态，显示出对小说整体的控制和组织能力，作者的主体意识和倾向要在小说中鲜明地体现出来。"碎裂"这个用语，尤其显示出强烈的主体意识。在他看来，放弃了"高度的组织气魄"的"写实主义"，是一种"外部的"、"表层的"写实，而他追求的是透过表层对"内里"的透视、把捉和表现。这种"透视"，同样是以作者的"主观战斗精神"为基础的。不难理解，对"组织气魄"的推重，既和路翎自身的文学立场相关，同时也与胡风提出的"主观战斗精神"有着相通之处。对他来说，罗列事件或仅仅通过表层的"故事"性的刺激而获得的"写实"效果就缺乏"组织气魄"，创作主体的作用没有彰显，只能是舍本逐末，追求了次要的东西，而把"主要的东西"弃置了。"主要的东西"必须是经过作者的"组织"，通过主体性的充分参与才能够获得。

可见，路翎绝不满足于一个"隐蔽的"叙述者，作为冷静的"旁观者"甚至"记录人"。毋宁说，他是有意在反抗这种"隐蔽"性和客观性，通过叙述者强有力的声音，通过叙述者富含"热力"的干预姿态，使"隐蔽的"变得显豁，使"冷静的"变得灼热。如赵园曾经感慨的："那个呶呶不休的路翎，一再地插身在人物间，不是诉诸'性格说明'，不是让人物自己说话，而是代人物发言。以至人物的意念里往往闯进一些'异己'的东西，精神离开躯体而进入'哲思'的境界——作者本人在借他的人物思考。”[①] 因此，无论是叙述者的“强力”姿态，还是作者明确的倾向性，都同样显示出路翎叙述的强烈主观性。

二　人称策略：“反映一代的心理动态”

路翎小说都采用了第三人称叙述方式。从叙事效果上说，第三人称选用对他来说，首先是从写作自身出发的某种内在需要。从路翎的叙述立场出发，可以理解，第三人称叙述者所具有的“间离性”和自由性，使得叙述人可以自由进入各个人物的内心，以叙述人的理性之光照亮人物表层之下隐秘的“内心生活”——这对路翎崇尚的“高度的组织气魄”无疑具有重要的意义。此外，“使用第三人称还是可以抑止作家自传倾向的诱惑，防止过多投入主观情感”[②]；而且，“无论对于作者还是读者，第三人称叙事总比第一人称叙事便于较为客观地审视人物、理解人物”[③]。这与我们上文分析过的路翎小说叙述着重人物心理的理性分析的风格显然是最为切合的。相对于第一人称叙述者对“自我”的凸出，第三人称则能够使叙述者和人物、读者拉开距离，也使读者保有对人物的距离而不至于以过度的感情投入卷入故事之中。这样，才能达到路翎所说的“不使作者碎裂”，保持着理性的力度，“用力在主要的东西上”。

1. 三四十年代叙述人称的转换

在论及中国小说叙事模式的现代转型时，陈平原认为：“‘五四’作家突出小说中的非情节因素，借用容易产生强烈感情色彩的第一人称叙事（包括日记体、书信体），……这一切当然都是为了突出作家的主观感受和艺术个性。而所有这些，跟‘五四’时代个性主义思潮之强调尊重个性、尊重自我无疑是一脉相承的。”[④] 也就是说，第一人称叙述所蕴涵的“人的解放”的文化内涵，使它具有了区别于中国古典小说叙事模式的现代性特质，成为五四文学精神的一个表征。但是，到了30年代开始了“由‘自我之表现’转变到‘社会之表现’的时代”，

---

① 赵园：《未完成的探索——路翎与外国文学》，载《论小说十家》，第354页。

② 陈平原：《中国小说叙事模式的转变》，北京大学出版社2003年版，第92页。

③ 同上。

④ 同上书，第15页。

社会风气发生了逆转，文学形式也不得不随之开始产生新的变化。甚至在30年代初，还曾发生过关于第一和第三人称的争论，第一人称被指责为不适宜的“旧形式”。① 因此，这次争论的焦点本身就显示出：“第一人称”的“合法性”在30年代开始受到置疑，新的时代迫使作家和理论家急切地寻求着与之适应的新的叙事方式。五四时期备受青睐的“第一人称”叙事方式，转眼间成为了被人非议的“旧形式”；而“第三人称”似乎是呼应着时代的风向而产生了强大的吸引力，逐渐占据主导地位，使理论家和作家们再次转移了视野。

“三十年代‘正格’的写实小说是人物小说”，“人物典型化的理论和人物心理表现的理论，在这时期发展迅猛”。② 塑造“典型性格”成了小说家和理论家们探讨的核心问题。至于人物如何写法、性格怎样塑造，一般都强调通过动作对话来展现。茅盾在谈及文艺“大众化”问题时，认为必须使用“大众所能懂的形式”，而它的三个原则之一即是

① 这次争论，虽然并未在文学史上产生很大影响，但其中透露出来的信息，却可以帮助我们了解三四十年代小说叙事模式继五四以来发生的又一次转变。争论首先由穆木天的文章引发。穆撰文指出有些青年作家“因为他们用第一人称的写法，便减少了那些小说的真实味”，认为这种“浪漫主义者所惯用的第一人称的写法”被当作旧形式盲目地被他们利用了，这种倾向“是会把小说中的有生命的现实化成为机械的公式”。他以草明的小说《倾跌》为例，强调以底层人物为主人公的小说使用第一人称不适合，“很容易使作者把他的人物理想化”，“有害于艺术的真实性”（《谈写实的小说与第一人称写法》，载《申报·自由谈》1933年12月29日）。文章发表后，陈君冶提出反对意见，认为不能把第一人称当作旧形式；第一人称也能作为写实的手法之一；强调“作品的真实性，是要归于作者对于现实的认识和表现的手段所达到的程度的高下的问题”（《谈第一人称写法与写实小说》，载《申报·自由谈》1934年1月7日），为“第一人称”的“合法性”加以辩护。继之，穆、陈二人又相继对对方观点进行批驳，穆指出在“由‘自我之表现’转变到‘社会之表现’的时代”，这种“自我肯定的个人主义的抒情主义”（即第一人称写法——引者注）要被抛弃了，坚持文学形式的时代性，“写实的小说主要地须用第三人称”（穆木天：《再谈写实的小说与第一人称写法》，载《申报·自由谈》1934年1月10日；《关于写实的小说与第一人称写法之最后答辩》，载《申报·自由谈》1934年2月10日）。陈则坚持“旧的形式适合于新的内容的时候而当作表现手法被采用的时候，这形式已再不是旧的”，指责穆“犯着了自然主义的理论的根本的缺陷”（陈君冶：《论写实小说答穆木天》，载《申报·自由谈》1934年1月14日）。这几篇文章均被收入吴福辉编《二十世纪中国小说理论资料》第3卷，第220—223、230—238页。

② 吴福辉：《二十世纪中国小说理论资料》第3卷“前言”，北京大学出版社1997年版，第8页。

“多对话，多动作；故事的发展在对话中叙出，人物的性格，则用叙述说明”①。其后又更加具体地指出写小说在“观察人”时“不可把人孤立起来看。凡人皆是社会人，他的思想与意识在与别人接触时显现出来的，他的社会价值也是放在复杂的社会关系中而始确定的。所以看人的时候，应当与他的周围联系起来看，换言之，即是要在他的社会关系上去看，要在他怎样应付人事等等行动的总体上去看”。②（着重号为引者加）周扬则把作为“典范”的赵树理小说人物塑造的成功经验，归结为“他总是将他的人物安置在一定斗争的环境中，放在这斗争中的一定地位上，这样来展开人物性格的活动”，以及“他总是通过人物自己的行动和语言来显示他们的性格，表现他们的思想情绪”。③（着重号为引者加）

这些观点都是对恩格斯经典理论“再现典型环境中的典型人物”的引申和发挥。其一，它注重人物的社会性，包括身份、职业特征、阶级归属、社会关系，把人物放在社会的规定性情境中加以展现，突出其社会属性。并且，“典型性格”要求从个别人物身上折射出“类”的普遍性和社会生活的广阔性——从而显示出“社会人”特质。其二，“性格”的形成发展，可以根据阶级论的观点，从人物受到的社会属性的制约与社会环境之间的关系中得到合理解释。其三，人物心理的呈现，虽然通过动作言语来折射，不提倡由叙述人直接表白，但是，动作、语言的描写本身是按照人物社会属性的内在逻辑设计的，同时也要求读者依据同样的逻辑来感受和理解。因此作家对人物社会属性的把握和展示，成为“写人物”的前提，作家在创作中必须尽量抑制个人性的主观因素，而从社会、时代的公共立场来审度人物和环境的关系，按照所谓的“性格逻辑”来调控对人物的描写。从根本上说，作为现代叙事模式标志之一的“第一人称”如此之快就被目为“旧形式”，实在是因为文学的内容或文学的主体以及重心发生了转变——从对知识分子的“自我”

① 茅盾：《文艺大众化问题——上月在汉口量才图书馆的讲演》，选自《抗战文艺论集》，引自《中国现代文学史参考资料》第1卷下，第765页。

② 茅盾：《关于小说中的人物》，原载《抗战文艺》1941年第7卷第2、3合刊，转引自黄俊英编《小说研究史料选》，四川教育出版社1988年版，第26—27页。

③ 周扬：《论赵树理的创作》，载《解放日报》1946年8月26日。

的叙述，转向对"农工大众"的"他们"的叙述。

2. 路翎的人称策略及其目的

路翎的人称策略与时代主流保持了一致，都着重于对"他我"的叙述。不过，在这种表面的相似后面，差异更具有根本性。路翎虽然也极为重视人的社会属性，曾表示过对"动作"、"场面"描写的认可①，但是他主要是从人的"内部"、从人物精神生活的深处来展现时代、社会、环境所造成的"精神奴役创伤"，以及这种"创伤"的具体表现和发展过程。基于这样的原因，他甚至不无偏激地把姚雪垠的《差半车麦秸》以及《牛全德和红萝卜》斥为"市侩主义"，认为其作品中"人们听不到心底声音，看不到人生"。进而，对以此为代表的"典型"理论提出了质疑：

> 好久以来即流行着一种见解了，以为小说底目的是刻画人物，"写出典型"来。但假如不是为了血淋淋的人生斗争和历史渴求，刻画人物，"写出典型"是为了什么呢？岂不是为了"赏玩"或者"增加知识"么？而且，没有了这样的忠诚的战斗、理想、渴望，又怎样能"写出典型"来呢？②（着重号为引者加）

可见，他所不满的，一方面是这些作品对人物内部世界复杂性的忽视，人物情感、情绪强度的缺乏（"血淋淋的人生斗争和历史渴求"）；另一方面则是作者未能把充沛的情感和鲜明的主体立场表现出来（"忠诚的战斗、理想、渴望"）。总之，路翎对"人"的表现，对人的"社会性"的表现，总是通过"情绪"和"精神"——即人的"内部生活"

① 路翎在写给好友的信中，谈及"小说的本质部分"时指出："汸兄（冀汸，路翎另一个朋友）的意思是：行为的场面是本质部分。我的意思是，对于作者，行为的根源、过程，是本质部分。两者都重要的，因此我们的意思并无不同。"（张以英编：《路翎书信集》，第92页）从这句话可以看出，冀汸主张通过对"行为的场面"的描摹，达到对社会生活的"再现"。路翎对此并没有否认，但是他强调作者要以"行为的根源、过程"为本质部分，就是说场面、动作的描写、叙述虽是第一步的任务，但是他所着重的是要进一步去追踪、探究它们的深层原因和形成过程，要求作者在观察再现的基础上，更兼以思想的洞察力和穿透力，显然有他自己的偏重。

② 张业松编：《路翎批评文集》，第37—38页。

来表现的。他的这一写作立场，显然与胡风文艺理论思想是一致的。胡风曾说：“文艺作品是要反映一代的心理动态，创作活动是一个艰苦的精神过程；要达到这个境地，文艺家就非有不但能够发现、分析，而且还能够拥抱、保卫这一代的精神要求的人格力量或战斗要求不可。”[①]（着重号为引者加）胡风此语意在强调通过创作主体“人格力量”和“战斗要求”的张扬，以主体自身的精神力量（包括思想力）达到对对象内在心理动态的深度把握，从中掘发并揭示出整体性的社会历史内涵。基于这样的文学诉求，路翎创作在叙述方式的选择上，也就有了明显的自觉。因此，路翎对第三人称的选择，是试图获得一种更具超越性的历史视野，或者说是意图以心灵“史诗”的风格来展现“一代的心理动态”——基于此，第三人称所具有的理性力量无疑更契合了他的创作动机。从这个意义上看，他选用第三人称所写的“人”（人物），确与“正格”小说借助于第三人称意欲达到的效果有着截然的区分。

同是“写人”，但在“人”的内涵上，路翎与时代主流之间，有着明显的分歧。路翎“写人”，是要进入人物内部世界，从复杂、微妙、纠葛缠结甚至非理性的变态、疯狂特征中，显示出人物极具个性化的层面，以此折射出社会对个人的影响。路翎小说叙述人的声音和形象，甚至不亚于其中任何一个人物，叙述者在对人物的解析中把他的热情和对人物的看法全盘托出。**叙述者这种“强力”姿态，使得路翎在“写人”方面显示出两个向度——一个指向人物的内心，另一个则指向作者本身。**这是路翎小说特性的一个重要方面，也可用来表征其叙述个性。如果结合路翎所处文学语境，20 世纪三四十年代，由于文学大众化趋向和对文学宣传功能的推重，以知识阶层为主体的写作主体的个性开始受到抑制，写作重心转向工农大众——这样，主体必须在压抑“自我”的同时，向写作对象（也是预期的“受体”）俯身迁就，积极靠拢。主导叙事模式所追求的就是叙述者的“隐蔽化”。但是从当时的实际看，一方面是对文学实用功能的过度强调，另一方面抗战现实对文学的迫切需要，使革命文学的集体主义倾向日益强化，限制了文学中“人”的表现空间。对于这种“偏向”，当路翎由开始的“暧昧的反感”逐渐获得

① 胡风：《文艺工作的发展及其努力方向》，见《胡风全集》第 3 卷，第 180 页。

了较明确的体认，并以自己的方式力图作出“矫正”。因此，他不满足于主流的“正格”小说中注重“类别”特征的类型人物，甚或当时被广为接受的塑造“典型人物”的最高目标——因为“典型”总是首先强调外在社会环境、社会身份、阶级属性对于个人的制约；虽然它同时也强调个人的“特殊性”、“个性”，但是这种“特殊性”、“个性”最终是要以能够精确地揭示人的社会属性为旨归的。路翎笔下的个人，却首先是要从精神层面上展示出“这一个”，借此实现“反映一代的心理动向”的文学目标；并且，更重要的是作者本人作为同样无可替代的“这一个”，也不能通过“隐蔽”的方式被消解。因此，这种“强力”的“路翎式的叙述”，彰显出强烈的主体性。

三 聚焦方式：“感”和“思”

聚焦主要是就叙述的“眼光”而言，“是视觉与被‘看见’被感知的东西之间的关系”，“是‘视觉’（即观察的人）和被看对象之间的联系”。[①]“谁看”就构成了聚焦主体，而“看什么”则构成了聚焦对象。小说中，不同的“看”（聚焦）的方式往往表现出作者对于对象的观照姿态和立场。对于颇具“异端”色彩的路翎小说来说，在“谁看”与“看什么”的问题上，也带有明显的特征。

1. 标志性句式的叙述语法功能：“他觉得……”

罗朗·巴尔特指出：“从结构的角度看，叙事作品具有句子的性质”，“叙事作品是一个大句子”。[②] 这意味着，从结构的观点出发，依照句法结构的分析方法，对叙事文本的深层结构和“语法”结构进行分析，具有相同的有效性。巴尔特还把俄国形式主义者所创造的“功能”这个概念引进了对叙事作品的分析中，“自从俄国形式主义者以来，人们把故事中凡是以相关项的面貌出现的切分成分都作为单位。一切功能的灵魂，如果可以这么说的话，是其胚芽，是可以在叙事作品中

① ［荷兰］米克·巴尔：《叙述学》，中国社会科学出版社2003年版，第168、172页。

② ［法］罗朗·巴尔特：《叙事作品结构分析导论》，见伍蠡甫、胡经之主编《西方文艺理论名著选编》下卷，北京大学出版社1987年版，第477页。

播下一个成分，以后在同一层次或在别的地方，在另一层次上成熟的东西”①。在这个意义上，“**功能**”意指对叙事作品中具有相同表意功能的某些切分单位的归类。与此类似，英国学者罗杰·福勒亦认为：“文本在结构上与语句相似（也是由语句构成），也就是说，我们（在语言学中）用于单句分析的结构范畴能够广泛用于对更大文本结构的分析。”②

路翎小说中，有关心理活动的动词在语汇分布中占据了突出地位。现在我们可以通过“叙述语法”的“功能”概念，把这些心理活动动词放到更大的语法结构中加以分析。路翎小说中大量出现“**他（她）觉得（想到、认为、感到、意识到，等等）……**”这样的句式（为简便，后文写成“他觉得……”句式）。一般来说，“觉得”这个动词表示“有某种感觉”或“有某种意见”，后面“必带动词、形容词、短语或小句作宾语”。③ 而在路翎小说中，“**他觉得……**”句式中后面的宾语主要以长句子为主，由于这类句式出现频率极高，我们可以把它当作能代表其小说主要特征的“标志性”句式。对此，福勒这样认为：

> 作家重复某些同样的句法类型（多用短句或长句，多用并列句而少用主从句，以及常用无动词句，等等）的明显趋向，就导致了多种多样的风格印象。④

就是说，相同的句式反复出现，导致读者“解码”行为的反复实践，最终使读者形成整体性的印象，也同时确认了文本的总体风格。从句式结构的功能看，构成该句的每一个成分——主词（代词“他”）、谓词（动词“觉得”）以及宾词（状人物心理的长句），由于都具有指向人物精神内涵的性质，就承担了对于人物心理内容的聚焦功能。可以说，“他觉得……”句式，成为路翎小说具有本体意义或占据构成性地位的句式，它在功能上表征路翎小说的总体特征。

---

① ［法］罗朗·巴尔特：《叙事作品结构分析导论》，见《西方文艺理论名著选编》下卷，第480页。

② ［英］罗杰·福勒：《语言学与小说》，於宁等译，重庆出版社1991年版。

③ 吕叔湘主编：《现代汉语八百词》，商务印书馆1980年版，第289—290页。

④ ［英］罗杰·福勒：《语言学与小说》，第10页。

2. 聚焦方式：“感”与“思”

下面我们通过路翎的一段文本来看看“他觉得……”句式在聚焦方式上的特殊性：

> “做一次牺牲，你！你从来没有牺牲过，那么现在重要的是：做一次牺牲，这是生死存亡！”他想，在冷雨里走过黑暗的小径。他明白情形是怎样的严重了，他觉得他已经发狂了。他突然觉得他底周围有狂风暴雨；他先前觉得这周围是阴凉而静止的。他觉得各处有奇异的光亮和灼热的阴流；他觉得他底自己在突然间充满了整个的世界，他觉得有可怕的力量在压迫他和崩裂他，他要喊叫出来。在这种疯狂的热情里，他突然把他底过去抛弃了，并把他底未来毁坏了：他要求人间底一切做他底热情底牺牲，和他一同牺牲。在狂乱里有色情的、肉欲的感觉，有浪漫的激情底急流。（着重号为引者加）
>
> ——《财主底儿女们》

蒋纯祖和演剧队女演员高韵恋爱，高韵对生活有着美妙而浅薄的幻想，是一个注重实际、追求名利、虚荣心较强，在庸俗的生活中随波逐流的女子，虽然对蒋纯祖不乏真情，但却缺乏对爱情的严肃和珍重，终不免流于享乐和游戏。这很难见容于时时在“精神炼狱”中与自己苦斗、追求精神超越的蒋纯祖。但蒋一方面在肉欲的诱惑中不能自已，另一方面又不满于自己的空虚状态，陷入暴乱的情热中无力审视自己，在痛苦中无力自拔，表现出软弱和逃避心理。

这一语段的聚焦对象是人物蒋纯祖的内心状态。无疑，对象的内心状态经过了聚焦者的整理和归纳，并不是其本然的原生状态，聚焦方式不再是强调视觉观照的“看”，而是强调心理体验和理性把捉的“感”与“思”。“看”是就对某一场面、景象或物象、人的行貌等外在属性的视觉观照，所得到的结果往往是对于物象外观和可感知的基本物质属性的认知。这样的以“看”为主的聚焦进入叙述中，则聚焦者的视觉感官功能就显得非常重要。传统现实主义一贯强调仔细“观察”，尽量描摹地“逼真”，正是要强调聚焦者能最大限度地发挥视觉感官功能及语言的“再现”功能，创造出较强的画面感，对视觉感官获得的印象实现成功的形象化模拟。在以“展示”为主的小说中，这种“画面感”或“形象感”是比较突出的。但是，在我们所引的这一语段中，除了“在冷雨里走过黑暗的小径”这一句描述，我们几乎不能得到一个清晰的画面。相反，人物情感体验却似乎成了“视觉”的基础，聚焦对象不是人、物的外在映象，而是不能直接为感官所把握的“**感性内容**”。这样，聚焦方式就由“看”而转入了“感”。这里的“感”，包含着情感体验、人生经验的体悟、认同、追思、玩味等主体性要素对于“经验”、“经历”的渗透、取弃和化合。“观察”的方式本身就设定了一个视觉主体和观察对象（作为客体），这里面主体和客体的界限是清楚的。但是，在“体验”中，主体必须调动全部的人生积累，从对外物机械性的官能映射，而转入到主要通过心灵的内在体悟，“是把外在的世界包含在自身生命中，世界已经主体化、内在化”了。因此，在“物我同一”的体验中，主体和客体的分离和对立似乎消失了，“自我仿佛移入到对象中，与对象融为一体”①。

叙述人对叙述对象内在状态的呈现，是经过了整理、归纳，包含聚焦者的理性分析和逻辑思维。叙述者始终是通过极富理性的话语方式，在转述中不断地对叙述对象的复杂性加以剖解和梳理，力图使其复杂纠结的状态呈现出较为清晰的脉络。在所引的这段叙述中，我们感觉到，聚焦对象复杂意绪和情感状态，是立体地交结在一起的；但是，叙述人还是把这些纷纭的意绪在线形文字符号的结构序列中，以其强大的理性力量，尽其所能地按照大致的逻辑性呈现出来。在切身体验人物情绪（“感”）的同时，富于理性色彩的逻辑思维（“思”）也同样起了突出的作用。因此，“思”作为一个突出特点，同样显示了聚焦方式的独特之处。当然，对于聚焦者来说，这里的“感”和“思”是同时进行、融合为一的。

如果以这段引文为代表来对路翎小说的总体特征加以体认，那么，“**他觉得……**”的句式，作为构成路翎小说本体特征的标志，在叙述者

① 童庆炳、程正民主编：《文艺心理学教程》，高等教育出版社2001年版，第77、79页。

作为聚焦者的层面上，其功能就体现出两个方面的含义：（1）"**他觉得……**"这一句式中，聚焦者始终把焦点对准人物的内在精神状态，这意味着他正是把"内在精神状态"作为确定对象根本价值的依据，确认"内在精神状态"（相对于"外在社会生活"）的优先性和本体性质；（2）聚焦的实现通过"感"和"思"的方式，即对于"他者"的精神状态的体认，首先经由聚焦者自己心灵的同感和理性的分析、判断、推理等逻辑思维的统摄；这就建立了叙述者（并可延伸到它所代言的隐含作者）和人物之间内在的精神关联。(3)"**他觉得……**"的句式，从聚焦对象上看，已经设定了对象作为生命体的特殊存在方式：聚焦对象不仅是作为一个生命（客）体，而是作为一个感觉主体、意识主体，一个具有存在价值的生命主体。谓词"觉得"所导引的作为其宾词的句子（以及句子的集合），就表征了该主体生命存在状态的"敞开"。而经由这一谓词，原先封闭的作为"物"的聚焦对象"他"，展现了其丰富的内在生命，成为一个完整自足的、具有充分价值的"自我意识"。总之，无论是从聚焦方式的特殊性，还是聚焦对象表征出来的作为生命主体性质，都表达了路翎对作为主体的"人"的关注。

第二节　作者的新立场："对话"与"复调"

我们看到，通过"强力"的叙述方式，路翎着意于把叙述人作为一个特殊的"形象"凸显出来；另外为了实现对人物内在精神世界的深入探析，路翎又通过感受性体验和理性逻辑思维的融合，实现了聚焦方式的新转变。显然，这些特点都充分彰显出他对"人"、对于"人"的主体性的充分关注。在他的小说中，无论是作者，还是人物，都成为具有独立思考能力和丰富意识内容的"思想家"。写作的重心则转向对这些意识内容的顽强寻索和复杂呈现。作为独立的主体，作为具有充分价值的"声音"，路翎小说中作者与主人公之间的关系也相应地发生了新的变化：不是一个超乎一切的上帝式的作者以其统一的观念和意志实现对人物的绝对掌控，而是其中每一个主体——不管是作者，还是每一个人物——都各以其独特的"声音"和立场，作为不受他人支配的完整的"自我意识"独立自主地存在着。因此，不仅人物之间是各自平等的，而且人物与他们的作者也是“平起平坐”地相互共存。作者虽然时时会打断人物的“声音”和“意识”，发表自己的看法和议论，但是却不会因为人物超出于自己的立场而将其生硬地扼杀。这样，从作者与人物的关系中审视路翎的小说，就会发现其作者立场超出了传统现实主义小说的规范，产生了重大的变化：作者是以一种被称为“对话”的立场来处理与主人公之间的关系。因而，就具有了巴赫金在陀思妥耶夫斯基诗学研究中称为“复调”小说的新特征。这种“对话”和“复调”的新的作者立场，首先在微观的叙述话语层面上呈现出来。

一　叙述话语的特征：“双声语”与“混合语式”

巴赫金曾用一种超语言学的观点研究陀思妥耶夫斯基小说的语言，深刻地揭示出其小说语言的最大特点是双声性，这一观点对我们认识路翎小说也颇多启迪。巴赫金指出：“双声语指的是在同一个语言单位内存在着两种或两种以上的相互矛盾对立的声音状态。”① 双声语的特点是“具有双重的指向——既针对言语的内容而发（这一点同一般的语言是一致的），又针对另一个语言（即他人的话语）而发”②。所有的双声语都有两种指向、两个目标、两种功能，它在同一个言语单位中，融合进了两种声音，具有一种内在的对话性。

巴赫金在另一篇论文《长篇小说的话语》中分析了长篇小说话语的双声性：“我们感觉得出每一叙述成分都分别处于两个层次之中。一是叙述人的层次，是他的**指物达意表情**的层次；另一个是**作者的层次**，作者利用这种叙述、透过这种叙述，折射地讲自己的话。被收进作者这一视野的，除了全部叙述内容外，同时还有叙述人自己及他的话语。”③“引进小说（不论用什么形式引进）的杂语，是用他人语言讲出的他人话语，服务于**折射地**表现作者意向。”④ 双声语总是实现了内在对话化的语言，也就是说，一个在形式上（即从句法、语法标志上看）具有明确的单一言语主体的句子中，暗含着另一个潜在的言语主体的言语意

① 张开焱：《开放人格——巴赫金》，长江文艺出版社2000年版，第211页。

② 钱中文主编：《巴赫金全集》第5卷，第245页。

③ 同上书，第98页。

④ 同上书，第110页。

图（即另一种语调、立场、价值取向，等等），和这个明确的言语主体之间存在着种种复杂微妙的关系，构成对话关系。

1. 人物话语的特性：双声性

按照巴赫金的上述概念，我们可以在路翎小说的人物话语区中，发现大量存在的“双声语”。这些双声语中，人物的语言虽然是以自白的方式发出的，但是其听话人却并不就是说话人自己。在这些激烈的内在的自白之中，说话人的话语意向总是针对着那些“未在场”的“潜在”的听话人而发：或者是针对其他的主人公，或者是针对作者，也或者是针对着那些并不具体的抽象的“公众”。这说明这些人物已经完全意识到自己在精神和意识上的独立存在，因而他的言语、意识、思想等都是以自我为中心，时时在与“他者”的关系中来反思和体认的。这使其人物表现出鲜明的主体性。我们不妨选取几个例子来看看。

> ①“在夫妻间有着怎样的关系？”蒋少祖想，凝视着墙壁：②“她为什么要来？为什么早不来？为什么一切不更早一点？她怎样了？她底孩子怎样？她住在哪里？夏陆不说！可恶而愚蠢！啊，可怕，可怕，人生是这么多的纠缠！”……③“她一定把小孩带来，一定说：我交给你，我要生活，你是无耻的、罪恶的，不义……这我都承担。无耻，罪恶，不义，但是没有谁更好，要拯救这个，须得神圣的炼狱底火焰，而且我无疑地要生活，要争取胜利！——不能让别人知道，所以必须想法子！可是一切都已经想过，……。”
>
> ——《财主底儿女们》

蒋少祖和王桂英曾经是一对恋人，在与王桂英的恋情中，本来两人感情很好，但是王的“热情和倔犟”，使自负的蒋少祖感到“拘束”，王的哥哥是蒋的姐夫，掌握着蒋家财权。蒋对此深感烦恼，傲慢地冷淡了王。最后蒋另娶他人，婚后却又不满意平淡的婚姻生活，终于和王发生私情。王怀孕并坚持生下孩子。蒋得知消息后，未曾承担任何责任，连王向他求救的信都不曾回复。王生子后由于哥哥无情的驱逐，竟然杀死襁褓中的婴儿以解脱困境。杀子后王桂英来到上海约见蒋少祖。这是蒋获知消息后的内心独白。

①引文开始，“在夫妻间有着怎样的关系？”是蒋少祖对自己的反问。这种反问既是针对自己，表示对于自己夫妻关系的不满意；同时也是对使他处于“狼狈之地”的“未在场”凶手的不满和质疑，因此，也就可以看做对“潜在”的“听话人”隐含的责问。而蒋少祖的自负性格，总是使他觉得自己高于一切人，总是把自己置于所有的“他人”（这个“他人”是抽象的，类似于“智者”对于“众生”的关系）之上。这一句反问也可看做他以“时代英雄”自居而对“芸芸众生”的质问，其实包含着潜在的好几个听话者与好几种语义指向：指向说话人自己时，可能是对于自身难堪处境的怨恨和嘲讽；指向妻子时，则是将自己的过错迁怒于他人的一种逃避；指向“众生”时，则似乎是要显示自己作为智者或英雄的超迈和深邃。

②接下来的“听话人”变成了“她”——王桂英。这几个问句中，“她为什么要来”，首先是从自己的现实处境出发的一种质问，暗含着“她不应该来”的意思，隐约透露出“她来”给自己造成的麻烦。但是紧接着，说话人显然意识到这种想法的不合情理，所以作出了退让（“为什么早不来”、“为什么一切不更早一点”），是出于对于现在情况不了解而产生的困扰和烦恼，暗含着“如果早来一切也许就不至于如此”的意思。接着，才开始转入对于王桂英现状的关注，“她怎样了”、“她底孩子怎样”、“她住在哪里”，基于外在的道德压力而表示了较远距离的关注，似乎是不相关的他者淡漠的询问，意味着说话人对这个烦恼不自觉地逃避。紧接着，马上又转入对于别人的迁怒和刚愎自用的指责和训斥：“夏陆不说！可恶而愚蠢！”感叹句显示了一种强烈的情感：愤怒、恼恨、无可奈何。说话人在这里把内心的恼恨迁怒于他人（夏陆），企图狂妄地通过否定别人求取自己的尊严。但说话人再次面对现实处境，不堪其重，陷入了冥想式的人生感喟。从自己的立场上又发出自怜自艾的自白，“啊，可怕，可怕，人生是这么多纠缠！”这里，受话人又转向了自己，同情和伤感语调显示出说话人对自己处境的自恋式的感慨。

③说话人先把王视作潜在的“对话者”和“发问者”，想象王可能采取的行为和斥责性言语，于是作出“回应”：“这我都承担。”但是，

说话人马上又采用了演说语调和句式，制造了一个针对公众场合的"演说情境"，把自己置于这一群体的中心位置，以不容反驳的演讲式的修辞效果迫使听话者完全接受。说话人所受到（潜在的对话者王桂英）的指斥（"无耻的"、"罪恶的"、"不义"），就在这种演说式的崇高感中得以开解；甚至最终使得现实的道德错失，升华到超越性的精神层面。蒋少祖因此在心理上暂时避开了现实的责难，把自己塑造成为一个精神"勇士"的形象。显然，这种个人语境向公众语境的置换，是出于蒋少祖对于潜在的对话者王桂英的指斥而设计的，是针对潜在受话人的话语，对自己的言语作出的调整和回应。也可看做在遭受现实危机时，说话人希望通过幻想的方式，把自己设计为在精神上具有超越性力量的"英雄"而对自己进行鼓舞和召唤。在这个意义上，这一语境的设计同时是以自己为对象的。

总之，这段内心独白，是说话人在面临现实的巨大困境而处于意识的激烈冲突中，他的话语虽然是"自言自语"，但是每一个词、句，甚至标点符号，都是针对那些看不见的"对话者"而发的。说话人的话语始终是处于不断调整中——为着不同的对象，或者选择不同的对象。也意味着说话的语境亦处于相应的转变中，说话人的形象、所处的位置也在发生微妙的变化。为了达到自己的目的，说话人根据语境和对象选择不同的修辞方式。所有这一切，都强烈地显示了话语的"对话性"、"双声性"的特点。由此我们不仅理解了蒋少祖的内心，他的复杂意识；更重要的是，我们也从他的话语中，感觉到了那些不同的"潜在"的听话人所代表的各种"声音"，这些"声音"所显示出的社会的复杂性和深刻性。

我们想说明的是，路翎小说中存在大量与此类似的人物独白，表现人物处于"危机情境"中的焦虑、困惑、挣扎的复杂内心状态。人物话语表现出非常强烈的"语境性"，充满各类反问句、感叹句以及语气果断、不容反驳的"宣言式"的或者"标语口号式"的句子。因此，具有巴赫金所说的"暗辩体"语言的显著特征。"暗辩体语言，是一种向敌对的他人语言察言观色的语言；它无论在实际的生活语言里，也无论在文学语言里，都极为普遍，对于体式风格的形成具有重大意义。……这一类语言好像是看到或感到了他人语言的存在，预感到了他

人语言的存在，预感到了他人的反驳，因而本身仿佛遭到了扭曲。”① 这类句子往往意味着，说话者在说话的同时，就感觉到了存在着不同立场、态度、感情、社会属性的不同听话者；这些不同层次的“听话者”，也代表着不同的社会意识，与说话人的意识处于复杂的关系当中。虽然言语的外在结构是单一的“独白”，但实际上，说话人在说话时，要么预感到了潜在的听话者，所以他的话语就针对着这些未出声、未现形，然而却并不是真的“缺席”的听话人而发；要么就是已经感觉到听话人对自己的质问、怀疑、否定或敌对的态度、立场，因而他的话语已经是“回应”着这些态度、立场而作出的回答、解释、争辩，通过各种修辞方式（句式的选择、语境的设置、转换、“自我”形象的设计，等等）来强调自己的立场、态度，尽可能达成对潜在听话人的影响。

2. 叙述人话语中的“混合语式”

巴赫金对小说的双声语现象非常重视，他还提出“混合语式”这一更为具体的概念。“混合语式”，是指“按照语法（句法）标志和结构标志，它属于一个说话人，而实际上是混合着两种话语、两种讲话习惯、两种风格、两种‘语言’、两种表意和评价的视角。……不同声音、不同语言的分野，就发生在一个句子整体之内，常常在一个简单句的范围内；甚至同一个词时常分属交错结合在一个混合语式中的两种语言、两种视角，自然便有了两层不同的意思、两种语气”。②

路翎小说中，除了人物话语的双声性之外，在叙述人的话语中，就存在大量的“混合语式”。比之于“展示体”，“讲述体”方式由于叙述者主观性因素的加强，在叙述人的意向与叙述对象的意向之间就会产生更强烈的相互影响，相互作用，因此两者之间语义混融交织的情形也更容易发生。路翎小说中，叙述人强有力的姿态，无疑使得叙述人与人物话语之间的相互影响体现得更为强烈，而“语义杂糅混融”的现象就具有了普遍性的特点。下面试举例析之：

① 钱中文主编：《巴赫金全集》第5卷，第260—261页。

② 同上书，第87页。

> 郭子龙对吴顺广的仇恨，并不简单的就是由于过去的那一件事情以及后来的财产纠纷，他的仇恨、他的复仇的渴望是还要广大得多，因此，在吴顺广身上，他不仅要清算他的财产，他还要清算他的一生的失意；要从目前的可怖的状况里解脱出来，不仅需要在物质上夺回财产，还需要在精神上从他的敌人取得胜利。因为，如果不是吴顺广家，他不会落到现在这种地步的；他不会遇到这些年来的那么多的痛苦，以至于一文钱也不能带回故乡来的。（着重号为引者加）
>
> ——《燃烧的荒地》

这段话就采用了“讲述体”，叙述人通过转述把郭子龙对吴顺广的态度（“仇恨”）及其原因介绍给读者。因此，这些叙述话语是经过了叙述人的加工整理、归纳概括。从句式结构上看，言语主体是叙述人；从使用的语词看，诸如“清算”、“失意”、“可怖”、“解脱”等，也显然应属于智性较强的叙事人的语言风格。但是，在解释“郭子龙对吴顺广的仇恨”以及“他的仇恨、他的复仇的渴望时还要广大得多”这个原因时，叙述人的解释：“因为，如果不是吴顺广家……”这一段话，形态上虽然是叙述人的话语，但却是按照人物郭子龙的逻辑来表达的。这样的解释貌似客观，但显然是不符合事实的：吴顺广固然曾经侵占过郭的权益，但郭现状的潦倒、落魄，则是他自身性格和弱点导致的。读者在读至此处，已经基本上能对郭的弱点有所了解，因此能够辨别出这一解释事实的不合理。叙述人在此不动声色地把人物的内在逻辑（或话语逻辑）融入到自己的叙述之中，用逻辑谨严、条理清晰的句法结构转述出人物明显不合理的解释。这样，叙述话语就呈现出了“混合语式”的特点：在单一的句法结构中，语义层面却获得了两个向度：一个是人物的意向，一个是叙述人的意向。叙述人把人物不合逻辑意向，以貌似客观的方式融入到自己的叙述中，就暗含了对人物意向的否定态度，这种“客观呈现”因此具有了讽刺性质，人物自欺欺人、怯于承认自己失败的真正原因以及自负地将自己的弱点迁怒于别人等性格特征，就在这种隐蔽的批判之中显露出来了。这里，叙述人正是借助于人物话语的折射，把作者的倾向鲜明地表现出来。再如：

> 他只注意他底无限混乱的内心，他觉得他底内心无限的美丽。虽然他在集团里面生活，虽然他无限地崇奉充满着这个集团的那些理论，他却只要求他底内心——他丝毫都不感觉到这种分裂。这个集团，这一切理论，都是只为他，蒋纯祖底内心而存在；他把这种分裂在他底内心里甜蜜地和谐了起来。在集团底纪律和他相冲突的时候，他便毫无疑问地无视这个纪律；在遇到批评的时候，他觉得只是他底内心才是最高的命令、最大的光荣、和最善的存在。因此他便很少去思索这些批评——或者竟至于感不到它们。
>
> ——《财主底儿女们》

这是对蒋纯祖刚加入重庆演剧队的状态的叙述。叙述人一方面转述人物的感受、心理，用了“注意”、“觉得”、“要求”、“感觉”等心理动词，状写人物的感受。另一方面同时却又对这些叙事材料进行分析和评判，使之条理化。在这个过程中，人物在表象之下未曾显现或未被觉察的真相，或者未曾意识到的、认识上存在的失误、疏忽，经过叙述人的分析都呈现出来。在这种分析中，人物的局限性被显示出来，不经意间叙述人也把关于叙述对象某些隐蔽的真相，也逐渐揭示出来。这样，一方面通过对叙事对象内在状态的揭示和呈现，把人物的意向表现出来；另一方面由于“讲述”又是在分析中予以揭示的，所以叙述人的意向也就混融其中了。如“他丝毫都不感觉到这种分裂”，这是叙述人通过对人物的内心状态与他所处的环境之间关系的分析中得出的判断，这个判断显然是人物自身不曾意识到的，而是叙述人处于一个更大的视野范围内，清晰地予以洞察并把它揭示出来。再如，“这个集团，这一切理论，都是只为他，蒋纯祖的内心而存在；他把这种分裂在他底内心里甜蜜地和谐了起来”，一方面是把人物内心感受，按照其内在逻辑予以梳理，用具有叙述人话语风格的智性语体表达出来，既包容了人物的意向；同时，叙述人对对象的失误、疏忽、错误以及处身危险而不自知的盲目的揭示，又把叙述人的意向和情态也包含在其中。

二　作者立场的转变

1. 路翎小说中作者的新立场

由于路翎创作把焦点对准了人的精神内容、意识生活——即着重于人物精神维度的描绘和表现，或者说人物“自我意识”成为主要描绘对象；因此，作者和人物之间的关系，有了某些新的特征，人物不再是作为作者观察的对象和客体，被动地臣服于作者的意志，或者被作者所依循的社会属性对人的决定性地位这一稳定逻辑所规约、所框定，而是具有了自身独立的“自我意识”，人物是按照自身的意志生活于作品之中。这标志着作者写作视野的转变——从“再现社会生活”转入到再现人的内在“精神生活”；从社会属性的质的规定性来写人转入到从精神维度和意识层面对人的重新发现和审视；从人物的“物质生活”转入到“价值生存”，从作者认为人物“是什么”转入到人物“怎么想”以及作者“怎么看”。在这一点上，也许路翎有着巴赫金所总结的陀思妥耶夫斯基对其主人公的相同“兴趣”。

巴赫金在研究陀思妥耶夫斯基诗学问题时指出，与传统的“独白”小说不同，陀思妥耶夫斯基小说中作者立场发生了历史性的变革。出现了作者与主人公之间的“对话”。

> 陀思妥耶夫斯基对主人公的兴趣，不在于他是现实生活中具有确定而稳固的社会典型特征和个人性格特征的人，不在于他具有确定无疑的客观特征所构成的特定面貌（这些特征总起来能回答“他是谁”的问题）。不是这样。陀思妥耶夫斯基对主人公的兴趣，在于他是对世界及对自己的一种特殊看法，在于他是对自己和周围现实的一种思想与评价的立场。对陀思妥耶夫斯基来说，重要的不是主人公在世界上是什么，而首先是世界在主人公心目中是什么，他在自己心目中是什么。①

巴赫金在此要强调的是，陀思妥耶夫斯基小说中，不只是从作者的立场上观察人物，确定人物的性格，最终让读者对人物得出“他是谁”的结论；恰恰相反，他首先要展现出人物“怎么想”——包括他怎么看待、评价自己、他人和他所处的世界，写作的客体由主人公是什么、怎么样转向主人公想什么、怎么想，等等。简单来说，也就是人物的“自

① 钱中文主编：《巴赫金全集》第5卷，第61页。

我意识”代替了“独白”小说中的“外在生活”，成了作品的主要的内容。“主人公不是根据作者的思想和观点来评价表现自己和世界，而是根据自己的思想和观点来评价自己和世界。”① 这样，主人公就可以作为自我意识的拥有者和表达者，成为一个完整独立的主体；对于作者来说，他“不支配一切，作品的人物与作者都作为具有同等价值的一方参加对话”②，“作者只能拿出一个客观的世界同主人公无所不包的意识相抗衡，这个客观世界便是与之平等的众多他人意识的世界”③。“独白型”小说中，作者世界观对人物的决定性地位就土崩瓦解，作者和他的主人公一样，也是作为地位平等的另一个自我意识的主体，他可以对主人公的意识进行评价、议论、判断，但是却不可能独断地去掌控人物对自己、他人及其所处世界的评价和立场。于是，巴赫金断言，作为一种全新的小说，由于陀思妥耶夫斯基的小说在作者和主人公之间的关系上“实现了一场小规模的哥白尼式变革”④，即“有着众多的各自独立而不相融合的声音和意识，由具有充分价值的不同声音组成的真正复调”⑤，构成了其“复调小说”的显著特点。这一特点在路翎小说中也得到了充分地表现。

作者的“主体性”立场：“战斗”的姿态

路翎小说的一个显著特征，是以“强力”叙述人，使用颇富理性色彩的“知识的语言”，把人物的精神世界和自我意识条分缕析地加以剖解，其中既有对人物自我意识的“再现”，同时也融入了作者的大量主观评价，表现出作者强烈的参与感，以积极的姿态“介入”到创作之中。因此，他的创作中，无论是对“高度的组织气魄”的追求，还是“用力在主要的东西上”的决心，或者是“不使作者碎裂”的警示，无疑都体现出作者鲜明的主体性立场，与以塑造“典型性格”为核心的传统的现实主义截然不同。

应该说，路翎具有强烈“主体性”的作者立场，与胡风提出的

---

① 程正民：《巴赫金的文化诗学》，第54页。

② 同上书，第46页。

③ 钱中文主编：《巴赫金全集》第5卷，第65页。

④ 同上书，第64页。

⑤ 同上书，第4页。

“主观战斗精神”具有内在的一致性。从写作观念看，路翎在最初（未曾结识胡风之前）就显示出对人的精神复杂性的关注和探索的兴趣（详后）；而在结识胡风之后，则更是直接受到“主观战斗精神”理论的影响，大部分作品是在胡风指导下完成的。“主观战斗精神”，一方面，要求客体（创作对象）在“具体的活的面貌上深入生活”[①]，即要把对象作为活生生的感性存在（“血肉的对象”）；另一方面，这就要求作为创作主体的作家，能够具有和“血肉的现实人生的搏斗”的强大“人格力量”——这样，创作过程就成为一个“相生相克”的激烈的互动过程：“作家得凭着他的战斗要求突进客观对象，和客观对象经过相生相克的搏斗，体验到客观对象的活的本质和内容，这样才能够‘把客观对象变成自己的东西’而表现出来。”[②] 可以看出，“主观战斗精神”意在从创作的主、客体两方面同时确认人的“主体性”。但是在创作过程中，这种确认却不能不首先落实到创作主体作家身上，毕竟创作是在作家的调控和具体实践中得以完成的，对象主体性的“确认”，也必须经由作家观念的转变及创作中的具体操作才能获得。因此，“主观战斗精神”，是把作家自身的主体性，作为写作的前提条件。这一点在路翎创作中得到了显著的表现。

从实际看，由于三四十年代的文学语境的变化，导致了创作中过于强调“大众化”、“民族形式”，兼之政治意识形态对文学的干预和挤压，创作中的“主体性”的失落确是一个不争的事实。路翎写作受到胡风的赞誉，在很大程度上也恰恰是由于其创作中这种“主体性”的张扬，是达到了胡风理论所呼唤的“理想”高度。他小说中作者立场鲜明的“介入”姿态，首先在于要最大限度地把创作主体的“主体性”体现出来。也就是说，作为“主体”的作家，首先是一个有血有肉、有强烈的爱憎情感、有对于现实和人物的情感立场和价值立场的“自我”。因而在写作中，作者就必然以“主观战斗精神”的感受力、情感的热力和深刻的思想力，以其具有充分价值的“自我意识”，把他作为主体的生命体验，作为“人”的独特价值释放出来。用路翎自己的话

① 胡风：《论民族形式问题》，见《胡风全集》第2卷，第767页。

② 胡风：《论现实主义的路》，见《胡风全集》第3卷，第523页。

说就是“文学只能是通过作家底战斗要求所表现出来的物质世界的感性的存在”[1]。“作家底战斗要求”，是就作家的“主体性”而言；正是这一点，成为作家创作的起点，并且，作品之所以具有价值，也正是因为把它贯穿到了整个创作过程及创作的各构成要素之中。

作者立场的包容性

路翎小说中，作者立场一方面体现出有着鲜明主体性的“战斗”性，但是这又是以作者的包容性为前提的：作者主体性的“介入”，并不是用作者完整的世界观来对人物的思想和意识加以限制，也不是对人物所有一切握有生杀大权，而恰恰是将人物作为自我意识的主体确认他的独立价值，确认其作为一个和作者本人同样的生命主体。因此，作者并不设置一个过滤系统，用以剔除那些不能进入作者意识领域或道德立场的异己成分，也不用一个预设的世界观、社会历史观作为对人物予以控制的规范。虽然路翎在展现人物意识的时候，把作者本人的主观评价融入其中，甚至有意为之地突出作者的“声音”，但是，小说中，两个话语区（人物话语和叙述人话语）中“双声语”和“混合语式”的大量存在，说明作者的“介入”，仍然是以人物意识的完整自足为前提的。正是因为意识到人物作为完整自我意识的主体，因此作者对其价值予以充分的“尊重”，通过“双声语”方式把人物自身意识的自足性充分体现出来，尽力遵从人物“自我意识”的原始样貌和逻辑线索将其呈现。“混合语式”中，即使在叙述人（作者）话语中，作者也依然要出让足够的空间借以容纳人物的意识。因此，作者意识在这两个话语区中，仅仅是作为在精神价值上具有平等地位的他者而存在。无疑也就充分体现出二者之间的“对话”关系。

事实上，路翎创作对人物“意识领域”（“情绪”和“精神”）的集中关注，本身就显示出人物自身精神存在的自足性、丰富性，它们具有如此“充分”的价值，以至于必须成为作者创作的核心所在。而且，通过对人物内在意识、感觉、思想、情绪等的捕捉、体验、分解、整理，其“自我意识”的充分性、丰富性、复杂性，就被揭示出来。阅

① 路翎：《论文艺创作底几个基本问题》，原载《泥土》1948 年 7 月第 6 期，署名余林。转引自张业松编《路翎批评文集》，珠海出版社 1998 年版，第 91 页。

读路翎小说会发现，他的每一个人物，不管是知识分子（如蒋家的儿女们），还是那些底层人物（如郭素娥、张振山、许小东等），都非常明确自己处身其中的环境、自己面对的问题以及自己面临的潜在“他者”（对话者）的姿态和可能的反应；外界对象进入到主人公的自我意识之中，是从其自身需要和立场上被他所摄取、思考，并对之作出反应、回馈并选择应对的策略。展现给我们的这些人物，不是作为有清晰形象感的“性格人物”，而是相对较为抽象，但在“意识”的充分性上常常超出我们预设的“思想家”（巴赫金语）。

反过来说，作者之所以要采取如此强烈的“介入”姿态，正是由于小说中各个人物已经成为“具有充分价值”的独立主体；作者要想将这些“具有充分的价值”的众多的“自我意识”内容表现出来，就不能不把自己“扩张”（胡风语）成为另一个具有同样的“充分价值”、但在视野上却更具包容性的主体——这样，人物的“自我意识”必然要进入到作者的“自我意识”之中，形成两个“自我意识”不断展开的“对话”。在这个意义上，或许可以说，正是人物的这种“自我意识”本身，催生并驱动了作者强烈的“主体意识”。换句话说，要表现人物种种复杂纠结的意识内容，作者就不能不具有更加丰富的感受力、更加敏锐的思想力，他自身的“意识”能力就不能不和他的人物同时并进。由于小说中每一个人物都构成了自身独特的“意识世界”，作者与人物之间的对话，就是与众多人物展开的多元对话。因此，一方面，作者的“意识内容”就具有强大的包容性，其视野范围也超越了单一的人物：他确认每一个人物意识的合法性，尊重其立场，承认其价值，并将其尽可能完整地呈现出来；但另一方面，所有人物的这些“意识内容”，又是从基于“对话”立场的作者“意识”中来呈现的。通过“讲述”的方式，作者把自己的“意识”融入各个人物的“意识”内容中，这种包容性或者说“混融性”，通过作者的评析、剖解显示出来，通过对人物和其他的叙事对象的议论，显示出对于自己作为独立主体的强烈的意识，并予以实践的决心。作者立场的包容性正是这样体现出来。

2. 叙述重心的转移：“自我意识”的追踪

传统的以人物为中心的小说，强调对“性格”的塑造。这样叙述就主要建立在作者对人物“性格”设定的逻辑框架中，不能与人物特定社会身份和属性相背离——人物的展现一般也要置放到社会规定性情境中。路翎小说中由于作者立场发生了显著变化，作者和人物之间不再是以作者意志为单一的“轴心”，人物获得了与作者平等的精神价值。因此，这里的人物就不再成为具有稳定特质、而能被作者牢牢掌控的“性格”。其作品中，不管是沉浸于激情和幻想中的知识分子、贵族青年，还是处于生活困厄之中、备受压迫的底层农民、矿工、流浪汉、士兵，抑或精神已被严重“腐蚀”的乡场上的恶棍，灵魂卑污、失去人性的奴才，等等，似乎都在动荡不安的社会中寻找属于自己的位置，追寻着自己存在的价值。因而，作品依然成为对人物“自我意识”的追踪和透视。

他最早发表在《七月》上的短篇《“要塞”退出以后——一个年轻“经纪人”的遭遇》(1940.5)，叙述了年轻的经纪人沈三宝由于突如其来的战争而流落到“要塞”，军队生活的危险使他一直动摇徘徊想逃离，但是最终在要塞退出之时迸发出了勇气和力量。小说中的“经纪人”在战争爆发后的特殊时刻，突然跌入一个全然陌生的境地。于是，他的心灵和意志就处于二元对立式的窘境：个人的求生欲求/集体的献身诉求（“小我”/“大我”）；世俗的物欲享受/精神的超越追求。作为普通的经纪人，此前他过的是普通的、安逸的、松弛的日常生活；但是，当被卷入到要塞时，这种松弛、平稳状态受到强烈冲击，表现出剧烈的摇摆、游移、惶惑、烦躁。同时，这种两难处境亦使人物开始经受精神考验，不得不在物质享受、求生欲望和更加神圣的、崇高的人格操守、道德诉求、精神品格之间徘徊、犹豫，时时逃避却又不断陷入“比生命更重要的东西”的思考之中。小说中，虽然出现了故事情节的大幅度逆转，但是路翎显然并不着意于此，占据核心地位的始终是对人物内心“自我意识”冲突情状的透视与呈现。作为读者，我们最后并不能合理地解释金主任和沈三宝之间突然的反目，而使沈杀死了金；到底金是否奸细并没有给出答案。如果为了强调故事性，完全可以把人物如何做经纪人、如何“转运”、如何进入这个“要塞”、金主任的来历和确切身份等一一叙述出来，并把他们结伴而行的紧张过程大加渲染。但是，作者没有这样做，以至于情节本身的因果链条并不严密（当然，一方面，这应该看做路翎最初创作上不成熟的表现；但另一方面，也不妨说它正显示出路翎创作本质特征的端倪）。这样，社会规定性对于人物的限定就显得相对薄弱，相应地则是进入了人物“自我意识”领域，呈现了他在精神困境中所经受的心理过程。显然，人物不是作为“性格”，而是作为独立的意识主体，在所处环境中不断思考着自己的现实境遇，不断思考着自己、他人和世界，不断发出自己的“声音”，以此寻找并确认自己的价值。路翎曾谈到了当时的写作情况：

> 实在我碰到这样一个很豪气很随便的商人。他现在也还在重庆，他在福山战斗过，但我写出来却不同了；我底人物死去了——这或许是在创作过程上掺入一种想象的因素吧。但这却也是基于“环境”的，在里面我发生许多矛盾，老实说，我也并没有将这些矛盾统一地克服……这个人物写成这样而且死去了。也许是没有写出来吧。①（着重号为引者加）

可以见出，当这个真实事件进入到小说中时，路翎有意地（也可以说是无意的，因为此时他注重内在精神探索的写作取向，似乎还只是作为主要与作家本人个性因素相关联的兴趣，因此是“暧昧”的，尚未曾达到像他后来所说的自觉“反抗”的程度）使其中的故事性因素淡化。他最初的意图也许是要写出这个人物的“性格”（在这封信中，路翎说“我正视性格”），但是“写出来却不同了”，由“性格的塑造”变成了自我意识的追踪。这种动机和结果的差异，自然会导致写作中出现诸多“矛盾”。如果说，最初写“性格”意图原是想解决这些“矛盾”，将其“统一地克服”；那么，实际写作却主要融入了作者的“想象的因素”——这样，“矛盾”不但没有“统一地克服”，而且由于作者始终关注着人物在两难处境中的精神际遇，反而是越发复杂地纠结在一起了。因此，最终作品不是矛盾的“克服”，而是这一矛盾的“呈现”，并且是更深入到意识层面的波动和冲击之中。对此，路翎的心情是矛盾的：“这样‘完了’也许是沉重的；但作者却感到轻松，因为作

① 路翎：《致胡风书信全编》，第4页。

者在着手的时候就对这个人物孕育着希望……”① 一方面，因为没有达成最初的意图，因此那预想的人物是“死去”了，这无疑令作者感到“沉重”；但是，这样的结局也许恰恰与未被作者意识到的写作取向相吻合，或者是与先前“对这个人物的孕育着希望”的内在动因相呼应，因此这个结局令作者感到“轻松”。

从这里，我们也许可以看出，路翎最初创作就出现了一种悖反现象和矛盾心理。其正视“性格”的显在意图，无疑受到当时作为“正格”的“典型性格”理论的影响；但是，在实际创作中，最终背离了最初的意图。对于其中的原因，就当时路翎的认识而言，还是不清晰的，因而在此信中他也承认“我自己这样解释似乎很含混”。但是，其中透露的信息却使我们发现，对人的“自我意识”的关注，作为作家与生俱来的敏锐直觉，使他一开始就显示出与当时创作主潮的鲜明歧异。

本章小结

如他的语言一样，路翎叙述方式和叙述话语，也显示了与主流迥然不同的风貌，既有着强烈的独特性，也包含着显著的局限性。毫无疑问，其叙述方式包含的强烈主体意识是值得肯定的；它也可以理解为，在认识到通俗化和“作者隐蔽化”的主导叙述模式可能带来不利影响之后路翎所作的一种自觉探索和反拨，意在凸显对日益淡化的“人”的命题的关注。无疑，从“人”的解放出发，每一个人作为“自我意识”主体，其精神存在的独立价值和意义应当首先得到确认。主流文学对受众的过分迁就和逐渐强化的阶级观念，有可能造成对“人”的精神存在的忽视。因此，作为一种“回应”，其叙述策略和叙述话语方式的选择，正是基于对“人”（作者和人物）的价值的体认，将叙述重心向人物的“自我意识”转移。这包含着路翎“裨补时阙”的赤诚之心；从中亦可领略他对五四文学“人”的命题的眷顾。从文学效果上看，这与他的语言形态相对应，造成了所谓“冲劲儿”的效果，体现了鲜明的创作个性。

① 路翎：《致胡风书信全编》，第5页。

路翎在叙述方面的局限性则在于，就小说作为叙事文学的性质而言，叙事策略的选择，应当既能承担起形象化地“再现”生活的表意功能，亦能通过对叙述各要素的调控，扩充文本的审美内蕴，激起读者的兴趣。过于强调主体的干预，或者填塞过多的理性内容，则会使得叙述的审美价值有所减损。作为现代小说之父，鲁迅的叙述方式无疑是众所公认的典范。他的叙述模式就是多样化的，不管是情节结构的设置、人称策略的选择，还是叙述人与人物、作者之间的关系，几乎每一篇都值得借鉴和钻研。路翎曾对鲁迅的话（“知道了电影制法之后，对于电影反而冷起来了”）表示了同感，立意要“直写人生，花巧愈少愈好”[①]。其实，鲁迅反感的是追求形式的标新立异而忽略了“为人生”的终极目的的形式主义者，却不曾反对过出于艺术需要的形式追求。鲁迅的创作表明，他恰恰是经过了形式上精益求精的艰苦探索，才安于接受作为 stylist（文体家）的称誉。就叙述形式而言，路翎虽然极欲追随鲁迅的足迹，但是在观念的理解上未免有所偏差，而在实践中则显得较为单调，未能最大限度地发挥叙述形式的审美功能，难免造成艺术上的缺憾。

总之，综合其语言方面的“探索”，他在叙述方式上也同样付出了自己的努力。从中可以看出，路翎对形式传统的“跨越”，一方面体现出他观照世界、感受人生的特殊方式，这种特殊的观照方式决定了他天然地保有对“人”的价值、对“人性”丰富性的充分体认。以此为基点，他的创作几乎从一开始就对准了“内部生活”、“内在之人”和人性复杂性的捉摸和探索。这种探索由于与时代的文学主潮存在抵牾，必然使其首先经由形式的“突围”来实现。因此，其形式的异质性，一方面是受到时代语境挤压的“强力”挣扎，另一方面则由于自身文学准备的欠缺所致；但无疑，这种“挣扎”和“突围”却也恰恰表征出作家最强烈的创新精神和探索的意志，体现出强烈的主体意识。总的来说，对于“形式传统”的“跨越”，路翎创作提供了不少值得借鉴的经验，给予我们对文学创作的诸多启示；自然，它留下的不足和教训，也同样值得总结和反思。作为探索者，路翎创作的得与失，都需要从文学史的发展中加以理解和认识，其创作中存在的问题则足资参考与深思。

---

① 路翎：《致胡风书信全编》，第 95 页。

第三章 精神世界的掘寻与心灵图景的再现

从路翎创作的主要内容看，人物的心理世界代替了所谓“社会生活”成了小说的本体；从作者的立场上看，他的立意不仅再现特定的社会生活，而且致力于对特殊时代人们精神状态的透视，并力图对其动向和复杂性进行追踪把握；从形式上看，小说结构的安排、技巧的运用、语言体式的选择等方面，也都服从于对人物精神世界的描绘和表现。总体上说，路翎创作完成了由“事”到“人”的转变；而且更重要的是，这里的“人”已然成为“内在之人”，成为“精神生活”中的人，成为心理维度上的人，这使得他的小说与中国小说史上的大部分小说有了显著的区分。在这个意义上，有的论者提出，路翎的小说（主要以《财主底儿女们》为代表）“对描绘人物的精神世界无情和执著，大大超过了民国时期（1911—1949）的其他小说，似乎更值得被称做‘心理小说’（psychological novel）”[①]，这一见解是合乎事实的公允之见。如果从现代作家的队列中来审读路翎，就会看到，虽然他的创作时间并不长久，他的小说也正如许多论者所指出的那样尚不成熟、“略嫌生涩”、或者还“未完成”；但是，即使是在文学完全被“工具化”的特殊时代，他始终不曾放弃对于“人类心灵奥秘”的执著探索[②]，始终注视着

① Kirk A. Denton, *Introduction*, *The Problematic of Self in Modern Chinese Literature*: *Hu Fing and Lu Ling*, California: Stanford University Press, 1998.

② 如在20世纪50年代初，他已经开始遭受粗暴严厉的政治批判，但是，他的一些以抗美援朝战争为题材的作品，如《洼地上的“战役”》、《初雪》等，虽然也极力配合政治意识形态所规定的范式，但是他始终不放弃揭示平凡的士兵和班长所遭遇的精神困境。因此，《洼地上的“战役”》中，这个“战役”本身并不是作为中心，真正的“战役”来自主人公精神上的“挣扎”，心理上的“挣扎”，现实的战役成了心理之“战”、精神之“战”。今天看来，这部小说远比他创作初期的小说显得保守、谨慎，甚至显得平淡；但是，其中对人物内在精神的重视是一以贯之的。因此，这篇小说在当时就成为众所瞩目的“异端”，遭到了来自全国的、有组织的、铺天盖地的暴力性批判。

在时代潮流中以各样形态顽强存在却常常被漠视甚至曲意抹杀的“人”的精神价值。换言之，他始终以对人的精神世界的关注和精神价值的追寻，表达着自己的生命体验和存在之思。在中国现代小说史上，路翎以对心理展现方面作出的卓越探索，为我们留下了人类精神世界的多姿多彩、奇妙丰富的独特景观。

第一节　路翎的艺术视觉：透视生活表层下涌动的精神潜流

一　“艺术视觉”的概念

每一个作家都有对社会和人性的独特观照方式。现实世界中的每一个事物，就其某方面的客观属性来说，总是稳定的、单一的；但是，当它们进入作家艺术世界中的时候，同一的物象却往往具有不同的价值，甚至全然相反的意义。这也正是艺术不同于以获得客观真理为鹄的的科学研究的区别所在。艺术创造中主观因素的必然存在，固然有着多方面的原因，比如作家的气质、个性、阅历等各方面的因素。不过，在此我们想对巴赫金提出的“艺术视觉”这个概念给予更多的注意。

艺术视觉，简单来说就是指作家艺术地观察、把握世界的方式，是他独特的感受世界、理解世界的方式。① 我们认为，从巴赫金对这一概

① 由于巴赫金的思想具有开放性的特点，他并不主张对于某些理论概念作僵硬的规定。“艺术视觉”这个概念，巴赫金也同样并未作过严格的界定。但是，如果对巴赫金文学与美学研究有了初步理解之后就会发现，他对陀思妥耶夫斯基、拉伯雷、歌德等作家的研究，首先都是以对他们各自的“艺术视觉”的考察和分析为基础，确认艺术视觉对其创作所产生的深刻影响。例如，他对陀思妥耶夫斯基小说的精到分析，就首先通过对被“掩盖了”的“他的艺术视觉中那些较为深藏而又稳定的结构因素”的分析开始，提出了有关“复调小说”的理论。（见《陀思妥耶夫斯基诗学问题》，《作者的话》，载《巴赫金全集》第5卷，第2页），这意味着，他首先把“艺术视觉”作为研究陀思妥耶夫斯基诗学的一个起点。经过对陀思妥耶夫斯基诗学研究文献的梳理，巴赫金发现它们中的大多数“忽视了他的（陀思妥耶夫斯基）艺术形式的独特性”。“不理解新的观察形式，也就无法正确理解借助这一形式在生活中所初次看到和发现的东西。”（同前，第59—60页）这里的“观察形式”，是指作家对生活、对世界

念内涵的理解和使用出发，“艺术视觉”至少包含了三个相互关联的方面：（1）与作家的世界观、价值观相关联，是他“观察世界、理解世界”的基本原则。世界观、价值观的形成，既包含着作家具体生活环境的影响，也与其个人的主观因素有着密切关系，它是一个人认识世界的基本依据和根本的人生立场，是形成艺术视觉的基础所在；（2）是指作家认识和感受世界的具体方式和特征，它标志着作家具有的独特艺术感受力及其感受方式所具有的特殊性质，显示出观察世界、理解社会现象和感受事物的独特视角。比如，对于时空关系的理解，就是一个非常重要的方面。巴赫金所以区分出陀思妥耶夫斯基和歌德的艺术视觉的差异，就在于他发现了二者在时间和空间感知方式上的差异：他们各自的时空感知的方式，进入到创作中就产生了不同的艺术形式，从而创造了面目迥异的艺术世界。（3）是指在世界观、价值观基础上，作家感受世界的某种特殊方式对其艺术创作的影响，特别是它必然造成作家对于特殊艺术形式的不同选择，这一选择既是上面两个层次的结果，也是它们在艺术作品中的具体体现。这样，“艺术视觉”就把作品的特殊艺术形式和作家的具体感受方式联结起来，为艺术形式的深层原因找到了坚实的基础；我们可以通过作家艺术视觉的把握，来寻求其艺术形式的本

（接上页）的独特认识、观察、感受方式，它和“艺术视觉”属于同一个范畴。巴赫金并且比较了陀思妥耶夫斯基和歌德艺术视觉的差异：歌德“观察世界、理解世界的一个基本倾向”是“描绘处于形成过程的事物。他力图把所有共存于一时的矛盾，看成为某个同一发展过程中的不同阶段；在现实的每一个事物中看出过去的痕迹、当今的高峰或未来的趋向”。（同前，第37页）而陀思妥耶夫斯基则恰好相反，“他力图将不同的阶段看做是同时的进程，把不同的阶段按戏剧方式加以对比映照，却不把它们延伸为一个形成发展过程。对他来说，研究世界就是意味着把世界的所有内容作为同时存在的事物加以思考，探索出它们在某一时刻的横剖面上的相互关系”（同前，第37页）。两种不同的“艺术视觉”最终导致了两种不同的艺术形式：陀思妥耶夫斯基“共时性”为核心的艺术视觉所代表的“复调小说”与歌德的“历时性”为核心的艺术视觉所代表的现实主义成长小说模式。这种对于艺术视觉的把握方法也贯彻在对拉伯雷的研究中。正是由于对这些作家所具有的不同于他人的艺术视觉的独到发现，使他注意到他们为人所忽视的艺术形式的新特点，从而在研究中开启了一个全新视角和崭新的天地。巴赫金提出这个概念，对我们把握路翎小说也具有特别的启发意义，它引起我们重视的原因亦在于此。关于对陀思妥耶夫斯基艺术视觉的评述，散见于钱中文主编《陀思妥耶夫斯基诗学问题》第一章巴赫金对陀思妥耶夫斯基研究文献的梳理概括中，见《巴赫金全集》第5卷，第1—60页。对于歌德“艺术视觉”更为具体全面的分析，见《教育小说及其在现实主义历史中的意义》一文，载《巴赫金全集》第3卷，第234—273页。

质性特征，亦可通过对其艺术形式的分析，来理解其艺术视觉独特性所在。无疑，也正是通过独特的艺术视觉，作家能够从一般人忽略的生活表象上，找到属于自己的独特人生体验和对社会人生的思考，并在艺术上形成独特的创作风格，显示出鲜明的创作个性。

二　路翎的艺术视觉：显示灵魂的“深”

对巴赫金这一概念稍作变通，我们可以对路翎的“艺术视觉”作一体认。路翎创作在他所处时代显示出鲜明的异质性，一个最主要的原因是：随着文学实用功能、民间化倾向和政治化倾向的日益突出，对人的“精神”的表现趋于淡漠，“精神”一词最终和某些阶级论术语不容置疑地牵连在一起受到贬抑。而路翎却从其创作初始，就似乎特别钟情于对人的精神的关注，这种关注并且越来越执著地向着罕见的深度挺进。

为写传记而与晚年路翎有过较多交往并与其家人保持友好关系的朱珩青，在传记中把路翎描述为“善良、真挚，敏感而脆弱，感情浓烈，有很强的反叛性，然而缺乏强有力的理性的控制”①，而路翎自己则表白“我底童年是在压抑、神经质、对世界的不可解的爱和憎恨里度过的，匆匆地度过的。我在心理上和生理上都很早熟，悲哀是那么不可分解地压着我底少年时代”，“我是一个坏性格，除却痛苦，我是再不会得到别的的”②。这些话语，都显示出路翎天然的敏感气质和内倾性格富有情绪化的特征。他所说的“早熟”主要应是就他对于情感体验和思想认识的深度而言。

从他早期作品《“要塞”退出以后》中已经可以看到，年轻“经纪人”的遭遇本身所具有的传奇性不是小说的兴趣所在，路翎之所以增加了“想象的因素”，就是要把这些外在的“传奇”改造成一场“心理事件”，变成发生在人物心中的一次“精神”遭遇，展现出从常态生活跌入异常环境中，人物的心灵所承受的全部重荷。更早的一篇，是他在《大声日报》副刊《哨兵》任编辑期间所写的小说《朦胧的期待》③，

---

① 朱珩青：《路翎：未完成的天才》，第12页。

② 路翎：《致胡风书信全编》，第36—37页。

③ 载《大声日报》副刊《哨兵》，分五期载完，1939年1月8日、15日、22日、2月5日、17日；获《哨兵》征文一等奖，得奖金五元。

我们也已经可以看出仅有十五六岁的路翎的独异之处。这篇小说讲述日本飞行员曹井受日本皇军之令，来到中国。然而，战争的残酷现实使他对战争本身的意义产生怀疑，他思念着家乡的妻子和家人并期待着与之团聚。他受自己军队的误伤，却不得不谎报军情发现了敌人，使得自己的部队受到重创，他也身受重伤。小说主要表现人物在这种“朦胧的期待”中的忧郁、彷徨和怨恨等情绪和心理状态。当时的战争文学模式，往往趋向于直写战争场面或塑造英雄人物，对于“侵略者”则普遍地将其非人格化。小小年纪的路翎却另辟蹊径，反其道而行之，从日本飞行员的角度来写战争，并且从人性的角度，把笔触探进属于侵略者一方普通士兵的真实心理，揭示出战争的非人性质——它甚至使侵略者一方的民众同样承受无谓的痛苦和牺牲。虽然小说本身作为练笔之作，有诸多不成熟的地方，但却显示了对二元对立战争思维模式的超越，达到对人类普遍情感需求的体认，达到对人性的尊重和人道主义理解的深度。从初期路翎的这些作品可以看出，对于精神世界的关注和执著，似乎成了他近于天性的本能求索，他的眼光总是透过人事的表象和外在状貌，自然地深入到隐秘而丰富的、深奥而复杂的“灵魂”、“根源”处，“竭力扰动”。自然主义式的描摹和静观，在他是永难满足的。

在一封写给胡风的信中，路翎描述了在有着流瀑清溪的乡村闲逛时看到的一幕场景：

> 那瀑布强力、美丽，那在上面奔跑、狂歌的游泳青年们也强力，美丽。但不强也不美，却特有“风趣”（?）的，是那用捕虫网在狂泻的水流下接鱼的破衣服少年。他起先叉腿站着，不说一句话，愤怒地把网子击过去，不成，后来蹲下来，不说一句话，愤怒地射过网子去，还是不成，仅仅有一条鱼触着了网边，但还是跑掉了。但他无表情，沉默，仿佛知道了这瀑布，这世界底秘密似的，人不能不尊敬他底失败。①

“强力、美丽”的瀑布和青年们都没使路翎感觉到“风趣”，这是

① 路翎：《致胡风书信全编》，第51页。

因为这些对象还只是停留在外在的“美感”层次上，仅仅使人获得感官的愉悦。而那个“无表情、沉默”的破衣服少年的“失败”，却给与他如此深刻和强烈的震动。显然，能进入路翎的“注意”中心的（知觉注意和心理注意），不是对象外在感官的美感，而是对象具有的某种精神向度的质素，或者是和路翎内在精神追求相契合的某种超越物质层面的精神价值。对于路翎来说，对象所具有的这种精神性质素或者精神价值（即使并不全然是正面价值）才是有意义的，是值得重视和“尊敬”的。他所描述少年的表情、动作、态度、气势所显示出的对于“失败”的那种坚决的意志、那种蛮野的强悍、那种面临现实打击而愈益迸发出顽强、壮烈的生命力量（而不是颓丧、失望、怠惰的否定性姿态和消极、委靡状态），让我们不禁想到了海明威的代表作《老人与海》中所体现的生命意志和人格力量。于是这个少年和这普通的一幕就具有了特别动人的精神力量。

可以认为，通过人的外在存在而进入到“精神存在”，成为路翎艺术视觉的核心；借用某些论者曾经使用过的关于“物理境”和“心理场”的见解①，“物理境”中的任何对象进入到他的视野中，是以此作为一个取弃的分界而最终决定了对象在“心理场”中的去留。上面的场景中，“物理境”中那些具有“外在”美感的瀑布和青年，最终在心理场（“风趣”）中被过滤了，是因为那个少年的“失败”激起了路翎艺术视觉的全部注意，只有对对象的“精神存在”有切实的感知、深入的体验和同心同感的把握，路翎才能确认对象之于自己的意义，同时也就确认了对象所具有的价值含量。引文中描述的一幕，对象的外在属性、状貌仅仅是路翎借以把握内在精神世界的一个基础，仅仅一瞬间的无意扫描，就要达到对对象内在世界或意志力量的洞察、透视；这里，主观的强度情感体验和锐利的感受力，无疑成了最重要的因素。因此，对于主体所获得的感知结果，如果用“典型”论中的有关的理性尺度，或者所谓“真实再现社会生活”标准来衡量，的确难脱“主观唯心主义”之谬了。反之，我们也就可以理解，为什么初涉文坛的青年路翎，能够在《饥饿的郭素娥》中，从现实生活中一个普通的卖香烟的寡妇

① 参看童庆炳《维纳斯的腰带》，上海文艺出版社 2001 年版，第 246—249 页。

身上，寄寓了如此强烈而罕见的生命力度。在这个意义上，也许可以说，正是这种独到的艺术视觉成就了小说家路翎，成就了他的作品在现代小说史上的独特风貌。对他来说，事物的存在意义最终是指向精神维度，所以即使“失败”也蕴蓄着令人“尊敬”的生命力量。在路翎的艺术视觉中，这个少年的价值就是体现在这种精神的美感中；“价值”的高下，也首先取决于判断主体从对象身上所获得的情感体验的深度和强度。

路翎的这种艺术视觉——对于潜藏在事物表象之下的“灵魂的‘深’”的极端敏锐和高度洞察力，也许正是他所以被部分论者目为“天才”的质素之一。好友贾植芳对路翎最深刻的印象，就是“一副能够看穿这个黑暗世界，看到黑暗底处隐藏着无穷孕育光明的力量的眼睛”，“他从乡下女人郭素娥的感情‘饥饿’里，看到了人性的原始强力；从财主儿子蒋纯祖泥泞般的生命挣扎路上，看出了中国知识分子追求个性解放的艰难历程……”[①] 的确，他自己在批评沙汀先生时所用的语句，也许正可以用来说明他的这种对于“灵魂的‘深’”的始终不渝的追求，“即使是从最微贱的人物里，也能够得到对于人民的热情和力量底启示和注释的”[②] ——我们从他的作品中看到的正是如此。在他的艺术视觉的观照下，不仅卖香烟的普通女人（郭素娥）积压着如此惊人的生命力度和反抗奴役的“原始强力”；仅有一面之缘“思想较落后”的煤矿工人（《卸煤台下》中的许小东），在听闻了他为一口铁锅所遭受的不幸经历之后，这个普通铁锅所浓缩的超强度心理内涵，在他的笔下，就以惊人的想象一泻而出，“汇聚了如此繁复的苦恼、哀伤、悔恨、惶恐、期待或幻灭等种种情绪的变幻”，“简直掏出了人物血淋淋的心和苦腥腥的胆”[③]。更无须说巅峰之作《财主底儿女们》，与其说是弥集了时代洪流裹挟之下形形色色的人物形象，毋宁说是一部浩瀚驳杂的心灵史、精神史的“通鉴”，也当之无愧地称得上“五四以来中国

---

① 贾植芳：《一双明亮的充满智慧的大眼睛——为〈路翎批评文集〉而序》，见张业松编《路翎批评文集》。

② 路翎：《淘金记》，见《路翎批评文集》，第35页。

③ 杨义：《中国现代小说史》第3卷，第172页。

知识分子底意志的百科全书”[①]。对于写作这部小说的动机，路翎有明确的体认，“我是在写这一代的青年人（是布尔乔亚底知识分子）；他们底悲哀，底情热，底挣扎”[②]。（着重号为引者加）他的写作不是着重于在一般的社会生活层面上的再现，“悲哀”、“情热”、“挣扎”，都是指向人物内在精神生活的内容。在这一点上，胡风的概括最为精辟，“作者路翎所追求的是以青年知识分子为辐射中心点的现代中国历史底动态。然而，路翎所要的并不是历史事变底记录，而是历史事变下面的精神世界底汹涌的波澜和它们底来根去向，是那些火辣辣的心灵在历史运命这个无情的审判者前面的搏斗的经验”[③]（着重号为引者加）。这说明，（1）路翎所表现的不是单纯的社会历史生活的“反映”（“记录”），而是注重对于特定时代人们的精神生活的探索；（2）这一特定时代人们的精神生活是动态发展的，处于剧烈的动荡和变化中，而不是静止的、稳定的；（3）因为是对“精神生活”的表现，因此就必须是落实到一个个具体的“火辣辣的心灵”；这样，表现对象就不能仅仅依据抽象的社会历史发展逻辑。并且，这些有着强烈的情感、意志、欲望、活力的生命个体的存在方式，就不是封闭的、孤立的，而是向他们的周围开放，他们的存在是与时代、与环境、与他人、与自己、与命运等各种因素的互动和“对话”，或者说是“搏斗”；（4）上述几个方面，决定了作者不能不放弃超然的“旁观”，卷入到这“精神世界的汹涌的波澜”中，和他的对象一同感受这种“搏斗的经验”；并且他还要以更坚强的意志和更清醒的理性，从中透视出这些相互缠绕、盘根错节、纷杂交织、纠结不清的精神线条之间的“来根去向”，从这混乱驳杂的表象中寻找到其内里的条理和次序，最终达到对社会、时代整体风貌的“反映”。无疑，在路翎和胡风看来，这样的“反映”才是具体的、有生命力的、保持着“战斗的热情”和“战斗精神”，是一种可贵的“战斗的姿态”。

---

① 鲁芋：《蒋纯祖的胜利——〈财主底儿女们〉读后》，见张业松编《路翎印象》，第29页。

② 路翎：《致胡风书信全编》，第31页。

③ 胡风：《青春的诗——路翎著长篇小说〈财主底儿女们〉序》，见《胡风全集》第3卷，第263页。

为什么路翎始终保持对精神的特殊敏感？这首先来自他深刻的战争体验，他经历了战乱中的艰苦流亡，亲历并亲眼目睹了战争对生命的残酷毁灭。因此，这自然又会引发对更为深远的生存问题的思考。所以，他始终关注这些被历史（战争、时代）车轮碾过的平凡生命的悲剧性，甚至不惜以某种“夸张”了的扭曲形式，把这种难以用常态语言和方式表达出来的激切感受呈现出来，发掘出这些被忽略的生命存在的意义和价值。这样，从精神的角度切入这些普通的、世俗的微贱的小人物，观察并体验他们在生与死的边缘奋力挣扎的意志和艰辛，从而寻找出其中蕴藏的生命力量，正是路翎艺术视觉的重心。

第二节　路翎创作中的心理展现：探索灵魂的奥秘

从路翎的艺术视觉来看，“社会生活”本身是以内在的“精神生活”样貌被把握和表现的，小说的主体内容和重心，是对各个不同的“火辣辣的心灵”及其精神世界的集中展示。体现在创作中，就是对人物丰富、复杂心理世界的高度关注，这既决定了他对自己独特艺术形式的选择，同时其艺术视觉也正是在独特艺术形式中得到体现的。这使他对心理的展现，往往突破了常规的方式，而具有了鲜明的异质性特征。我们把路翎小说中的心理展现大致分为两个类别：心理描绘和心理剖析。

一　心理剖析：“疯狂的向着灵魂的迫力”

所谓心理剖析，是指对小说中人物的内心活动不仅如实地描绘出来，而且经由叙述人的理性分析、判断、整理，把人物复杂的、隐秘的、无意识的乃至人物自己未曾意识到的种种内在心理的原因、过程以及各种错综的情绪之间的关系井然有序地一一分解，予以明确地揭示。显然，在心理剖析中，重要的不仅仅是表达出人物“怎么想”，而且更重要的是“为什么这样想”，是要尽可能清晰、完整、全面地析解出人物心理的内在理路。

赵园曾就《财主底儿女们》指出，“这部小说的大半篇幅，被人物狂热的内心独白和作者同样狂热的心理解说占据了。人物说了那么多，作者关于人物说了那么多，在这一方面，也难以找到另外一部现代小说与之相比”①。“解说”是解释、说明之意，包含着对心理过程或心理活动的理性分析。从路翎小说实际看，他对人物心理的探索，远远超过了普通意义上的“解释、说明”，几乎达到他自己追求的“如杜斯妥也夫斯基（今译陀思妥耶夫斯基），那样的近于疯狂的向着灵魂的迫力”②，或如研究者所说的：“深入到人物内心隐秘的深处，尽力地把握每一个瞬间最微妙的变化，加以艺术的强化。”③ 他一方面带着强烈的感情和人物一起“奋力地突击”，另一方面又始终以锐利的理性挖掘、剖解、刺探着人物纷乱流动的意绪，以智性的知识分子话语将之呈现出来。这样，人物心理活动、心理过程、心理结构的复杂性都在这种深度的理性掘探中显示了其内在的逻辑。

路翎对人物全方位的展示都是借助心理剖析来进行的：无论是对于人物性格的变迁、思想意识、观念的发展、精神成长经历的过程，还是对于较为感性的、变幻莫测、来去鹊突、稍纵即逝的内心情绪、情感、意念的碎片，或者是人物对于特定事件、人物、环境等外在因素的理性思考，等等。从剖析主体和对象的关系看，他的心理剖析主要从几个角度展开：一是通过作者对人物心理的解析；二是把人物之间的社会关系置换为“心理关系”，以某个人物为心理主体，通过该人物的眼光、意识、思想、情态、立场等心理倾向，对于其他的人物的行为举止及心理活动，作出反应、思考、判断、分析，可谓人物之间的“剖析”；三是人物的剖白。这主要是由于他的人物都具有充分完整的自我意识，这些人物似乎更接近巴赫金所说的“思想家”气质：他们无时无刻不在反思、质疑、审视着自己的存在、他人的存在、自己和他人的关系，等等。他们持续不断的“自言自语”，恰恰可以看做人物对自己的剖析。虽然它们不像作者对于人物的剖析那般清晰严谨，但是就人物自身而言，他们在“疯狂”的“自我意识”中，同样热切地寻找着自我精神的“内在逻辑”。因而，也为我们理解人物心理的复杂性和内在逻辑提

---

① 赵园：《艰难的选择》，第 339 页。

② 路翎：《认识罗曼·罗兰》，见《路翎批评文集》，第 17 页。

③ 钱理群：《展示知识分子心理历程的史诗——路翎〈财主底儿女们〉简论》，载《抗战文艺研究》1983 年第 4 期。

供了一种有效途径。

1. 人物心理过程和瞬时意绪的“解剖师”

路翎小说中心理剖析的主要内容，首先是对人物总体性的精神成长、人生观形成或思想发展变迁的剖析，它包含了人物心态（心境）、性格、观念、人生态度等具有“整体性”的心理结构或在较长时期具有相对稳定性的精神状态，着重于对人物观念世界的和精神形态发展过程的总体把握。路翎不满足于直线的、静态的描绘，而是以超越性的俯瞰姿态和强大的理性力量，在剖析中抽丝剥茧、剔抉耙梳，并层层深入地进入人物世界的深处，人物的复杂心理感受和思想意识就越过表面的混乱、矛盾，而显出内里的逻辑和层次条理。

对人物整体性心理发展过程的剖析

在《财主底儿女们》（上卷）中，作者不仅展示了蒋少祖这个人物所经历的社会人生道路；更主要的是意图，是要反映中国现代某些知识分子从五四到抗战之后在思想、观念上所经历的具有某种必然性的精神历程。因此，他在精神上、情感上所经历的复杂性和丰富性，就远远不能用外在的个人经历或社会关系来概括。我们可以看看作者对蒋少祖总体性心理变迁的细致剖析。

> 还是在少年的时候，蒋少祖便获得了关于中国底古书和它们底版本的知识；他曾经一度忘记它们，但在较安静的时候，他还是能从它们得到一种追怀和一种审美的激动。几年前，他猛烈地攻击中国底文化；在这个战争里，他的心灵不安地战栗着，最后他是惶惑着，因为他不能从任何文化潮流里面找到出路，但因为一切新文化底战士们都是那样的确信，并且有着光荣的缘故，他就觉得他底惶惑可耻。于是，在可以称为投机的那种感情上，他既攻击得更猛烈，但对于苦闷的，强烈而年轻的蒋少祖：这究竟不能够说是投机；中国底新的青年们，总要以整个的自己来寻求新的道路的；开始的时候的确是如此的。

这只是对人物蒋少祖人生观念和思想变迁总体过程的一个片段的分析。不难看到，对于这一变迁过程，作者尽其所能要把其中潜隐的、复杂的种种观念、意识、思想、感觉等理性化，将其内在的逻辑和线索清理出来。时间线索的划分、关联词语的组合、多层复合句式的集中使用，正是这种理性特征的外在标记；而人物心理的深层逻辑，则需要读者以极大的毅力追踪着作者的思路和笔致，如若稍有懈怠，则可能在拥挤错杂的理性语词的"能指群"里迷失了方向。正如敏感的读者所感受到的："读路翎的小说，你往往会受不了那种持续的紧张：你感到喘不过气来。……你可以不习惯，感到压迫，但它仍然是一种节奏形式，与作品包含的心理内容、情绪特征，尤其是与人物的气质、行为方式，甚至是和谐的。"① 这种"持续的紧张"、"压迫"，正是由于牺牲了故事性的情节，填塞了过多的心理剖析所致。在这里，作者必须具备对人物精神历程或心理感受的深刻体验，同时又能以更为深邃的目光和超越性的视野对之进行理性的洞察和观照，其心理的全部复杂性才得以呈示。

对人物瞬间性意绪的剖析

人的感觉、意绪、联想、印象乃至潜意识、无意识等，作为人的感性生存的主要内容，无时无刻不震颤、动荡于我们的心中，但是它们又总是显得瞬息万变、飘忽不定，或者过于纷扰嘈杂、晃动不安。像伍尔芙用她敏锐细腻的言语所形容的："仔细观察一下一个普通日子里一个普通人的头脑吧。头脑接受着千千万万个印象——细小的、奇异的、倏尔而逝的，或者是用锋利的钢刀刻下来的。这些印象来自四面八方，宛然一阵阵不断坠落的无数微尘……"② 这些瞬时性的意绪的"微尘"充满了偶然性、变幻性，令人无从捉摸。但是，对路翎来说，即使是这种难以捕捉的"碎片"、"微尘"，也要用他"可惊的情热和才力"（胡风语），"突进"到人物隐秘深奥的心灵深处，严格而果决地予以分解清理，探索其"来根去向"，最大限度地透视和洞悉其全部的秘密。

他确信他已经进了新的世界；他觉得他自己是不新的，混乱

① 赵园：《路翎小说的形象与美感》，载《论小说十家》，第201页。

② ［英］弗吉尼亚·伍尔芙：《现代小说》，见伍蠡甫、胡经之主编《西方文艺理论名著选编》下卷，北京大学出版社1987年版，第153页。

的，这使他苦恼。在敬畏中，他发觉他底道学的思想是不正当的；在这些思想违背他底本意而微弱地苍白地出来的时候，他感到强烈的羞耻。他曾经理直气壮地信任着这些思想，赋予它们以严正的光明，但现在觉得，这些思想，是由于冲动的心头，他想到，为什么别人没有这样的思想。他进到这生活里来了；这个生活给他带来了新的欢欣，并燃烧了他底强烈的想象。他并不是一个能适应这种生活的；相反的，他需要它；现在他得到了。强烈的，青春的生命以更高的热度和更大的规模开始活动，蒋纯祖从消沉和忧郁里醒来，清晰地感觉到是这个新的生活拯救了他。

这是对蒋纯祖刚刚开始人生之旅，经历了爱情的幻想和情欲骚动之后内在状态的描述与剖析。作者总是把全部注意力集中在人物某种精神状态的原因、根由或者曲折转承的逻辑关联上，不断地加以解析。“他确信”、“他觉得”这样的句子，把人物对自己内心状态的反省、审视、对自己的态度、感受等都一一析解出来。这里面既有对自己的肯定，渴望进入新的状态，结束自己的混乱和困扰，同时也反思自己思想的失误、过错和弱点。同时，作者对人物过去、现在的心理也作着对比分析，显示出人物心理的变化和思想意识的发展脉络。最后，叙述人揭示了生活、环境对于人物心理、情绪、心态的影响，并且以更为深邃和超拔的视野，以自己丰富的体验和理性思考把人物内在状态理性地呈现出来。作者始终以严肃的“解剖者”姿态，毫不放松地紧盯着人物心灵的每一个纤细的纹路，每一次微妙颤抖，“像一个初入猎场的猎人，由各个角度，笨拙而又执拗地逼近他的猎物”①。

2. 人物“心理关系”中的复杂逻辑

除了对人物的直接剖析，路翎小说还通过人物之间的“心理关系”来展现复杂内心状态。如果说，以塑造“典型”为要务的现实主义小说中，主要通过将人物置于社会关系网络（即所谓社会环境）之中，实现对人物“性格”的塑造；那么，路翎则似乎把这些“社会关系网络”改造成了人物之间的“心理关系网络”。并且，人物之间的这种心

① 赵园：《蒋纯祖论》，见《艰难的选择》，第325页。

理关系往往超过了常规的状态：“人物间彼此猛烈地‘扑击’、碰撞，而又各自咬啮着自己的心。”[①] 的确，在他笔下，人物都有着超乎寻常的“内省”特质，尤其是那些青年知识分子，别人的一举一动、一言一行，都牵动着他们敏感脆弱的神经，在他们内心激起动荡不定的波澜，他们在内心既审视着自己，也审视着别人，无声地在自己的心灵中评判、剖析着他人。

《财主底儿女们》中，战争使少年蒋纯祖沦落为亡命之徒，在恐惧和慌乱中逃到了由上尉徐道明率领的一个小木船上。随后朱谷良和一个逃兵李荣光也来到木船上。李在惊惧中，误以为徐是敌军，拼命向徐叩头求饶，哀乞徐放其生路，并因怕死而哭了。虽然徐的军人生涯并不如意，但是战争激起了他作为军人的责任感，使他保持着“对祖国的深挚的爱情”，无法容忍李的怯懦和失职。于是，徐凶狠地训斥并惩罚了李。而当了二十多年的工人，上过前线、负过伤，并遭遇了家庭的毁灭，刚刚从南京死尸堆上逃出来的朱谷良对此却颇不以为然：

> 朱谷良，以一种平静的，沉思的眼光看着徐道明。首先他对徐道明对待兵士的态度觉得一种反感，于是他锐利地从这个人身上看出某种矫作来；对这种矫作，他是不留情的。而在这种思索后，他发觉自己对于徐道明所表示的——他认为是带着矫作表示的——对祖国的悲痛，是异常淡泊的，于是有些吃惊，并感到苦恼。朱谷良，是被他底生活训练出一颗对人类的敏锐的心来，但对于徐道明从他底华丽的姿势所认识的祖国，却是淡漠的。那种对人类的敏锐的，宽阔的心胸，有时候是变成了一种利己的计较；因此，他是发现了徐道明底矫作；但面前的战争火焰，和祖国底沉痛，却提示他看见了自己底利己心，使他感到苦恼，并对自己底冷酷吃惊。
>
> ——《财主底儿女们》

引文正是通过人物之间的“心理关系”来实现心理剖析的。与徐道明基于军人立场上的爱国热情不同，朱谷良作为普通的平民，经历了如

① 赵园：《未完成的探索——路翎与外国文学》，载《论小说十家》，第350页。

此之多的残酷的现实，深切体验到战争的非人性质。因而，对作为普通民众的李荣光也怀着一份同情，以比较宽容和平静的心态对待他。所以，他对徐的态度“反感”，发现了其中“矫作”的成分。但同时，他又敏感地意识到，自己对徐的“反感”，从另一个角度看，却是对了祖国、民族责任感的淡漠。从民族存亡之于个人对国家的责任感来审视自己，他意识到自己的民族意识的“淡泊”、“淡漠”，因而又为此苦恼。这样，他就陷入了一种基于人道主义立场对于个体生命权利的体认，以及使个人意志服从于国家需要的民族责任感诉求之间的两难处境中。朱一方面在“自我意识”中对徐的行为和内在心理作出了自己的分析评判，同时，却也没有放弃对自己的“道德审判”，尖锐地反思、批判自己的立场、心态所存在的阴暗面，而发现了自己的“利己心”。这里，对人物心理的剖析和展现，是在特殊情境中，通过某个人物对另一个人物的感受、见解、立场、判断来实现的，两个人物内在心理的复杂性，就相互纠缠地被揭示出来。很自然地，通过人物之间的“心理关系”，人物在对于他人的分析、评判中既揭示了别人，也把自己清晰地呈现出来。这是路翎小说展现人物心理的一种特殊手段，人物之间的关系，往往是在这种微妙复杂的“心理关系”中起到了双重的展现，更主要的是，由此更加丰富了人物双方的心理内涵。

正如钱理群曾指出的，路翎小说在心理展现上“十分注意人物之间的心理活动的互相交流与感应。每一个人物某种心理活动的外在表现（言语或行动），都引起对方强烈的心理反应，又反转来激起更大的心灵振荡，如此往返互相感应，掀起了一个又一个的感情的巨澜……”①这种人物之间心理的“互相交流和感应”，基于路翎心理剖析的惯性，在许多时候也往往是按照理性的逻辑脉络展开。于是，一个人物内在心理过程或脉络，通过作为“他者”的另一个人物的眼光、感受、意识、思考等心理内容得到了体现，亦呈现出清晰的逻辑线索，因而具有了“剖析”的性质。无疑，这是路翎在心理开掘方面贡献给我们的一个颇为独到的“探索”。

---

①　钱理群：《探索者的得与失》，《中国现代文学研究丛刊》1981年第3期。

3. 人物的“剖白”：“潜对话情境”中的心理逻辑

根据美国学者汉弗莱的定义，“所谓内心独白，其实只是小说创作的一种技巧，用来表现人物部分表达或完全没有表达的精神内容和精神活动，易言之，就是在它们还没有转化为经过慎重考虑的语言之前，把位于意识控制之下的各个不同层次的活动如实地表现出来”①。根据这个定义，内心独白涵盖了人物心理或意识中处在理性控制之下、从强到弱不同程度的所有内容，既包括处于清醒状态中的理性思考的内容，当然也包括那些未经整理的处于非理性或半理性状态中的精神内容，包括无意识。一般来说，内心独白不是与他人交际情境中具有清晰完整的表情、表意功能的理性语言，而是人物在“自我意识”或无意识状态中，“意识”的自然生发或“流动”，因而显得相对零散或感觉化，具有“前语言”性质。路翎小说中，充满了大段冗长的人物独白。但是与一般意义上作为“前语言”性质的“独白”，有明显不同。

路翎小说人物的内心独白，往往具有对自己的思想、精神、情感等精神内容进行剖析的性质。这些人物在激情的狂澜、纷杂扰攘的意绪和汹涌浩荡的精神旋涡中，急切地反思着自己的人生道路，追问着自己行为的对与错、真与伪，思悟个体命运和社会、时代的关系，以自诘自审的语调剖掘着自身潜隐的观念和情态，又如炼狱审判者一般，考问着自己灵魂的真伪、道德的贵与贱、善与恶，竭力搜寻辨识着被时代或他人忽视、而为自己所珍视，并强烈体验着的存在的价值与生命的意义。总之，这些人物“都像是希腊神话中的西绪弗斯（Sisyphus）和坦塔罗斯（Tantalus）”②，在永劫不复的精神深渊中疯狂地挣扎，不罢休地向自己追问着“是什么”、“怎么样”、“为什么”、“怎么办”等尖锐而又“棘手”的难题。尤其是在《财主底儿女们》中，人物所具有的特殊气质、性格，使他们随时都以“敏感的触须”感应着外界任何微弱的刺激，在自己的内心展开了针对不同“听话人”而发的“潜对话”，或曰“内心的戏剧”。可以说，路翎小说中独白，大多都具有人物对自己意识、

① ［美］罗伯特·汉弗莱：《现代小说中的意识流》，刘坤尊译，广西师范大学出版社1992年版，第34页。

② 赵园：《蒋纯祖论》，见《艰难的选择》，第323页。

思想进行分析探究的性质，因此具有“剖白”的性质。它往往通过“自言自语”，自省自剖，以“潜对话”的方式在展现人物原生态心理情状的同时，也显示了人物心理内容（“意识”）的内在逻辑和理路。

《饥饿的郭素娥》中，张振山起初把郭素娥当作仅仅要求于肉欲的普通女人，“没有要和这个女人维持较长久的关系的愿望”。但是当郭以无法抑制的精神“渴欲”，以不无粗鄙却充满“原始强力”的方式向他要求正常女人的身份时，狠恶乖戾的张受到了震撼。他冰冻已久的人性良知和精神生活复苏了。

> 我可以做别的事去的。在这里，我已经蹲了两年。我有力量，我狠恶——但是我决不该蔑视伙伴们！他们现在有时候还哭哭啼啼，愚蠢，像我一样，以后就要明了，不受骗了。……我太使性是错的，应该相信别人的痛苦的经验。”在这之间他费力地擦燃火柴，猛烈地，和夜的潮湿的冷风一同向肺里吸着烟，“我们不能狂纵自己，要选取大家所走的路。…… 但性格又怎样解释呢？张振山何以成为张振山呢？我已经忍不住了！谁都在毁坏我们，我们还多么不自知。……
>
> ——《饥饿的郭素娥》

受到郭的强力“刺激”，张开始在“潜对话”中反思自己的人生。这些思考或者“意识”还显得零碎粗糙，但是如果结合人物的特殊经历、性格、身份，就不能不说它已经显示出人物主体意识的“觉醒”，是力图对自己存在状态进行理性分析和体认的初步努力。人物的“剖白”从这几个方面展开：一是对自我价值的确认（“我有力量”）；二是对自己（个人）和“伙伴”（群体）关系的反省（“我决不该蔑视伙伴们”，“应该相信别人痛苦的经验”）；三是对自身弱点和失误的总结及其作出相应调整的意识（“我狠恶”，“我太使性是错的”，“我要大步踏过去……”）；四是对于自己所处恶劣境遇的体认及反抗意识（“谁都在毁坏我们，我们还多么不自知”）。总之，这里包含着作为觉醒了的“人”张振山对于自身命运和自我存在的理性反省的意味，具有自我剖析的特质。

路翎笔下知识分子身上，这种“剖白”性质无疑更为突出，其

“潜对话”的频率和尖锐性也就达到了前所未有的程度。不但如此，人物的“自我意识”，不仅仅停留在情绪化的感性层面上，他们似乎更热衷于不断地把一个紧接着一个的难题猛烈抛向自己，重重砸在自己脆弱的神经上。他们持续不断地向自己发问，再作出回答、解释，又迅速否定、推翻，宿命般地辗转于艰苦的精神折磨之中。这些“问题”、“回答”与“解释”，虽然没有用“经过慎重考虑的语言”完整地表达出来，但是却具有较强的理性色彩，因而也就具有了“剖白”的特质。如蒋纯祖的一段独白：

> 我们为什么爱人民？因为人民是纯洁的！因为历史底法则如此！为什么爱？因为人民是痛苦的，是悲惨的，是被奴役，是负着枷锁的，啊！说得愈多愈使我痛苦啊！而忧伤的，春雨的夜，忧伤的，春雨的夜……”甜蜜的乐节在蒋纯祖心里浮过去；“我们为什么爱一个人，认为他是我们底朋友？因为他，这个人，也有弱点，也有痛苦，也求助于人，也被诱惑，也慷慨，也服从管理，也帮助他的在可怜里的朋友！而挣扎，而奋斗，而哭，而笑，而接受历史底最高的法则！而过去是历史工具的，现在是历史底主人！而诱惑多么可怕，诱惑多么可怕！
>
> ——《财主底儿女们》

蒋纯祖结束了旷野上的流亡之后，在演剧队自由的氛围中，萌生了爱情的美妙幻想，也经历了情欲的躁动不安。个人欲求的强烈扰动，使他在内心产生了惶恐：在他看来，旷野上经历过的死亡考验（尤其是朱谷良的死），意味着自己与人民力量的融会和谐；而此刻对个人爱欲的沉溺，将则威胁并正使其游离那个伟大的“信仰”。于是，他带着热烈的激情对自己提出了“爱人民”的要求。引文中，首先以“历史的法则”作为不容辩驳的理由，以人民的苦境（“痛苦的”，“悲惨的”，“被奴役”，“负着枷锁”）来打动自己，并以更具体的“个人”作类比，试图使对他来说过于抽象的“人民”有更切实的感受和理解。困扰中的蒋纯祖不自觉地选择了他所“信仰”的“人民”，来抗拒个人爱欲的“诱惑”。在不曾表达出来的“意识”中潜在地包含了“问者”与

“答者”区分开在“问”与“答”之间生成了持续展开的“潜对话”，人物也同样持续地以自己的逻辑予以析解、说明，引导自己寻找着那个最终的答案。

总起来说，路翎小说的心理剖析有着显著特征。如果说，鲁迅小说着重于对民族文化心理及精神结构的整体性透视，通过宏大文化视野的观照达到对国民精神状态的总体把握，因而更具有普遍性和超越性的特质；那么路翎的剖析则相对更为具体，着重于对个体心理过程及其复杂性的追踪和析解，视野和焦点都较为集中，体现出强烈的时代色彩，其个别性特征最显著。如果说，茅盾小说对社会心理的解剖更重视人物心理的社会性维度，主要依循着理性将“典型人物”所具有的“类”的概括性合乎逻辑地落实到人物身上，因而体现出相当强烈的社会理性色彩；那么路翎小说虽然最终也指向对社会性心理的把握，但却取了大致与茅盾相反的方式展开，主要是通过对“活生生”的个人感性心理的透视，寻绎和折射出社会对人的刺激、影响，解剖和透视就是在个人具体心理过程与社会变动的互动关系中得到体现，因而更具感性色彩，也更涵容着情绪的强度和热度，带着强大的情感冲击力，蕴涵着主体鲜活的生命力。相形之下，茅盾似乎显得过于超脱，稍嫌冷静和隔阂。可以看出，路翎在心理剖析中试图把严肃的理性洞察和热烈的感情力度相融合；以感情的热力感染、调动读者，以理性的力量引导、提升读者，最终以强大的冲击力实现“主观战斗精神”的文学理想。这种情理兼容、“冷”“热”相激的表现风格，无疑与鲁迅创作保持了亲密的关系：鲁迅的社会批判和国民性改造的命题，虽然极富理性的尖利和透辟，但却是以高度的浪漫主义精神为底蕴，其情感热力的感染效果使其冷峻的理性批判产生了促人警醒、激人奋进的精神震撼力度。因此，鲁迅反对“隔岸观火”的旁观，而立意要使作者、读者都“卷入”到人物的真实的内心世界之中，在这一点上，路翎在其创作的心理剖析上，可谓是最努力的践行者。

二　心理描绘：多样化心理图景的展现

杨义指出：“他（路翎）把灵魂的探索提到了艺术的中心位置。”①

① 杨义：《路翎——灵魂奥秘的探索者》，《文学评论》1983 年第 5 期。

路翎笔下的人物，大都有着双重甚至多重特征。为了写出人物的“多面”，揭示出人物分裂的、隐秘的、多变的内心世界，路翎在心理描绘方面作出了艰苦的探索，极大地拓展了表现人的心理领域的艺术空间。除了一般的心理概述、动作暗示、语言暗示、景物描写等常规心理描写方法，还采用了诸如幻觉与梦境、变态心理及无意识心理等多种方法。必须强调，由于他的重心是对人物心灵奥秘的探索，心理描写就不再只是传统小说中，作为塑造人物形象或“典型性格”的单纯的艺术技巧，而是成为展现人物精神世界复杂性和心理形态特殊性的主要手段。简言之，对心理的集中展现，成为他创作的本体性要素，也是成就其“心理小说”的根本质素。

1. 作为“情节布局”的梦境

梦不仅是一种生理现象，也是一种重要的心理现象。弗洛伊德曾指出梦的特征之一就是“它的心理特征”①。所谓“日有所思，夜有所梦”，梦作为一种特殊的心理现象，以曲折的方式反映了人们在现实生活中受到的种种刺激。通过梦境来展示人物内心深处的复杂心理，在小说发展史上有着非常悠久的历史。不过一般来说，在传统小说中，梦境描写虽然常常显得混乱、模糊、芜杂，但大都可以进行理性分析。也就是说，作者是按照通常的逻辑（生活逻辑、人物的“性格逻辑”或社会历史逻辑等）组织梦境，这样读者也就可以依循同样的逻辑把这些看似混乱的梦境的碎片一一拼合起来，达到对人物、情节、环境等各因素更为细致的理解。因此，这一类的梦境和“普通生活”基本是一致的；梦中主人公的形象和文本中人物的常态生活中的形象也基本一致。对于人物来说，梦和现实两者是相互对应的、互相说明的关系。梦境往往起着烘托气氛、表现人物的心理、整合情节、标示主题、预言人物命运等功能。

路翎小说中出现的大量梦境，虽然也主要是用来表现人物的深度心理，但是它的功能似乎具有了某些新的质素，值得关注。路翎小说中，“心理”代替了“性格”成为小说的本体，具有了构成性的意义。也就是说，心理作为核心，使得小说所有要素都服务于展现人物心理这个中

① ［奥］弗洛伊德：《精神分析引论》，彭舜译，陕西人民出版社2001年版，第87页。

心目的。梦境除了具有揭示人物心理而具有“内容”的意义以外，还具有组织情节的“结构”功用：它们作为作者有意设计的刺激、诱导人的特定“心理”情境，使得人物深层的心理、意识、观念等被生成、激发、凸显出来。这样，他小说中的梦境就具有了“情节布局”的功能①。更形象地说，这种梦境和幻觉是把人物推向高度紧张、尖锐冲突的心理危机、精神的“苦境”中，从而脱开了日常生活的松弛和随意，在灵魂的“试炼”中对之进行考问、磨砺、考验。

《天堂地狱之间》（1946.7），写了小公务员王静能的悲惨遭遇。它不只停留于对其生活境况（极度贫困潦倒，备受欺凌）的一般性揭示，而是深入到心灵深处，淋漓尽致地把这个微贱的小人物所遭受的心理上的“磨难”和精神上的“苦境”剖示出来。王静能在县政府当录事，生活极端贫困，备受同事的讥讽和欺凌。生活的“苦楚”使他内心承受着巨大折磨，竟激发了对金钱的狂热崇拜，做了无数的金钱梦。梦见自己拾到一箱子钞票，或者梦见当了粮食部的大官，梦见自己卷款逃亡，过着阔绰的生活。为庆贺县长太太的生日，他不得不违心跟同事一起送礼金一万元，却又为此痛苦不已。当在科长的抽屉里发现了几万元钱钞票后，他在疯狂中拿走了“属于自己的”一万元钱。他的惊惶失态无法逃脱嫌疑，同事奉命来他家里搜查，接着是被免职的厄运。这些痛苦的经历和心理上的“磨难”最终在梦境中释放：

> 他是在做着那些梦，不断地梦见贪污、逃亡、追捕、枪决。一天早晨他梦见他挟着一批款子向山上逃走，后面追着一群兵士对他开枪。他梦见他逃进了一个崖洞，无可再逃了，转过身来贴在崖壁上看着追了进来的一个兵士，这个兵士粗短而野蛮，举起枪来对准

---

① 关于这一点，可以和巴赫金对陀思妥耶夫斯基小说中梦境的研究相互对照。巴赫金指出，陀思妥耶夫斯基小说秉承了欧洲文学中“艺术地运用梦境这一梅尼普体传统”，其小说中的梦境“起了如此巨大而重要的作用”：“梦创造出普通生活中不可能出现的异常的场景，使其服务于梅尼普体的那个基本目的：考验思想，考验思想的人”，因而就具有了“情节布局”的功能。这里的“情节布局”即是指作为组织情节的“结构”的作用。他还细致地分析了陀思妥耶夫斯基的短篇小说《一个荒唐人的梦》中的梦境的特殊意义。关于巴赫金对梅尼普体论述，参见《巴赫金全集》第5卷，第150—156页；关于梦境的分析，同前，第197—202页。

了他的胸口……忽然他的母亲奔出来跪倒在这个兵士的面前，兵士开枪了，他母亲的血一直溅到他的胸口……同时崖石迸裂，他向一个无底的可怕的深渊里跌下去了……

在梦境中，作者把人物推到了与他本然生活截然相反的境地，让其承受严酷的“道德考验”，将其心理上高度“分裂”状态呈现出来：一方面在感情上他不愿意承认自己的“偷窃”行为，以这些钱本来属于自己来自我安慰，但是另一方面在他极力压抑的“理智”中，他又不能无视这个既成事实，就必然遭受良心的严厉责备和自我谴责。这种矛盾、分裂的心理借助于梦境深刻地呈现出来。于是，在这种非常态的“精神生活”中，人物“失去了自己的完整性和单一性，他变得不像他自己了”①。如此一来，这种错乱心理，就使得人物越出“性格”逻辑的框架，不再具有完成性、整体性或可定论性。从表面看，王静能是一个拜金狂。但是，进入他的内心世界了解了他的精神渴求，就会发现，他所希求的也不过是获得最基本的生存权利（有一万块钱，他就可以有像样的衬衫，就可以有脸见人，免去别人的嘲笑），像正常人一样获得平等和尊重。他对于金钱之所以爱恨交加而陷于狂热境地，正是因为这种微末的愿望，如果不借助金钱的力量就无法实现。“金钱梦”是在现实的强烈挤压中无法实现的精神之梦的扭曲，对于金钱的幻想也就成了强烈的精神渴望被“压抑”后的畸形排解。

2. 幻觉：被压抑心理的曲折呈现

梦境和幻觉具有相似性。在小说中，“梦幻和梦境往往集中了人物的潜意识，最能体现人物内心的秘密”②，作为揭示人的深层心理的有效方式，在许多小说中都得到了广泛的运用。路翎小说中，运用幻觉表现人物心理，也多次出现。《悲愤的生涯》中，王青顺度过了二十多年的士兵生涯，一无所成，极度绝望。在半梦半醒之间，妻子的形象浮现出来，但二十年的分离，使他甚至不能清晰地记忆起她的面容：刚开始浮现出“年轻的女人的温顺的、哀愁的相貌”，继而又幻化成了“衰老

① 钱中文主编：《巴赫金全集》第5卷，第154页。

② 程正民：《俄国作家创作心理研究》，百花文艺出版社1990年版，第106页。

不堪、憔悴的妇人了”。在这种骤然的、昏迷的幻觉中，残存的意识使他马上又产生了妻子“恐怕是死了罢”的惊惧和担忧。继之，自己从小的朋友金贵发被抽打以及被推向刑场的恐怖场面又在幻觉中出现。这样，通过幻觉中的几个心理片段，已经把他整个“精神生涯”涵括其中了。由此，使人理解了这些在战争中被遗弃的士兵们所承受的苦难和“悲愤”，尤其是他们已经深切感受到自己存在价值和人生意义遭到漠视和毁弃而承受的绝望和苦闷。人物的幻觉，正是因为在半梦半醒之间，日常生活中被“忽视”的、被“压抑”在潜意识中的精神需求，由于理性“监督”的放松而曲折地呈现出来。刚刚遭遇丧妻之痛的易学富［《易学富和他的牛》（1946.10）］，在卖牛偿债的过度悲痛中处于精神昏迷状态，出现了幻觉：刚刚死去的妻子复活了，并且强烈要求他不要卖牛。这显然是由于对牛的依恋和对妻子的强烈感情所致。他把自己的真实意愿置换为妻子的意愿，一方面是出于对已逝妻子的无比留恋，另一方面表现了对于卖牛所怀愧疚之情，当然更深的原因还是在于，卖牛粉碎了他生命的寄托。这样，幻觉即是通过扭曲的方式，把理性压抑下的强烈情感曲折地释放出来。此外，在《王兴发夫妇》（1949.8）、《王家老太婆和她的小猪》（1945.5）等许多作品中，我们也同样能够看到梦境和幻觉在揭示人物深层心理或无意识心理方面所具有的重要作用。

3. 变态心理：“人性”与“兽性”搏战中的心理“痉挛”和“唐突”

路翎笔下的人物都具有“分裂”特征，它通过“人性”和“兽性”的搏战而体现出来：“他努力地从‘兽性’中去发现‘人性’，从柔弱的‘人性’中去发现雄强的‘人性’；或者从‘人性’中去发现‘兽性’，从雄强的‘人性’中去发现柔弱的‘人性’。将存在于人的灵魂深处的各种复杂的‘人性’与‘兽性’的因子统统挖掘出来，纠结为一体，然后展开它们之间‘相生相克’的搏斗……”① 在“人性”与“兽性”之间激烈碰撞、冲突着的人物，其心理就往往超过了常规生活中的状态，而多有变态之样貌。另外，路翎痛感于底层被压迫民众身上

① 钱理群：《探索者的得与失》，《中国现代文学研究丛刊》1981 年第 3 期。

普遍存在的“精神奴役的创伤”，着意要掘发出蕴藏在他们身上的巨大生命力量，因此作为对于疗治“创伤”的探索，他提出了“人民底原始强力”命题，表现在困厄中被压抑和束缚的生命原欲的强烈爆发和释放。这种基于原始生命冲动力而爆发的“原始强力”，常常就以被当时许多人所指斥的“精神上的歇斯底里”的变态方式表现出来，因此很早就受到过批评。[①] 路翎有自己的立场：“人们说作者的主题思想‘不健康’，因为中国人民是没有这些的。我回答说，我认为是有这些的。我十分坚持心理描写。正是在重压下带着所谓‘歇斯底里’的痉挛、心脏抽搐的思想与精神的反抗、渴望未来的萌芽，是我所寻求而且宝贵的；我不喜欢灰暗的外表事象的描写。”[②]（着重号为引者加）从这样的立场出发，路翎常常把笔触探向人物深处极其矛盾、复杂的变态或病态心理，也正是表现作为“原始强力”在酝酿与积聚状态中心理上超强度的复杂性。变态心理是相对于常态心理而言的。一般来说，人们在常态生活中的心理往往是稳定的、松弛的、处于理性控制之中，符合常规逻辑。但是，在路翎所说的“原始强力”的冲动下，人们就处于非正常、超常态的情境中，出现了心理上的变态和病态。

《求爱》（1946.6）中，体育教师胡吉文爱上了博学的女教师林凤山，但是深奥的哲学书把他们隔成了两个世界，他绝望了。爱情的绝望使他备受打击，却又激发起强烈的复仇心理。在仇恨和痛苦的猛烈冲突中，胡吉文心理扭曲了。上课时，他老是猜疑学生在捉弄他，后来发现学生们是被站在不远处的林凤山所吸引，他感到失败的羞辱。然而，对于爱情的热望又使他从林凤山注视的目光中感到“甜蜜”。他大发雷霆，鞭打学生，体会到复仇的快乐。在爱与恨、希望与绝望、狂妄与自卑相混合的复杂心态中，他丧失了理智，做出了疯狂的“求爱”行动：对学生全体罚跪，疯狂地抽打学生。这种变态行为，是胡吉文内心痛苦和绝望的非理性释放，同时却使他产生了希望和快感。由自卑和绝望而

---

① 在路翎晚年回忆胡风的文章中提到，胡风当年曾告诉路翎“你的小说，人们可能会说，所写的人物是病态的。人们要求‘素淡’与心理描写的搏节。《饥饿的郭素娥》出版以后，有邵荃麟的赞美文章，但也有人认为你和我这位赞成者胡风是‘洪水猛兽’，说这种欧化的心理笔法不合‘中国国情’，是‘歇斯底里与不健康’”。

② 路翎：《一起共患难的友人和导师——我与胡风》，见《路翎批评文集》，第287页。

导致的变态心理，就这样折磨着这个绝望于爱情的求爱者。同样，沉浸在丧妻之痛中又要卖牛偿债的易学富，疯狂地用鹅卵石猛击耕牛，正是因为在无法承受哀痛和悲苦中丧失了理智，终于把愤懑发泄到那似乎对他无动于衷的牛身上了。“常态心理是变态心理的原型，变态心理是常态心理的扭曲表现。”① 路翎小说中，人物大都承受着由于环境的极端恶劣而产生的难以负荷的痛苦和悲愤，于是，常态心理在来自外界的折磨和压抑中，就转化为变态心理；有时候则是处于无意中的本能欲望遭受压抑，或因社会制约不得不被意识压制下去，形成了内心的冲突，作为一种必然的“释放”，造成了以丧失理智为特征的变态行为和变态心理。

路翎作品中还大量通过疯狂或无意识，来表示人物的超强度或复杂微妙的心理。如《天堂地狱之间》中，王静能在向科长承认“偷窃”行为之后，没有得到同情和原谅，于是潜藏在心底的屈辱、愤懑、悲痛在疯狂中发泄出来，他在科长的办公室里开始了疯狂的演说。此外，无意识心理也普遍地存在于路翎的人物中。《儿女们》中，蒋少祖本来反对汪精卫的立场，但是在见到汪时却马上被蛊惑，汪给他“造成了热烈的，兴奋的印象”，突然之间向汪说出“我觉得很宠幸”这样的话，并带着谄媚的心态表白“我是拥护政府，拥护汪先生的”。虽然蒋少祖很清楚汪的虚伪，提醒自己应该保持自尊，但是和汪的会见却使他陷入了幻想：“是他（汪精卫）和我在创造中国，支配中国，他和我！”他强烈的自负和“个人英雄主义”，使他和汪这样的“权贵”共处时得到了极大的满足。显然，正是在无意识深处的对于“权利，名望”的崇拜，使得蒋少祖在瞬间失去了理性，而成为一个可怜的“谄媚者”。上述多样化的心理展现方式，大大丰富了路翎小说的内涵，显示了他创作的鲜明特征。

第三节　“心灵危机情境”的结构功能：考验人物心灵

虽然路翎对陀思妥耶夫斯基的作品持保留意见，但是许多论者已经

① 程正民：《俄国作家创作心理研究》，第102页。

指出他们颇多相似之处。赵园描述了初读路翎作品的直感："最初窥见路翎手造的那个‘人的世界’，我即刻联想起的，不是左拉，而是十九世纪俄国文学著名的‘病态的天才’陀思妥耶夫斯基。你由每一个小说人物身上，都能强烈地感到，它们的创造者那种‘近乎疯狂的向着灵魂的迫力’。"① 无疑，正是对"人类心灵奥秘的探索"，把路翎和陀思妥耶夫斯基紧密地联结起来。鲁迅先生在谈及陀思妥耶夫斯基时，曾把他称做"罪孽深重的罪人，同时也是残酷的拷问官"。其"残酷"同时也是"伟大"之处在于："他把小说中的男男女女，放在万难忍受的境遇里，来试炼它们，不但剥去了表面的洁白，拷问出藏在底下的罪恶，而且还要拷问出藏在那罪恶之下的真正的洁白来。而且还不肯爽利的处死，竭力要放它们活得长久。"② 鲁迅先生一方面感慨于这种"残酷""决不是平常人做得到"，而赠与其"伟大"的称号；另一方面却也深受其"苦"，竟至产生"废书不观"的想法。路翎小说也颇有这种"残酷"意味，而这种"残酷"同样让人"不胜其烦扰"③。作为"未完成的天才"，路翎尚不足以被赞誉为"伟大"，但是在"残酷"这一点上，称其在中国文学史上"空前绝后"也许并不夸张。

一 "心灵危机"：作为情节结构的新模式

1. "思想家"式的人物

在传统现实主义小说中，"典型"人物的价值主要依据其社会属性的"含量"，如人的阶级属性、人的道德品性及其与社会历史发展规律的一致性，等等。"典型"本质上是对以社会属性相区分的某"类"人的"本质"的形象化"再现"，其价值往往依据于某种更为"本质"的外部力量或外部因素来确定。而在路翎那里，由于其艺术视觉的特殊性，人的价值依据也发生了相应变化。虽然社会属性等外部因素仍然受到重视，但是这些因素最终以人物具有的精神内涵为根基。对于人的精神价值的强调，是以对人的主体性的确认为前提的：这里的每一个人都

① 赵园：《未完成的探索——路翎与外国文学》，载《论小说十家》，第350—351页。

② 鲁迅：《且介亭杂文二集·陀思妥耶夫斯基的事》，见《鲁迅全集》第3卷，第411—412页。

③ 赵园：《蒋纯祖论》，见《艰难的选择》，上海文艺出版社1986年版，第338页。

首先作为“各自独立而不相融合”的“声音”，不是被“他者”所规定（作为主人公，他不被作者规定；作为“思想家”，他不被“性格”限定），而是有着自己完整独立的立场，体现出“充分价值”。因此，对于路翎笔下的人物，我们不妨借用巴赫金对陀思妥耶夫斯基小说人物所作的概括：“所有的主要人物，都是冥思苦想的人，每个人都有种‘伟大的却没有解决的思想’，他们全都首先‘要弄明白思想’。他们真正的整个生活和自己的未完成性，恰恰就在于需要弄明白思想。如果把他们生存其中的思想给排出掉，那他们的形象就会完全被破坏。换句话说，主人公的形象同思想的形象紧密联系着，主人公的形象不可能离开思想的形象。我们是在思想中并通过思想看到主人公，又在主人公身上并通过主人公看到思想。”① 巴赫金敏锐地发现在陀思妥耶夫斯基小说中，“思想”成了活生生的“形象”。于是，这些人物就完全突破了“独白”小说中“性格”的限定，以其不可被规范、不可取替的“自我意识”将自己塑造为“思想家”，并生发出强烈的主体性。在这一点上，路翎与陀思妥耶夫斯基颇有相通之处。

像陀思妥耶夫斯基一样，路翎小说关于人物的客观描写（如外貌、身世、和其他人物的社会关系、客观的现实环境等）减弱了，如钱理群所概括：“他在塑造他的主人公形象时，从不注意人物的外表（在他的作品里，我们简直看不到一幅完整的人物肖像画），而是死死盯住主人公的内心世界——挖掘着，剖析着，达到了狂热的地步。”② 于是，像陀思妥耶夫斯基作品一样，“主人公的主体意识，主人公的思考和议论却大大加强了”③，显示出极强的自觉意识和自省性，对外部的一切因素包括他本人的个性、经历、社会地位、与他者的关系等都不断进行自我反思、自我发现，并付诸不同的“双声语”形式。概言之，人物的“思想”通过“自我意识”的形式得到了直接的表现。

2. “心灵危机”的结构方式

中国现代小说从五四起，就开始摆脱古典小说以“情节”为核心的

① 钱中文主编：《巴赫金全集》第5卷，第113页。

② 钱理群：《探索者的得与失》，《中国现代文学研究丛刊》1981年第3期。

③ 程正民：《巴赫金的文化诗学》，第67—68页。

结构方式，使“‘人’的发现”的时代主题在文学中得到了鲜明体现。有论者经过考证指出：“中国小说叙事结构转变的关键在于：一、‘五四’作家的注重小说‘意旨’，强调艺术个性与表现普通人的日常生活，决定了小说‘非情节化’的趋向；二、‘五四’小说‘心理化’与‘诗化’的倾向，使作家注重人物感受、联想、梦境、幻觉乃至潜意识，追求小说的‘情调’、‘诗趣’和‘意境’。”[①] 这些倾向在路翎小说中也有所体现，特别是其中的“心理化”倾向，由于“思想真地几乎变成了作品主人公”，或者说由于发展到了所谓“心理小说”的程度，使得他的情节结构方式更显示了与传统小说的巨大分歧。这一点我们同样可以借巴赫金对陀思妥耶夫斯基诗学的研究来加以理解。

巴赫金指出陀思妥耶夫斯基小说作为“复调小说”，在情节布局上突破了传统“独白小说”（如传记小说、风习小说、社会心理小说、家庭小说等）的格局，和欧洲惊险小说传统存在密切联系。惊险小说的主人公“没有固定不变的社会的典型特质和个人的性格特征”，他“能够遭遇各种各样的事变，也能够成为各种各样的人。他也不是一个实体，而纯粹是表现离奇故事的一种功能”[②]。这里的“功能”，是指在惊险小说中，“人物”不再是小说的本体要素，而是成为服务于表现“惊险情节”的一种形式要素，因而具有“结构”的意义，或他所谓“情节布局”的功能：“惊险情节在陀思妥耶夫斯基那里，是同提出深刻而尖锐的问题结合在一起的。此外，他完完全全服务于思想：它把人摆到不寻常的环境里（这种环境能表现并引出惊险的情节），让这个同别人在突然的不寻常的环境中相遇而发生冲突，其目的在于思想和思想的人，也就是‘人身上的人’。”[③]

对照巴赫金的上述分析，可以说，路翎小说中也存在类似的“惊险情节”；这个“惊险情节”同样不是着眼于人物作为“行动者”（actor）意义上的“惊险”（人物的历险性质或情节的“离奇”），而是转移到表现人物心理的“历险”特质——这样，事件就成了“心理事件”，情节

① 陈平原：《中国现代小说叙事模式的转变》，北京大学出版社 2003 年版，第 282 页。

② 钱中文主编：《巴赫金全集》第 5 卷，第 134 页。

③ 同上书，第 139 页。

就成为"心理情节"[①]。"外部事情已经不占主要位置，它们的作用是引发内心活动，阐释内心活动。而从前，甚或于今天的许多作品中，内心活动主要用于对重要的外部事件作铺垫并说明其发生的理由"[②]——奥尔巴赫对吴尔夫"意识流"小说所作的结论，看来也同样适用于路翎[③]。在这里，情节、人物、环境等"外部"要素，都服务于"心理"这个本体性要素。这样，他的小说同样以凸显人物的心理和精神的"内在生活"的紧张感和复杂性为根据，来组织题材、结构情节。同时，对于人物的处理，往往不是依循常态生活的理性逻辑，追求对日常生活在物质层面上的"写实"，而是探入到深层或"秘层"的心理领域，焦点始终

---

① 应该注意，"心理事件"、"心理情节"的用法，是伴随着西方现代小说"向内转"的潮流而出现的，是现代小说与传统小说的一个标志性分野。许多论者所以把陀思妥耶夫斯基作为现代主义的"鼻祖"，也恰是由于陀思妥耶夫斯基开启了这种"内转"的先河。我国现代文学的发生，同样可以从更宽泛的意义上，理解为以西方现代小说"向内转"为先导而超越了古典小说的叙事模式。

② ［德］埃里希·奥尔巴赫：《摹仿论》，吴麟绶等译，百花文艺出版社 2002 年版，第 601 页。

③ 尽管我们已经看到"意识流"小说和路翎之间的许多共同之处，却不能不区分路翎小说中的"心理结构"和"意识流"小说之间的差异。"意识流"小说注重于对人物内在心理状态特别是潜意识、无意识等原始形态的心理过程及状貌作"自然主义"式的呈现，其用意在于打破传统小说中对心理表现的理性逻辑建构，意在"还原"人物心理的原生态，因此多以"自由联想"的方式表现那些涌动于意识层面之下的非理性心理内容。美国学者汉弗莱认为"在文学范畴内，所谓意识流实际上就是潜意识之流"，"而潜意识或下意识，则泛指内在的、隐蔽的、零乱的、无序的、飘忽的、未经理性处理的精神活动"。罗伯特·汉弗莱：《现代小说中的意识流》，刘坤尊译，广西师范大学出版社 1992 年版，第 2 页）柳鸣九则进一步从三个方面明确了意识流的内涵："文学中典型的意识流手法同样就应该表现出这种印象、回忆、想象、观感、推理以至直觉、幻觉等多种成分混杂在一起并构成一种'流'的心理活动的方法"；强调意识流"不是描述，而是呈现"；"文学中真正意义上的意识流就必然具有流动性、混杂性、呈现性"（柳鸣九：《代前言——关于意识流的思考》，见柳鸣九主编《意识流》，中国社会科学出版社 1989 年版）。无疑，这些论述都强调了意识流手法意在尽量减弱作者"介入"的程度，追求对人物感性心理状态（即所谓"未经理性处理精神活动"）的自然呈现。与此相反，路翎小说中的"心理结构"或者"内心的戏剧"，其内容虽然也涉及这些感性心理内容，但是他处理的方式却大不相同。路翎大部分小说始终不曾放弃作者的介入，无论是语言体式的选择还是叙述模式的调整，特别是他热衷于使用的心理剖析等方式，都是作为作者对文本加以"干预"的最有力的方式。在我们看来，路翎的特出在于毫不懈怠地对这些非理性的心理内容进行理性化的努力，这也使他与作为"心理现实主义"的"意识流"小说有了明显的区分。

对准人物非常态的、极端尖锐的、高度紧张的、带有强烈冲突性质的非物质层面的精神生活。这种状态使人超越了日常生活的松弛状态，在高度紧张的精神危机中去面对那些最尖锐的问题。我们把这样的精神状态称做“心灵危机”，或者“内心的戏剧”。像“意识流”小说一样，路翎“忽视了人物在客观的、外在舞台上演出的‘戏剧’，却引导人们去观看舞台的后场也正在演出的更为复杂的‘戏剧’——内心的戏剧。外在的故事情节被抛弃了，打破了，但是叙述仍在扩大了的范围内进行，出现了新的内在的心理事件，心理情节结构……”①。通过把情节性的“外在的戏剧”置换为“内心的戏剧”，把人物推到“心灵危机”的“残酷”境遇之中——这样，人物就处于最纯粹的“精神生活”状态，其隐秘的心灵就可能以全部丰富性地向我们敞开。

二　一部“内心的戏剧”：《王炳全的道路》读解

《王炳全的道路》（1946.6）从情节上说，只不过叙述了一个流浪汉经过五年漂泊之后回到家乡又最终离开的遭遇，但小说重心却是其中蕴涵的令人难以想象的心理容量。故而，它作为一部“内心的戏剧”，最大程度地呈示出了人物心理的尖锐性和复杂性。下文我们就按照“内心的戏剧”的编幕方式作一解读，以便较为清晰地呈现作为“心理小说”的路翎创作在情节结构上的重要特征。

“序幕”：潜伏着“危机”的“回家”之路

小说一开始就把人物抛入一个“非常情境”：“经过五年的艰苦的、动乱的生活之后”，王炳全回到了家乡草鞋场。五年前，他被姑父张绍庭逼迫代替其子去当壮丁，抛下孱弱的妻女，当了两年士兵，遭到遗弃，之后在数个工厂辗转流离，终于起了回家的念头。情况却不尽如人意：五年前离家时妻子“是确信已经和他永别”，他曾经渴望报复使他陷于苦境的姑父，“但时间过去了，一切都不相干，回去了只会更痛苦，又有什么意义呢?”这里不存在通常的“回家”所预示的美满、团圆，意味着喜庆与欢悦；无论是对于家庭团圆的渴望，还是对于“复仇”意愿的实现，都因为时间的“隔离”而变得不可预知，难以逆料——在

① 殷国明：《小说艺术的现实与未来》，上海文艺出版社1990年版，第54页。

此，“回家”成了一个潜伏的危机，作为王炳全的“道路”的起点，它是一个令人困惑的“难题”。这种包含着期待和恐惧的“不可知”的回家，首先作为“功能性”的事件而起着推动情节发展的作用；但是从更深的层面上看，却毋宁说是作者为人物设置的第一次“心灵危机”。处于“回家”的内心召唤和对现实的忧惧之间，作者向我们展示了人物王炳全回家途中经历的渴望、疑惑、凄凉、不安、懊悔、失望、寒心等错综纠结的心理过程，由此敞开了人物心理的全部复杂性。最终王炳全还是不能放弃“回去走一走”的念头。但“近乡情更怯”，越到了要面对现实的时候，“他的心异常的纷乱，他惧怕失望，有时倒懊悔起自己为什么要回来了”。尤其是走近村庄，邻人们因“根本没有想到他”而认不出他来，他就觉得回家“这件行为，是幼稚而且愚笨的”。这之中情绪的错综交织，已经预示着王炳全的“回乡之路”，不能不是一次漫长的心灵磨难的历程。

小说主要内容就是其“心灵危机”或者这段颇为坎坷的心灵路程的全面展开。

“开端”：撕碎的梦与破碎的心

回到家乡，现实以最残酷的样相展现出来：孩子死了，他的土地被张绍庭据为己有，走投无路的妻子由张绍庭做主嫁给了憨厚的农民吴仁贵，并且过着平静的生活；他在疯狂中找到了“仇人”张绍庭，但是张已经“败落”了，并且生着病，成为“孤单的、软弱的人”——面对这样的“仇人”，王炳全下不了手。于是，他被抛入“万难忍受”的“苦境”当中，陷入真正意义上的“心灵危机”：

> “这也是难怪的！”他昏乱地想，“你叫一个女人怎样过活呢？但是她一个人，她又是那样的好心肠！不过我今天倒宁愿她并不在人世，而是埋在这黄土下面，要是她死了，她在我底心底就是神！”他说。“她自己愿意的。真的她自己愿意的？我不知道！可是就在几年前，她挑水走过这个坡，我是坐在门前！我都记得，我底娃儿啊！你底妈她是不要脸的贱货！……我哭了？不，我没有哭，我要想我的计划！这地底下是没有知觉的吗？我只要拿一把刀子去杀死她就行了吗？一定的！我杀死她，再杀死自己，她在我心

里就是神！这有什么关系呢？我还要田地，还管这些有什么用？”

处于精神炼狱之中，人物内在世界的复杂性最彻底地呈现出来，他隐蔽的内心也毫无遮挡地裸露出来。引文中内心独白是采用了“暗辩体”双声语方式进行的“对话”：一个声音来自处于“复仇”欲火之中的王炳全，对于妻子爱恨交织的詈骂，实施复仇计划的誓言，而另一个潜在的声音则是来自“他者”的立场，从其妻的现实境遇出发为之辩护，是对其复仇欲念的压制与反驳。这种自我与他者、理智与情感之间的分裂，使得人物在愿望与现实的尖锐冲突及善与恶的紧张交锋中和另一个“自己”激烈地辩论着。

作者显然有意地“引诱”人物走上一条心灵的“险恶”道路，立意要把他放在“艰难的处境”中严加考验：一方面，“他应该马上就走开：南方有他底朋友们在等待他”；另一方面，“过去的生活，年轻的恋爱——回忆底压迫他既不能忘怀，成熟了的爱情又是这样的强烈。而且还有良心和自尊心底指示，以及乡人们底恶毒的嘲骂……”，在这样的叙述中，“作者自己，也总像是在跟他的人物一起经受精神的苦刑”①，不断地把人物推到命运的“边缘”时刻，在剧烈的挣扎中一刻不停地和自己辩论，甚至陷入精神分裂状态。而所有的目的，都是推动人物探索自己的“思想”，去解决自己面临的“最后的问题”——对于王炳全，他的问题是无休无止的：“他是否要就这样走开呢”，“他究竟需要什么一个结果呢？带走她吗，还是不呢”……在疯狂的精神折磨中，“他决心用鲜血来解决一切”，“但是，那牵着牛儿走上坡来的吴仁贵对他表现了一种强大的、不可动摇的生活”——王炳全注定要在这种无可逃脱的困境中，向更“险恶”的道路上奔突。

“发展”：屈辱的“赌徒”

一切都不能使王炳全的处境有所改善，而更使其恶化。他开始沉迷于用赌博来“遗忘他的痛苦，并希望从这里着手在草鞋场站立起来”，以便留在他无法割舍的家乡。作为“赌徒”，作者暂时把他从草鞋场的既定秩序抽拔出来，再次抛入另一种生活。从功能上看，可以说是作者

① 赵园：《未完成的探索——路翎与外国文学》，载《论小说十家》，第350页。

又一次将其放置到一个“异乎寻常”的境遇中，进行“思想”的考验。“赌场”虽然在空间上属于草鞋场，但是这里的生活（金钱的争夺、投机的心理、变幻无常的气氛）却与草鞋场的常态生活（依靠劳动生存、安于现状、稳定不变、接受既定的命运）截然相反。“赌徒”身份再次使得人物陷入新的“危机”处境：他如此眷恋于故土，但他永远无法回归到草鞋场的正常生活秩序。“赌徒”王炳全对于草鞋场既是“在场”的（在物理意义上），但显然又是“缺席”的（在文化的象征意义上），“回家”成为无法实现的梦想，永远不会如他希冀的那样回到五年前，作为草鞋场的当然成员。但渴望是如此强烈，他甚至幻想通过勾结帮口，做鸦片生意，在赌场里讨饭吃在草鞋场上生存，也就是变成另外一种身份，以全然不同的生活方式生活在草鞋场。最后他被直接剥夺了留在草鞋场的权利。虽然他极力想留下来，但是镇长对他的“欺侮”却再次使他受到打击而陷入“疯狂”：

> 他觉得，从前他是一个受着尊敬的人，愉快地做着工，但回到故乡来他就改变了！他不曾想到自己底心会这样复杂、卑下！他是堕落了，但从前他是在这一片土地上耕种过的！

一方面他渴望留在家乡，但是以非正常方式（做鸦片生意、勾结帮口、赌博）谋生而“永远脱离了真正的工作”的念头，又让他觉得这一切是可怕的；另一方面“他觉得他应该离开这个可怕的地方了”，“但他又觉得，这些痛苦全是他底女人给他的”。在醉酒后的疯狂中，他打了恐惧而软弱的张绍庭。张因惊惧而中风，第二天他被带到张的家中，恰好又与吴仁贵遭遇。“上次他看见吴仁贵牵着牛走上坡来，觉得是面对着一种强大的力量，但现在却看见了这同一的吴仁贵底卑劣——他觉得吴仁贵是来谋害他的——和微小，狠恶了起来。”作为“不幸的复仇者”，作为回乡寻找慰藉的流浪者，他在家乡一无所得，所有的乡人都成为他痛苦的根源，似乎都“是来谋害他的”，他被推向了无法解脱的精神深渊，无望地挣扎着。

“高潮”：如何承受命运？

苦难的考验并未终结。作者再次设置了一个严峻的“心灵危机”情境，让王炳全直接和妻子遭遇。由于王炳全突然回来而同样承受了沉重打击的妻子左德珍来找他，把他先前买给他们女儿的银镯子还给他，并劝他离开草鞋场。然后“带着完成了她底人生的义务的高贵的意识”，迎着家人和邻人鄙视的眼光离开了。这使王炳全又跌入到一个“异乎寻常”的境遇当中：

> 他觉得他应该听从她，因为，回想起来，她所做的一切都是完全无错的。过去的生活是过去了。虽然痛苦，但也并不需要，并且不可能挽回。他，王炳全，近来所做的一切，完全是胡涂的。然而他捧着这个银镯子，又觉得自己是一点力气都没有了。
>
> 他原先是什么都想到了的，只是没有想到这个，没有想到她这样会见了他，并且抛给他这个东西。她表明她是忠实于他的，但只是如此；一切都是平常的，实在的，他，王炳全，应该走开去。但他底感情还不能习惯这个，一瞬间他是消失了一切勇气，对他自己底生活整个地失望了。

妻子的行为和勇气，她真切的情意和理智的警示，终于使他从“盲目的冲击”中停下来，开始在理性反思中真正面对命运。即便如此，这个过程仍然是艰难的。先前是由于不能接受命运而处于失去理智的昏狂中，是一种本能的逃避；如今则是理性觉醒之后所面临的痛苦和失落。因此，和妻子的遭遇，毋宁说是又一次“心灵危机”，抑或此“危机”的再一次转折。它把人物从疯狂边缘引向对现实和自我的重新体认，是其心灵在探索“最后的问题”的历程中的一个契机。

但王炳全的“道路”是漫长的。作者“残酷地撕毁了一个漂泊归来的农民的安居乐业之梦，……在重重灾难的堆积下舔着自己鲜血淋漓的精神创口”[①]。直至由于张绍庭的死被关进镇公所，王炳全和镇长再次遭遇并得知镇长并不打算向他问罪。

> 王炳全懂了。他本来是已经不再做什么好的希望了，他想别人

① 杨义：《中国现代小说史》第3卷，第180—181页。

> 会杀死他，或者把他关到监牢里去，等等。他带着一种安心的，悲惨的意识，准备对一切都不反抗。他对生活已经失望。而他自信他底这种态度是高贵的——为了他底罪恶，为了他底离开了他的女人和死了的孩子，甘愿忍受一切不幸。但现在事情突然地并不是这样。他激动起来了，觉得，在自由的天地里重新去生活，是异常的幸福的；这样他就对张得运充满了感激了。

无疑，这又是一次生死的转折。作者有意让他在命运的危机边缘又重获生机；而作为展示心理的特殊情境，我们一方面看到了王炳全内心深处被自己夸大了的英雄主义牺牲精神所包含的某种“虚伪”和自私的性质，同时也看到了他对于生活和生命的珍视和热爱，虽然他作为曾经被生活放逐而又放逐了生活的绝望的复仇者，但“他仍然怀着对于人生的严肃的、执著的心”。至此，我们看到了一个全方位的、充满了立体感的、血肉丰富的“多面”的王炳全。

“结局”：艰难的“离开”

然而作者还不“罢休”，在结尾处又为我们设置了一个更富有惊险性的“危机情境”。获得“新生”的王炳全，终于在认清了“我不过是一个平常人，也配不上那样的女子的爱情”之后，他来到吴仁贵家辞别。但是，仅仅是听到左德珍“含着快乐的感情”召唤猪猡的声音，就让他“痛苦”和“妒嫉”：“他以为只会在这里看见与他有关的那种生活的悲惨，他是，怀着高贵的决心，来解脱别人底这种悲惨的；他没有料到他会听到这个。”无疑，在心底深处他是以自我的“高贵”和对别人的“轻视”——在这种臆想的精神优势中，才敢于迎受苦难的命运。从根本上说，此时的王炳全是以精神上“胜利”来面对他的失败和命运。左德珍的朴素、无伪则使他终于认识到了自己的“虚伪”：

> 王炳全突然地觉得自己底居心——他轻视她——是卑劣的。他站着，看着她。这样他就从自己底坚定的高处跌落了。他原希望能够可怜她的，但现在他觉得是她在可怜他，而他也需要着这种怜恤，他感到了自己身上底混浊的、狼狈的样子，并且觉得，他在这个社会上微贱地混来混去，原是很可怜的。

“跌落”，意味着他猝不及防地再次被抛入“惊险”的危机之中，陷入一种未及逆料的困境。从作者的角度看，则是有意再度将其置身于“万难忍受”的境遇之中，在“跌落”的惨痛中，逼迫他去解决他的“最后的问题”。不难看到，即使经历了多次的艰苦“考验”，内心创伤仍然无法平复，甚至更其锐利了。也正是在这场白热化的考验当中，在“去”与“留”的“决定性”时刻，在理智与情感的紧张对峙中，王炳全达到了对自己最为深彻的体认：他认清了自己的“卑劣”，认清了自己的“可怜”、“混浊”、“狼狈”、“微贱”——只有在这个意义上，他才真正意识到自己“平常人”的本性，有勇气面对现实的命运，扛负起自己的责任，“他要血淋淋地从过去的年轻的生活挣脱开来，他要把它推开去”。最终王炳全带着“骄傲的感情”和“一种光荣的、高贵的意识”离开了草鞋场，王炳全的“道路”至此告一段落。然而，不难想象，那个带着“狂暴的感情”流浪他乡的王炳全，必将“跌入”到更多的“危机”之中，王炳全的“道路”是不可能终结的。

我们跟踪着王炳全的“道路”，由此领略了一幕人物“内心的戏剧”。显然，王炳全的“道路”之所以离奇曲折，不在于“罗列事实和追寻外部的刺激”，作者是以坚忍的毅力和可惊的“残酷”，探索着一条凸显“多面”王炳全的同样艰险的路径。“他极力让他的人物矛盾，让环绕人物的整个生活矛盾，使‘冲突’（包括人物的自我冲突）充满在小说的每一瞬间、每一具体场合。”① 作者把人物安排在一个最具有内在心理生发性的危机情境，将其置放到现实和灵魂尖锐对立的两难处境中，充分展示这种“挣扎”和心灵的“簸荡”，让人在精神炼狱中承受残酷的折磨。在这一点上，鲁迅先生对于陀思妥耶夫斯基的概括——让人物在“万难忍受”的境遇进行灵魂的“试炼”、精神的“拷问”——用来解说路翎，也同样精辟。

路翎许多作品，都同样是通过设置“危机情境”来刺探和诱导人的心理冲突和激战，特别典型的当然是在《财主底儿女们》中对蒋纯祖的“试炼”。用杨义的话说：“他通过人物内在的性格矛盾和心灵冲突，形成生活中的矛盾纠结，又以这种性格矛盾和心灵冲突推动生活纠结的

---

① 赵园：《路翎小说的形象与美感》，载《论小说十家》，第210页。

展开、变化、起伏，形成小说的高潮和结局。”① 这无疑也是它作为“心理小说”的特殊之处。

第四节　路翎小说心理展现的特殊意义

正如某些论者指出的，“传统叙述多建立在儒家的道德训诫和民间通俗性要求的基础上，比之于隐藏于内心思想意识的关注，往往对社会和政治行为的伦理道德规范更感兴趣”②。总的来说，传统小说由于主要趋向于对“故事性”要素（情节）的苦心经营，兼及基于道德教化的目的，心理描写相对比较匮乏，许多小说对人物特定情境的心理，往往沿用“眉头一皱，计上心来”这一类的惯用语一带而过，避免了因对人物心理的详尽状摹而导致情节发展上的“停顿”。路翎小说与它们的区别是显然的，即使与注重个性表现和内在心理的五四小说相比，作为“心理小说”，路翎也显示出鲜明的个性。

一　心理描写在现代小说史上的变迁

五四时期：注重个体感性的心理描写

可以说，现代小说区别于传统小说的一个显著特征，就是从以情节为中心转移到对人物及其心理的集中关注。早在 19 世纪后期的西方，无论是在观念上还是在创作实践中，都出现了“向内转”的动向，使得先前占据主导地位的传统小说观念承受了巨大冲击。这一潮流，也自然波及了急欲冲破中国传统小说道德规范束缚、自由表达自我、抒发个人灵性的五四作家。并且，对人物心理的着重与“人”的主题最为契合，引起了五四作家的普遍关注。作为合乎逻辑的必然结果，在中国小说的现代转型之始，“人”的发现这一命题本身就必然以作为个体的“我”的内在世界的关注为前提，方能使他们对建立在儒家伦理道德规范秩序中的传统礼教发动攻击，也才使中国小说在短时间完成了现代转

① 杨义：《灵魂奥秘的探索者——路翎》，《文学评论》1983 年第 5 期。

② *Kirk A.* Denton, *Introduction*, *The Problematic of Self in Modern Chinese Literature*: *Hu Feng and Lu Ling*, California: Stanford University Press, 1998.

型。对此，五四时期的作家和理论家们已经有了明确的体认，他们断言：“牺牲了动作的描写而移以注意于人物心理变化的描写”①，乃是西方近代小说艺术上的一大进步。而大量西方小说的译介，文化观念的引进，尤其是心理学知识的输入等多种因素②，使中国小说在古典小说的母体上，迅速发生了变异和化合，把新的因素注入旧有的机体中，小说面貌焕然一新。以鲁迅为代表的五四小说，已显蓬勃发展之状，其中一个趋势就是“越来越关注小说中的人物心理”③。

在鲁迅的许多作品中，我们可以深切感受到小说心理内涵丰富、复杂和深邃所产生的艺术魅力。《狂人日记》的表层结构就是对一个精神错乱的主人公病态的妄想、错觉、幻想的描写，揭示了其潜意识中对“吃人”的惊悸和恐惧。也就是说，他是深入到狂人内在的意识世界，寻找其外在病象的精神根源。我们的读解，也必须透过其表层的心理病症，获得对其内在精神世界的感知和体验，进而从理性的深度去透视和反思它在隐喻意义上的深层文化意蕴。小说的焦点和内容都是建立在人物内在心理和意识的基础上，主题的内涵则指向对深远的民族文化心理品格、结构和主要存在于精神深层的“国民性”的反思和批判。同样，读者的理解既是对作品心理内容的了解和感知，同时也必须放弃在阅读情节小说（故事）时的超脱姿态和寻求消遣的“轻快”和无谓，必须随着作品意蕴由表及里的递进，深入到超越日常生活物性层面的精神世界之中，在对作品的认知与对自身的反观之间循环往复，进行愈益深入的精神和意识的自我审视。这样，不仅作者已不可能“隔岸观火”，而是“将自己卷入其中”，就是读者也必然随作者的这种“卷入”而“卷入”到与作者同样的境地。其他如《阿Q正传》、《祝福》、《离婚》、《伤逝》……几乎鲁迅的每一篇小说都为我们展现了一个丰厚而深邃的

① 沈雁冰：《人物的研究》，《小说月报》1925年第16卷第3号。

② 陈平原把五四作家掌握的现代心理学知识作为他们在小说中把握人物心理能力的一个主要因素（见《中国小说叙事模式的转变》，第26页）。另一个学者季桂起则专文论述了西方心理学知识对五四文学的变革产生了重要的影响，认为五四小说借助心理学的影响，实现了中国小说艺术模式的转变（见季桂起《心理学的影响与五四小说的变革》，《文史哲》2004年第5期）。

③ 陈平原：《中国小说叙事模式的转变》，第26页。

精神世界。五四的其他作家，不管是如郁达夫那样沉迷于对“零余者”的惶惑、苦闷、哀怨情绪的宣泄和表白，还是如叶圣陶一般，执著于对小人物的灰色生活和黯淡心理的冷静解剖，抑或如郭沫若小说对人物“潜意识流动”状态的委曲含蓄而颇有韵致的表现，再或如丁玲日记体小说对人物感情纠结和矛盾心态的展露和慨叹……无不是“‘由外面的写实进到心理的写实’，忠实地记录，表现人物心灵的颤动，追踪、捕捉人物瞬息万变的思绪”①。

可以说，正是从外在动作向内在情感、心理的整体性转移，才使五四小说实现了中国小说模式的现代转型。对心理的倚重，作为五四小说实现现代转型的突出特点，正是与他们发展个性、表现自我的实际需求相对应，是他们强烈主体意识的体现和实现。因此，在宽泛的意义上，可以说五四时期的作家（鲁迅作为特别的例外，他的小说中的心理内容无疑含有深广的社会内涵）在心理上的表现大都是从表达自我（“小我”）的强烈情感出发，是从个人立场上抒写的。这种表现更多是抒情式的，也就是说，作家更多是沉浸于小说情绪的本然状态，外在社会生活则主要经过较为主观的“自我”内心世界的浓烈浸染而被展现出来。

30 年代：向“社会性”转移的心理描写

在小说领域，30 年代涌现的一批最具才华的作家，向文坛奉献了自己最杰出的代表作品（如茅盾《子夜》、巴金《家》、老舍《骆驼祥子》、沈从文《边城》，等等）。它们以对社会人生不同领域的观照和各具特色的风貌，集中显示了新文学在小说方面的实绩。同时，小说中心理描写也受到特别的重视。有人提出：“就小说的特征来说，内心描写本来是其他艺术部门所做不到的地方。甚至可以说，假使小说失去了内心描写，便不成为健全的作品。”② 这一看法，就论者对心理描写之于小说独特意义的体认，已经显示出对现代小说特质的自觉意识。总的来说，这一阶段“‘正格’的写实小说是人物小说”，“特别是环境与人物关系的理论，即郁达夫所谓正宗的法国小说是由环境决定性格，日益被

① 陈平原：《中国小说叙事模式的转变》，第 57 页。

② 凌鹤：《关于新心理写实主义小说》，载 1935 年 12 月 15 日《质文》4 号。

纳入中国通常的小说”,[①] 环境描写由此取得了较为独立的地位——这预示着小说范式将经历又一个过渡期。

对于“环境”的重视，固然是出于对五四小说过于个人化倾向的自然反拨，但是“文艺大众化”问题的日益突出，则是一个更为首要的因素。郁达夫对“新小说”的解说也对此作出了恰切的注解：“就是把从前的小我放弃了，换成了一个足以代表全世界的多数民众的大我。”[②] 五四时期的“小我”，很自然地在时代的感召之下向“大我”迈进。有人甚至已明确提出“大众小说”的概念：“大众小说者，就是不得不以大众所看的为第一条件”，与“没有内容的”、“个人主义的”的“非大众性的艺术”相反，“大众性的艺术和它却正站在极端相反的地位上的，它是注重内容的，集团主义的，大众化的”。[③] 随着社会和文学风尚的移易，小说的内容，由五四时期对“自我”内在世界的执迷，开始要求能够容纳较为广阔的社会历史内容；小说中的心理描写也和五四时期有了不同面貌。在最概括的意义上，如果说五四小说中的心理描写主要以心理的个性化、情绪化为特征，那么在 30 年代，它就必然向“社会化”一端移动。

对于心理的刻画，“作家明确地揭示了心理活动历史背景与社会阶级基础，同时注意从社会历史的运动中去把握和显示人的心理活动的发展动势”[④]。以代表“‘左翼’文学公认的主流”[⑤] 作家茅盾为例，其小说中的心理刻画就是“追求社会历史剖析与社会人的心理剖析的统一”，“不仅努力挖掘与揭示人物心理活动的深刻的社会历史的内容，而且注意把人物置于广阔的社会历史运动中，展现人物心理发展的历史”[⑥]。心理描写虽然受到重视，但主要是强调心理与社会属性之间的对应性。因为人物是作为“社会人”而存在，人物心理也就顺理成章

---

① 吴福辉编：《二十世纪中国小说理论资料》第 3 卷《前言》。

② 郁达夫：《关于小说的话》，见《文艺创作讲座》第 1 卷，上海光华书局 1931 年版。

③ 查理斯：《大众小说论》，载 1931 年 8 月 15 日《当代文艺》第 2 卷第 2 期。转引自吴福辉编《二十世纪中国现代小说理论资料》第 3 卷，第 161—163 页。

④ 钱理群等编：《中国现代文学三十年》，第 213 页。

⑤ 同上书，第 223 页。

⑥ 同上书，第 234 页。

地称为“社会心理”，心理描写就不能不依据人物的社会属性，进行合乎逻辑的揣摩和推测。[①] 作为用以塑造（典型）人物形象、反映现实生活的艺术手法，心理描写只是作为主题、情节和人物的附属性要素，必须服从于人物的社会规定性，必须遵循客观生活的因果关系和逻辑秩序，虽然其中的心理活动可以是复杂多变的，但是却必须保证其逻辑（从生活逻辑、性格逻辑到社会历史逻辑）线条的严密和完整。

显然，作为“典型性格”刻画手段之一的人物心理描写或心理内容的展现，在这里，就必须以表现社会历史内容的需要为前提，人物心理既然依循社会历史的发展对人的限定而展开，这种心理的发展变化和所有的内容，就可以依循同样的逻辑进行理性的分析。在这个意义上，人就不再作为外部世界加以主观投射的“个体”（像五四时期那样），而是以其代表的“类”的普遍性为前提，否则就无法纳入强大的历史发展逻辑框架中，其作为“分子”的合法性也必然受到置疑。相对于五四时期心理描写的个人化、情绪化而言，社会化、理性化构成了30年代小说心理描写的突出特征。[②]

---

① 当然，鲁迅必须作为一个例外，他的《狂人日记》和《孤独者》、《在酒楼上》、《阿Q正传》等一系列小说，从人的心理感受出发而达到了对社会的民生状貌和精神状态的深透洞察，甚至尖锐地触及并发掘出了作为普遍民族文化心理和“集体无意识”层面的“国民性”问题。

② 自然，我们不应忽视这一时期颇为引人注目的“新感觉派”。一般来说，它以施蛰存、穆时英、刘纳鸥等为代表，是西方的现代主义文学在中国引入之后中国都市文学的首次勃兴。“新感觉派”在心理表现方面具有显著的特征，体现了特殊历史境遇下上海洋场社会急剧膨胀、物质文明的畸形繁荣，由此导致了“现代人”在金钱、性等种种物欲裹挟下心理和精神上的扭曲、变异。他们或者是运用弗洛伊德的精神分析理论，对日常生活中的微妙意识及无意识进行把捉玩味，或者从心理分析的角度对某些历史题材和人物进行新的阐释和心理的探究。“新感觉派”在心理表现上主要借鉴了西方现代派小说技法，如内心独白、心理分析、意识流、自由联想等方式。无论是在内容还是在方法上，“新感觉派”都显示了相当的先锋色彩，与时代的整体氛围和文学（小说）创作的主流都有较大的差异，属于“出格”（相对于“正格”而言，吴福辉语）之“派”了。本书此处对现代小说心理描写变迁过程的简单梳理，意在获得一个历史的视野，从而能够对路翎小说心理描写的独特性有较深入的把握。因此是取其大要，仅以作为“正格”的以塑造“典型人物 ”为要旨的文学范式作为参照，以凸显路翎创作在心理展现方面的特性和意义。“新感觉派”虽然表现出了对心理的极端重视，但是作为中国现代主义文学模式的早期代表，其重心是放在表现现代都市文明对人的精神和心理的“压抑”性后果。因而，与现实主义文学对社会历史内涵和心理的社会属性的偏重就有着明显的殊异。无疑，路翎创作从总体上看，应当归属于作为现代文学主潮的现实主义谱系中，虽然其“异质性”使他与时代的“正格”也存在分歧，但对于人物心理社会性的推重使他与“新感觉派”有了明显的分隔。

40 年代：被“抑制”的心理描写

和 30 年代相比，40 年代小说领域同样呈现出多样化的趋势，许多作家以自己独特的眼光和美学趣味，创造了多姿多彩的小说世界。沈从文、老舍、巴金在这一时期都创作出了与前期风格较为不同的佳作；张爱玲、钱钟书的小说也为 40 年代增添了别具特色的文学景观；赵树理代表了解放区文学的最高成就，显示了原生态通俗文学的魅力。其他如萧军、端木蕻良、师陀、无名氏，当然也包括路翎等都在小说方面取得了不俗的成绩。小说领域这些成就的取得，一个重要的方面就体现在心理描写上，许多作家正是凭借心理描写技巧的圆熟，或对人物内心复杂性和丰富性的准确把握，显示出对于人性的深度观照、极富创造性的探索。尽管如此，从总体上看，出于抗战的实际需要，大众化、通俗化、民族化成了文学的主流，对于文学的鼓动、宣传作用的强调，使得创作中对人物更具个性化的内在精神世界的关注明显减弱，对心理的表现，也难免被要求从革命的现实需要出发依“理”而写。遵从于理论预设的心理展现使得主流的革命文学领域开始出现了“概念化”、“公式化”的现象：“不仅人物的关系黑白分明，不可调和，人物自身的感情以及作家的审美感情与审美判断也都处于爱憎分明的两个极端”，“人物设置与情感处理，也是充分戏剧化的”。① 以这种二元对立的简单化思维，仅仅偏重于强调小说“戏剧化”效果，塑造出的人物就被“设置”成“一个体现时代本质、能够主宰矛盾的发展、掌握人物命运、决定情节发展方向的人物”；小说的情节模式就成为“封闭性的结构”：“一篇小说就是一个（或一串）矛盾的解决、一个戏剧动作的完成，而且是按照某种人们可以预料、驾驭的必然性的完成。”②

与此相应，40 年代革命文学（“革命现实主义”）的小说创作中，对人物心理描写审美价值的独立性重视不够，也同样存在某些模式化的弊端。等而上之的尚能按照“典型理论”的心理逻辑表现出人物的基本特点，等而下之的就有许多未免成为阶级理论的简单图解或形象化演绎。一方面，人的内在世界的丰富性和复杂性被处理得过于简单化；另

① 钱理群：《二十世纪中国小说理论资料》第 4 卷“前言”。

② 同上。

一方面，作家描写人物被要求必须体现时代的“新变化”，反映“新事物”，符合某些理论的设计和规范。对40年代主流革命小说中心理描写的欠缺，借用邓腾克对“左倾文学”的评价也许是合适的：

> 尽管也出现了反映“觉悟的提高”（raising of consciousness）的作品，描绘一个人物从自私的无知向革命的进步的道德转变①，但实际上，在左倾文学中人物精神的表现大多是公式化的，非常肤浅的。左倾作家并非完全拒绝对人物进行心理描写，但他们的心理描写显得平面化、毫不含糊、绝对透明。借用多纳德·芒诺（Donald Munro）在指称毛泽东主义的人性概念时用的话来说，这些马克思主义作家们的思想如镜子般透明，其意识都是“可改造的”。对于本来是隐晦的、深奥的、难以捉摸的心理的描绘却只能与庸俗的马克思主义观点相适应，这也许在艾思奇的《大众哲学》中表达得最为突出，认为意识完全由人的社会和经济属性决定。②

这段话较为准确地概括了40年代小说在心理描写方面的失误和根源。如果追踪对“知识分子（小资产阶级）”进行“思想改造”这一观念背后隐含的预设，似乎意味着，“思想”、“意识”这些精神内容，就像是可以随意转移置换的物品一样储存于人体之内；这样，“人”不过是充当了“容器”（物）的作用。随着“工农兵方向”的确立，抗战的现实语境使五四时期“布尔乔亚”式的对“个人”心理、情绪的表达已经“格格不入”。在这种语境下，心理描写就不再从人的内在世界的丰富性和复杂性本身出发，而是成为依据理论需要和规范许可的外部操作，脱离了“人”的存在、削弱了人的“主体”意义。夏志清先生有感于中国现代小说“心理方面描写的贫乏”（主要是就主流小说而言），指出原因即在于“大多数作家，都以揭发和改革国家弊病为当前急务，相较起来，探索人类灵魂深处的工作，就变得没有意思了”；并把左翼

---

① 邓腾克认为“诸如写于国统区的姚雪垠的《差半车麦秸》和延安的赵树理的《小二黑结婚》，就属于此列”。

② 邓腾克（Kirk A. Denton）：*The Problematic of Self in Modern Chinese Literature*：*Hu Feng and Lu Ling*，California：Stanford University Press，Page 13，1998.

小说中普遍存在的现象——主角由“怀疑或虚无的境地提升到断然的信念”这种过于突兀而缺乏层次性的心理展现——称为“与其说是心理上的发展，毋宁说是辩证上的自然结果”①。从现代文学在三个阶段的发展逻辑的整体看，也可谓切中肯綮。

二 路翎小说心理展现的意义

从功能上看，心理描写作为建立“虚构”世界之“真实性”的重要表现手段之一，不应该只具有技巧方面的意义，而是直接体现了“文学是人学”这一命题的本质内涵。换言之，正是借助心理描写，人们可能触及人类灵魂的堂奥，进入日常生活中常常被忽略甚至遗忘了的“精神家园”，在最本真的意义上对自我心灵进行感知、审视和探索。从某种意义上说，心理描写的深度正体现了对人的精神世界予以观照的深度、对人性的复杂性进行探索的深度，也体现了文学在“人学”意义上所达到的深度。（在此意义上，“向内转”也可以看做文学本原的一种自然回归）

上文对心理描写在中国现代小说史上的发展变迁过程作出难免粗疏的一个勾勒，意在通过心理描写在主流小说中“境遇”的起承转折，揭示出文学创作在现实语境变化中的“境遇”，这对理解和把握路翎创作有重要意义。路翎创作主要时期，主流的革命文学语境正在发生显著变化，正处于社会转型、思想转型和文化转型期。而小说中的心理描写所遭受的干预和限制，也许正是一个信号，一个最主要的征兆。可以说，路翎创作对于心理的集中表现具有深刻的意义，值得我们深思。

1. 路翎创作心理展现的特点

“人民”本位

对文学创作中忽视“人”的精神存在的普遍现象，路翎有着高度的敏感。他对人的精神价值的关注，与五四小说对心理的着重显然更为契合。不过，从心理展现的具体表征看，路翎与五四作家却也存在明显差异。五四作家对心理的表现，大都立足于作家的“自我”，是以作家自身的“个性”意识和眼光对社会人生的观照与体认；即使触及底层民

---

① 夏志清：《中国现代小说史》，第431页。

生疾苦的作品，也更多是站在作为主体的知识分子“自我”的立场上。因此，五四小说中的心理表现，具有强烈的情绪性特征、抒情性特征或者诗性特征。

路翎的心理描写，却主要不是从作家自身的“自我”，毋宁说是从作为“他我”的时代和人民为出发点。在接受胡风意见后重写以教会医院女学生为主人公的《章华云》［发表时更名为《青春的祝福》(1945.7)］时，他提到“感情和思想差不多和以前完全不同了，才觉得对人民形象追求的重要”[①]。写作《饥饿的郭素娥》则是为了寻求“人民底原始强力，个性的积极解放”（注意，这里的“个性解放”是以“人民”为本位，只有在“人民”的前提下，五四的主题——“个性解放”才是“积极”的）。“人民性”构成了他写作的前提。

我们还不能忽视外国文学特别是苏联文学的影响。路翎说“我从事写作，观察周围的社会和人生，苏联文学是给了我借鉴、鼓舞的”，“苏联文学的观点、感情内容，也帮助我形成了我的美学观念”[②]。苏联文学对他的影响，其中一个方面就体现在对“人民性”的追求上。苏联文学发展中，对“人民性”的呼唤和表现始终是理论和创作实践中的一个突出特点。有人总结别林斯基后期“人民性”的观点：“文学中的人民性的根本标志就在于从人民利益的角度出发，真实地反映社会现实，揭露一切束缚，压制人民创造力的腐朽、丑恶的东西，揭示人民群众中蕴藏的才智、美好情操和理想，表现人民解放的思想感情，塑造出各种鲜明、丰富的人民性格典型。”[③] 从别林斯基开始“人民本位”的文学观开始确立之后，杜勃罗留波夫在分析普希金作品中软弱的“人民性”时，进一步强调作家“必须渗透着人民的精神，体验他们的生活，跟他们站在同一水平，丢弃等级的一切偏见，丢弃脱离实际的学识等等，去感受人民所拥有的一切质朴的感情”[④]，而文学的根本使命则在于“表现人民的生活，人们的愿望。文学所达到的最高境界，就是吐露

---

① 路翎：《致胡风书信集全编》，第 43 页。

② 路翎：《我与外国文学》，见《路翎批评文集》，第 254 页。

③ 刘宁、程正民：《俄苏文学批评史》，北京师范大学出版社 1998 年版，第 102 页。

④ 《杜勃罗留波夫选集》第 2 卷，上海译文出版社 1983 年版，第 184 页。

或者表现在人民中间有一种美丽的东西”[①]。杜氏在这里强调的已经不单纯是抽象的“人民性”观念，而是要求作家以“同情”和“体验”在精神上与“人民”达到合一之境。这种对“人民性”的推重，经后来的普列汉诺夫、卢那察尔斯基及高尔基的承传，成为苏联文学一以贯之的主线。路翎指出，“我受高尔基与法捷耶夫等的影响而较多描写下层人民”[②]。路翎生活相当长的时段，“都住在重庆附近的乡下，煤矿区里和市镇、码头上”，曾实地“走访矿井和矿工们”[③]，和底层人民有着密切的接触；他的许多小说题材，直接来自他所接触的生活（如《卸煤台下》、《郭素娥》、《黑色子孙之一》等），以至于有文学史家误认为路翎“学生出身，当过矿工”[④]。路翎自己也明确提出“和人民结合，是新文艺运动的唯一的生命和基本的内容。没有了和人民结合起点，新文艺根本就不会产生”[⑤]。这是把“人民性”理解为新文艺的本质内涵，无疑也是以此作为创作的终极追求。可以说，在“人民性”这一点上，路翎小说中的心理描写与五四小说对“个人化”的侧重，构成显著的差异。

情绪格调的“战斗性”

路翎小说心理描写也具有强烈的情绪色彩，但是这种情绪的格调与五四小说大不相同。五四时期大部分小说中，在对精神或心理的表现上，情绪的格调是低迷的、哀伤的、苦闷的、顾影自怜的。路翎小说中，人物的情绪却是高强度的、剧烈的、扭曲的、充满野性的，格调是高昂的。对于他笔下人物的心理状态，许多人甚至用过“痉挛”、“神经质”、“歇斯底里”来形容，这种风格自然和他所要表现“人民的原始强力”的内在需要是吻合的。用文学史家的话来说，就是“他所追求的是粗犷的力之美，沉重的情感分量，簸荡的心理狂潮”[⑥]。而作者本人则一意弃除“旁观”的态度，不作静观淡漠的“历史事变的记录

① 《杜勃罗留波夫选集》第2卷，第187—188页。

② 路翎：《〈燃烧的荒地〉新版自序》，见《路翎批评文集》，第244页。

③ 路翎：《〈路翎小说选〉自序》，见《路翎小说选》，四川文艺出版社1986年版。

④ 司马长风：《中国新文学史》，香港昭明出版有限公司1978年版，第121页。

⑤ 张业松编：《路翎批评文集》，第91页。

⑥ 杨义：《中国现代小说史》第3卷，第184页。

者”，而是奋力呼唤并践行着“战斗的人生态度”，无论是在生活中还是创作中都投入全力的“主观热情”，“举起了他的整个的生命向他的人物们读者们在呼唤着”①。他自己的“艺术观”则是：“人们走近一件艺术品去，却总是怀着某种斗争的热情的兴奋，希望着一场恶战，希望着提高人生，希望艺术的幸福和人生的勇敢的。”② 对他来说，创作就是一场和题材、和人物、和读者的“肉搏”，作者是以自己全部的情感体验、生命的冲击力、强烈的意志力投入其中，这种热力甚至能把人灼伤。对路翎来说，文学不是单纯的美学意义上的品鉴、咂摸，或者是余暇时聊以玩味、消遣的方式，而是和“战斗”是同义的——和胡风一样，这种“主观战斗精神”在他的理解中正是文学的规定性所在（虽然他作品的复杂性也许超出了其观念本身）。他的作品“充满着一种那么强烈的生命力”③，而他所认可的“理想”作品则总是能够从中“读出这个时代的生活，读出作者这个‘人’的灵魂来”④。在这个意义上，胡风的概括也许是简明而富含深义的：“时代的 passion（‘激情’——引者注）产生了作者底 passion 和他底人物底 passion。”⑤ 的确，路翎创作的“激情”（passion）是和他所处的战争时代相呼应的，而作家“主观战斗精神”或者说作者的“激情”，恰恰是其他几个方面（如人物的、时代的、读者的）“passion”的原动力和内驱力。因此，路翎在心理描写中表现出的“激情”，就不同于五四作家主要基于个人立场上自我情思的抒写，他的情绪紧密跟随着“时代”、“人民”的召唤和节律。

理性色彩

路翎小说独异性的另外一个特点，还在于他在表现人的精神世界时，不仅充溢着跃动的、激情的火焰和情感的热流，而且还包蕴着浓郁的理性色彩。路翎在心理展现方面最突出的方式是心理剖析，它与

① 胡风：《青春的诗——路翎著长篇小说〈财主底儿女们〉序》，见《胡风全集》第3卷，第265页。

② 张业松编：《路翎批评文集》，第34页。

③ 邵荃麟：《饥饿的郭素娥》，1944年《青年文艺》第1卷第6期，见《路翎研究资料》，第63页。

④ 路翎：《敌与友》，见《路翎批评文集》，第74页。

⑤ 胡风：《青春的诗——路翎著长篇小说〈财主底儿女们〉序》，见《胡风全集》第3卷，第265页。

通过人物动作、语言等间接方式来表现心理的常规心理描写大不相同。它经由作者对对象意识内容混乱、纠结状态的整理、选择、概括、梳理，将这些看上去似乎不可能理性化的心理内容的内在逻辑呈现出来，达到了惊人的程度。以剖析作为展现人物心理的主要方式，是与路翎的文学立场紧密相关："文学是以它所描写的人物，它的人物的内心世界的展开，它的艺术力量发生着作用的。理解社会的各样的人们的心理和内心世界，也就是增多了解人们的社会的各联系与各因素。"①（着重号为引者加）很显然，路翎首先是从对人的"内心世界的展开"来理解文学特质的，但是，对"人物的内心世界的展开"却最终是为了增加人们对社会"各联系与各因素"的了解为鹄的。路翎还曾表示自己"工作的立场"是"做一些社会的和意识形态的检查"②。由此可见，对路翎而言，文学的认识作用同样是一个不可忽视的重要方面，其不同于社会科学的地方，恰在于必须经由对人的"内心世界"的展开方能抵达。

总之，正是这两个维度——一方面以对人的"内在世界"的关注为起点，另一方面则是以对社会整体性的体察和展现为目标——成为路翎最终以心理剖析作为展开人物"内心世界"最适切的方式。通过对具体人物心理的剖析、意识的追踪和心灵历程变迁的呈现，路翎成功实现了文学"反映一代心理动向"的主张。同时，"主观战斗精神"也内在地包含了对创作主体强大思想力的要求，"体现对象的摄取过程就同时是克服对象的批判过程"③。这个批判过程的实现，正是借助于主体强大的理性认识作用。主体对于对象深刻的认识和批判立场，才使得他的"搏斗"、"自我扩张"、"拥入"，能够站在更高的高度上去把握住对象，揭示出几千年的"精神奴役创伤"。因此，胡风在强调《财主底儿女们》的重要性时，特别指出"热情"、"感受力"和"思想力量"三者构成了"浑然一体的、向着人生搏斗的精神力"，其中思想力量的特别意义在于"开始是尽着引导的作用，中间是尽着生发、坚持的作用，同

① 路翎：《〈燃烧的荒地〉新版自序》，见《路翎批评文集》。

② 路翎：《〈路翎小说选〉自序》，见《路翎小说选》。

③ 胡风：《置身在为民主的斗争里面》，见《胡风全集》第3卷，第187页。

时也受着被丰富被纠正的作用，最后就收获了新的思想内容底果实”。[①]胡风同时用反问的方式强调了《儿女们》的成功：“如果对于生活的感受力和热情不是被一种深邃的思想力量或坚强的思想要求所武装，作者又怎样能够把这些创造完成呢？又怎样能够在创造过程中间承受得起！”从根本上说，路翎正是要通过“把无意识的或杂乱的情感提高为自觉的理性的作品”[②]，来达到时代的历史要求、对社会历史复杂性的深刻把握和展示。并且，对这种复杂性的把握，他极力要沉入到精神的层面去追根溯源——即达到胡风所说的“牵起葫芦根也动”的深透和力度，把历史传统与现实要求、个人意志与社会总体方向、物质奴役和精神奴役之间互相牵制勾连、相互纠结错综的复杂状态，清晰地呈现出来。

2. 路翎创作心理展现的意义

基于上面的理解，路翎对人类心灵奥秘的“探索”无疑具有深刻的意义。

其一，从史的视野来看，**他对于人物心理复杂性和丰富性的展示达到了罕见的深度**。由于他把“灵魂的探索”提到艺术的中心位置，几乎遍及社会各个领域，从底层的矿工、农民、市民、流浪汉、士兵到知识分子，包括一些极具复杂性的负面形象。正如杨义所说：“比起‘五四’及稍后的时期，心理描写较多局限于青年知识分子的理智和情感的冲突来，无疑是大大地扩充了。”[③] 同时，他把心理展现的重点，放在人物由现实境遇的恶劣造成的沉重心理超负荷及至最终的非理性释放的过程上，因而其笔下人物的心理就往往突破了日常状态，显示出超常的强度和力度。这一点已为不少论者指出：“他追求人物心理变化的幅度、速度和强度，他笔下的人物心理不仅瞬息万变，而且大起大落，大半具有某种疯狂性。”[④] 对于人物非常态心理的展示，在我国文学传统中还不多见。胡风就曾对路翎这种“复杂”的心理表现表示过担忧：“对于

① 胡风：《青春的诗——路翎著长篇小说〈财主底儿女们〉序》，见《胡风全集》第3卷，第266页。

② 唐湜：《路翎与他的〈求爱〉》，载1948年11月《蚂蚁小集》之四，见《路翎研究资料》，第86—87页。

③ 杨义：《灵魂奥秘的探索者——路翎》，《文学评论》1983年第5期。

④ 钱理群：《探索者的得与失》，《中国现代文学研究丛刊》1981年第3期。

一般读者以及习惯于较简单地看事物的人们，会认为是描写复杂了。”[①]但路翎始终认为：“人们心理的人性性格自我价值的火焰常常隐藏在自己不很知道的深度，有时候还是自己否认的。我们要把它发掘出来。”[②]（着重号为引者加）可以见出，路翎对存在于内心深处、几乎不为自己所知的心理存在的复杂性有着深切的体认。因此，在写作中他几乎把这种心理的“非常态”性质理解为本应如此的“常态”，并作了“常态化”的表现。基于对人的分裂性质的深切体认，他不满足于“单面”，而是着意于对人的“多面”性的探掘和表现。他笔下人物大多都成为具有双重或多重性格的复杂人物，“没有一个性格和灵魂是单一的、平面的”[③]。从这一点上看，路翎的探索也达到了前所未有的复杂程度。无论是从社会学的角度还是从心理学的角度看，人的内在世界都具有科学研究所无法穷尽的丰富性和复杂性，文学的价值也许正在于以鲜活可感的方式为人们认识人性、认识人自身开启了一扇神秘的门，小说对心理的探索正是发掘和表现复杂人性的一条最为切实的路径。路翎小说把心理探索作为创作的本体性质素，无疑标示出他对“文学是人学”这一命题的深刻体认；其作品对人性的剖解和多样化心灵图景的展现，大大丰富了我们对人性和人自身的体验和认识，具有重要意义。

其二，路翎在心理展现的特殊意义还在于，**他把心理层面的个人性和社会性的维度结合在一起**，既从活生生的个人体验和感受出发，同时又将其赋予了历史深度和深刻的社会关联性。从人的现实存在来看，个人性和社会性两个维度的密不可分构成了完整复杂的人本身。从实际看，如果过于强调人的社会属性，忽略人的个性差异就难免造成偏重于文学的客观性，单纯强调文学认识作用、教育作用和实用功能，抑制了对人的灵性和个性展示的弊端。在这方面，我国现当代文学史上的诸多教训无疑是非常深刻的。反之，如果单纯强调个性的张扬，而不顾及社会性的维度，那么最终可能造成满足于一己之求的自娱式的文学，缺乏深厚的历史气魄和对人类终极关怀的观照，也很难成就大气候，达到文

① 路翎：《一起共患难的友人和导师——我与胡风》，见《路翎批评文集》，第286页。

② 同上书，第287页。

③ 杨义：《路翎——灵魂奥秘的探索者》，《文学评论》1983年第5期。

学与艺术的高境。需要强调的是，就文学本身而言，个人灵性和情致的挥发本当是文学的起点，文学首先来自主体心灵的丰富体验；但是，优秀的文学作品却往往能够超越个人的狭隘性，而抵达对人性或人类存在的体悟、审思与发现。从这个意义上看，文学正是个人灵性与社会、历史相勾连的人类视野的融会贯通。通过个人灵性的抒发，我们进入血肉鲜活、超越俗世的美的境界中；而深广开阔的人类（人性）视野，又让我们与历史相联通，与社会相连通，与人类相连通，文学世界的丰富性正在于从“个性”出发而衍生出普适性的人类精神境界。

五四以来，新文学受到心理学的影响，西方文学对心理展现的着重和心理描写的技巧也得到了重视并在创作中广为借鉴。特别是30年代的“新感觉派”小说，从现代都市生活的快节奏与颓废心态的体验出发，以精神分析学理论为资源，致力于对西方文学形式和小说技巧的花样翻新，构成文学史上别具一格的风貌。但也毋庸讳言，新感觉派由于过度强调个人的主观感觉、印象的绝对性，又存在把弗洛伊德的“性欲”说普泛化的误区，最终导致“并不完全是从生活出发，恰恰相反，有时是从作者主观臆测出发”的弊病[①]，因此在偏重主观感觉的同时，疏离了社会性的维度，少了一些历史的深度。与此相比，路翎小说对人物心理的探索，以个人心理世界的展开为切入口，从历史和社会联系中寻找根源并最终以其包容的社会历史内涵为依归，因此他最后要创造出的是“与具体的历史相连的、社会的人物”[②]。诗人兼评论家唐湜曾这样评价过路翎：“路翎所以有远大的前途，就在于他没有给庸俗的‘逻辑’的眼光束缚住，只平面地、孤立地‘暴露’人生的一些所谓有‘社会意义’或‘政治意义’的现象；他抓住一些简单的东西来写，却没有使它在繁复的人生的网里孤立起来。他只敲起一个键子，却引起了无数瘖哑的然而强烈的和音。一个启示，却透明无尘，可作为多方面的解释。一片光影，却几乎是一片无边无涯的海洋。”[③] 这正是对路翎创作所达到的个人性与社会性维度之间的通融互生的美学效果的肯定。

---

① 严家炎：《中国现代小说流派史》，人民文学出版社1989年版，第158页。

② 路翎：《〈路翎小说选〉自序》，见《路翎批评文集》。

③ 唐湜：《路翎与他的〈求爱〉》，《文艺复兴》1947年第4卷第2期。

此外，路翎在心理展现上的独特之处，还表现在上文已经提及的**理性力量和主体感情、感受的融合**这一点上。他一方面秉承了五四文学传统对自我情感的张扬和本真人格的推重，从对文学“感性”特质的理解出发，以敏锐而灼热的感受力获得了深度的体验，并将视阈延展到对广阔社会人生的关注和体察，特别是在新的时代语境下对“人”的命题的遮蔽保持高度的警惕；通过自己的探索，在创作中以惊人的勇气作出了回应。另一方面，路翎创作中又体现出强烈的时代参与意识，着眼于对时代整体性动向的透视和把握，以其深广的历史视野和历史使命感，从那些被历史的车轮碾过的、琐碎的平凡生命中探触到了历史发展的“根苗”和“来根去向”，因而正如胡风所说的“面对着这悲痛的然而伟大的现实，用着惊人的力量执行了全面的追求也就是全面的批判”，把灼热逼人的主观热情和深厚坚强的理性力量结合为一体，创造了心理展现的一种崭新的风貌。

当然，作为“探索者”，他在心理描写上的不足也在所难免。虽然大量的剖析充分显示了其捕捉人物心理的超常敏锐和谨严，但也往往造成“理性过剩”的缺憾，特别是忽视了常规的以动作和语言等方式展示人物心理的优长，不可能达成（如鲁迅那样）含蓄、凝练的艺术效果，造成了文本滞重、拥塞的沉闷感，读者的审美愉悦也会受到影响。此外，不区分人物身份、个性而用较为单一的方式来表现心理，也会显得过于单调，甚至会影响到“真实性”的效果，这些都不能不说是值得注意的欠缺。然而，瑕不掩瑜，在心理探索上，路翎的成就应当是他留给我们的一笔丰厚的财富，值得总结和研究。

本章小结

总起来看，路翎对“人”的精神世界的推重，使他把焦点对准了人物心理的探索，从而创造了中国文学史上真正的“心理小说”，既拓展了现代文学对人的心理探索的广度，更将其推进到了罕见的深度，把人物内在的尖锐性和复杂性淋漓尽致地予以透视、清晰地呈现，这显示了他充沛的创造力。仅此一点，他作为现代作家的地位就应当引起足够重视。

就其创作实际看，在对心理展现方法的运用上，他也竭尽所能，力图以甚至过于极端的方式，越过外在的物性层面而直逼人物心灵最尖锐的冲突与挣扎状态。为此，作者同心同感地全力“卷入”其中，在“锤与砧”之间真切体验着人物最剧烈的内心真实。这种“体验”式的立场，无疑也是导源于他对“人”的价值的充分体认，涵容着明确的主体意识；而他不遗余力地把心灵的探索放到创作的中心地位，正是对鲁迅“写灵魂”的文学意旨的呼应和实践。其“体验”式的姿态，对底层人物心理状态复杂性的把捉，以及基于对具体个人感性心理把握进而对时代“心理”动向总体把握的文学目标，等等，都同样是对鲁迅创作立场更具体地展开和深化。虽然由于受到时代的局限他的某些文学见解有偏颇之处，其心理探索之路上也留下了尚未成熟的印迹，但是他在心理领域将个人性维度和社会性的维度加以连通的努力，以及在创作中取得的实际效果，无疑是值得肯定的。特别是在他所属的时代，由于对大众化和民间化的单方面肯定而造成对人的精神世界理解简单化的倾向，路翎的探索尤为难能可贵。

第四章 “人”与“人民”：时代语境中的张力结构

从历史的眼光看，40年代文学中“人”与“人民”的关系，是与五四时期“知识分子和人民的关系”以及鲁迅提出的“先觉者”与“庸众”的关系模式一脉相承，但现实语境的发展使其内在逻辑有了新的变化。五四时期提出的“人的文学”、“平民文学”，其目标应是通过个性解放、人的解放，通过民众思想的觉醒和精神状态的改变推动社会的整体变革。这就要求文学从贵族化的小圈子里解放出来，把眼光放到被忽视的“普通人”身上。不过，这里的“人”和“平民”，更多还是以城市小资产阶级及其知识分子为主体，意在呼唤人的理性精神、个性发展和“主体”意识的觉醒。但是到40年代，战争的现实诉求使得“人民”逐渐成为一个核心语汇，五四文学传统中“人”的命题面临挑战，“知识者与人民的关系势所必至地成为更敏感的区域”[①]。可以说，路翎以极强的时代感在创作中较为深入地触及了“人民”的问题，他对“人民”这一时代命题的表现显示出鲜明的特色——这充分显示了他对存在于特殊历史情境中“人”的问题的敏感。虽然来自外在语境的压力以及来自观念上的引导使其承受了“观念”和“实感”错位导致的深重困境，但他最终还是以忠实的“实感”，从自己的体验出发，把他从生活中发现的许多“问题”连同他的困惑一起，以极为复杂的方式将其呈现出来，给予我们诸多启示。

30年代以来左翼革命文艺运动取得了很大成绩，出现了不少优秀作品，如茅盾的《子夜》、巴金的《家》、曹禺的《雷雨》、老舍的《骆驼祥子》、萧军的《八月的乡村》、萧红的《生死场》，等等。但是

① 赵园：《艰难的选择》，第148页。

左翼文艺运动由于“对我国革命的实际缺乏了解，缺乏足够的历史知识和社会经验，因此在宣传马克思主义文艺思想和吸取国际无产阶级革命文艺运动经验的同时，也在不同程度上滋长了教条主义和宗派主义的倾向”[①]。为了在思想上和理论上彻底清除“左”倾机会主义的影响，争取解决马克思主义同中国革命具体实践相结合的问题，1942 年党在延安发起了整风运动。作为中国社会的第二次思想解放运动，延安整风运动使党摆脱了教条主义的束缚，为中国革命战争的胜利奠定了思想基础。面对文艺与革命战争相结合的紧迫现实，作为整风运动的重要组成部分，毛泽东发表了《讲话》，提出了文艺为什么人服务以及怎样服务这两个根本问题。“工农兵”方向的提出，有着必然的社会现实基础。抗战以后，整个政治、思想、文化建设的重心都转向工农大众，特别是农民，因为农民是“现阶段中国民主政治的主要力量。中国的民主主义者如不依靠三亿六千万农民群众的援助，他们就将一事无成”[②]。因此，《讲话》是从抗战实际需求和思想、文化的现实状况出发制定的文艺政策。在“工农兵方向”的指引下，革命文艺工作者们积极深入群众，向群众学习，出现了许多脍炙人口的作品，如长诗《王贵与李香香》、《李有才板话》、《太阳照在桑乾河上》等。不过，在“工农兵”方向的创作实践过程中，由于过于强调理论和政策的指导作用，也同时出现了某些简单化、概念化的不良倾向。如在塑造“工农兵”形象方面主张写“英雄模范”、“积极人物”，这无疑是合乎抗战现实，也是符合人民群众需要的正确导向，但是要求作家在写“英雄模范”和“积极人物”时，提出了类似“把他们最本质的特点概括在一个人物身上”[③] 等这样的要求，就难免会使创作中人物形象出现了脸谱化、公式化的特点。革命文学内部，不少理论家和作家也都注意到了这一点，试图通过各种方

---

① 周扬：《继往开来 繁荣社会主义新时期的文艺》，见《周扬近作》，作家出版社 1985 年版，第 66 页。

② 毛泽东：《论联合政府》，见《毛泽东选集》合订本，人民出版社 1964 年版，第 980 页。毛泽东在分析土地问题时，把农民当作核心问题。他作了具体分析：一、从未来的工业化和城市化的目标看，农民“是中国工人的前身”；同时又是“中国工业市场的主体”。二、从军队建设来看，农民“是中国军队的来源”。因此，“工农兵”方向其主体仍然是“农民”，这是由中国社会现实决定的。

③ 周扬：《谈文艺问题》，见《中国现代文学史参考资料》第 2 卷，第 55 页。

式来解决这一问题。以周扬为代表的权威理论家，从《讲话》精神出发，要求作家深入生活，熟悉工农兵群众：“艺术无论甚么时候都必须是生活之真实的描写。离开形象就没有艺术。一切公式主义都是要不得的”，因而强调“必须熟悉人民的实际生活情况”。[①] 这主要是偏重于向客体深入的方法来纠正公式化倾向。但是，这种过于强调客观性的指导方法，造成了对创作主体能动作用认识不足，因而最终未能达成好的效果。对公式化问题最为警觉的还是理论家胡风，他以“主观战斗精神”为核心的理论主张，主要强调发挥作家的主观能动作用，通过与对象的“相生相克”达到主客体的融合最终实现“和人民结合”的目标。这是通过向主体深入来纠正公式化弊病，是对周扬为代表的理论家的一个补充。

从实际来看，由于受到鲁迅思想和文学传统的直接影响，胡风对马克思主义的理解比较重视感性的生活体验。他在40年代提出的一系列理论主张，有不少就是从生活直感出发，因此对这些问题的认识就更为深入一些。借助于胡风理论的支持，路翎在创作实践中也从“和人民结合”的方向出发，对表现人民形象作了多方面的探索。在创作之初，因为在矿区工作的缘故，路翎写了几篇关于矿工生活的小说。虽然这些试笔之作受到了胡风的鼓舞，但是他自己却并不完全满意，反而感觉到深深的焦虑。在写作《黑色子孙之一》这篇小说时，路翎带着惶惑向胡风倾诉道：

> 我很苦恼不能正确知道现在的一个进步的工人是怎样的在生长。而在较落后的这里又该怎么样？我几乎把一个工人写成知识分子甚至“诗人（？）”地在出现着。[②]（着重号为引者加）

他苦恼于不能正确把握工人（分成进步的和落后的）的生活状态，因而也就不能正确地写出工人形象。这也许意味着，在他此时模糊纷乱

---

① 周扬：《关于政策与艺术》，见《周扬文集》第1卷，人民文学出版社1984年版，第477页。

② 这封信写于1940年5月1日，路翎向胡风谈及写作《黑色子孙之一》这篇小说的状态。路翎：《致胡风书信全编》，第17页。

的意识中，是极力希望找到一种切实的正确描写工农形象的方法；但是自身的局限性却使得他无法做到。抗战爆发后，随着现实语境的变化，“人民”逐渐成为一个核心的主流语汇，几乎渗透到每一个作家、特别是革命作家的观念和创作中，构成了作家们普遍的“问题情境”。不难理解，如何处理与人民的关系和怎样写人民——不仅是作家个人的问题，同时也是一个严峻而紧迫的时代命题。路翎的“苦恼”正是“隐在”的现实和时代诉求的某种表征，也是基于作者以时代的诉求为参照，在模糊的意识中对自己偏误的一种潜隐的焦虑。

第一节 认同与趋近：路翎观念中的“人民”

作为在胡风直接扶持下走上文坛的青年作家，路翎与胡风颇为相得，特别是在创作上，他与胡风的理论相互呼应，保持了难得的默契。路翎创作之始，就以那些突然进入“非常态情境”中的人物为对象，并把重心放在对其精神世界与心理状态的展示与探寻上。这使其创作取向与当时流行的、注重宣传效果的、新闻报告式的“抗战文学”拉开了距离，而与胡风对“公式主义”创作倾向的批判以及对作家“战斗意志的燃烧”、“情绪的饱满”的呼唤保持了天然的契合。

总的来看，胡风主要的理论观点路翎基本上是认同的，并且以此作为创作的指导。但是，这种“认同”并不是被动地接受，而是经过了他自己的思考和理解；这种“指导”，也同样是在“认同”基础上，有选择地进行了消化和吸收的结果。胡风曾这样评价路翎：“……他的理解力那么的敏锐，他加以修改后的作品都是将我的意见真正通过自己大脑的思索后再创作的，是日臻完善的整体，并没有修改得支离破碎。”[①]而且，胡风自己也指出：“别人都说路翎受我的文艺理论的影响，岂不知我的文艺理论，正有不少地方受路翎创作的影响呢，正是从他的创作中，形成了我的一些理论观点。”[②]（着重号为引者加）可见，对胡风意

① 胡风：《胡风回忆录》，第192页。

② 李离：《50年代初期的胡风》，载晓风编《我与胡风》下册，宁夏人民出版社2003年版，第999页。

见的接受，是经过了路翎本人“主观精神”化合之后的一种“再创作”；也正是这种独立思考和判断的精神，能够使他充分贯彻胡风倡导的“主观战斗精神”，不会成为任何一种理论（包括胡风理论）的盲从者，在创作中显示了绝无“公式”气息的创造力。这一点，某些颇有见地的研究者也已经明确指出：“路翎（以及被称为‘胡风派’的作家）都是参与了‘胡风文艺思想’的创造的，我们应该从‘（胡风的）理论与（路翎等的）创作实践’的互动关系中去把握‘胡风文艺思想体系’……”[①] 的确，“七月派”作为“理论主张最为完备，理论对创作的影响比较明显的一个流派”[②]，理论的“指导”固然对创作有重要影响，但其理论的形成与“完备”却也与创作的推动有着非常密切的关系。路翎小说受到胡风特别的推重，也正是因为在遇到路翎之后，“就找到了创作上实践的依据”，路翎的创作也“支持”了胡风的理论[③]。

基于路翎创作及文学观点与胡风理论的这种同一性，在比较宽泛的层面上，我们可以把他们的文学理想、文学观点，特别是对“人民”这一核心概念的理解作为一个整体，互相参照，以此加深对他们分别在理论和创作实践方面的具体内容的体认。就本章的中心问题——即对“人民”的理解上看，路翎与胡风就有着较多的一致性。

路翎和胡风始终高扬作家的“主观战斗精神”，认为文艺创作是“从对于血肉的现实人生的搏斗开始的”，并把这一创作过程理解为作家和对象的“相生相克”的搏斗过程。胡风写道：

> 对于血肉的现实人生的搏斗，是体现对象的摄取过程，但也是克服对象的批判过程。
>
> 对于对象的体现过程或克服过程，在作为主体的作家这一面同时也就是不断的自我扩张过程，不断的自我斗争过程。在体现过程

① 钱理群：《文体与风格的多种实验——四十年代小说研读札记》，《文学评论》1997 年第 3 期。

② 严家炎：《中国现代小说流派史》，人民文学出版社 1988 年版，第 251 页。

③ 见路翎回忆胡风的文章《一起共患难的友人和导师——我与胡风》，见《路翎批评文集》，第 288 页。

或克服过程里面，对象的生命被作家的精神世界所拥入，使作家扩张了自己；但在这“拥入”的当中，作家的主观一定要主动地表现出或迎合或抵抗的作用，而对象也要主动地用它的真实性来促成、修改、甚至推翻作家的或迎合或选择或抵抗的作用，这就引起了深刻的自我斗争。①

胡风关于创作主客体之间“相生相克”关系的理论命题，路翎从自己的创作体验和实际感受出发作了阐发。从新文学的发端和发展传统来看，路翎认为：

我们底新文学是一个历史的渴求，它所绝对要求的，是战斗的人生态度，它要求精神的以及人民的新生，它要求战斗道德底高贵。②

这里的“战斗的人生态度”和“战斗道德的高贵”，正是对“主观战斗精神”的具体阐释。路翎认为提出“主观战斗精神”命题的意图，正在于“要求作家成为一个有勇气，正视现实，不以表面的事物为满足，执著战斗并且追求战斗的历史公民；要求作家成为真正的活在人民里面，真正的保卫人民的存在”。更具体地说：作家的“主观要求”，是指“如实地去把握事物运动的本质地要求”以及“在战斗实践中如实地去把握客观，即历史真实的要求”，是“对于作家底行动性和实践性的要求”。③ 在路翎看来，“主观精神要求”（即“战斗的人生态度”和“战斗道德底高贵”）既是新文学的基本要求，同时也正是“现实主义”的本质要求。离开了创作主体强烈真挚的“主观精神”，会导致作家“心情的冷淡，热力的枯萎”，只能采用“旁观的创作方法”，作品就会变成“冷情文学”，最终使作者“无法把握现实底真实运动本质及

① 胡风：《置身在为民主的斗争里面》，原载《希望》1945 年第 1 集第 1 期。见《胡风全集》第 3 卷，第 187—188 页。

② 路翎：《市侩主义底路线》，载 1948 年 5 月《蚂蚁小集》之二《预言》，署名冰菱。见《路翎批评文集》，第 45 页。

③ 路翎：《论文艺创作底几个基本问题》，见《路翎批评文集》，第 90 页。

斗争过程”。[1] 客观地看，这些看法是从他的创作实感出发，从历史发展的要求和服务于人民的立场上，要求作家“正视现实”，以高度的热情和深透的理性达成和对象的深入结合，其中有不少合理成分，也是对胡风思想的深化和展开。

根据路翎对胡风思想的阐述，可以认为“主观战斗精神”大致包含了两个层面的内容：一是作家的人格力量、意志力量、创作激情、生命体验、情感倾向等这些感性内容，二是作家的批判意识和思想的穿透力等这些理性内容。而熔铸着“主观战斗精神”的“对于血肉的现实人生的搏斗”，则是指在创作中充分发挥作家的主观作用。作家不是静止地充当“反映”对象的“镜子”，而是要以自己的激情、爱憎、渴欲与强大的思想力、鲜活的生命力去感受、体悟、拥抱对象，同时也要以自己的思想去穿透、把握对象。并且，对象也并不是僵死的“客观存在”，而以同样的力度作用于作者，始终激发他作出各种回应。这样，作者与对象之间就处于一种互相生发、互相碰撞的激烈紧张的“肉搏”状态。高扬创作主体的“主观精神”，强调文艺创作的感性特质和动态过程，是路翎和胡风文学观念的核心所在。在关于“现实主义”的争鸣中，“主观战斗精神”成为胡风和路翎及其同仁的旗帜，也被他们作为衡量现实主义的最高标尺。

对创作主体的认识：“作家也是人民”

1944—1948 年间，胡风及其同仁与革命文艺界理论权威进行了一场有关现实主义与“主观”问题的论争，路翎也卷入其中，他的小说受到不同程度的指责。[2] 其中比较有代表性的是《评路翎的短篇小说》。该文主要对路翎短篇小说集《青春的祝福》中所写工农形象提出了质疑，认为路翎对人物精神活动和心理描写是失败的，认为作者错误地把矿工写成了知识分子，对此提出了批评。[3] 对这些批评，胡风和路翎分别写了辩驳的文章。这次论争中，双方都在频繁使用着同一个语汇：人民。它成为论争诸命题如“怎样与人民结合”、如何认识“人民的力

---

① 路翎：《评茅盾底〈腐蚀〉兼论其创作道路》，原载 1948 年 12 月《蚂蚁小集》之五《迎着明天》，署名嘉木，见《路翎批评文集》，第 64 页。

② 参见刘炎生《中国现代文学论争史》，广东人民出版社 1999 年版。

③ 参看胡绳《评路翎的短篇小说》，《大众文艺丛刊》1948 年 3 月第 1 辑。

量”等问题的关键词之一，是双方理论和辩驳的依据与核心。

对于“和人民结合”的问题，胡风认为知识分子和“人民”之间存在密切的关联，知识分子中的不少人“在生活上和劳苦人民原就有过或有着某种联系”，“他们和先进的人民原就有过或有着各种状态的结合”，并且社会地位的低下使他们可能“转向着祖国底和他们自己的前途，有可能正视以至走向广大人民底生活或实际斗争，有的甚至是抱着狂热的渴望或带着真实的经验，也就是和人民结合的内容的”。基于这样的现实，胡风认为“说知识分子也是人民，是并不为错的”[①]。路翎的看法与胡风相似，并对此也作了阐发。他首先强调：“‘小资产阶级的作家’，并不是一个绝对的范畴，无论就出身说或思想要求上说，都是如此的。”[②] 知识分子“他们原是在各各的程度上和人民结合着”[③]。在论争中，针对论争对手提出的“不管一个小资产阶级作家在他个人生活的范围内的主观态度如何自以为正确……假若他不走到工农群众及其斗争中间去，他是不能和人民结合的”，路翎有分析地指出“小资产阶级作家”并不是一个绝对的范畴，因此在原则的理解上或实践的要求上，就不应该机械套用“到战场或工农中间去”作出绝对化的要求。[④] 这就是说，在与人民的“结合”的问题上，还是应该考虑到知识分子的个体差异性来作具体分析。更进一步，路翎还指出：

> 从被剥削底血汁中生长，作家也是人民；他并非活在太空中的奇怪的人类。他而且应该是人民底先进。从这个理解，向人民学习以至和人民结合才有可能。[⑤]（着重号为引者加）

确认知识分子（作家）与人民之间的亲密关系，确认革命作家与人民结合的现实基础，甚至突出作家的“**先进性**”，正是路翎和胡风在

① 胡风：《论现实主义的路》，希望出版社 1948 年初版，见《胡风全集》第 3 卷，第 525—526 页。

② 路翎：《论文艺创作底几个基本问题》，见《路翎批评文集》，第 95 页。

③ 同上书，第 93 页。

④ 同上。

⑤ 同上书，第 95 页。

“和人民结合”问题上的一个前提。这种立场的形成，一方面来自于他们对现实的认识，但从根本上说，则与他们对五四文学传统与当下革命文学内在一致性的立场直接相关，特别应该注意的是来自鲁迅的影响。鲁迅先生在论及“智识者”与“大众”的关系时，就曾经指出：

> 由历史所指示，凡有改革，最初，总是觉悟的智识者的任务。但这些智识者，却必须有研究，能思索，有决断，而且有毅力。他也用权，却不是骗人，他利导，却并非迎合。他不看轻自己，以为是大家的戏子，也不看轻别人，当作自己的喽罗。**他只是大众中的一个人**，我想，这才可以做大众的事业。①（着重号为引者加）

鲁迅的认识无疑是深刻的。他认识到“智识者”在启蒙中的先进性，但却强调要以理性的态度调整和“大众”之间的关系；最重要的，二者之间的关系应当是平等的，知识分子尤其需要摆正自己的位置和心态，既需要切合实际地施行引导之责，更需以“毅力”和“决断”将其推进到实践中。因此，智识者的“先觉”只有以服务于“大众的事业”为宗旨，才能使“大众的事业”切实地展开。显然，路翎对知识分子“和人民结合”的思考，与鲁迅的大众化立场有着显著的传承关系。路翎指出：

> 文艺家，真的文艺家在文化斗争底任务里去学习和了解人民底生活状况，精神实质，行动力量，却**并不是为了向他们简单地学习文艺**。而是在和人民共命运的道路上**启发人民**，从而和人民**一道**向新的道路前进。②（着重号为引者加）

在路翎看来，“和人民结合”应该包含着两个层面的任务：一方面作家应该深入地向人民学习，了解他们的生活状态和精神状态，从中获取力量和精神支持；另一方面应当平等相待（“共命运”），以自己的

---

① 鲁迅：《且介亭杂文·门外文谈》，见《鲁迅全集》第6卷，第102页。

② 路翎：《论文艺创作底几个基本问题》，见《路翎批评文集》，第96页。

“先进性”启发人民，最终促成双方共同前进。

对创作对象（“人民”）的理解：“活的群众”

毫无疑问，“和人民结合”，作为时代的命题，既是革命新文艺的一个总体诉求，自然也是胡风和路翎念兹在兹的焦点。在这一点上，路翎与理论家们的立场是一致的，正如路翎表示的：“和人民结合，是新文艺运动的唯一的生命和基本的内容。没有了和人民结合的起点，新文艺根本就不会产生。”[①]（着重号为引者加）不过，在对“人民”内涵的理解上，双方还是各有偏重的。

论争中理论家们曾就胡风提出的文艺作品的对象应当是“活的人，活人的心理状态，活人的精神斗争”发出质疑：“理解活的人及其心理状态重要，为什么理解活的群众及其实际斗争就不重要呢？而且活的个人及其心理状态也只有当生活在活的群众（社会关系）及其实际斗争（阶级斗争）中才能被正确的了解。”[②] 对此，胡风的回答是：“没有‘**活的人**’的‘**活的群众**’，有么？大概没有罢。连‘活的群众’都没有，还有什么‘及其实际斗争’呢！这是把社会科学或政治分析底概括性的叙述当作了实际的事物，忘记了那概括性的叙述是从实际事物底特性里面抽绎出来的。”[③] 这里，理论家们强调的是“群众”（“人民”）的先在性，个人只有依托于群体的关系中其存在才得到承认。而胡风则坚决地断言了作为个体的“人”的先在性，因为在他看来正是个体的、具体的“活的人”才构成（组成）了作为集体的“群众”的基础和生命。胡风还借用黑格尔关于抽象和具体的例子作了说明：“水果”是桃子、苹果、橘子等的统称，但是人能吃到的却是具体的桃子、苹果、橘子，而不可能是抽象的“水果”。依此，“群众”（“人民”）的概念只有在“社会科学或政治分析”的理论概括性上才有意义，对于实际生活中的“群众”，则无法脱离具体的“活的人”的。按照这样的逻辑来理解“阶级”问题，“阶级”也同样不再是一个僵硬的、抽象的概念，而是成为“活”的：“阶级是在**活的个别**的阶级成员里面，或通过他而

① 路翎：《论文艺创作底几个基本问题》，见《路翎批评文集》，第91页。

② 乔木：《文艺创作与主观》，见《中国现代文学史参考资料》第2卷，第390页。

③ 胡风：《论现实主义的路》，见《胡风全集》第3卷，第547页。

存在的；离开了具体的活的阶级成员就没有阶级。阶级内容是以具体的活的诸成员为内容的，仅仅近似地表现着他们每一个个体，每一个阶级成员是在这一或另一路径里面的阶级内容。”[①]（着重号为引者加）对此，路翎则认为：

> 形式主义和机械主义观点的理论家，冷淡的虚伪的客观主义者，他们看不见具体的、就在他们身边、街上、贫民区里、工厂和农村里的带着创伤而又向前奔突的活生生的人民。[②]（着重号为引者加）

路翎甚至认为，即使是“觉醒的知识分子”的“个人的反叛”，也不能被指责为“强调自我，拒绝集体”或“拒绝和人民结合”，它正是“社会性和群众性的行动”，“是在个人底生活范围发生的，反映着一代的群众要求行动”。我们可以从路翎作品中看到，为了写出这种“活”的人民形象，他笔下的人物似乎少了一些可以明确概括的性格特征，而更多的是那些背负着“几千年的沉重的精神奴役创伤”的“最微贱的人物”，因此与人民文艺中的“英雄模范”形象还是颇为迥异的。

对“人”的价值的理解：“感性的活动”

论争中，对理论家们的批驳，胡风是从对“人”的问题的分析开始的。他对有关批评文章中所引用的黑格尔观点的分析，将他自己对“人”的理解清晰地呈现出来。在批评胡风及“主观”问题的文章中，论争另一方这样引用了黑格尔的几段话：

> 假如问艺术家的“创作要求”是什么，那么，可以说，它没有什么别的意思，除掉是：作家为一定的对象及其形象所吸引，作家完全沉没到它的对象里边直到他用艺术的形象把它表现出来为止。
>
> 但假使这样，艺术家就要把客观的对象变成他自己的东西的话，那么，作家在他们主观的这一面，就必须把他的主观的个别性

---

① 胡风：《论现实主义的路》，见《胡风全集》第3卷，第549页。

② 路翎：《论文艺创作底几个基本问题》，见《路翎批评文集》，第100页。

> 及其偶然的特殊性，彻底抛弃，而完全沉浸到对象里去；因此，作为主观的作家，不过是一个陶铸客观内容的形式或工具而已。
>
> 假使在一个作家的“创作要求”中，只知道作家的主观是他们的主观，而忘记了作家的主观是客观对象所赖以反映及展开其生动活动的器官和工具，那么，这种作家的“创作要求”必然是一种坏的创作要求。①

上文作者依此断言“客观的现实本身包含了一切文艺创作的必要因素”；而‘艺术的加工’不过是作家根据他在现实生活中所提炼出来的规律，使其比如实的反映更有组织，更集中，更理想化而已”②。按照这个观点，“现实”/“真实”应当就是“客观的现实”，对于文学创作来说，作家的功能仅仅是容纳“客观内容”的“器官和工具”，他必须“彻底抛弃”任何“主观的个别性及其偶然的特殊性”，而把那个“更高、更集中、更理想的”的过滤了一切主观因素的“客观”传达出来。这样，作家所应该并只能有的“主观”，只是先使自己具备“做‘这个工具’的资格”，然后将自己塑造成为一个“合格”的“工具”。

在批驳中，胡风尖锐地指出黑格尔的“绝对理念”正是以“人”为“工具”而成就其美学体系的。“主观公式主义者”和“客观主义者”如此机械地搬用黑格尔的理论，也同样是以人的“工具化”为代价的：对前者而言，“理念”（如“历史唯物论”）是艺术的中心和对象，作家只是接收和反映这一“理念”的“工具”；对后者而言，作家只有消泯了所有的“主观”因素之后，才能变成一个“工具”，与“对象”合而为一，才能“客观”地反映对象。从根本上说，“主观公式主义”和“客观主义”在把人“工具”化这一点上具有基本的一致性。对此，胡风表示了高度的敏感和警觉。

对于“创作的人——作家”，胡风的理解是：“作家是一个‘感性的活动’，不能是让客观对象自流式地装进来的一个‘工具’，一个

① 此文根据乔木《文艺创作与主观》一文所引。

② 乔木：《文艺创作与主观》，见《中国现代文学史参考资料》第2卷，第400页。

‘唯物’的死的容器。”① 而对于“形象——创作对象的人”，胡风同样视之为“感性的活动”，应当能够反映“一代的心理动态”②。胡风并认为要把这个“感性的活动”（“活的人”）表现出来，仅仅在“外形”上将其描绘出来是远远不够的，只有深入到对象心理层面上才有可能完成。“任何外形，例如胖子、瘦子、黄头发、黑头发，本身并不能表现人底内容，只有当它们从人的性格里面获得了心理表现的性质以后才能够放出生命之光来的。成了性格底表现以后，外形才能是一个形象底外形的。任何外形都得是‘心理状态’或‘精神斗争’的表现。”③（着重号为引者加）在胡风看来，作为“感性的活动”，人只有在“心理状态”或“精神斗争”——即从对其精神世界的观照——中才可能呈现他存在的意义和价值，如果脱离了内在的“心理状态”，则只能成为概念的空壳子，成为没有血肉的“纸扎的人”。

作为精神创造活动，作为直接关联着人的性灵和情感的艺术活动，文艺创作正是要以主体鲜活的生命力、独特的个性和热烈真挚的情感、丰富的人生体验，创造出一方独特的艺术世界，剥离了作家的“主观”因素，文艺的生命力必将枯萎。而文艺作品的审美价值也正是由于它超越了日常生活的物质层面，以艺术的方式呈现出人的丰富性和人性的复杂性，引发人对自身存在的关注和思考，从精神维度的深度和广度上拓展了新的可能性。因此，伟大的艺术作品总是让读者看到了甚至比日常状态的人更丰富、更鲜活地存在于精神维度上的“人性”。胡风对此有着清醒的认识，他并不是抽空了文学的社会历史维度，空洞地倡导个人主义的“主观”，而是认识到文学对社会历史的表现，首先需要从具体的“感性活动”的个人才能实现。因此，他提出的“主观精神要求”也好，“血肉的现实人生的搏斗”也好，“感性的活动”也好，无非是想表达出作为人的“创造力”之根源的“主观精神”对于文艺创作的先在性。依循上述胡风对“主观公式主义”和“客观主义”的分析，再来思考他提出的“主观战斗精神”和“对于血肉的现实人生的搏斗”

---

① 胡风：《论现实主义的路》，见《胡风全集》，第522页。

② 同上书，第533页。

③ 同上书，第535页。

这样的观点，也许会对其用意和内涵获得更完整、深刻的理解。

胡风的上述思想，路翎是深会于心的，他还以不同方式作了更深入的发挥。他在批评文章《〈何为〉与〈克罗采长曲〉》中，认为车尔尼雪夫斯基的《何为》（通译《怎么办》）"急于理想（政治目的），不能给予关于当代俄国社会的真实的画幅及史诗"，托尔斯泰的《克罗采长曲》则"只能看到抽象的热情问题，也不能给予真实的艺术"，因而它们都只能获得"某一限度的艺术生命"，却不是"伟大的诗"。因为艺术不能"将政治目的直接地搬到作品里来"（《何为》），也不能将宗教的"抽象的热情"（《克罗采长曲》）作观念化的敷陈演绎。这两种情况都将"为今天的现实主义所不取"。[①] 如此看来，路翎所理解的"现实主义"，就是应该和任何抽象的"概念"（政治的、宗教的）绝缘，必须以"战斗的热情""与联系着社会矛盾的人生痛苦搏斗"。在批判"冷情文学"和"旁观的创作方法"时，路翎更是明确地指出这会使得"作为社会的人底丰富的内容被抹杀了，人底价值被贬低了"[②]。（着重号为引者加）在路翎看来，"主观精神"已经委靡，并且由"客观态度"导致的"思想力底灰白和追求力底微弱"（这是他在批评《淘金记》、《腐蚀》等作品时的一些评价，当然有不尽公允之处，但基本可以看出他的文学立场），这些将会导致"满足于表面上底观念和图像"，"对于一切实际而具体的，社会生活内部的战斗都没有感觉"[③]。或者仅仅强调"作家必须经过精密的观察、比较、研究，才能从他所感觉的对象中深入地认识其本质，把握这本质去创造完整的形象"[④]，就无法"突进"到对象的心灵深处，不可能以自己的丰富体验和独特感受"拥抱"对象，无法获得与对象的深度情感契合和心灵共感，不能体悟到对象的"活"的感性特质，最终必然导致仅仅把对象当作"认识"和"熟悉"的对象，只能做到表面化、概念化的静态描摹，不可能达到"血肉"相搏的状态。创作主体如果不能以自己"血肉"的"主观精

① 路翎：《〈何为〉和〈克罗采长曲〉》，原载《希望》1945 年 1 月第 1 集第 1 期。见《路翎批评文集》，第 8—9 页。

② 路翎：《评茅盾的〈腐蚀〉兼论其创作道路》，见《路翎批评文集》，第 64 页。

③ 路翎：《论文艺创作底几个基本问题》，见《路翎批评文集》，第 90 页。

④ 荃麟：《论主观问题》，见《中国现代文学史参考资料》第 2 卷，第 375 页。

神”去拥抱“活”的对象，就不可能超越对象的“外形”、从精神的维度抵达其灵魂深处，无法把捉和呈现“人底丰富内容”和“人底价值”。

显然，路翎所说“人底丰富内容”和“人底价值”，在此主要是着眼于人的精神内涵和感性特质。这意味着，他对于“人”的价值的体认，正是在将其作为处于社会关系网络中的精神存在物所能达到的复杂性和“丰富”性的层次上进行观照的。就像年轻的陀思妥耶夫斯基曾立誓要把探索“人的灵魂”作为自己的人生目标一样，路翎也曾这样表白：

> 单纯的人们，人，是一个庄严的令名，我将走近人。[1]（着重号为引者加）

这一告白标示出路翎对“人”这一语词所怀有的几近宗教式的景仰，同时也宣布了立意超越凡俗之境而向精神高境迈进的“渴欲”。这里的“人”，已经涤除了日常生活层面上物质性因素的浸淫，而将其提升到超越性的精神境界，并作为自身心灵的导引和信仰。能够从这个意义上来理解“人”的内涵，对于年轻的路翎来说，对胡风“主观战斗精神”的认同和把握，就绝不可能停留于肤浅的知识性的“认识”层面，必然经过了自身的体验和深度的领悟，经历了“血肉的搏斗”而使其已经成为自己的“思想的武装”，成为自身的生命体验，与自己血肉关联的精神资源。因此，对于“人底丰富的内容”的珍视和发掘、对于“人底价值”的追寻和捍卫，既是路翎始终不渝的人生信念，也是构成其独特“艺术视觉”的基点，“人”的命题在其创作中，主要集中在对人的“心理奥秘”永不止息的探索上。

不难理解，胡风敢于“预约”给年轻的路翎以一个“伟大的前途”[2]，也正是因为无论是从其人生态度、创作立场，还是其创造的文

① 路翎：见《致胡风书信全编》，第62页。

② 1941年11月21日胡风致路翎信中有这样的话：“只要努力，我敢预约给你一个伟大的前途。”时年路翎18岁，见《致路翎书信全编》，第9页。

学世界，都足以称做“人底价值”的最热切的探索者和最忠实的捍卫者。他对“人”的精神世界近乎执拗的探掘，对于对象的“近于疯狂的向着灵魂的迫力”，更重要的是他所塑造的那些富有热度、充满“原始强力”、尤其是那些具有心理上的特殊复杂性而与常态生活“本来面目”格格不入的“异类”形象，以其充满张力和流动性的精神特质，作为“活的人”、“活的群众”，达到了胡风强调的文艺作品应当能够“反映一代的心理动态”的文学目标。从另一层面看（按照巴赫金的复调和“对话”理论），也不妨说，作为一个有着“独立而不相融的声音”，作为具有“充分价值”的“人”，面对“时代”的发问，作为作家的路翎正是以这一方式发出自己的“声音”作出了自己的“回应”；同时，这种“回应”本身也开启了新一轮的“提问”与“回答”——就此而言，可以说，作为路翎创作核心的“人的命题”，也足以构成对40年代乃至当代文学的一个颇有意义的参照。

第二节 “人”与“人民”：路翎创作中的“张力结构”

简单说来，理论的特质在于对感性现实和具体要素的细绎和概括，它追求逻辑建构的整一性，在对具体个例的归总中，寻找的是共性，对那些与此相异的“异己”因素则剔除净尽，以保证逻辑的明晰连贯。但是，就文学的特性而言，理论的生成必须依存于感性的实际生活，特别是需要借助于文学创作实践作为支撑，才能得以发展。从实际看，成功的创作，首先不是来自理论教条的“指导”，而是首先来自作家对生活的真切体验，是从作家感性直观获得的对社会人生的个性化体悟和表达，用胡风的话说就是“生活的实感”。因此，一个富有创造性的作家，即使某种“理念”对他有直接的影响，但是在创作中他却总是凭借自己的感受力和深度体验，将生活的丰富性和真实性充分表现出来——这往往是不能被任何理论简单地加以化约的。这一点，不能不让我们对理论和创作关系的复杂性作出更为深入的思考。就此而言，路翎创作与胡风理论之间的关系似乎更具代表性。

我们看到，在胡风的现实主义理论中，创作主体（作家）与对象（人民）之间，经过互相的取予、互相的修正、互相的迎逆，在肯定与否定的流转中经过“相生相克”的“搏斗”，成功实现了“辩证法”所追求的“对立统一”。胡风对创作过程的阐释，充满了创造性和流动感，几乎可谓处于理想状态的主、客体“搏斗”。同时，“相生相克”的提法，也让人联想到我国传统的道家学说中相依相离、相反相合的悖论性要素之间超越性的完美生成效应。根据胡风理论的设计，“人”与“人民”的关系似乎能够达到一种极富活力的理想形态，这充分体现了胡风作为理论家的高超与远见。就路翎而言，胡风理论的导引，是其创作重要的精神支持，也构成了其创作的基本观念和立场。他热切响应着胡风“向感性的对象深入，深入到和对象的感性表现结为一体”[①]的呼唤。不过，在创作上，当路翎越是深入到“血肉的现实”当中，越是进入到“与人民结合”的实际“搏斗”中，“人”与“人民”之间的关系似乎就越发变得尖锐和复杂；这种尖锐和复杂，与胡风理论的设计显然有着微妙的距离，它不仅使作品呈现出难以言传的复杂性，更使作家强烈感受到观念意识和感性实际之间的“错位”。因此，理论层面中“相生相克”的和谐完整状态，在他的创作中似乎更多地表现为“分裂”、破碎和疏离。我们从其作品中看到了历史复杂性的尖锐纠葛，这造成了文本层面的“紧张”感；同时也强烈体会到作家心态的“簸荡”，这自然也波及读者的心理；最终，文本层面（包括人物）的“紧张”引发了（作者、读者）心理的高度“紧张”感。

一 “人民形象”的复杂表现：“活生生的人民”

路翎的小说世界为我们呈现了一个无限丰富的、不可重复的多样化的“人民”世界：这里有穷极无聊、希图以较好的价钱把自己的小人书当掉，经过几次三番的较量，终于败下阵来而品尝着“落寞”与“痛苦”的“闲荡的小学生”（《闲荡的小学生》（1947.12））；以伤兵身份逃到矿上，对一个“市侩”的女儿怀着严肃的、不可思议的“爱情”幻想而最终被捕的何绍德（《何绍德被捕了》（1941.6））；流浪数年之后抱着和妻女团聚与向仇人报复的梦想回到家乡，遭受了重重打击而承受着心灵煎熬的王炳全（《王炳全的道路》）；在被子女离弃的暮年

① 胡风：《置身在为民主的斗争里面》，见《胡风全集》第3卷，第187页。

的孤苦中，将一只小猪视如生命，却恼怒于它的不安分与不通人性，抽打小猪的王家老太婆（《王家老太婆和她的小猪》）……路翎笔下的底层“人民”形象，都是挣扎于困苦生活各个角落的“微贱”的人们，虽然有着卑微的梦想、愿望、企图，但是也带着难解的迷茫、困惑、苦闷。他们行为和品格固然有“善良、淳朴”的一面，然而却带着对于自己利益和生活的算计与思考，甚至常常以“被动物性主宰着的最原始的”状态呈现出来。显然，路翎笔下的“人民”形态，更多地来自他的“生活实感”，也更深入地展现出实际生活中“人民”的复杂样相。

《两个流浪汉》（1945.8）主人公陈福安，在流浪生涯中当过杂工、茶房、工人、传令兵等职。依据阶级论的观点，这个人物无疑当属于底层的“被压迫阶级”，是“人民”中的当然一员。但是，路翎小说中的表现自有独特之处。陈福安在与上流社会接触中，幻想着“金钱和权势构成的美丽的远景”，期待着实现他“不平凡的抱负”，却始终不能在生活中“得到恰如其分的位置”。在走投无路后他成了耍猴戏的流浪汉，仍然希图“让自己成为自己的主人”。在同乡与保长发生冲突被捕后，恐惧和自私使他背弃了朋友，最终在良心的考问下，承受了肉体的鞭挞而换取了精神上“辛辣的快乐”。在这里，作者更着意于对其“活生生”的富有实感的精神状态的洞察，执著于把捉其由于生活重压所带来的心理的挣扎与波动、精神的牵绊与负荷、情感波澜的纷纭错落与流动变幻。路翎笔下的底层“人民”形象，大多都是以更接近于他们原生状态的样貌呈现出来，特别是由于对他们精神世界的执著关注，使他“塑造”的“人民”形象显示出鲜明特征。这一点，在新的时代中，也彰显出它与五四开启的“人”的命题之间显明的一致性。

路翎40年代后期的另一本小说《燃烧的荒地》中，上述特质表现得更为充分。与“工农兵”题材的作品有相似之处，该小说也可看做以表现剥削阶级的“本质”与农民的“觉醒”、反抗和人民的强大力量为“主题”，其间人物关系也基本上是按压迫/被压迫的格局设置的。但是，路翎显然不满足于对这种二元对立关系作平面化的、图像式的展现。每一个人物，不管是作为主人公的张老二、郭子龙，还是面似仁慈和善、实则贪婪狠毒的大地主吴顺广，特别是张老二与郭子龙之间关系的复杂性，都不能仅仅用阶级分析的那些空洞、僵硬的概念来作机械的分析。

作为“人民”形象的佃农张老二就有着“缠结不清”的性质。这是一个安分守己、将土地视如生命的农人。他怀念着先前东家郭子龙的父亲，因而带着感恩的心热情招待着落魄回乡的郭子龙，对其表示了质朴的信任和尊敬。虽然感觉到郭身上“是存在着很多可怕的罪恶的，但他仍然爱他，尊敬他”。与寡妇何秀英的爱情，由于对于婚姻生活的渴望和“孝顺”观念的束缚之间的二难，使他承受着沉重不堪的“道德的痛苦”。为得到他的土地，吴顺广不惜用开水烫死了他的稻苗，狂怒中他试图以牙还牙，却最终因那“太可爱”的嫩苗生出“五谷无罪”的悲悯情怀，对于土地和“五谷”的爱化解了刻骨的“仇恨”和愤怒。对他的“东家少爷”郭子龙，他表现了难以置信的“忠诚”，即使在郭侵占了他的女人和田地之后，他以“奴隶”身份来到郭家中，也依然以“奴隶”的“应分”尽守其“责”，毫不怠惰地操持着郭的家业。郭对土地的贱视使他不能容忍，“他高兴看见一个严刻的地主”而憎恶这种“无聊的浪费”。和郭长期生活中，由于郭的懒散、糊涂、挥霍无度以及生活能力的欠缺，甚至使他产生了“同情”和“那种维护主人的不觉的本能”，甚至产生了由同情而来的怜悯心和责任感：觉得“照护他先前的东家少爷是他的义务，除了他再不会有别人来照护他了”。他甚至以“恨铁不成钢”的亲人般的哀痛谴责郭的“败家”行为：“一个人活在世上，……是要为儿孙后代立家业的，没得哪个败家业。”郭曾许诺给他田地，他对自己所抱的希望感到“无耻”和“卑贱”，但是对于“田地的渴望”使他无法克制地一再消解着对郭的“厌恶”和“仇恨”……

小说中的张老二，是作为开始“觉醒”并最终作出“反抗”行动的农民形象来塑造的，从这一点上说，它和“工农兵”方向之间有显然的一致。但是，在路翎的处理中，这个“觉醒”和“反抗”的过程却充满了难以言解的复杂性。张老二作为一个本分忠厚、热爱土地的农民，有着完整、丰富、无可替代的“精神世界”：他有着对于土地的依恋和难以割舍的热爱、对于爱情的憧憬及其遭到阻抑所造成的道德磨折，有着深刻的仇恨以及宿命的“忍受”，有着对自己命运的困惑、矛盾和最终忍无可忍的爆发、有着惊天动地的庄严和力量……最为纠结缠绕而令人动容的，则是曾经有过主奴关系的这两个人物之间的情感纠葛，其间的盘根错节、驳杂难辨的心理牵连都以复杂的“色度”得到了表现。这种感情状态并不如一般情节小说所追求的爱与恨、恩与怨的大起大落或尖锐对峙所带来的紧张刺激，路翎总是将其“还原”到常态生活情境之中，把那些日常的、微末的、琐碎的情感的最本真状态呈现出来：作为佃农的张老二竟然长久地对那个毫无感情的“烂兵”郭子龙保持着敬畏和忠诚，即使暴戾的郭子龙毫无人性地侵占了他的妻子和田地，他的仇恨也会因为对于田地的热爱而逐渐消融，甚至情不自禁地维护着郭的利益。这种细微复杂的情感，按照常规的逻辑理路也许无从分析；如果按照“阶级分析”方法和逻辑自然更是“荒谬绝伦”。然而，从实际生活出发，当我们沉浸到小说中那个“血肉的现实”之中，同人物一起感同身受地去体验他们的生活和心理的时候，谁又能说这个“张老二”、“郭子龙”及其之间的这种纠结不清的心理关系，不是把生活中被我们忽略的、或者简单化了的人的“内在状态”真实地呈现出来了呢？这样“多面的”、“带着创伤而又向前奔突的活生生的人民”①，正是路翎所着力寻求、着力表现的“人民”的真貌。

从传统看，我国古典小说由于多以“情节结构”模式为中心，比较注重对人物动作和对话的描写，以此展示人物心理。这一特征在“民族形式”论争后由于“民间形式”的复归而得到了强调。路翎虽然在一开始就困惑并“苦恼”于“正确”的工农形象的写法，但同时已经在探索一条表现工农形象的新路径。相较于“积极人物”或“英雄模范”的政治规定性，张老二这个形象的特殊性，主要在于对人物的“觉醒”、“反抗”的心理过程及其复杂性的细腻呈现。从其创作之初，路翎就以对“人底价值”的深刻体认，着意于表现时代洪流中平凡却具有特殊性和独特精神价值的个体生存状态，从这种状态中再把它所连带的社会关系体现出来。从这一点出发，当他意识到文学创作中的政治化倾向可能造成对“人”的精神价值的漠视，他对这种潜在“危险”的焦虑就愈加强烈，因而也就试图通过明知“不合时宜”的“苦斗”方

① 路翎：《论文艺创作底几个基本问题》，见《路翎批评文集》，第100页。

式——对于心理展现的“极端”倚重——来“校正”当下文学创作中的某些弊端。自然，随着文学整体语境的发展，路翎的这一探索也就越发艰难。

在“人民”的概念中，或者在“活的人”与“活的群众”的关系中，路翎和胡风首先强调的都是不能忽视“活生生”的具体的“人”，不能用那些被抽去具体内容的概念（“人民”、“阶级”、“群众”等）抹杀实际生活中“人”的具体性、差异性和丰富性。对于“人民”、“群众”这些集体称谓，一定要落实到具体的、实存的、作为独立个体的“感性”的人。不难看出，基于对“人民”内涵较为深入的理解，路翎确实是想在创作中避免某些抽象化、概念化、公式化的倾向，试图把被“客观主义”者曲解的“理论”和被忽视的“人”的主体性呼唤回来，还原人的“活生生”的本来面目。在胡风看来，“人是活的人，行动着的人，被赋予着意识的人，凭着各自被各种各样的杠杆所规定的反省和情热，向着一定的目的经营着生活的人，各自底反省和情热在各种各样的路径上和历史底冲动力联系着，各种各样地被历史所造成，又各种各样地对历史起着作用的、创造历史的人。这就叫做‘**感性的活动**’”[①]。显然在胡风的意念中，“人/人民”实在是一个过于复杂的名词，以至于要用这样冗长的修饰词和曲折的限定语都不能达其意，而最终似乎必须借助于“陌生化”效果——采用“感性的活动”这样更具有涵容性和流动性的语句。从这个意义上看，胡风和路翎反复使用的一些语词如“活”、“感性”、“血肉”、“搏斗”等就具有非常丰富的意义，它们标示出对于作为生命主体的人的存在状态的一种深切体认和执著追求。

二　“人”与“人民”的复杂纠结

应该说，在观念上，路翎对“人民”的理解与胡风的理论是基本一致的。他的生活和创作本身也正实践着胡风所说的主客体“相生相克”的“搏斗”。但是，当他首先从“实感”（而不是首先从胡风理论的引导）出发“和人民结合”的时候，“人”与“人民”的关系却以前所

① 胡风：《论现实主义的路》，《胡风全集》第3卷，第549页。

未有的复杂性呈现出来，与胡风“主观战斗精神”理论描摹的理想状态颇有出入。作为路翎的代表作“知识分子与人民的关系”在《财主底儿女们》中“有着更为复杂的性质”①。基于个体需求的“人”的主题，一者与作为时代诉求的“人民”的主题，二者在人物身上的对立冲突极为剧烈；这种冲突几乎伴随了该小说中两个核心人物全部精神历程的始终。同时，它本身作为作品探讨的核心，又始终以前所未有的紧密纠结在一起，彼此保持着同样强烈的吸引力——正是如此强烈的内在张力，构成了作品本身的紧张和矛盾。对“人”与“人民”之间关系的直观感受和深入思考，使路翎创作的丰富性和复杂性得以呈现，这也充分显示出他创作的生命力，甚至能够超越胡风理论的“辩证法”规则，彰显出独特的意义。下面我们以《财主底儿女们》中的主要人物蒋氏兄弟为例，对这一问题作一阐述。

蒋少祖：“人民是一个抽象的字眼”

蒋少祖少年时期就与家庭决裂，投身于政治的旋涡当中，后来几经努力成为文化界的要人，曾“猛烈地攻击中国的文化”。然而“在他所接触的中国底险恶和迷乱中”，他“看不到出路”，最终他的心灵“转向古代”，成了“版本搜集家”，甚至如他曾经与之“决裂”的父亲一般，过起了地主生活。在与“人民”的关系上，蒋少祖高踞于“人民”之上，觉得自己“光辉而独特”，骄傲地宣称“给我一个支点，我能够举起地球来”。除了狂妄的英雄主义幻想，他始终认为“人民是一个抽象的字眼”，虽然经历了“繁复的生活”，但是“在这些人里面他不爱任何人”。从这种抽象的概念出发，他认为“中国的民众缺乏知识和教养”，仅仅把底层民众当作“陌生的路人和卑微的邻人”，因而“心灵之间永远没有交通”，并最终开始“憎恶起这些构造出腥臭的市场和肮脏的街道的顽固的，愚笨的，无教养的路人和邻人起来”。作为结果，他“确然没有从民众得到什么。他想不出来他和民众有怎样的关系；他想是有一种历史的，和抽象的关系。在历史的意味上，或在抽象的观念上，他，蒋少祖，领导了民众，为民众而工作”。于是，当“热情的时代”过去，蒋少祖开始陷入彻底的怀疑和虚无之中，“他底心已经变冷

① 赵园：《艰难的选择》，第148页。

了”，“他宁愿抛弃民族底苦难和斗争……而要求心灵底独立和自由”。蒋少祖的道路，代表了相当一部分知识分子由激进到保守，而始终隔绝于“人民”真实生活的状况。他接受了西方文化思潮，在狂热的个人英雄主义热情中，以对于社会秩序的冲击和背叛为荣。他自命为时代和民众的“领导者”，但仅止于抽象的理解，不屑于深入到那些“卑微的”民众生活中，不可避免地收获了强烈的幻灭感。最终由“激进”而“怀疑”而“复古”，最终皈依于中国古代文化的“静穆”以觅取心灵的慰藉，实际上远离了时代，成为一个无所作为的、软弱而自负的避世者。

蒋纯祖：“走向人民”的艰难过程

蒋纯祖则不然，作为蒋家的儿子，虽然与生俱来地像他的哥哥一般有着天生的优越感，但是“这个时代发出了向人民的号召”，在抗战的血与火中，他骄傲地宣称“**我信仰人民**”。与哥哥不同，他选择了一条“险恶”的道路，投入了战争的洪流。先是在上海战线后方工作，随着上海和南京的陷落，他开始了旷野上的亡命之旅。面对与世隔绝的旷野上的生死考验，蒋纯祖经历了对民族、国家的责任感、道德义务与求生本能之间的惊险较量，获得了超常态的高强度生命体验。其后他参加了救亡演剧队，陷入了迷乱动荡的爱情历险，并以雄辩的姿态与革命文艺队伍中的教条主义者们进行了“战斗”。最终，他带着时代赋予他的对“人民”的“信仰”来到僻远的石桥场小学。可以说，“人民”，作为蒋纯祖的“信仰”，伴随着他精神成长的艰难历程。他曾带着青春的激情反省自己：

> 我们为什么爱人民？因为**人民是纯洁的**！因为**历史底法则**如此！为什么爱？因为人民是痛苦的，是悲惨的，是被奴役，是负着枷锁的，啊！

他明确意识到“人民”作为一个不可抗拒的“信仰”“过去是历史工具的，现在是**历史底主人**”。于是，理智和时代的“启示”要求他必须“接受历史底最高的法则”，然而来自个人欲望的“诱惑”却又如此强烈，他苦恼地悲叹着“诱惑多么可怕”。很自然地，他挣扎于“历史底最高法则”和“诱惑”的强烈牵引之间——这是蒋纯祖的困境，也是时代之于每一个人，包括作者本人的必然困境。旷野上经历的一切，让蒋纯祖“尖锐地感到这个时代在监督着他”，他厌倦于都市生活的轻率和虚浮，来到蛮荒的乡野。最初，他感到“兴奋”，觉得“是意外地来到光明的、宽阔的地方了”，觉得“这里是一种完全清新、充满了希望的生活”，但是这种“理想化”的美妙感觉很快就消逝了，他立刻感觉到“这些人们是美好的，但和他自己距离得很远”，他的“英雄式的梦想，很难适应这一切”。比之蒋少祖，他与“人民”的关系要复杂得多，这里充满了无穷的“分裂”感。一方面，对蒋纯祖来说，“人民”在观念上与他从实际生活中所体验到的“真实”大相径庭：

> 那个叫做人民底力量的东西，这个时代，在中国，在实际的存在上是一种东西，它是生活着的东西；在理论的，抽象的启示里又是一种东西，它比实际存在着的要简单、死板、容易。

因此，当空浮的“信仰”和“理论”在现实中遭遇困境的时候，蒋纯祖常常“只感觉到个人底热情，他不知道这和大家所说的人民有怎样的联系”，“他所想象的那种人民底力量，并不能满足他，因为他必须强烈地过活，用他自己底话说，有自己底一切”。“人民”作为空浮的概念，很快就消失了它迷人的光华，但它的“监督”却始终不曾“消失”。在理智上，他告诉自己：“这个寂寞的乡间，将是他底生活、工作、死亡的场所”，他也意识到“知识分子们，应该摒弃一切鼓吹、夸张和偶像崇拜，走到这种生活底深处去”，但是他却无法感觉到这些“人民”的生活状态。他无法在自己的工作、理想和未来与实际的“人民”之间建立起有效的联系。

> 他找到了人民、工作、生活、痛苦，他确信这是一种纯洁的力量，但立刻他就爱自己，更爱自己，觉得青春纯洁、有力、美丽。

在对于“人民”的“抽象的启示”和对于“自我”的雄心之间他苦苦挣扎着。于是，石桥场也消失了先前美丽的“光晕”，而呈现了粗鄙难堪的面目：

> 他始终觉得，蹲在这个石桥场，他底才能和雄心埋没了；但又始终觉得这种意识，是最卑劣，最卑劣的东西。他觉得前者是虚荣、堕落、妥协、对都市生活的迷恋，后者是历史的，民众的批判，然而对于他，是痛苦、厌恶、消沉。

显然，石桥场所代表的正是“真实”的“人民”生活的状态，它与蒋纯祖意念中那个抽象的“信仰”和“启示”有着明显差距，并不可避免地处于尖锐的冲突中。当蒋纯祖进入到石桥场生活的“深处”，“环境”的落后性既激发了他自身的优越感，同时也加剧了来自心灵的拒斥感。然而，“人民”和“时代”的引导和召唤，作为一种合乎“历史理性”的必然，无疑又具有难以抗拒的吸附力。因此，来自时代的“监督”，使蒋纯祖不能不时时反省和忏悔自己对于“自我”的珍爱，强烈感觉到自己的虚伪和“卑劣”。

他和万同华之间的恋爱也颇为曲折。在乡村朴旧的生活中成长起来的善良、诚实的万同华有着勤劳、务实、克己的性格，面对困境和厄运总能以内在的坚毅和勇气全力承担。蒋纯祖迷乱的激情和纷乱的生活，却不能忍受这种常规生活的“束缚”。因此，他既感佩于万同华沉静的人格力量，同时天生的优越感又不能让他接受如常人一般的世俗生活，而时时以精神贵族自居。然而，正是石桥场常态的、富于实感的乡村生活，“使他走进了这个时代底冷静的深处”，在经历了灵魂的挣扎之后，意识到了先前“信仰”的虚伪和空无。他同时意识到，“先前他只是看到这种生活底外表，现在他接触到了它底核心”，觉得“他是错了”。最后，骄傲的蒋纯祖坦率地向他的朋友孙松鹤告白：“他已经明白了自己底自私，傲慢、虚荣”，从此他将“照着一个穷人的样式，平实地为人”。在生命即将终结的时候，他得到了一种“难于描写、切实的感觉”：“这个时代，以及那无数的勇敢的人民，他们底斗争，流血、死亡、和他，蒋纯祖，同在”。显然，在“应该”与“愿意”之间，蒋纯祖经受了沉重的折磨。

从上述简单的复述中，我们也许可以看到蒋纯祖“走向人民”的精神历程和纠结不清的心理逻辑。特定的时代使蒋纯祖背负了历史的使命，他“始终听取着这个时代底壮烈的呼号，和它的光荣的命令：‘前进’！”“人民”，作为一个最具影响力的“信仰”，鼓舞了他奋斗的热情，但他又始终不能放弃对于“自己”的眷顾。蒋纯祖一方面在观念上提醒自己“爱人民”、“应该为人民、为未来工作”，热切要求“一切死去的人，一切准备死去的人，在这个时代，请监视我，帮助我，原谅我”，然而内心的真实却是“更爱自己”，“只感觉到个人的热情，他不知道这和大家所说的人民有怎样的联系”。在这里我们看到了作为集体的“人民”与作为个人的“人”（自我）之间的紧张关系：一方面，“人民”，作为“时代的命令”生发出强大的影响力而不可违背，另一方面“个人”作为生活实感而被真实地体验着而无法抑制；一方面，时代“尖锐的监督”使他对“自我”的珍视和优越感变成了“卑劣”，而现实本身的落后性又加剧了“自我”在精神上的优越感；尤其是在乡场上麻木平庸的日常生活状态中，抽象的“信仰”遭遇了严峻的困境，不可避免地使蒋纯祖把“出路”转向了内心的“精神搏斗”，成为与现实环境格格不入的孤独的“思想者”。融入“人民”的时代感召要求个人无条件地放弃自己“内心”的道路而走上同属众人的“大路”——于是，“当作为个体的‘我’必须纳入集团的意志、目的、利益、纪律之中时，冲突不但是不可避免的，而且是合乎逻辑地发生的”①。我们从中不难看到“人”和“人民”的命题在蒋纯祖身上的激烈纠葛。

作为知识分子的蒋纯祖，在实践“与人民结合”的时代命题时遭遇到了最为深重的困境。蒋纯祖对“个性”的张扬和对自我价值的珍视，使其与五四时期“人”的命题保持着密切的精神关联。在时代“信仰”的感召下，他勇敢地投身于“人民”的洪流中——“人”与“人民”这两个命题，就不可避免地在其精神世界中展开激烈的“搏斗”。这里面固然有着胡风理论所描述的主体和对象之间的相互取予、相互支持和否弃，有着“相生相克”的一面；但是，更深入地看，似乎“矛盾”和“分裂”表现得更为尖锐和普遍，以至于最终不能得到一个确定的

① 赵园：《艰难的选择》，第335页。

结果：那些鄙陋的乡民们是否真的对蒋纯祖有了更深入的认可？那个桀骜不驯的蒋纯祖是否真的趋近了这些“实际形态”的“人民”？蒋纯祖在经过了多次反复的情感和理智的尖锐挣持，似乎只有死亡的结局才能最终平息这汹涌不定的情感波澜。我们固然看到，作者最终让人物告白：

> 让我和那些慢慢地走着自己底大路的善良的人们一同前进吧！

但是，这仍然更像是那个不断浮现的“时代的命令”的又一次“现形”。至少依据文本的实际理路，无论是蒋纯祖，还是围绕着他的那些乡民们的生活和精神状态，从根本上看还是一仍其旧。这两个命题，没有在“相生相克”中获得更具吸引力的“统一”，其间的“罅隙”和“错位”始终不曾“缝合”。

而在路翎50年代创作的另一篇小说《“洼地”上的战役》中，我们同样可以看到这种紧张关系的余绪。虽然该作品在许多方面已经与《儿女们》有明显不同。这是路翎在赴朝回国之后所写，意在反映战士们的善良、勇敢的品格，对祖国的热爱。不过，它与当时同类题材作品还是有着明显的不同，小说的着力点不是对战场和战争的正面描绘，不是要塑造一个完美无缺的“英雄形象”，而主要是写战争中的一个年轻士兵王应洪的遭遇和他的班长王顺对这一事件的态度。王应洪在毫不自知的状态中，被房东家的朝鲜姑娘金圣姬暗恋。作为战士，军队的铁的纪律使他对这个“不可能实现的爱情”保持着高度的警惕，但是应不应像往常一样继续帮助姑娘家里挑水干活，这个问题却使他颇为踌躇。在这里，士兵的纪律感要求他必须摒弃任何个人的欲求和可能带来的不利影响，但是从生活和个人情理出发，这个纯洁而真诚的爱情本身却也有无可非议的地方。这使年轻的士兵陷入了苦恼之中。当姑娘把自己精心缝制的、代表纯洁爱情的袜套悄悄送给士兵时，他先是毫不犹豫地上交给了班长。而当痴情的姑娘在他上阵地之前再次把信物——一条绣着两个人名字的手帕交给他时，他终于产生了“以前不曾有过的甜蜜而惊慌的感情”，犹豫着留下了手帕。作者对战场的描写中，这个手帕占据了非常重要的位置：它使得第一次接受战斗考验的士兵感觉到自己“并不是在敌人的旁边，而是在亲人们的中间”，在高度紧张的埋伏考验中获得了勇气和理性，也获得了对“纪律的意识”最为深刻的体验。小说对另一主人公班长王顺的表现也很有深度。王顺不是作为“不通情理的冷冰冰的人”。他是战功赫赫的老侦察员，长期的战斗生活似乎使他遗忘了个人的家庭生活。但是，这个单纯而热诚的新兵感染了他，特别是包围着这个士兵的“不可能实现的爱情”，使他感觉到这个“爱情”的宝贵，甚至为姑娘无辜地受到的打击产生了“模模糊糊的苦恼”。因此，在带领王应洪上阵地的过程中，他一方面让新战士跟他一起接受最艰苦的“纪律”的考验，另一方面却又保持着同情和宽容。尤其是在战斗的最后时刻，“他所担心，所反对的那个姑娘的天真的爱情，此刻竟照亮了他的心，甚至比那年轻人自己都更深切地感觉到这个”。身负重伤的士兵深感愧疚地要把保留的手帕交给他时，他要求王应洪把它留下来。

可以说，我们在前面讨论过的“人”/“人民”的关系，在这篇小说中是以“爱情”/“纪律”的方式被延续下来。作为士兵，必须服从铁的纪律的要求，才能保证高度的凝聚力和战斗力。代表集体意志的“纪律”对士兵的约束力具有绝对的合理性质。但是，小说中的士兵和班长，作者不仅表现了他们恪守“纪律”的一面，而更是从其作为“人”的真实性出发，表现他们在获得纪律意识或执行“纪律”规定过程中这个“意外”的爱情所带来的苦恼和冲突。从根本上说，小说中“纪律”和“爱情”在各自的维度上都具有无可置疑的合理性。作家清醒地认识到，战争最终决定了这个“爱情”本身“不可能实现”的性质。但是，他却始终不曾放弃对“人”的现实存在的热切关注。在两个相互对立的维度当中，年轻的士兵在经历“他所不熟悉的模糊而强大的感情”过程中，获得了对于“纪律”的最深切体验，而这个“爱情”同时也给予他精神的力量。同样是在这种冲突中，班长王顺在执行纪律的过程中，从“人”的关怀和理解出发，让他的士兵感受到了更为人性化的信任和温暖。从总体上看，路翎这一时期的小说，已经脱去了前期的滞涩，无论是语言的格调，还是叙事的布局，包括心理展现的层次感，都显得更为圆熟、细腻，这无疑是作家走向成熟的标志。50年代以来，路翎写作受到的干预已经越来越多，这篇小说作为这一阶段的代表作，显示了其创作达到的成熟。不过，我们也能感觉到，写作中过多的拘忌，似乎使他已不可能如40年代那样挥洒自如，显示出更强烈的冲击力和更鲜明的个性。至少在《“洼地”》中，人物在“爱情”和“纪律”之间的精神冲突，作家主要是通过插入对和平生活的忆念来表现，基本上是在“战争，为了和平”的同一性格局中呈现的。因此，这种冲突，已经不是像早期那样更着意凸出精神的深度。但是，从共时性的角度看，比之于同期同类题材（甚至绝大部分）小说对精神和心理普遍性的简单化表现、甚至有意回避，路翎仍然执著于对战争中普通士兵精神上的冲突和挣扎，执著于把“洼地”上的真实战役转变为主人公心理上的“战役”（持续的冲突），这又充分体现了其基本创作立场的连续性。特别是联系到40年代后期以来他不断遭到的有组织、有系统的密集性批判，更充分显示了其创作的异质性。就这篇小说结尾而言，王应洪的牺牲，固然也合乎情节发展的逻辑线条；但从另一个意义看，也许正是由这个“爱情”本身不可能实现的性质所决定。我们由此可以理解作者写作这篇小说的矛盾处境，他在有限的空间里面，不是回避而是依然坚持了对这个冲突的表达，并在尽可能的范围内将其深入展开。在创作受到严重干扰的50年代，他虽然极力迎合时代的导向，但是对“人”的价值无法割弃的顾念，不可能缓解他前期“人/人民”的内在纠结，反而使他陷入了更艰难的“挣扎”之中。《“洼地”》中显得突兀的结尾，也许同样是作家不得已的选择。

基于路翎创作的复杂性，“人民”这个概念似乎可以分解为“人”与“人民”这两个互相依存又互相对立的层面，更形象的说法是处于“张力”的状态中。“张力”（tension）一词，来自物理学，指同一物体内部相互作用又方向相反的拉力。简单说，它是指两种相反方向的作用力之间的“紧张关系”。我们在此所说的“张力”结构，意指路翎创作体现的“人民”这个概念中，存在着相互关联、而在特殊历史语境中又处于紧张状态的两个维度：“人”与“人民”。应该说，这两个维度之间首先是一种相互推进、相互吸引的依存关系，“人民”是以“个人”的具体存在为前提，但是也只有集体性的“人民”才能为个人的现实存在提供社会基础，因此两者之间存在“双向统一”的互相吸引。但是另一方面，“人”的具体存在往往是以个人的现实欲求出发，趋向于本能的“利己”原则；而社会的发展和历史的诉求，却使个人又要从“利他”原则出发向集体的“人民”归依，特别是在战争语境中，个人必须尽可能排除一己的欲求，服从民族国家和历史合理性的取向，最大限度地达成与“人民”的同一。这样，这两个维度之间在相互趋同的同时，又内在地存在着两种欲求、两种法则相互的斥力，形成“两极扩张”的对立关系。我们这里所说的张力，正是这两个维度之间既对立、又趋同，既相吸、又相斥的紧张关系；并且两个维度之间既在相互吸引力的作用下，两极趋同结合得越来越紧以求“合一”，又在相互排斥力的作用下以更强的对抗作两极扩张。两个维度之间既趋同又扩张的关系就不再是一般意义上的“同一”，而是在同一中依然保留了对立面的各自特性，又在扩张中不至于相互割裂而能取得互补，这种紧张感也就具有了流动的性质。

我们认为，无论是从作家的创作心理、文学立场，还是从其文本实际存在的矛盾性、“异质性”来看，特别是进入到路翎所处“转折期”的文化语境，路翎创作同样存在非常明显的“张力”结构，它们甚至成为把握路翎的一个关键。在“人”这个层面上，路翎自始至终关注着作为“感性机能”的每个“活生生”的个体，从精神的维度去发掘平凡生命中的“人底价值”——这一点，显然与五四文学的核心命题一脉相承。这里的“人”就以“个体性”为主旨，主张从精神向度上的独立性来确认“人”之主体性的存在。另一个层面，“人民”一词，在40年代由于现实语境的变化成为一个核心的主流语汇，战争使得知识分子与“人民”的接触更为深入，对“人民”的存在有了较为感性的认识，“人民”对于抗战的重要意义也促使知识分子真切地认识到人民力量的重要，这就使得“人民”的吸引力大大增强。这造成了其创作中两个维度的明显紧张。不过，对作家而言，在文学创作中，他们在为抗战服务的同时，又必须从自身的生活直感和体验出发，以时代中活生生的个体来展现出时代的面影。为了达成对个体生命的实际生存状态的真切感知和表现，就不能不对这些各不相同的、有着独立“自我意识”的具体的“人”的存在表示同样的关切。显然，在这两者之间的牵引之中，作家既不能放弃他的社会责任，以历史的眼光表现出社会和时代发展的趋向，但同时却也更需要以超乎常人的敏感，从他们对“人”的体认出发，表现出在历史洪流中也许微不足道、而对每个人来说却具有终极意义的活生生的、各不相同的个体的精神存在。

在“人”与“人民”这两个维度的纠结中，我们并不能期待作家给出一个明确的答案，然而答案的寻索过程却生成了作家创作的特殊精神魅力，是作家区别于常人的特征之一，用茨威格的话说，也许就是“艺术创作的秘密”。茨威格颇富生气地把创作过程理解为“一种内心的过程”，“是一种不可窥视的，一种神圣的现象，是一种神秘”。① 因此，他注意到了艺术创作中“截然对立的两极”相生相发的奇妙效果：

> 艺术创中所发生的，本质上是这两极之间的一种紧张状态。艺术的迸发几乎一直仅是通过处于两种对立成分之间的紧张而产生的，这有如自然界中雄性和雌性为了繁殖而必须结合一样，在艺术生产活动中总是两种成分的混合：无意识和有意识，灵感和技巧，昏迷和清醒。②

用作家茨威格对创作中的这种“张力”状态的形象描述，来解说路翎创作中的张力结构，也许会更为生动些。显然，就路翎自身条件而言，或者就其作品本身的美学品格而言，我们都能发现存在于其中的明显缺憾或不利因素。但是，路翎创作的实际效果，似乎在某种程度上超越了这些因素的限制，反而能激发读者从他并不纯熟、并不精致，甚至有些生涩的文学形式中，在一种奇异的感受效果中获得艺术的享受。路翎创作中的张力因素是多样化的，特别是“人”与“人民”这两个维度之间的纠葛，构成了其创作的关键；这两个要素之间的紧张关系，以及路翎在其中的进退维谷，而始终不肯松懈的“奋力突击”给予我们的深刻印象，也许正是在于他在某种程度上掌握了茨威格所说的“艺术创作的秘密”。“人”与“人民”的张力结构使作者在对立的两极中间

---

① ［奥］茨威格：《艺术创作的秘密》，见《波佩的面纱》，第59—60页。

② 同上书，第70页。

找到了艺术上的“平衡”的法则；因此，他对这一问题的复杂呈现，就能带给我们持续的思考。

在抗战的特殊实际中，“残酷的战争环境强调的是集中统一，不允许过多的个人自由，而新加入到革命行列的众多作家、艺术家又的确存在着不能适应革命的自由主义倾向”①，因此，从抗战实际出发强调知识分子和人民的结合，是为了保证思想的高度统一，完成抗战成立新中国的伟大使命。但是，就文学而言，“人民”这个概念，由于在使用中过于强调其阶级性质和集体性质，乃至于抽去了应有的精神内涵（如过于强调理论和政策的指导作用，必然会限制文学中“人民”形象展现的空间，不可能成为具有强烈的生活实感并体现出差异性和多样性的个体形象），终至于成为失去了生命力的空洞“符号”，“人”的主体性也必将严重萎缩。在这个意义上，对“人民”的崇拜，反而可能造成对“人”的存在价值的漠视，而这本应作为文学生命力的根基所在。对路翎来说，“人民”所具有的感召力深深吸引着他。但是，几乎从其创作之初，就执著于对人的精神世界的关注，这使他很清晰地注意到“人”的主体意识的先在性：**无论阶级身份如何，人物首先是作为一个有着自己独特精神世界的“人”（个人）；而“人民”也必须首先成为“血肉”的“活人”，以其所蕴藏并随时可能爆发出来的“原始强力”表征着自己的存在。路翎似乎着意于要以甚至显得极端的感性方式，将这种有着强烈“生命力”的、正在萌生或极力要显示出自己主体意识的“人民”形象呈现出来**。在意识形态对文学影响越来越强烈的语境中，路翎始终不能放弃对“主体性”的关顾，近乎“执拗”地以“异端”的形态，开掘着被时代巨流所淹没的“个人”的精神世界。胡风已经敏感地提出，路翎在使“新文学里面原已存在了的某些人物得到了不同的面貌，而现实人生早已向新文学要求分配座位的另一些人物，终于带着活的意欲登场了”，因此路翎“替新文学底主题开拓了疆土”②。这样的评价显示了其独到眼光，而这些“新人物”及其“新面貌”（最典型

① 钱理群等著：《中国现代文学三十年》，北京大学出版社1998年版，第460页。

② 胡风：《一个女人和一个世界——序〈饥饿的郭素娥〉》，见《胡风全集》第3卷，第100页。

地体现在人民形象中如矿工、农民、流浪汉等，还有那些路翎称为“精神腐蚀”的负面形象如罗大斗、郭子龙等，也包括知识分子形象）的“特质”，的确显示了路翎思考的独特性，也彰显出路翎对于“人民”的理解和“革命文学”的主流中存在的歧异。

随着时代语境的变化，文学创作中“人”与“人民”这两个维度，由于对“人民”维度的过分强调，另一个维度——“人”——逐渐归附于“人民”的一维。对“人民”内涵理解的单一化，导致了“张力”结构的消解。但是，在路翎的理解中，这两个互相依存又互相对立的极点，在趋于反向的“扩张”和趋于同向的“吸附”之间，却始终保持着本有的张力；并且，由于外在语境的压力，其中“张力”强度甚至更加强化。特别是由于现实语境的压力，他对“人民”的理解，和理论家们之间的歧异越来越显明，他的创作受到的挑战必将更加严重。从“张力”效果来看，两个维度之间的斥力都达到了最大化限度，也必然导致“张力”结构的超强度效果。

第三节 “趋同”与“疏离”：创作心态的矛盾

体现在路翎创作中“人”与“人民”关系的张力结构，如果从深层的原因来看，必然与创作心理有着直接的关联。从大的层面看，路翎对胡风理论的认同，使其与理论家们对“人民”的理解及其所确定的表现方式存在显著分歧。从他的创作与胡风理论的关系来看，胡风理论激励着他深入到富有“实感”的生活之中，着重于表现“活的人”、“活的群众”，并致力于对“一代的心理动态”的捕捉和把握。这种观念上的认同无疑成为影响其创作的一个重要因素；但是，来自生活“实感”的丰富体验，又使其创作能够以鲜活可感的生动性，将“人”与“人民”的复杂性以立体的、“多面”的形态表现出来。因此，路翎的创作往往超出了理论的设计，而将生活最真实的“感性”面目及其内在矛盾性质隐露于文本中。这一点，使他与胡风理论之间存在着某些微妙的殊异，出现了“观念”和“实感”之间的某种分离——这同时又加剧了文本内部的“紧张感”和矛盾质素，也大大地扩充了文本的阐释空间。

一 观念的指引：对“人民”的亲近与认同

不管路翎具有怎样坚定的文学立场和独特的文学个性，他总是处在特定时代的一个“具体”的人。我们无法回避40年代文学语境的特殊性。抗战爆发后，“文艺创作活动在非常实际的意义上与广大民众结合，这种结合的广度与深度又是空前的”①。“大众化”命题已经由知识界的理论探讨，沉落到了直接的现实层面，在文艺领域则演变成为“作家与人民结合”的时代诉求。对路翎而言，他的生活与创作都与那个历史性的战争时代纠结在一起。从其懵懂的幼年起，路翎就处于“这动荡的日子使每个人不能想到明天的事”② 的战争生活状态，直接承受着流亡生活的磨砺和沉重的“精神创伤”。战争把年轻的路翎推到了现实生活的中心，从幼年起就熏陶出对于民族、国家的深切责任感。战乱中从现代大都市南京，几经辗转流落到荒僻蛮悍的四川乡野，他结识了形形色色的乡场人物，深切感受到底层人民的苦难。在写作中则自觉地以“人民”为本位，“觉得对人民形象追求的重要”③。对底层生活的接近，使路翎很容易就能从苏联文学得到滋养并产生强烈的共鸣，自然地将“人民性”作为自己的文学追求，认为“艺术是人民性的正义感情和美学追求的形象思维”④。因此从创作之初，就开始了对“正确”表现“人民形象”的艰难探索。随着写作经验的积累和对社会体察的深入，对于“人民性”的追求，更是成为一种自觉的文学导引。可以说，和许多革命作家一样，对于“人民”及其“革命”性质的颂扬和表现，既是路翎文学追求的起点，同时也是最为崇高的目标。

当然，这些来自观念上的体认，是与时代的整体氛围相互感染和呼应的。抗战后文学的普遍现象是“作家们大都真诚地放弃了自己的个性追求，希望和广大民众一起高唱时代的进行曲”⑤。如前所述，对于

---

① 钱理群等著：《中国现代文学三十年》，第447页。

② 路翎：《一片血痕与泪迹》，载《弹花》1938年第2卷第2期，署名烽嵩。

③ 路翎：《致胡风书信全编》，第43页。

④ 路翎：《我与外国文学》，《外国文学研究》1985年第2期，见《路翎批评文集》，第261页。

⑤ 钱理群等著：《中国现代文学三十年》，第447页。

"人"的价值的追寻和捍卫，作为路翎人生信念和文学追求的基点，始终引导着他从人的"主体性"的角度关注着现实生活和现实的"人"；同时，对于"人"的强调，他从来都没有脱离对人的社会性、阶级性的确认这一前提，这一点上他和胡风的观点是一致的。从基本的层面看，也与理论家们的立场并不相悖。因此，路翎也和许多革命作家一样，带着强烈的参与感真诚地希望融入"人民"的洪流中，应和着"时代"的节奏，成为真正的战斗者。而且，恰逢血气方刚的青年时期，路翎也许更敏感于"时代"的召唤，战争带来了可怖的毁灭和悲惨的记忆，但同时也激起了不可遏抑的民族热情，激起了对于"明天"、"未来"的渴望和"新生"的强烈憧憬，如他所说，"我们正处在一个亟待毁灭、也亟待新生、创造的时代。一切东西，一切生命的艺术，都是达到未来的桥梁"①。以"我们"的称谓表达对"未来"的憧憬，正是把自己作为时代当然的一员，以完成时代的伟大任务为己任。因此，"人民"所具有的"向心力"同样对路翎产生了非常强烈的影响。

应该说，在战争时代，"人"和"人民"这两个维度对于文学创作来说是不可或缺的两翼：文学不可能仅仅以表达一己的悲喜哀怨为要务，也不可能完全抽空"个人"因素，而简化为类同科学原理的理论演绎。战争环境提供给文学的正是"人"（个人）与"人民"（集体）这两个维度之间的一种张力结构：一方面，战争所具有的"合历史性"需要个人无条件地服从于集体性的民族意志，无条件地融汇到集体的洪流中，以强大的凝聚力"筑成我们中华民族的钢铁长城"；另一方面，对于个人来说，战争带来的毁灭性后果和沉重的精神创伤却是永远无法愈合、难以平复的，特别是由于对"集体"意志的强调难免造成对"人"的差异性的忽视，往往出现了对"人"精神价值的漠视，却又不能为具有人文关怀立场的作家所释怀。如何将处于"合历史性"的战争诉求与站在"人文关怀"立场上对"人"的价值和精神世界的珍视融会于创作中，通过二者的张力结构呈现出文学所具有的双重维度，既不乏历史的深度，又

① 路翎：《青春的诗——〈财主底儿女们〉题记》。

能够揭示出特定情境中“人性”的丰富性和复杂性，也许正是战争文学必须面对的关键问题。①

一 创作中的自我“克服”：“奋力地突击”

无疑，《财主底儿女们》中，“人”与“人民”命题之间的纠葛最为紧张，人物所经历的精神“搏斗”也最令人揪心。这部小说在文本层面的“紧张”感，不仅来自它所触及的命题本身的尖锐性，来自作者对这一命题“开掘”的深入性，其实也来自于其内在心态上的矛盾与分裂。我们有必要回头追究蒋纯祖这个人物在“人”和“人民”的张力结构中体现出的复杂性，这将帮助我们理解路翎在经历“形式的跨越”过程时其困惑和“疑虑”的深层原因，同时能够感受到现实语境施之于作者的精神困境和深切焦虑。

作家的困惑首先从对蒋家兄弟的态度上可以看出来。蒋少祖接受了“个性解放”的西方新思潮，本来能够以更为开阔的视野理解社会、革命和个人之间的关系，不幸却拒绝了“人民”的召唤，不免流于偏激。他仅仅谴责“这个时代唯一的错误，就在于忽略了无数的生命”，但他却忽视了时代对个人的规定性，他固然意识到“每个人都有他自己底意义”，但是却错误地认为“时代”和“革命”压杀了个性，最终难免落得被时代淘汰的可悲结局。作者对蒋少祖的批判立场是显而易见的。

对于蒋纯祖来说，情况则要复杂得多。我们不难感受到作者与人物之间难分难解的纠葛缠绕，这从作者对自己写作状态的描述亦可得到印

① 关于这一点可以参看童庆炳先生提出的“历史—人文”辩证矛盾的精神价值取向的观点。他在《在历史与人文之间徘徊——中国当代文学创作的精神价值取向》一文中，将新时期以来反映改革现实的小说分为三种艺术范式：范式A——改革/保守；范式B——人文/改革；范式C——权力/商业资本。他认为以上三种范式中要么缺失人文关怀（第一种），要么缺失历史理性（第二种），要么人文关怀与历史理性双缺失（第三种），因此呼唤第四种范式即“历史—人文”辩证矛盾的精神价值取向，并作了具体的分析。该文虽然主要是就当代文学创作而言，但是这种辩证观点，对于文学创作或文学批评却具有普遍意义。用“历史理性—人文关怀”的“张力”结构来理解战争文学，也颇有启发意义。就本文而言，我们认为，具体到战争中“人”与“人民”的关系，也同样存在相似的张力结构。参见童庆炳《维纳斯的腰带——创作美学》第十六章，上海文艺出版社2001年版，第477—513页。

证。路翎曾这样描述过写作该小说初稿[①]时的感受：

> 我自己和蒋纯祖一同苦痛，一同兴奋，一同嫌恶自己和爱着自己。我太熟知它了。它假若真的，完完全全地变成我自己，这对我底创作就成了一个妨碍。我克服着。[②]

在这里，写作的过程不仅是克服对象的过程，而首先成了“克服自己”的过程，即控制自己与对象的距离，以免使两者过于接近，使创作无法进行。对于一般作家来说，这也许只是职业性的操作技能，而对于路翎来说却似乎是一场精神的战斗：“这整篇的东西快结束的时候，我底精神紧张得要炸裂，我病着。”仅仅是为了使作者和人物之间保持应有的距离，路翎就承受了如此严重的考验。因此，写作中对于这一似乎原本属于“题外”的问题，竟然成为他最大的困扰，需要以极大的意志力相抗衡：“我底人物每一分钟都苦恼我，兴奋我，在梦里也缠绕我，我于是多么渴望把它写成啊！”[③] 而在该书出版的序中，路翎还一再表白着自己的“苦恼”：

> 当我走进了某一个我所追求的世界的时候，由于对这某一个世界所怀的思想要求和热情的缘故，我就奋力地突击，而结果弄得好像夸张、错乱、迷惑而阴暗了：结果是暴露了我的弱点。[④]

无疑，这种“弱点”除了包含着作家创作中所遭遇到的困难，更主要是来自于潜隐于作家观念中“人”与“人民”的“张力结构”所造成的严重困扰。

很明显，对于蒋纯祖，作者有着过多的**认同感**；这种认同感主要在于，蒋纯祖性格的某些部分与路翎的文学追求和精神取向存在诸多契合

---

① 早在1940年路翎就写成了20万字的《财主底儿子》，但是手稿被胡风带到香港后不幸毁于战火。后来在胡风的鼓励下重写。

② 路翎：《致胡风书信全编》，第31页。

③ 同上。

④ 路翎：《自白——〈财主底儿女们〉题记》。

之处。某些敏感的研究者已经指出：“小说提供的情势——环绕这个人物的人们，他们之间的冲突，等等，都使蒋纯祖处于有利的地位，使他的弱点不至于显得过分刺目。”[①] 无论是在旷野上的流亡，还是与演剧队的尖锐冲突，以及石桥场的沉闷生活，作者“在导致冲突的主要问题上，他站在他的主人公一边”，“把冲突的另一方规定为教条主义者和‘投机者’”。[②] 的确如此，作品固然把蒋纯祖推入到各种“险恶”的境遇中进行了精神的“试炼”，从中可以看到隐藏在人物身上的自私、狂妄、软弱甚至“卑劣”；但是，最终这个“举起了他的整个的生命在呼唤着的”[③] 的“忠实和勇敢”的蒋纯祖，他敢于面对自我心灵的赤诚，作为“精神斗士”那种横扫一切的强劲生命力，却最终感染了我们，征服了我们。虽然路翎曾表示对于他的初稿“非常厌恶”，“感到惶恐”，但是又反复强调“它里面有着我底哭泣和我底喜悦……现在惟一使我想念它底地方也只在这里”。[④] 这里的“哭泣”和“喜悦”，毫无疑问在蒋纯祖身上占有特别的重量：“我不想隐瞒，我所设想为我的对象的，是那些蒋纯祖们”[⑤]。显然，出于自己和人物的这种同感，路翎也把他的读者预期为那些多少具备了某些相似的气质，有着同样精神追求和苦闷，因而能够共鸣的“同道者”。可以看出，作者是如何珍爱着蒋纯祖这个人物，而该人物身上同时也濡染着作者本人的鲜明印记。

与路翎对自己作品的“失败”感相比，胡风在其序言中则高度肯定了《财主底儿女们》取得的成就。特别值得注意的是，胡风的评价，更侧重于对作者（和人物）“搏斗”精神和意志的褒赞。胡风认为作者通过蒋纯祖这个人物“勇敢地提出了他的号召：走向和人民的深刻结合的真正的个性解放，不但要和封建主义作残酷的搏战，而且要和身内的残留的个人主义的成分以及身外的伪装的个人主义的压力做残酷的搏战”[⑥]。从中可以看出，胡风的理解是：“和人民的结合”的过程，是与

① 赵园：《艰难的选择》，第 331 页。

② 同上。

③ 路翎：《自白——〈财主底儿女们〉题记》。

④ 路翎：《致胡风书信全编》，第 36 页。

⑤ 路翎：《自白——〈财主底儿女们〉题记》。

⑥ 胡风：《青春的诗——路翎著长篇小说〈财主底儿女们〉序》。

“封建主义”和“个人主义”的“搏战”。这固然是这部小说的重要内容之一。但是，从实际看，蒋纯祖身上“个人主义”色彩是如此强烈，以至于它成了人物的核心特质；即使到最后，这种“个人主义的成分”，似乎也不能仅仅作为“残余”，而依然是人物意识的主体内容。不仅人物自身始终没能消弭这种“个人主义”的成分，就连作者本人似乎也无法决然地将其割舍。因此，作者一方面对此执行了严厉的“批判”，但同时在潜隐的无意识层面似乎又保留了明显的“同感”。至此，可以发现，路翎创作心理的深刻矛盾性，正是由于一方面在观念上受到胡风对“个人主义”搏战的自觉认同，另一方面却又凭着“实感”强烈地体认到这种“个人主义”成分的内在合理性而无法割弃。因此，在创作过程中，对蒋纯祖的态度就必然变得矛盾和犹疑，从胡风理论的观念出发，路翎对自己实践的“偏误”和“疏离”，也就更加剧了其“失败”感的深重。另外，胡风在序文中并且肯定了路翎创作对鲁迅精神的继承：“什么是鲁迅精神？岂不就是生根在人民底要求里面，一下鞭子一个抽搐的对于过去的袭击，一个步子一印血痕的向着未来的突进?”胡风对“鲁迅精神”的这一阐发，也充分显示出胡风的个性特质：似乎更注重于对主体“战斗”意志和力量的张扬，而少了一些深度的理性反思意识。而这种反思意识和怀疑态度，却正是路翎这部小说几乎所有人物（蒋氏兄弟自不待言，就是其他人物也莫不如此）的核心特征；从另一层面看，反思和怀疑的惯性也正来自路翎的本然天性。这使路翎在与人物身上的“个人主义”成分“搏战”的同时，又时时关注着“个性”存在的必要性和合理性，从感受出发而对此怀有明显的保留。

因此，在“人”与“人民”关系的问题上——蒋纯祖的“困境”，在某种意义上同样意味着作者的困境。依据“时代的命令”和“尖锐的监督”，作者让满怀梦想的蒋纯祖来到了石桥场，在这个以“实际形态”存在的乡场上开始让他“走向人民”的生命历程——无疑，作者意识到，只有从玄想的层面落实到这个最为“真实”的乡场上，对人物来说，走向“人民”才可能成为切实的行动。从这一点出发，我们可以看到作者对人物的狂热、高傲、空想等弱点所持的冷峻的批判立场：乡间女子万同华，作为“这个环境里的优秀的存在”，似乎恰好作为主人公的对立面而设置；而其他如甘于平凡的孙松鹤，甚至那个先前为蒋纯祖所“厌恶和恐惧”的胡德芳等人物，也都能显示出一种平凡却不可战胜的力量，似乎同样可以作为参照昭示出作为“知识分子”的蒋纯祖身上的种种弱点和“空想”色彩，也就显示了他走向“人民”的必然性。因此，小说中那个一再出现的“时代的监督”，似乎不仅仅是对人物的警示，它同样来自作者的意念深处：毋宁说正是“时代的命令”，决定着作者对于人物道路的构思，也影响着他对于人物的矛盾心态。

此外，在这个“经常地发生着殴斗、奸淫、赌博、壮丁买卖、凶杀、逃亡”的“肮脏、狭窄、丑陋”乡场上，作者却始终没有放弃让人物一如既往地进行“灵魂的搏斗”，不断直面灵魂的丑、恶，追问生存的意义。将人物这种“思想者”式的存在，置于“压迫着他的那些冰冷的教条，和一切鼓吹、夸张、偶像崇拜”的环境中，细究起来，显然有其特殊的意义。特别是在人物所攻击的“文化上面的复古的倾向，生活里面的麻木的保守主义，权威官场里面的教条主义，穷凶极恶的市侩和流氓”相混杂的环境中，那声强烈的呼喊：“中国人是官僚、名士、土匪三位一体!”“这又是一个迷信教条的时代，我已经把那些僵尸搬到我的面前来了，用来恐吓我自己!”这些振聋发聩的尖锐抨击，使我们似乎又回到了五四启蒙时代，感受到那种冲决一切旧礼教和旧制度的决绝的“呐喊”及其横扫一切的气势。由此可见，作者始终毫不放松地让人物趋向那些“实际”的“人民”，以此“净化”他精神上的“卑劣”；但同时，那个沉滞愚昧的乡场，又充分显示了人物本身的“先进”性质，人物因此始终保留了其鲜明完整的个性，在不可避免的冲突中更其强烈地激发出主体的力量。

虽然小说结尾时，垂危的蒋纯祖切实感觉到与“这个时代”以及“那无数的勇敢的人民”同在，但是，能够给他以最终的慰藉、使他从死亡路途上挣扎着爬起来的不是“这个时代底命令，壮志，和雄心”，而是“一个忠实的女子，是那一份爱情”。这意味着，即使到最后，蒋纯祖与这些真实的“人民”的融合也并不完全依据“时代的命令”，更多地还是从个人的精神实感和体验中、从最卑微和本能的爱情欲求中战胜了那使他永远不能安宁的“个人的热情”，作为一个“平实的人”去接受一份“平实”的生活。作品一方面告诉我们，人物似乎找到了“归宿”，但是人物同时又“隐隐地觉得这个社会杀害了他”，“他能够战胜一切，但不能够战胜这个国家底僵硬和荒凉”。对于这个时代，对于最初的“信仰”，对于他所处的“社会”和“国家”，他始终没有放弃批判。由此可见，他仅仅是在更为现实的生活层面上放弃了过多的激情和玄想，但仍然完整地保留了“自我”及其精神世界。另一方面，即使最后在病弱中蒋纯祖挣扎着奔向他生活了三年的石桥场，最终安息于他奋斗过的“人民”的土地上，也很难让人感觉到他真的与那些“实际存在”的乡民们取得了真正的默契合一。这个死亡的“回归”，似乎更多地暗含着人为设计的意味。当蒋纯祖悲愤地呼喊着：“我们中国，也许到了现在，更需要个性解放的吧，但是压死了，压死了！”“新的力量在遥远的地方存在着，我们感不到”，我们似乎又清晰地听到了二十多年前那个弃旧立新的五四余音的深沉回响。蒋纯祖在经过了多次反复的情感和理智的尖锐挣持，而他扰攘不息的生命似乎也只有死亡的结局才能使其得到强制性的了结。因此，我们强烈感觉到，那似乎要消解的“张力结构”再度绷紧了：在“人”与“人民”这个命题中，“张力结构”始终没有消失，甚至根本始终不曾放松。

三 观念与实感之间的“挣扎”与“突围”

路翎创作心理的矛盾性，显然来自“人民”命题在“观念”和“实感”之间的错位。他对胡风理论的认同，使他勇敢地思考“和人民结合”的课题，并且在观念中强烈希望通过“相生相克”达到较为和谐的状态，能够实现主客体之间的互相补益、互相促助、互相完善。然而，从他的“实感”出发的体验却不是如此简单。蒋纯祖与石桥场人民之间的精神距离如此之大，“结合”的过程如此曲折艰难，但最终似乎也未能达成令人满意的结果。作品终了蒋纯祖的死亡，正是这个无法解决的问题的强制性“解决”；事实上，这个困扰着蒋纯祖的问题，并未因其临死时的“顿悟”而真正被化解。这正说明，从“与人民结合”的观念出发，路翎有意识地要让人物突破重重的精神壁垒，以切实的行动推动着他将其付诸实践；但是，从生活“实感”而来的种种问题，又时时与观念上的引导相抵牾。因此，与“人民”的实际状况相对照，对知识分子身上的种种弱点，路翎毫不留情地予以揭示和批判，这无疑是极为明确的；但是，“人民”实际存在的落后、愚昧和麻木状况，却又使他对人物“个性”价值不自觉地流露出“理解之同情”，甚至常常表现出强烈的认同意愿。相对于前者的自觉和明确，后者就自然被作为一个“干扰性”的因素，需要作者加以有效的阻拒；然而，这种来自实感和体验的“真实”，具有强大的力量，它是如此鲜活地存在于作者的本然生活中，因而也就构成了创作最直接的精神动力。因此，其创作过程中的“紧张”，首先就来自这种“观念”和“实感”的错位，来自从生活体验出发不自觉地给予人物的“自由”意愿和从观念出发的有意识的“干预”意愿之间的一种潜在的“斗争”。

可以说，胡风理论视野中的“人民”，正是来自对“生活实感”的体悟，因而他能够冲破当时理论家对“人民”的教条化理解，从生活和文艺创作的实际需要出发，来思考“与人民结合”的课题，对这一问题的复杂性就有着充分的认识，这使其理论表现出更为强大的生命力。尽管如此，胡风对“人”和“人民”关系的理解，毕竟还是作为一个理论命题，不能不经过理性思辨的逻辑化过程，并且最终是为得出解决问题的某种“结论”。与之相比，路翎的创作则首先来自生活实感，要最大限度地把捉现实的复杂性。无疑，40年代“人”与“人民”之间的紧张关系，只有在现实的层面，其尖锐性和复杂性才能被深刻地体验到。也正是基于对于生活的敏锐感受，我们看到路翎创作对这一命题的呈现，已经超出了胡风理论的“预想”，达到了更为复杂的状貌。对此，其作品在这一命题上使我们获得的丰富感知，足以作为最好的诠释。茨威格曾经把创作理解为“是无意识和有意识之间的一种持续不断的搏斗”，“艺术家就受创于无意识和有意识之间的对立、创作平衡的法则。”[①] 对路翎来说，也许正是这种“无意识”与“有意识”之间的对立，形成了他创作中这个命题的特殊的张力效果。

知识分子与人民的关系，是五四时期就被提出并始终成为新文学焦点的核心问题；在路翎所处的时代语境中，似乎更为具体地演绎为“人”/“人民”的命题：与“人”相关联的，是五四文学中的“个性

① 茨威格：《艺术创作的秘密》，见《波佩的面纱》，第71页。

解放”，从人道主义立场上强调作为个体的“人”的解放；而同时，战争的现实诉求和政治意识形态的建构，则将“人民”的概念提升到一个特殊重要的地位，占据了“压倒一切”的强势地位。对路翎而言，一方面，受到现实语境的影响，“人民”代表了不可违逆的历史理性，因而具有强大的感召力和影响力。另一方面，对于底层社会现实的接触，对于“人”的命题的深入思考，又使他意识到社会中这些形形色色的个体存在，都有其不可替代的独特价值，不能用僵硬的教条将其“作为社会的人底丰富的内容”抹杀，不能因此贬低了“人底价值”。当然这一点上，胡风“主观战斗精神”给予他的积极影响毋庸赘言。总的说来，路翎不可能超脱于特定时代的规定性，不能不被“人民”的强大感召力所吸引。但是，当“人民”最终被当成政治概念引入到文学中，并且“阶级斗争”的思维更被扩大化到知识分子与“人民”（工农兵）的关系，使“人”的维度遭遇了空前的“危机”之时，路翎就不能不把目光转向那些被忽视的“活生生”的个体存在，并且着意于要从精神层面上来展现他们作为“人”的这种独特价值。虽然作出这样的“抉择”是艰难的，为此他经历了无穷的困惑、苦闷和沉重的压力，但一当确认了自己的“探索”所具有的价值，路翎就坚定地踏上了这条崎岖不平的创作之路。无疑，在蒋纯祖身上，“人”与“人民”的命题以最为复杂的形态纠结在一起，而潜隐于作者心灵深处的矛盾和焦虑则使他陷入难以解脱的困境中。他的感受是深刻的：

> 这个时代在理论上解决了一切，在实际的社会生活里，产生了无穷的分裂、矛盾、追求、遗弃、痛苦，和不值得一顾的小小的悲剧、小小的灭亡。
>
> ——《财主底儿女们》

的确，路翎所处的时代，是一个可以在“理论”上解决一切问题的时代，“时代的命令”几乎不容个人选择和犹疑，这一点连骄傲的蒋纯祖都不例外。但是，作为作家，路翎却敏感地发现了被“理论”所化约而实际上却无法避免的“无穷的分裂、矛盾、追求……”它存在于每一个个体最为真实的心理感受中。从另一层面上看，如果把“时代”

作为一个“叙述者”——如同作家路翎对他的人物（如王炳全）所做的——这个“叙述者”也同样给它的对象（路翎）设置了重重的“危机情境”。特定的历史语境造就了“人”与“人民”之间的巨大张力，必然使路翎接受最为残酷的“考验”：既强烈地听命于时代的召唤，同时却又着意于去发现并缝合“理论”和现实之间的无穷的“罅隙”。自然，他的努力随着现实语境的日益严峻，必将陷入无以解脱的两难处境，但对于作家路翎来说，似乎也没有其他更好的路了。

纠结于路翎创作中“人”与“人民”之间的张力结构，给予我们深长的启示。它让我们看到，处于“转折”时期的40年代，文学中“人民”这一命题的内涵更加复杂了：它所包含的两个原本互相关联、呼应的维度（人/人民）逐渐变得紧张起来。这同时也与更为具体的“知识分子和人民结合”这一命题相互勾连，充分反映出文学语境的日益敏感。特别是对革命作家来说，他们将不可避免被推入两难处境中——正如路翎所遭遇的。依据胡风理论的支持，路翎从马克思主义立场出发，非常注重文学的社会性、阶级性；不过他更敏感地注意到，某些文学创作中过于强调政治性而存在将“人”工具化的危险。并且，基于对胡风对其时文学现状悲观估计的认同，路翎创作中也特别强调了“主观战斗精神”，强调文学创作中直觉和情感体验的必要性和首要性，试图通过“主观精神”的突进达到与客观对象的融合和结合。因此他反复强调“文学是通过感性而存在。文学只能是通过作家底战斗要求所表现出来的物质世界的感性的存在”①。他们认为作家和人民的“结合”“并不是抽象的概念，而是活生生的感性的存在”②。在40年代后期权威理论家与胡风的争论中，双方所使用的逻辑理路和话语方式都不无相似之处，对文学的“阶级性”和“社会性”的体认上亦本无二致。就此而言，路翎的创作，主要是基于他对生活的“实感”和体验，意图对创作中某些概念化、理性化的弊端加以反拨，“他们的本意也仅仅是对神化人民英雄的倾向有所纠正而已”③，其最终目的正是为了表现出

① 路翎：《论文艺创作底几个基本问题》，见《路翎批评文集》，第91页。

② 胡风：《置身在为民主的斗争里面》，见《胡风全集》第3卷，第189页。

③ 钱理群：《〈二十世纪中国小说理论资料〉自序》，见《二十世纪中国小说理论资料》第4卷，第16页。

“活生生”的人民，而不是被理念所限制了的僵化的“人”。

本章小结

本章从路翎创作的文化语境和内在意蕴出发，就其对时代命题——“人民”的复杂呈现，力图寻绎出路翎创作异质性特征的根源和情状。我们发现，使得路翎陷入不可避免的“挣扎”状态的缘由，必须归结到文学“转折”期中“人”的命题与“人民”的命题之间的复杂纠葛。在40年代“人民文艺”的规范中，文学中“人”的内涵被忽视，与之相关联的五四文学传统面临着历史性的考验。如何在新的时代继承和化合新文学的宝贵传统和精神资源，成为摆在作家面前的严肃问题。就路翎而言，他强烈的时代参与意识、社会关怀立场使他被“时代的命令”所鼓舞，但是对“人”的命题的热切关顾也同时使他敏感于当下文学发展中的某些偏向。因此，在创作心态上就陷入难以避免的困境，这自然也就体现在其创作的各个层面。总的来说，基于路翎对以鲁迅为代表的五四文学传统的深切认同，他始终秉持着鲁迅式的人文主义立场，因而对文学创作的政治化倾向保持着警觉。这样，他就不能不陷于鲁迅式的“寂寞”当中，饱尝“两间余一足，荷戟独彷徨”的滋味。无疑，在新的语境中，依然不曾割弃对“人”的价值的推重，这最充分地体现了路翎创作的主体意识。

从“史”的层面看，“人”—“人民”的张力结构则使路翎创作成为“转折”期文学最典型的个案。路翎及其作品本身，呈现出知识分子在特定“问题情境”中有相当代表性的一种理解和思考；其文学观念、艺术形式及其内容的复杂性、矛盾性中，隐含着相当一部分知识分子极为特殊又极具普遍性的文化心态，或如胡风所说的“时代的精神动向”。路翎写作的意义，就在于以他特有的复杂性和丰富性，显示了历史情境中文学与政治、社会，以及知识分子与人民之间的关系、文学的功能等这些从现代文学发生之初就开始出现的重大问题，及其在抗战之后发展、演变的内在逻辑，也提供了新文学发展的一种新的可能性（虽然这种可能性是被“压抑”的，未及充分展开的）。也可以说，“转折期”的路翎写作，以非常感性的方式提供了对这些“大问题”加以思考和把握的一个“点”，可以让我们展开对现代文学中知识分子和人民关系这一命题的深入考察。路翎的创作和思考，也就体现了作家在他所处问题情境中的独特思考和面对现实的绝大勇气，而这种勇气来自他对文学创作中某些弊端的敏感。因此，从某种意义上看，他对“人民”问题的复杂表现，也恰恰是为了裨补“时阙”——或者说，是路翎以自己的方式表达了对于时代命题的思考和理解，是对于作为“发话者”的时代的一种“回应”（当然，这种“回应”由于对话双方之间的不平等而最终被强制性地“打断”）。

第五章　作为“回应”的新命题：“人民底原始的强力”

1942年5月，路翎在完成代表作《饥饿的郭素娥》之后，曾致信给胡风，其中写道：

> “郭素娥”，不是内在地压碎在旧社会里的女人，我企图“浪漫地”寻求的，是人民底原始的强力，个性底积极解放。但我也许迷惑于强悍，蒙蔽了古国底根本一面，像在鲁迅先生底作品里所显现的。我只是竭力扰动，想在作品里“革”生活底“命”。事实也许并不如此——“郭素娥”会沉下去，暂时地又转成“卖淫”的麻木，自私的昏倦……①（着重号为引者加）

而在给这篇小说所作的序中，胡风征引了上面这段话，并毫不吝啬地把他的赞誉奉送给这位年仅20岁的青年，“我们看到了刚过二十岁的青年作家底可惊的热情和才力”②。邵荃麟指出：“当我读了几章之后，非常吃惊。路翎的名字在读者中间还是比较陌生的。我所知道的，他是一个二十几岁，连中学都不曾读完的青年，但是这本书里却充满着一种那么强烈的生命力！一种人类灵魂里的呼声……”，并认为这篇小说“在中国的新现实主义文学中已经放射了一道鲜明的光彩”。③可以说，《饥饿的郭素娥》标志着路翎作为“天才”式的作家在40年代文坛上

---

① 路翎：《致胡风书信全编》，第45页。

② 胡风：《一个女人和一个世界——路翎著〈饥饿的郭素娥〉序》，见《胡风全集》第3卷，第102页。

③ 邵荃麟：《饥饿的郭素娥》，原载《青年文艺》1944年第1卷第6期，见《路翎研究资料》，第63页。

的成功“亮相”，它以充沛的激情和不可阻抑的生命力给小说界带来了一股新鲜的气息。

除了受到文学界广泛关注，上面引文中的“人民底原始的强力”一语也逐渐成为一个重要语汇，受到批评家和研究者的高度重视，成为对其创作进行评价和阐释的不可分割的部分。虽然路翎自己对此并没有作过过多的理论阐释，但是，从40年代的文学语境来看，特别是结合当时存在的对创作看法的分歧，当然更重要的是从路翎创作实际来看，“人民底原始强力”，不能不说是一个独特的命题。

第一节　备受争议的论题：“人民底原始的强力”

一　受到的批评

在40年代“现实主义”问题论争中，与对“主观论”的批判相连，“人民底原始强力”也遭到严厉指责。路翎是把“人民底原始的强力”与“个性的积极解放”结合在一起来提出的，因此，论争中它也总是与“个性解放”连在一起，作为“小资产阶级个人主义”的错误倾向不断地被质疑和批驳。数年前还惊赞路翎小说的邵荃麟，此时则撰文批判“原始的生命力”：“文艺的政治倾向与直接效果，被人们视为‘庸俗说教’而予以拒绝了；人们在追求着艺术的‘永恒价值’，在歌颂‘原始的生命力’与个人英雄主义，在高扬着超阶级的人性论与人格论，把克利斯朵夫式的追求，肯定为现代人生战斗的途径；总之，阶级斗争的精神在这里被个人反抗的精神所代替了。”① 第一次文代会上国统区十年来革命文艺运动的报告中，也批评了“主观论”者“无条件地崇拜个人主义的自发性的斗争，……他们不把集体主义的自觉的斗争，而把这所谓原始的生命力，看做是历史的原动力。他们想依靠抽象的生命力与个人的自发性的突击来反抗现实，所以这在实际上正是游离

① 荃麟执笔：《对于当前文艺运动的意见——检讨、批判和今后的方向》，原载《大众文艺丛刊批评论文集》，见《中国现代文学史参考资料》第2卷，第275—276页。

于群众生活以外的小资产阶级的幻想"①。

更为直接的批评来自论争文章《评路翎的短篇小说》。该文先将《青春的祝福》中"劳动人民"分为两类：一是"流浪汉气质的工人"，二是"刚离开土地不久底农民气质的工人"。认为路翎把前者写成"具有正直、勇敢的品质，是在苦痛的生活下烦恼着，挣扎着，追求着的"，后者则被写成是"带有懦弱，自私，'惯会自己欺骗自己'等等弱点"。其原因被解释成"因为被朦胧地'寻求'着的'原始强力'与'个性解放'似乎是最和流浪者气质相合"。该文指出这一错误"表面上是要'强'，要'解放'，实际上却是想超脱现实生活逃避现实的斗争"，"他们不了解人民的力量存在于人民大众被压迫生活中的觉醒与可能觉醒中，却反而想去从人民中找什么'原始的强力'了；他们不了解人民的力量存在于觉醒的人民的集体斗争中，却片面地着重了'个性解放'的问题"，并指责其"只看见人民群众的这样和那样的弱点"。该文认为路翎小说中，无论是知识分子还是劳动者身上都存在这种"错误"的对于"原始强力"的表现：

> 在他写知识分子的作品中，虽似乎是在批判知识分子，但并不是着眼于知识分子与群众孤立这一点上进行批判，而是想从知识分子"内心"中找出某种自然的、单纯的"力"来作为克复一切矛盾的出路。在他写劳动者的作品中……其主观意图虽然是要寻找存在于人民群众中的力量，发扬人民的英雄主义，但实际上，他所看到的人民力量不是从现实生活中产生，倒是建立在与现实生活无干的突发的感情波动之上，也不是集体的群众中产生，倒是建立在离开群众的特立独行的个别人物身上。②

显然，这里的指责是从阶级立场和集体主义观点出发的，其偏颇显

① 茅盾：《在反动派压迫下斗争和发展的革命文艺——十年来国统区革命文艺运动报告提纲》，原载《中华全国文学艺术工作者代表大会纪念文集》，见《中国现代文学史参考资料》第2卷，第336页。

② 胡绳：《评路翎的短篇小说》，原载《大众文艺丛刊》第1辑《文艺的新方向》1948年3月1日。

而易见，但是其中提出的路翎对“流浪者”的偏爱以及存在于“知识者”和“劳动者”身上的“原始强力”这两点，还是准确地道出了值得我们关注的重要事实。40年代的战争语境，“人民”作为“时代的命令”，高频率地出现于人们的视野中，吸引着作家从各自的角度去追寻和探求这一崭新的力量之源。站在“人民创造历史”的马克思主义立场上，“人民”的概念更被赋予了强烈的政治内涵，“歌颂与暴露”的问题得到了特殊的强调，“写光明为主”，也就成为政治对文学的要求而获得了无可置疑的合理性。从客观情况和“实用”角度看，“因为人民中间数量最多和力量最大的，正是工农”，因此，“工农应该是我们的文艺表现的主要对象”。[①] 对于“人民力量”的表现，成为革命文学的最重要的主题之一。

二　“人民底原始的强力”的内涵

1. 理论家们意指的“人民力量”

在革命文学内部，权威理论家和路翎对“人民”这一概念理解的分歧，也相应地造成了对“人民力量”及其与“个性解放”问题的显著分歧。理论家们看似并没有拒绝“个性解放”，如一篇批评胡风的论争文章中就强调：“现在，有一种‘理论家’，说我们是害怕‘个性解放’的，这假如不是污蔑，也是无的放矢。我们在什么时候害怕过或者反对过真正的个性解放呢？”[②] 但是，细究其观点，就会发现这里所谓的“个性解放”有着需要辨明的特定内涵。文章认为，“个性解放”是西欧资产阶级用来组织人民进行反对封建主义斗争的口号，在资本主义阶段“它还是带着进步意义的”。但是当“劳动人民以新的集体主义的精神起来进行争取解放的斗争时”，这个“个性解放”已经成为过时的、虚伪的历史产物了。资产阶级意义上的“个性解放”，已经被反动阶级及其御用文人所利用，而成为压抑个性的工具。文章强调“我们”追求的真正的“个性解放”则是“要争取千千万万人的个性解放”，而它首先必须落实到物质层面，“个性解放与经济解放分不开的”，“要使广

① 默涵：《关于人民文艺底几个基本问题》，原载香港《群众》周刊1947年第19期。

② 默涵：《个性解放与集体主义》，见《中国现代文学史参考资料》第2卷，第409页。

大劳动人民的个性得到解放与发展，首先就得使广大人民从贫穷和饥饿中解脱出来，使广大人民勤劳生出来的财富，从少数掠夺者手里拿回来，复归于人民所有”。（着重号为引者加）这个意义上，“个性解放”就被从“个体”的维度而推进到“集体主义”层面上：“我们所要求的，是广大人民的个性解放；我们自己的个性解放，只有在和广大人民结合的集体斗争中才能实现。”①

这篇文章提出的“个性解放”的内涵，应当包含两个方面：一是从阶级观点出发，以物质层面（经济上）被剥削地位的解脱为基础；二是从集体主义立场出发以个体对于群体的归一为前提。由此可见，理论家们所说的“个性解放”，与五四时期以“人的发现”为出发点的“个性解放”，已经具有不同的内涵：后者突出“人”的“个体”、“个性”的维度，更注重从精神的、感性的层面上张扬人的本性，前者则强调了人的社会性层面，从阶级的、物质的、群体的维度来规定人的属性。在主流文学的语境中，后者作为“资产阶级”的没落思想而受到了非难。同时，理论家们“个性解放”所强调的集体主义立场或“集体利益”，就与“人民力量”的命题取得了必然的一致性，它同时限定了“个人”与“集体”关系中的“集体”维度。如在另一篇批评路翎的论争文章中所说的：“出路（自己的和全社会的）到底在哪里呢？知识分子自己的弱点究竟怎样克服呢？……如果不从集体的人民斗争上看，人民的力量是找不到的；如果看不到潜在着的人民的集体斗争力量，出路是找不到的。”②从“知识分子与人民结合”的命题，文章最终把“出路”归结到了“人民的集体斗争力量”之中，即在集体性的“阶级斗争”格局中解决这个问题。

2. 路翎命题的内涵

与理论家们对“人民力量”以及“个性解放”的规定不同，路翎提出“人民底原始强力”包含着他自己的思考和理解。在“主观”问题的论争中，路翎曾就理论家们对“人民底原始强力，个性的积极解

---

① 默涵：《个性解放与集体主义》，见《中国现代文学史参考资料》第2卷，第411页。

② 胡绳：《评路翎的短篇小说》，原载《大众文艺丛刊》第1辑《文艺的新方向》1948年3月1日；钱理群编：《二十世纪中国小说理论资料》第4卷，北京大学出版社1997年版，第506页。

放”的不公平指摘作了反驳，并作出较为完整的阐释。

首先，路翎对知识分子和作家的先进性和革命性质作了具体分析。他确认了“今天的知识分子、作家，大部分都出身小资产阶级”的事实，但是认为他们“在社会斗争底血汗的哺育下长大，接受了世界性的斗争经验和理论领导，进行了或进行着脱离本阶级的沉重的斗争（即自我斗争，也就是乔木先生所说的从这种生活到那种生活的血肉转变），负担着中国底重大的历史任务和历史要求，成了人民底先锋队的”。①

其次，他以辩证的眼光理解知识分子的“个人的反叛”与“社会性、群众性的行动”的关系。认为知识分子和作家由于“献身的主观要求”与“和人民结合的基本行动”，而成了先进的“觉醒”者；并且，其“觉醒”的过程首先经由“个人的反叛”开始。路翎特别强调：“个人的反叛，在我们底理解，也就是社会性和群众性的行动。它是个人底生活范围内发生的，反映着一代的群众要求行动。”这里，路翎显然不是以二元对立的方式来理解“个人”和“集体”之间的关系，而是强调二者之间的互生互赖：一方面，“个人的反叛”作为社会性、群众性行动的基础和前提，反映了“一代的群众要求行动”；另一方面，社会性、群众性的行动又必然是在“个人底生活范围内发生”，落实到“个人的反叛”中方能完成。

再次，路翎对“个性解放”的内涵作了更全面客观的分析。他承认“个性解放的要求是由欧洲的资产阶级提出来的，但那是革命的资产阶级”，因此欧洲的个性解放有其革命性质。而中国的情况有所不同。

> 在中国，由于封建势力底强固和新兴资产阶级底先天不足和特殊的软弱，它刚刚开始行动就和封建势力妥协了。而它的领导权，迅速地就转到工农阶级及其先锋队手里去了。革命的任务，反封建的任务既然由工农阶级及其先锋队来执行，作为反封建的基本行动的个性解放这一行动就一定也带着新的社会性质，这就是说，它已经不是资产阶级性的个性解放，（在中国，资产阶级

① 路翎：《论文艺创作底几个基本问题》，见《路翎批评文集》，第101页。

> 只能有个性堕落和丑恶的放纵），它已经进展到工农大众底中间；而革命的知识分子（注意，并非资产阶级）底个性解放的要求和行动，反对封建的要求和行动，就反映着和推进着工农群众底这个客观上的历史要求。这就是说，在中国，任务虽然是反封建（也就是反帝），但这个任务却不是堕落的资产阶级所能够执行的，它是由革命的工农及其同盟者的知识分子来执行的。①（着重号为引者加）

这段话中，由于受时代局限性，路翎对资产阶级性质的理解还不尽全面。除此而外，他对社会阶级状况及其性质的具体分析，确实是结合着绝大多数革命知识分子以及倾向革命的知识分子们的深切体验而发的。相对于批评者们将西欧“个性解决”一概视为反动思想以及完全取消“个性解放”中的“个人”维度（单纯强调其经济性质和集体维度）的机械化理解，明显更切合实际，因而也更具合理性。

最后，路翎所理解的“个性解放”主要还是落实在反封建的彻底性上，其最终目的还是“成为真正的人”。他明确指出：“个性解放，是从封建的诸关系下解放出来的意思”②，并对反封建的具体内容作了较为明确的解说：

> 要求个性解放的立场，就是战斗实践的立场，这战斗，反封建，是一切方面的，其中包括着对旧的道德观点，旧的人生情操，自私的哲学，投机取巧的态度，逃避现实的心理，以及各样的妖魔鬼怪的斗争，它要求着成为新的性格，成为真正的人，成为真正的这个时代的战斗者：要求着而且进行着真正的和人民结合。③（着重号为引者加）

路翎在此既没有割裂“个性解放”与社会解放（其中当包含着

① 路翎：《论文艺创作底几个基本问题》，见《路翎批评文集》，第102—103页。

② 同上书，第103页。

③ 同上。

"经济解放"层面）的关联，唯"个性"是从；也并没有一味强调"集体斗争"，截然否决了其中的"个体"维度。他从实际情况出发，避免了过于强调阶级性质，而把知识分子和"人民"关系绝对化为二元对立的思维模式；甚至更进一步，从彻底的反封建立场出发，把"革命的知识分子"的"觉醒"（"个人的反叛"）作为承担着"历史任务和历史要求"的"战斗者的精神"，而充分肯定其先进性。可见，"个性解放"，对路翎而言，就不单包含了物质或经济的层面（对于经济上被剥削地位的解脱），而主要意味着意识、精神和心理等层面的内容。他认为："个性解放，也就是自我改造；群众性的个性解放，也就是群众的觉醒和改造。"①

从这样的理解出发，对"人民底原始强力"的内涵及其与"个性解放"的关系，路翎作了进一步解说：

> "人民的原始强力"是什么？它就是，反抗封建束缚的那种朴素的、自然的、也就常常是冲动性的强烈要求，这种自发性是历史要求下的原始的、自然的产儿，是"个性解放"的即阶级觉醒的初生的带血的形态，它是革命和革命领导的基础。②（着重号为引者加）

根据路翎致胡风信中的原话、他对"知识分子和个性解放"的立场与观点来理解这段话，可以对"人民底原始强力"这个命题的内涵获得更为确切的理解。

首先，"反封建"构成了"人民底原始强力"的前提与方向。与胡风一致，路翎始终是站在反封建立场上来思考和理解知识分子与人民的关系以及"人民"的概念。他对"民族形式"论争中胡风的观点服膺于心，曾表示"对于五四传统和现实主义底肯定，对于民间形式底拜物情绪的批判，这是绝对需要的"③。早在18岁时，路翎已经较为认真地

① 路翎：《论文艺创作底几个基本问题》，见《路翎批评文集》，第103—104页。

② 同上书，第104页。

③ 路翎：见《致胡风书信全编》，第34页。

思考过五四运动的性质，确认“‘五四’是进步资产阶级底斗争传统。今天，民族战争在实质上也是资产阶级民主的”①。并且对于当下正在进行的抗战性质也极为关注，特地写信询问胡风：“中国底民族战争是资产阶级的，它底本质是不是正在改变或是将要改变呢？（这就是：在民族战争这一范围内的变化，它底变质是否将突破民族战争这一形态？）”② 对于年轻的路翎来说，浸润着五四文学乳汁成长起来，并且创作伊始即与胡风理论的全然契合，使他对五四传统怀着深切的感情。他最关心的是，社会状况的变化是否导致“五四传统底蜕变”问题，从中足以看出他对“五四传统”的由衷关注。从创作实际看，五四文学传统中的许多方面，诸如对于“人的觉醒”的关注、对“人”的心理维度和精神世界的特殊重视、对于“国民性”问题的批判，等等，都程度不同地在他的作品中得到了体现，虽然其中由于语境的变化他的“继承”和“发展”已经融入了更多的时代内涵。因此，“人民底原始强力”，首先是与五四文学传统相关联，从反封建的意义上提出的，是作为对封建意识、观念及其物质性束缚的一种反抗形式。

其次，从内容上说，“人民底原始强力”，意指基于人的生物本能的自然力量。必须注意这里提到的“朴素的、自然的、也就常常是冲动性的强烈要求”，以及“自发性”、“原始的、自然的产儿”等冗赘的修饰词。这意味着此处的“原始”强调了这种力量主要是就人的生物、生理层面而言的，与人在生物层面上的原始本能或生命冲动相关联，因而这种力量还停留在“自发”的无意识或非理性层面上，尚未进入到自觉的意识层面作为理性制约下的可控制力量。惟其“自发”，较少或不曾受到来自理性的制约，因而才更为强烈、更具有震撼力，是谓“强”力。路翎也曾经用过“唐突”、“痉挛”等语词来表示这种原始的内在冲动，也是就基于外界刺激作用而产生的生物本能的非常态反应。

再次，不可忽视这一命题的社会性维度。对这种“自发性”的力量，路翎是把它与“个性解放”关联在一起的。同时，这种生物形态

① 路翎：见《致胡风书信全编》，第 34 页。

② 同上。

的力量与社会性、历史性的因素结合在一起，指出这种自然力量当中孕育了“阶级觉醒”的因子，因而构成了“革命和革命领导的基础”。需要再次注意，路翎所指的“个性解放”，既包含了“个性”的维度，同时也特别强调了社会性尤其是阶级性的方面。他在给舒芜的《论主观》的意见中就提出：

> 我认为一般动物，尤其是接近人类的动物，是有主观的。虽然是低级的主观，但确已表现了某种社会性，所以就也不是自然力了。（我觉得你太苛求于自然力。它在心境上，是存在的。）它们显然是有意识的：对于食物，对于敌人，甚至对于某种精神生活；它们底行动很可能地与意识有关的。①

此处，他对于动物的“有意识”与否，当然只是依据个人的感觉，其正确与否尚待考证。但从中可以看出，他对于动物“意识”中的“社会性”质素的重视。这足以表明，他并非是崇尚自然力的“泛神论者”，对于人的社会属性的关注与其对“生命强力”的探寻实在是二而一的整体。可见，“人民底原始强力”的命题，并不是如批评者们所谴责的那样是用“个人反抗的精神”取替了“阶级斗争的精神”，而是力图从对人的自然力量的发现与开掘中生发出（“‘浪漫’地寻求”）社会性的、自觉地、集体性的理性力量，其意图并非仅仅是停留在生物层面对于“原始生命力”的张扬，这应当是毫无疑问的。

最后，“人民底原始强力”作为“革命和革命领导的基础”，联结着“人的解放”的命题，是“人”的意识初步觉醒。这里的“觉醒”一词，也包容着值得注意的内涵。它不只是单纯就被剥削、被压迫者者对于自身在物质层面特别是经济上受剥削、受压迫的事实的体认而言（理论家所谓的“觉醒”，则主要是指这一内涵），不只是对经济上被压迫地位的“反抗”与对经济平等权利争取的意识。联系他对知

① 路翎：《对舒芜〈论主观〉的几条意见》，原载1945年1月《希望》一集一期，见《路翎批评文集》，第28页。

识分子性质的分析以及对“觉醒的知识分子们”的“个人的反叛”的肯定，不难发现，这里的“个人的反叛”有两个方面的意思：一方面，是就知识分子对于自身阶级立场的反叛而言，是着眼于“群体”的层面，或者说它具有“群体性质”（这与“阶级分析”逻辑和立场有一致之处）；另一方面，则是就“人的觉醒”的意义而言，这又与五四文学中“人的解放”的主题恰相呼应。因此，既有“集体”（阶级）的维度，也有“个性”的维度，前者是路翎作为革命作家的基本立场，也是与批评者相契合的地方，而后者则与五四文学传统的张扬相承续。毋宁说，路翎的“个性解放”和“觉醒”，其实隐含着在新的时代语境中（当时代的诉求与意识形态影响造成了“集体主义”最大化效应，“个人”的层面逐渐受到抑制，整个社会遭遇了普遍的“主体性”危机之时），如何对待承续五四传统的问题——这也构成了40年代作家的问题情境；而从心理层面看，它表现为中国知识分子处于社会转型期、同时也是文学“转折”时期所面临的普遍“焦虑”。在这个意义上，“人民底原始强力”这一命题，显示出路翎在“人”与“人民”这两个既相互勾连、同时又变得更为复杂和敏感的命题之间，陷入了不可避免的“困境”，从而体验到深重的“怀疑”和“焦虑”；同时，作为对这一“困境”的“应对”，它也显示出路翎所作的探索和努力。特别是其中对心理维度和人的“生物”力量的强调，超出了中国传统文化的惯例，甚至也在某些方面超出了五四新文学以来对西方思潮的吸收所达到的限度和范围，显出颇为强烈的“异端”色彩。

从字面看，“人民底原始强力”这一命题，似乎仅仅强调了人的生物层面，侧重于原生性的、未受理性约束的、动物性的本能层面，似乎取消了人的社会属性。但是，回到路翎的语境，对其思想、观念和文化背景等作全面考察就可看到，它则体现出路翎意欲将“人”的生理的、心理的和社会的这三个层面互相联系起来，在三个层面的互生、互赖和互动中，达成对新语境下“人”（“人民”）命题的深入理解，进而寻找到更富于流动性、更具有强劲生命力的“人”之存在的“理想”状态，其最终目的是为了实现形成“新的性格”、“真正的人”、“真正的这个时代的战斗者”的目标。

随着三四十年代社会语境的变化，寻找底层人民或民间社会的力量，不但成为整个社会结构转型的一个趋势，而且更成为一种普遍性的文化诉求。在文学领域，对于"人民力量"的发掘也成为普遍性的时代命题。如沈从文以其"乡下人"的眼光审视并质疑着被都市"文明"沾染的人性，最终构筑起独特的"牧歌"式的"湘西世界"，从淳朴的山民和少数民族身上，寻找"糅合着神性（皈依自然并具原始的天道心理）和野兽性（狮子般的刚强和绵羊般的驯良）的一种未被金钱社会的文明所腐蚀的自然人性"①。曹禺的剧作《原野》中，由"复仇"主题所展开的是一个充满了"生命的蛮性"的世界，在阴森、恐怖的氛围中交织着燃烧的情欲、疯狂的爱和刻骨铭心的恨，其中人物都处于高强度的情感巅峰状态，往往至于疯狂之状，洋溢着强烈生命力和自然原欲色彩。萧军的《八月的乡村》以激切凌厉的笔致和狂放雄强的气势，展开了一个饱蘸着血泪和愤怒的、又充满着强烈英雄气概的关外世界，虽然其表现的主要是在日本侵略下沦陷区人民的苦难生活，但同样是充满了"力的文学"。不过，路翎提出其"人民底原始强力"这一命题的意义，在于"把现代文学史上的这种探求发展到了极致"②：不但有了意识和观念上的自觉，而且是作为创作的核心内容之一，进行了独特的探索，留下了诸多启示。

第二节　路翎创作中"人民底原始的强力"的多维呈现

路翎作品中，"人民底原始的强力"的主题表现得相当普遍，并显示出特有的复杂性。这一命题在他创作中经历了一个由无意识到有意识、由感性直觉层面上的"朦胧"表现到理性思考后的深度体验过程，其间也能看到时代语境的变化和发展与作家意识、观念和创作之间的明显互动。如果说，在其创作之初，对这一命题的发现和思考，还只是出于朦胧的直感③；

---

① 杨义：《中国现代小说史》第3卷，第616—617页。

② 钱理群：《探索者的得与失》，《中国现代文学研究丛刊》1981年第3期。

③ 如《"要塞"退出以后》以及《何绍德被捕了》等早期小说还表现得比较朦胧和零乱。

那么后来则经过思考开始了有意的探索①；直到后来，由于文学观念和追求更加明确，对社会的理解更加深入，作家“主体性”立场更加自觉和坚定，对这一命题的理解也更为深化，显示了历史的深度。② 简略地说，“原始强力”在路翎创作中包含了以下几个方面。

一　自然生命力的表现

“原始强力”包含了人在现实生活的物质束缚和压抑中感受到的强烈“饥饿”，诸如身体层面上的物欲（温饱）、无意识的欲望（性欲）等动物性的需求，这联系着对经济上严重不平等地位的本能抗拒以及对于生存境遇的初步思考。这样，在最基本的生存层面上，人物的这种思考也就触及了人的正常生存条件和人的最低限度的意识层面。

这在《郭素娥》中得到了最充分的表现。郭素娥虽遭受重重欺凌和压迫，但却绝不是习见的软弱、温顺的“弱女子”，而是带着强烈的物质欲求，带着“原始的强悍”和“饥饿”。作者甚至使用“夸张”的方法赋予她以“强力”式的外形：她有着“褐色的大而坚实的乳房”，“她的修长的青色眼睛带着一种赤裸裸的欲望与期许，是淫荡的”。劳作的时候，郭素娥的强健身姿显示出无可抵挡的生命力量：

> 她的脸颊红润，照耀着丰富的狂喜。在她的刻画着情欲的印痕

---

① 如在《饥饿的郭素娥》中已经变成了创作的自觉，甚至表现出对于主流倾向的某种“反抗”，其中路翎提及创作《郭素娥》是为了“‘革’生活‘命’”这一动机，已经体现出相当的“反叛”意识。从其作品中也不难看出，这一观念上的“反抗”，同样落实到了对于创作形式诸如语言形态的选择、叙事模式的取予等方面。但是，同样明显的是，对于这一问题的思考由于时代语境的变化而显得纠结缠绕，如《财主底儿女们》中蒋纯祖与“人民”的关系和走向“人民”的复杂历程，就包含着作家的主观意愿和时代语境之间的互相掣肘、互相牵绊和勾连的复杂关系。因此，“人民底原始的强力”就表现为观念形态上的合理性与从生活实际出发的“不完全合理性”之间的“分裂”与错位，同时也包括了带给人物蒋纯祖和作者的困惑、疑虑。

② 如在《燃烧的荒地》中，对于佃农张老二的“觉醒”过程的心理展现，特别是他对于土地的感情及与前东家少爷郭子龙之间的复杂纠葛，显得更富有“实感”，因而其最后的充满“原始强力”的“复仇”，作为对这一命题的体现，既反映了时代的整体取向而充满了强烈的时代感，同时也包含着属于作家本人的独到发现和体验，既具有历史深度和厚度，又包容了文学对于个人性灵和存在状态的关注。

> 的多肉的嘴唇上，浮显了一个幸福的微笑。当她把手臂迅速地挥转，寻觅短锄的时候，她的牙齿在阳光里闪着坚实的白光，她的胸膛急速地起伏着。

当被命运的魔爪一次次推入深渊的时候，这个强悍的女子以她特有的方式进行了"反抗"。在"饥饿"边缘苦苦挣扎却被鸦片鬼毫无人性地要求出卖肉体时，她发出了震慑人心的怒吼："有哪一个能救一个我这样的女人呀!"于是，"她是一瞬间变得那样狠毒，像一条愤怒起来的，肮脏，负着伤痕的美丽的蛇"。而最终绝不屈服的郭素娥面对非人的"惩罚"时，她甚至被塑造为一个"**恶魔**"形象：

> 突然，一个恶魔出现了。这恶魔甩着头发，喷着口沫，张牙舞爪地扑在老妇人的颈子上，扼住她的脆弱的喉管。

"负着伤痕的美丽的蛇"与"恶魔"的形象，在中国文学传统中是比较少见的，即使有过诸如"美女蛇"这样的女性形象，也多是作为反面角色，一般寓含着劝诫和讽喻色彩，主要体现为作者的否定性立场。但是，路翎笔下的郭素娥，却是对现实生活进行了"浪漫"的想象，恰恰是作者立场的直接显现和张扬。"蛇"和"恶魔"，正是为了凸显和强化郭素娥身上那种非常态的、自发的、顽强凶悍的反抗力量，这是自然肉体本身在现实的残酷压抑下所释放的强大能量。正如邵荃麟所分析的，郭素娥的"饥饿"是"由于她丰富的青春生命力与她所处的环境（落在一个没有生命力的鸦片鬼丈夫手中）诸种矛盾而益显强烈"，她"比较少受到传统道德观念的熏染，这造成她大胆、强烈的情欲，比别的妇女更迫切要求人的权利。而在一般社会眼里，就成为一个淫贱、放荡的女人了"。[①] 这个带着"生命强力"的形象，非常充分地表达出人的强烈生命欲望和追求，既包括物质性生存欲求，同时也包括出于自然本能的肉欲渴求。

---

① 邵荃麟：《饥饿的郭素娥》，原载《青年文艺》1944 年第 1 卷第 6 期，转引自《路翎研究资料》，第 66 页。

张振山无疑具有同样的强悍。他是一个“刚愎而狞猛”、“充满着盲目的兽欲和复仇的决心”、经历过险恶的流浪生涯的人，自认为自己“从里面坏起，从小就坏起”，并对恶浊的社会投以“恶毒的藐视”和“严冷的憎恨”。他与郭素娥相恋，最初也只是出于对肉欲的“冀求”。而当无力挽回郭素娥的悲剧命运时，他采取的也是比较原始的、盲目的“复仇”方式，放一把火烧掉刘寿春的房子。魏海清作为安分守己的农民，似乎不具备“原始强力”的特质。但是，在他对郭素娥的正常爱欲要求破灭之后，特别是郭的悲剧性死亡，使他陷入了深切的苦闷之中；与此同时本来正当的欲求遭到扼杀之后的沉重打击，也使人物潜在的另一面性格被激发出来，最终以非理性的，甚至付出生命代价的原始方式了结了“复仇”心愿。在张振山和魏海清身上，较多地表现出的还是这种基于本能和生命原欲基础上的“原始”力量，但是正如胡风所说，郭素娥虽然“悲惨地献出了生命”，“但她却扰动了一个世界”。冷酷的张振山最终被郭的精神“饥饿”所触动而开始了对于自己道路的朦胧思考；魏海清则更是从郭的悲剧中重新塑造了自己的性格，从懦弱、驯顺而变得强悍、勇猛。这正表明，路翎意图通过对这种生命原始力量追寻，把它引向“人”的意识的“觉醒”，以此寻找一种能够解决“人的完成”的途径。上述主题在路翎许多小说中都得到了体现，特别是以原始的“拼命”方式的“复仇”似乎更为频繁。王兴发、张老二等都是以此获得了“原始强力”的释放，这些底层人物在现实的严重压抑和突然而至的命运渊薮之中，不但基本的本能需求无法满足，就是生命存亡也系之于他人，终于认清了自己生存境遇的恶劣和不可忍受，认识到不公平的外在压力的损害和侮辱，而终于焕发出了潜伏于无意识层面的这种生命冲动力量。

不但在路翎笔下的劳动者和流浪者身上，存在因生命原欲被扼杀或生存被推入绝境而释放出的“原始强力”，就是在其笔下知识分子身上，也可以看到“原始强力”“汹涌的波澜”。这一点在《儿女们》中得到了深透表现。蒋家的三个儿子（蔚祖、少祖和纯祖）多次经历了理智、情感和肉欲的磨折与焦虑。原始本能和欲望冲动，作为这些“思想家”式的主人公们非凡的理性力量的对立面，一方面成为他们精神上“苦闷”的根源之一，同时也似乎是作为“战斗者”的主人公对外在束缚的抗争和搏斗，从另一个层面显示其强烈的"主观战斗精神"。

二　心理维度上的"苦闷"与"焦虑"

在《"要塞"退出以后》中，由于战争而卷入到"非常"情境中的沈三宝，由前面的犹疑和彷徨而在"瞬间"迸发出的力量及其心理状态的突变，就可以看做非理性的、从人物无意识层面释放出来的、类似"原始强力"的性质。但对人物非理性行为及其与心理、意识的关系，在这篇试笔之作中，似乎并没有展示出清晰的逻辑，因而造成了情节链条上的某些脱落。但是，从这却可以看出路翎在最初就对人的非理性层面有着朦胧的直感，并把它自然地引申到了心理维度上。

路翎所处的几乎是中国有史以来最急剧动荡的时代，正在发生着重大的历史变迁。战争带来全民性的持续动荡，必然波及每一个人的生活。人们不可能如和平时期那样享有安宁的生活和平和的心境；相反，普遍感受到的是生活的痛苦和心理的失衡、苦闷、彷徨、焦虑。如果说，"人民底原始强力"是基于生存境遇极其恶劣而激发出的潜在自然能量的强度释放，那么导致这种能量产生的深层原因就不能不进入到心理维度上来寻绎。对路翎小说而言，与"原始强力"相关联的人物的心理特征基本上可以用"苦闷"来概括。邵荃麟认为《饥饿的郭素娥》叫出了"一种人类灵魂的呼声"，"叫出了多世纪来在旧传统磨难下的中国人的痛苦、苦闷与原始的反抗"①。在路翎小说中，人物"原始强力"的爆发，总是由于精神的重负和心理的极度痛苦，最终达到了不堪负荷的极限，它是势所必至的结果。对于这一点，杨义先生曾正确地指出："路翎的特色在于充分地挖掘了这种原始强力在释放过程中的艰难性和曲折性。"路翎为我们呈现了形形色色的人物在那个动荡不安而又变幻莫测的艰难时代所经历的精神"苦闷"和心灵危机，使我们充分领略到这种"艰难性和曲折性"所达到的程度。

在《易学富和他的牛》中，刚刚承受丧妻之痛又要面临卖牛偿债的悲惨遭遇，使主人公在极度绝望和痛苦中进入到非理性的疯狂状态，以

---

① 邵荃麟：《饥饿的郭素娥》，原载《青年文艺》1944 年第 1 卷第 6 期，转引自《路翎研究资料》，第 63 页。

至用石头砸伤了心爱的牛。生活境遇的凄惨导致了极度的苦闷，而最终在理性的临界点上以无可抗拒的“原始强力”舒泻出来。在《王炳全的道路》中，人物遭受了重重的心灵危机和道德考验，灵魂处于持续煎熬中，更是饱尝“苦闷”滋味。依着“原始强力”的导引，他几欲冲破道德束缚向施加给他的不公平命运“复仇”。《谷》中，在暴风雨的山谷中，感应着天地相合的“生命的猛烈的喜悦”和“完美的生命的力”的林伟奇，更是带着暴乱的激情和与生俱来的“不安的精神和苦恼的灵魂”，在情绪峰巅上永不止息地挣扎着。甚至连那个外表强猛而内心颓废的“烂兵”郭子龙，在潦倒落魄的凄凉中所度过的混乱纷纭的生活里，也经历了超常的内心的苦闷、空虚和自怜自弃的感伤。更无须说可称为精神史诗的《财主底儿女们》中，所有的人物，似乎永远都不能脱离精神的苦刑，在现实与灵魂的尖锐冲撞中，痛苦地经受着炼狱般的“试炼”。苦闷的情绪像宿命般的阴影跟踪着他们扰攘不安的灵魂，这里面充满着肉欲的苦闷、财产争夺失败的苦闷、大家庭行将瓦解的苦闷、无法承受的战争毁灭所造成的苦闷、生命价值迷失的苦闷、个性被压抑的苦闷、找不到个人出路的苦闷、隔离于时代而倍感孤独的苦闷、信仰与现实严重错位的苦闷、欲望与道义相抵牾的苦闷……总之，在这重重“苦闷”中，与特定时代相关联的人们的存在状况得到了深度展示。当然，这种“苦闷”首先来自生存的层面。对于劳动者而言，主要是由于现实生活境遇的极端恶劣所引发的；对于知识分子而言，“苦闷”产生的原因则既包括了物质层面的无意识欲望的压抑，同时也包括社会与时代变迁对个人生活的影响及对于社会和个人出路的探索中的幻灭感、孤独感。

三　生命意识的萌生

出生于战乱年代的路翎，很小就目睹过死亡的可怕场景。父亲早逝在他幼年的心灵中也留下了长久的阴影。刚入中学，全民族的抗战开始了，他又随家人开始了逃难的路程。不难想象，这种颠沛流离的生活状态，特别是奇险苦难的流亡生活体验，必定给他的创作带来深刻影响。仅仅从《儿女们》用了百余页篇幅描写蒋纯祖旷野上的亡命历程，也足以看出这一点。初涉人世的蒋纯祖还沉浸在青春期的浪漫梦想中，却突然被推入到难民的行列，在求生本能的残酷考验和重复上演的死亡景象中，不可一世的贵族少年被震惊了，他方始像所有人一样，“明白自己生命底可贵”，“明白了生活在这个世界上的自己底生命和别人底生命”，正是通过最朴素的直感，开始了最基本的生命价值和意义的追问。而小说中死里逃生的朱谷良的视野中的生死场面则更为恐怖骇人：

炮火和相互的践踏时常使这些人们里面少去几个或几十个。是严寒的，冻结的天气。人们像可怕的水流，永远在箱笼，车辆和尸体的礁石上冲击。在礁石四围形成可怕的旋涡，卷去倒下的不幸者，倒下去的人，是像堕入深渊一般，从平面上永远消失。情形渐渐更可怕起来了，加入了散兵们，他们徒然地用手榴弹和刺刀开辟道路。而在军队宣布撤退的时候，情形就更可怖了。那些疯狂的兵，是用他们底武器攻击人群，在血底河流尸体底山丘上面咆哮，那些剩余的战车，是从人们底身体上颠簸着驰了过去……尸体是堆积得那样高，以致他底头只离门顶数尺。他刚刚爬出门，一辆战车便驰了过来，压碎了他从他们肩上爬过来的那些疯狂的，不幸的人……

在残酷的战争中，生命失去了重量，如此频繁地遭到毁灭和践踏，生存和生命问题越过了常规生活的遮蔽，无比清晰地凸显出来。流亡到重庆后，由于在矿区工作，路翎对因条件恶劣而频频发生的惨烈的矿难事故留下深刻印象：“负伤的痛苦的呻吟和从矿井里拾上来的牺牲者的尸体，死亡者的寒怆的、荒草里的小小的坟墓”，也曾看见“矿工的女人埋葬她的婴儿”等凄惨的景象。① 路翎了解到：“这石层几年来吞食了无数的矿工，无数的黑色的挣扎的生灵。”从这些毁灭性的灾难中，路翎的战争记忆再度被唤醒，生命毁灭刺激着人们不能不追问生存意义和生命价值。可以说，来自战争和现实生活的真切体验，很自然地使他从人的生存境遇出发，最终把焦点集中在人们普遍感受和面临的生存和存在的问题。从他创作中对于人的精神世界的特殊关注深入进去，最后总是能够抵达人的生存和存在这一终极性的文学命题。

① 路翎：《〈路翎小说选〉自序》，见《路翎小说选》。

《黑色子孙之一》（1941.9）中，石二在掩埋着“同类的尸体”的墓地时，感到“一种漠然的恐怖压伏了他了，他的背脊寒凉。最伤心的是同类的尸体!”因为木梯断了一级而使一个矿工丧命于矿井深处时，石二愤怒地发出了“我们不从这里走，我们要坐绞车。我们我们……我们是人”的喊声。这喊声是“倔犟和固执”的，而且“这么确信到野蛮的程度”。它标示出，几乎形同猛兽一般挣扎于生活最底层的矿工们，是如何强烈地要求着最基本的“人”的权利，同时基于生存处境的恶劣所激发出“人”的意识已经使他们对于自己的命运有了承担的勇气。同样，在战乱中无家可归的流浪汉们，也在漂泊动荡的生活中，开始思考生存的方式，寻找着精神的慰藉。陈福安目睹了一个做苦力的老人毫无预料地死去时，“恐惧征服了他”，他问自己：“难道棺材是现成的等着的吗？难道我也会像这样死去吗?”当不可避免地沦落为流浪汉时，他依然“热望成为自己的真正的主人”，能够“赚到较多的钱”。在生活急流中盲目地漂流之时，他问自己：“你陈福安莫非要漂流一生么?你陈福安是那些永不能出头的贱种么?”从这个虚荣的流浪汉身上，可以看到不甘于现有命运的强烈欲求，虽然他的追求未免庸俗。《饥渴的兵士》（1948.7）中，战争使沈德根失去亲人，他带着“有所作为”的梦想当了兵，然而行伍生涯中却成为“不中用的蠢人”。当最终在重病中被遗弃时，他却又怀念并冒死追赶那给他以“耻辱”同时也给他以归属感的部队，“因为，在这个世界上，他没有别的地方好去，虽然好些年来这个队伍所给他的只是排长班长的拳头、脚踢、和鞭挞”。他本来可以做一个正常的农人，但战争使他成了一个备受歧视的士兵；可是作为士兵他又被无情地遗弃。战争使这个可怜的人成了一个找不到自己人生位置，无从确认生命坐标的“多余人”。

战争同样波及广阔的乡村社会，亦深刻地影响着千百年来将生命依托于土地的农民。战争同时也加剧了社会分化过程，阶级矛盾比以往更加尖锐，而正在酝酿的土地革命更使得沉闷的乡村社会面临空前的变革。路翎常常把笔触探向这些深切地眷恋着土地、惯于以隐忍的方式面对重重压迫的农民们的心灵深处。安分守己的王兴发在厄运中从几十年如一日的常规生活中脱离出来，开始以另一种眼光审度自己的生活方式，终于有所省悟：“他现在已经记不起这十几年来他是为什么而忙碌、挣扎，并且这种忙碌、挣扎有什么必要；他痛心时日的荒废，他痛心他淡忘了那个重要的、重要的东西。”由此，他向自己发问：“这几十年都这样过去了”，“这么多年我们是为了啥子”？这种质疑标示出，惯于忍受欺凌和奴役的农民也不能不在绝境中，开始思索自己存在的价值和更为合理的可能的生存方式。而一旦获得了自主性的生命体认，作为“人”的勇气和力量也就彰显出来：“我心里拿定了主意，这个世界就害不倒我！”以死为代价赢取了生的尊严。《燃烧的荒地》中，张老二经历了沉重的精神苦役之后，终于认识到蕴藏在自己身上的能量，“嘲笑了他一生对于田地和平安的劳苦生活的渴望，嘲笑了自己的卑怯”，竟然杀死了不可一世的统治者吴顺广。当“英雄”郭子龙顺口应承这个“壮举”时，他大叫道：“你侮辱我！”并怀着优越和自信告诉郭“你是一个可怜人”。这些本来安守本分的被压迫者，所以能够爆发出惊人的“原始强力”，正是由于处于生死线的临界点而开始了自身境遇的体认，进而发现了自己的“非人”状态，自然地走向“初步觉醒”：“这火山一般爆发出来的，是初级形态的‘人’的尊严的觉醒，是对‘非人’的生活与地位的本能的反抗，是作者要努力寻找的原始强力，是在令人窒息的黑暗现实里终于发现的‘火种’。”①

四　社会性和阶级性的维度

路翎曾说：“从我的创作的最初起，我给自己拟定奋斗的目标。现实主义的文学的根本任务是在于描写人物，与具体的历史相连的、社会的人物，‘典型环境的典型人物’。”② 由于对“人”的价值的发现和追寻成为贯穿其创作始终的主题，他的笔触也总是集中于对人的精神世界的透视与把捉，再兼他对“主观战斗精神”的强调和张扬，也许使人们认为他较为偏重于文学的“主观”（或“个性”）维度；但是，这并不意味着，他轻视或取消了文学的社会性、历史性的维度。相反，为了表现出“与具体的历史相连的、社会的人物”，路翎是倾其所能地付出了努力。

较早写作《“要塞”》的时候，他就表示“我正视性格”，并且写这

① 钱理群：《探索者的得与失》，《中国现代文学研究丛刊》1981 年第 3 期。

② 路翎：《〈路翎小说选〉自序》，见《路翎小说选》。

个故事本身是"基于'环境'的"，但却又苦恼于不能克服自己写作中发生的"许多矛盾"。①也就是说，在创作之初，在观念上他是认同了当时已经成为"正格"的小说写作原则"典型环境中的典型人物"，虽然后来他的创作实际与这个原则本身并不全然吻合。他以矿区为题材的小说中，虽然对于人物心理和精神的重视一仍其旧，但已经比较注重于对社会环境和社会关系的把握。《饥饿的郭素娥》中，对于"人民底原始强力"的表现，是着眼于对五四的核心命题——"个性解放"——在新的时代语境中如何更新与化合的宏伟目标，作为对于"时代"的"应答"。而《财主底儿女们》，则更是怀着"创造一部民族战争的史诗"的雄心，采用气势磅礴、纵横捭阖的史诗格局，在长达十年的时间跨幅中，以一个封建大家庭的溃灭及其子女们人生路径的选择，展现整个中国社会的变迁历史连同身处其间的知识分子的心灵史。小说中他对人物的态度判然有别：对于脱离时代、意欲脱离历史限制的妄自尊大的"出世者"蒋少祖持毫不留情的批判立场，对融入时代潮流中的"入世者"蒋纯祖所遭遇的困境和"苦斗"精神持"理解之同情"的态度，作为"光明、斗争的交响和青春的世界的强烈的欢乐"的礼赞。而他写作这部小说的投入状态，正表明"作者和他底人物们一道置身在民族解放战争底伟大的风暴里面"②，绝非离开了时代与社会的滚滚洪流而踽踽独行。

路翎说过："无论怎样伟大的诗人，总要受到历史底限制。"③这句话包含着他的根本立场：既确认艺术所具有的"个性"的维度，同时却又不能不受制于时代与历史的条件，艺术力量来自以具体个人的感性活动内容来包容整体性的历史和社会内容。因此，在他看来，"诗人底胜利，是在于诚实的、伟大的表白，批判，悲悼，和希望，他和历史的限制斗争，完成了现实主义的艺术"④。正是这种来自诗人主观的"表白，批判，悲悼，和希望"与"历史的限制"之间的张力，构成了艺

① 路翎：《致胡风书信全编》，第4页。

② 胡风：《青春的诗——路翎著长篇小说〈财主底儿女们〉序》。

③ 路翎：《〈欧根·奥尼金〉与〈当代英雄〉》，原载1945年1月《希望》第1集第1期，署名冰菱，见《路翎批评文集》，第4页。

④ 路翎：《〈欧根·奥尼金〉与〈当代英雄〉》，见《路翎批评文集》，第5页。

术的特殊魅力。从作为小说家的亲身体验出发，路翎同样认识到创作中“个人”所受到的社会限定性：“就小说而言，到现在为止，总只能是特定的个人的创作。但这特定的个人，如陷于孤独，……则难于产生完美的艺术。”① 因此，“陷于孤独”的个人化写作在路翎看来，“实在是把写作当成一己的东西了，其最高的境界，是在于取悦自己”②。很显然，仅仅表达“一己”的悲喜哀怨，或者只是意在“取悦自己”的自娱式文学，绝不是路翎的文学追求。他始终强调的是“即使写自己，也要反映社会与人群”③，“要在社会关系的纠葛里去写人物和世界，没有什么能离开这个的”④。

其作品中，对于人物的社会性包括阶级性的内容是相当重视的。他塑造的一系列人物，从富有反抗精神、与不公平命运顽强抗争的郭素娥、何秀英，到怯懦、保守而最终焕发出惊人的“原始强力”的魏海清、王兴发，作为知识分子代表的蒋家的儿女们、林伟奇，以及他所“钟情”的流浪汉张振山、王炳全、陈福安，等等，都是放在特殊的历史情境中，具有强烈的时代性。晚年路翎曾这样总结：

> 我的工作立场是，做一些社会的和意识形态的检查，这意思是，鞭挞落后反动的，寄托着我的愤慨，讴歌正义正直的，寄托着我的安慰与希望。我也与侵蚀到人民的思想内部的中国的封建落后相纠缠。从抗日战争到人民解放战争的胜利，有漫漫长夜之感，我用我的攻击和讴歌，用我的文学向往（虽然我的工具是落后的），来响应人民解放战争。⑤（着重号为引者加）

这番话非常客观地道出了他作为革命作家的文学立场，他的写作更多

---

① 路翎：《〈何为〉与〈克罗采长曲〉》，原载1945年《希望》第1集第1期，署名冰菱。《路翎批评文集》，第9页。

② 路翎：《致胡风书信全编》，第97页。这是致胡风信中批评友人何剑薰“类似‘大文豪’”作风。

③ 张以英编：《路翎书信集》，第25页。

④ 同上书，第42页。

⑤ 路翎：《〈路翎小说选〉自序》，见《路翎小说选》。

是对时代的“响应”或为发挥文学社会功用，作品倾向也是基于时代要求而作的“鞭挞”或“讴歌”。路翎明确认为“文艺，是通过精神斗争而表现着和推进着特定的时代的特定的人底社会斗争的武器。从而它是阶级斗争的武器”①。这里有两点需要注意：其一，是就文学作为社会斗争和阶级斗争的“武器”而言，它必然是取决于社会斗争和阶级斗争的需要，此为理论权威所强调的“阶级立场”；其二，不能不注意到“通过精神斗争”、“特定时代的特定的人”这样的限制，以此表明作为“武器”的文学所具有的特殊性质。也是从这个维度上，路翎的“独异”之处得到了体现：虽然社会、历史的视野作为创作前提，但是他却绝不满足于作单纯的“历史事变的记录者”，绝不满足于表象的社会生活状况与依据“公式”或“理论”而将生活简单化的做法，而是力图越过“表相”的浮薄与“意识”的抽象，透入到社会结构的深处，挖掘出其复杂纠结的真实存在。因此，他的小说“不是表象上的标志，也不是所谓‘意识’上的富豪，他从生活本身底泥海似的广袤和铁蒺藜似的错综里面展现了人生诸相，而且，这广袤的错综还正用着蠢蠢跃跃的力量膨胀在这些不算太小的篇幅里面，随时随地都要向外伸展，向外突破”②。这种对于社会深层结构复杂性、矛盾性、多重因素的勾连牵掣，必然将落实到作为“感性的活动”的具体的“人”心理的层面上。

第三节 “人民底原始强力”渊源初探

一 来自外国文学的影响

1. 俄苏文学的影响

路翎多次表示，俄苏文学对其创作有过重要影响，他对“人民底原始强力”的思考与表现，也不出其外。路翎认为相对于普希金的《奥尼金》，莱蒙托夫的世界里“有着更大的矛盾”，“但因为充分地吸收了俄罗斯人民底粗野而雄厚的活力，作者得到了真朴新鲜的对人生的美

① 路翎：《论文艺创作底几个基本问题》，见《路翎批评文集》，第104页。

② 胡风：《一个女人和一个世界——序〈饥饿的郭素娥〉》。

感，这种美感就又成为某种乐观的力量”①。在这里，“更大的矛盾”并非否定性的评价，它代表着路翎对于“复杂性”的偏好（某种意义上，它也与路翎的文学气质相契合），并且当这“矛盾”与“俄罗斯人民底粗野而雄厚的活力”关联的时候，它本身又成为“美感”和“乐观的力量”。其中不难看出他对存在于苏联文学作品中的这种“人民底原始强力”的敏感与重视。同样，他认为以肖洛霍夫《静静底顿河》为代表的“苏联底新文学里面的浪漫主义”，表现出“人民底原始的力量和泼辣的生命”。路翎以之作为对欧洲浪漫主义的反拨，认为后者虽然“带着个性解放底色彩，是对旧世界的一种猛烈的冲锋”，但同时又带有“个人主义的向着神的挣扎和内心的，内省的颓废”，因而不免表现出否定性的评价。他甚至认为约翰·克利斯朵夫“个人底抱负”背后所蕴藏的是“历史的冲动”，因而确认他“信仰人民底力量”，与当时将该形象当作“个人英雄主义”象征的流俗之论拉开了距离。这里的“冲动”同样与“生命力量”的积聚、释放有着关联。从这些全然不同的外来作品中，竟然能够感受到同一“原始强力”的普遍存在，正表明了路翎对于这一命题的投入与执著。

2. 厨川白村的影响

路翎曾说：“日本的厨川白村的《苦闷的象征》在中国流行很久了，我看过也很久了，我时常还记得他对人生有深的感情的理论观点”；“厨川白村的感情是我历时常常想到的”。② 厨川把人生视为由于“强大的两种力的冲突而生的苦闷懊恼的所产”的结果：一种力是基于个人生存欲望的“闪电似的，奔流似的，蓦地，而且几乎是胡乱地突进不息的生命的力”，另一种则是就人作为“社会底存在物（social being）”而对前者的“强制压抑之力”。于是，“在内有想要动弹的个性表现的欲望，而和这正相对，在外却有社会生活的束缚和强制不绝地迫压着。在两种的力之间，苦恼挣扎着的状态，就是人类生活”③。厨川这一观点无疑深刻地影响了路翎。遍及其作品中的几乎所有人物都处于强烈的“苦

① 《〈欧根·奥尼金〉与〈当代英雄〉》，见《路翎批评文集》，第4—5页。

② 路翎：《我与外国文学》，《外国文学研究》1985年第2期。

③ ［日］厨川白村：《苦闷的象征》，鲁迅译，百花文艺出版社2000年版，第7页。

闷”情绪的笼罩中，而“原始强力”的爆发，更是由于存在于人物身上的两种冲突的力的作用达到了极限。[①] 战争时期的国统区，社会的黑暗是空前的，整个局势动荡不安、官僚贪污腐败恶化、战祸连绵不断、抓丁索粮司空见惯、通货惊人膨胀，底层民众的生活已经陷于绝境。这种状况使厨川所说的“两种力”中，“外力”对于“生命的力”的“强制压抑”已呈千钧一发之势。这种社会外力的压制当然也造成了路翎所说的“比外表上的奴役还要厉害的”精神奴役。因此，“人民底原始强力”的命题，正是作为对于这种外力的恶性压制的一种自然的“反抗”，是路翎用以寻找解除人民所承受的沉重的“历史负担”的自然路径。从其作品中，我们很清楚地可以看到这一点。自觉表现这一命题的《郭素娥》中，郭素娥身上具有如此撼人的“原始强力”，正是由于她承受了整个社会施加的超负荷的肉体和精神的压榨、欺凌、苦痛、磨折、歧视和酷刑。依照厨川的话，人生是“不得不朝朝暮暮，经验由这两种力的冲突而生的苦闷和懊恼”，并且，“我们的生活愈不肤浅，愈深，便比照着这深，生命力愈盛，便比照着这盛，这苦恼也不得不愈加其烈”。[②] 因此，其“强力”之“强”，正在于外力的“强制压抑”之重；同时，这种“强力”，作为体现个人的“创造生活的欲求”的创造力，自然也就表现了“在内”的“想要动弹的个性表现的欲望”的强烈。依据这一点可以看出，路翎提出的“人民底原始强力”，正是要张扬厨川所说的这种基于生命本原、有着“猛烈的爆发性，危险性，破

---

① 当然，对这两种相互冲突的力的理解，由于时代语境不同，路翎的理解与厨川白村略有不同。厨川的两种力：一是指外在的社会存在对人的制约力量（可能包含了物质层面、道德伦理层面、思想观念层面）；二是指基于人的生存本能的内在生命力量，其内涵是比较宽泛的，主要着眼于现代文明与个人原欲之间的矛盾性。而在政治色彩最为复杂的40年代语境中，路翎更多是从底层人民现实生活处境的层面来理解这种“苦闷”的。因此，一方面这种力是黑暗统治势力的残酷压迫，另一方面则是被压迫者的求生欲望。因此他认为文艺“在黑暗的年代，自然也是正直被压迫和被压抑着的苦闷的象征”（《我与外国文学》），“如果既是特定的社会阶级的人，就一定有他们的历史负担，就一定在他们身上，通过他们的要求、挣扎，‘善良’和恶性等等，而反映着历史现实的全体”（《评茅盾底〈腐蚀〉兼论其创作道路》）。虽然路翎在提及厨川的影响时，也说过艺术是“人类的美感的表征和象征”，但其创作的时代语境决定了他主要是从更为狭窄的社会现实和阶级论观点中的阶级格局立场上来理解这“两种力”的“冲突”性质的。

② ［日］厨川白村：《苦闷的象征》，第19—20页。

坏性，突进性的蒸汽力似的东西”，即不受道德法则限制、基于个人本能欲求的自然力量。

一　与新文学“国民性”批判的关系

1. 鲁迅“国民性”批判的命题

从新文学的传统看，路翎的“人民底原始强力”也应当其来有自，它与“国民性批判”① 这个与中国思想现代转型相伴随而产生的命题直接相关；更主要的，是鲁迅对这一命题的深刻思考及其创作中的全力表现，对他产生了最重要的影响。鲁迅先生专文表白过自己写小说的动机：

> 说到“为什么”做小说罢，我仍抱着十多年前的“启蒙主义”，以为必须是“为人生”，而且要改良这人生。我深恶先前的称小说为“闲书”，而且将“为艺术的艺术”，看作不过是“消闲”的新式的别号。所以我的取材，多采自病态社会的不幸的人们中，

---

① 据研究者指出，“国民”这个概念最早由康有为提出，而最早表达国民意识的是严复。严复将国民的精神素质视为救亡兴邦的根本，提出挽救国家危机的三项措施即是：开民智，鼓民力，兴民德。其中尤以“开民智”最为迫切（严复：《原强》，见《严复集》（上册），中华书局1986年版，第14页）。严复并指出目前中国“民智已下矣，民德已衰矣，民力已困矣”（同前，第13页），这已经触及对“国民性”的批判立场。戊戌变法失败使得维新派开始转向思想启蒙，中国国民性批判在1901年后逐渐形成思潮。这与梁启超东渡日本后对日本明治维新时期反思国民性的主要观点的接受，有着更最密切的关系。1899年12月，梁启超发表《国民十大元气论》，屡次使用“我中国此种奴隶之根性”，指出“此根性不破，虽有国不得谓之有人，虽有人不得谓之有国”（《饮冰室合集》第1册，见《饮冰室文集之三》，中华书局1936年影印版，第64—65页）。此处“奴隶根性”是较早用来分析“中国国民性”的用语。1901年4—5月，《清议报》连载梁的长文《积弱溯源论》，该文分别从“理想”、“风俗”和“政术”三方面分析中国积弱的根源。“风俗”，即人心风俗，指国民普遍的心理和习惯。梁启超把中国的“风俗”归纳为“奴性”、“愚昧”、“为我”、“好伪”、“怯懦”、“无动”六条（同前，第18—27页）。1902年《新民丛报》连载梁的《新民说》，从国家思想、权利思想、自由概念及公民的精神等方面，详细阐述如何成为“新民”即理想的国民。梁启超关于“国民性”的上述观点成为五四时期陈独秀、鲁迅等进行国民性批判的思想资源，并得到了广泛的传播。鲁迅的国民性改造思想正是对严复和梁启超等观点的深化和发展。参看杨联芬《晚清与五四文学的国民性焦虑（一）：梁启超及晚清启蒙论者的国民性批判》，《鲁迅研究月刊》2003年第10期。

意思是在揭出病苦，引起疗救的注意。[①]

在这里，应该注意三个层面。一方面，从"为人生"、"改良人生"的文学立场出发，鲁迅把眼光放在对于"病态社会"的观照与审视，这无疑延续了中国传统知识分子"以天下为己任"的社会关怀精神。另一方面，"揭出病苦"，则不仅着眼于社会的层面，发掘社会问题的病因，而且更强调从精神层面切入，去揭示存在于民族文化心理及其结构的负面因素，掘发国民"劣根性"。第三方面，鲁迅对于"国民性"的批判并非基于单纯的悲观主义立场，而是意在对该病症的"疗救"、诊治和促其康复（更生），以达到"立人"的目的，最终把中国改换为"人国"。鲁迅从中西"比较"的眼光，从进化论立场上发现"欧美之强……则根柢在人"，因此把"立人"放在解决中国问题的首位："是故将生存两间，角逐列国是务，其首在立人，人立而后凡事举；若其道术，乃必尊个性而张精神"。这样，对"个性"的张扬，就是通过"立人"，即通过对"愚弱"的国民性加以改造，塑造出更为健全理想的"国民"，使国人"自觉至，个性张，沙聚之邦，由是转为人国"。[②] 因此，鲁迅的"国民性"批判是一种"积极"的批判，是着眼于社会和文化的整体性建构目的的一种自我省思和积极"应对"。

从这个目的出发，鲁迅在其乡土题材的小说中，塑造了诸如阿Q、祥林嫂、闰土、华老栓等这些人物形象，以饱含着热力的冷峻，犀利地剖解着存在于中国底层民众身上顽劣的精神痼疾：麻木、愚昧、安于现状和深重的奴性，以此来唤醒沉睡的国民们衰颓残破的灵魂。另外，对医学的谙熟和对生物进化论观念的推重，使鲁迅对人的自然属性极为重视。在早期的文章中，他曾用大量科学事实说明人与自然（动植物）的内在一致性，人的孕育、成长与动物的生长过程恰相对应，是动物进化过程的"发生之反复"。[③] 因此，"鲁迅及同代知识分子都充分肯定：作为有生命的自然存在物，人与自然之间，人与兽之间，存在着本质上

① 鲁迅：《南腔北调集·我怎么做起小说来?》，见《鲁迅全集》第4卷，第512页。

② 鲁迅：《坟·文化偏至论》，见《鲁迅文集全编》第1册，国际文化出版公司1995年版，第299页。

③ 鲁迅：《坟·人之历史》，见《鲁迅文集全编》第1册，第288页。

的相通与一致。这就是说，人在本性上就具有原始的自然力，生命力，存在着原始的兽欲（食欲，情欲等）。”[①] 对人的自然属性和自然生命力的关注，也自然地融入鲁迅对“国民性”问题的思考中。他敏锐地发现，与“西洋人”相比，中国国民“脸上总欠缺着一点什么”，因而带着沉痛的“幽默”感得出了两个“公式”：

人 + 兽性 = 西洋人

人 + 家畜性 = 某一种人

强调的正是由于“兽性”的缺乏，造成了中国人身上“人性”逐渐成为“驯顺”。因此，有感于“兽性的不见于中国人的脸上”，更悲哀于国人过于“驯顺”，鲁迅先生呼唤着能够多一些西洋人的“兽性”和动物式的“野性”：“野牛成为家牛，野猪成为猪，狼成为狗，野性是消失了，但只足使牧人喜欢，于本身并无好处……我以为还不如带些兽性。”[②] 鲁迅对“兽性”的呼唤，即是把“兽性”作为国民劣根性——“奴性”——的对立面，试图以此作为冲破精神奴役和束缚的一个途径，在“野性”的生命力量的释放中，使国人逐渐达到对于自身主体意识的体认。在另一篇文章中，鲁迅发出同样的感慨：“中国的男女，大抵未老先衰，甚至不到二十岁，早已老态可掬，待到真实衰老，便更须别人扶持”，要求“觉醒”的为人父母者，能够遵从自然界的生物规律，“以孩子为本位”，“解放幼者”，为着“新生命”的“发展”，“用无我的爱，自己牺牲于后起新人”。[③] 这里的“发展”和“解放”，首先是呼唤为人父母者对“后起新人”基于生物本性的更具活力的、更“健全”的生命力量给予尊重，并承担促其得以合理释放和发展的义务（“父母对于子女，应该健全的产生，尽力的教育，完全的解放”）。

对于“兽性”和“野性”的呼唤，是与鲁迅对中国民族精神的

① 钱理群：《心灵的探寻》，河北教育出版社 2005 年版，第 212 页。

② 鲁迅：《而已集·略论中国人的脸》，见《鲁迅全集》第 3 卷，第 414 页。

③ 鲁迅：《坟·我们怎样做父亲》，见《鲁迅选集》第 2 卷，第 20—21 页。

探索和寻求相呼应的，是在“揭出病痛”的同时，积极寻求“疗救”之方的一种可贵尝试。因此，否定性的深刻批判与肯定性的积极掘发，在鲁迅对国民性问题的思考上是并行不悖地同时进行着。他在指出中国人身上潜藏着“他信力”和“自欺力”的危险同时，也积极地从底层民众身上，寻求着最可宝贵的民族的精神力量，明确指出：

> 我们从古以来，就有埋头苦干的人，有拼命硬干的人，有为民请命的人，有舍身求法的人，……虽是等于为帝王将相作家谱的所谓“正史”，也往往掩不住他们的光耀，这就是中国的脊梁。①

对这些“中国的脊梁”和“筋骨”的褒赞，从鲁迅小说中的诸多形象中亦不难看出。如《一件小事》中那个“自讨苦吃”的忠诚无伪的车夫，《铸剑》中那个充满侠气而刚烈勇毅的“冷冷”的黑衣人。更值得注意的是《孤独者》中出现了两次的于深夜旷野中“嗥叫”的“受伤的狼”的形象②，更与传统文化中把“狼”作为否定性形象（凶残、狡猾、恶毒、忘恩负义等）的取向大相径庭，“狼”在鲁迅的小说中被赋予了强烈的反叛色彩，作为“先觉者”由于不被庸众理解与容忍而处于精神的“孤独”之中，在凝重的悲剧感中又蕴藏着决绝的“战斗者”的意志力量。这些无疑都可以看做鲁迅先生在批判“劣根性”的同时，对于拯救“国民性”的一种思考，应当是合乎逻辑地包含在其“国民性”的命题之中的。因此，路翎提出的“人民底原始强力”，可以非常自然地理解为是在新的时代语境中对于鲁迅的“国民性”问题的一种接续，特别是与上面提到的第三个方面即基于“积极”

---

① 鲁迅：《且介亭杂文·中国人失掉自信力了吗》，见《鲁迅全集》第6卷，第118页。

② 一次是用来形容魏连殳在祖母葬礼上痛哭的情形：“忽然，他流下泪来了，接着就失声，立刻又变成长嚎，像一匹受伤的狼，当深夜在旷野中嗥叫，惨伤里夹杂着愤怒和悲哀。”另一次是在小说末尾，表达“我”在参加了魏连殳葬礼后的沉重心情：“我快步走着，仿佛要从一种沉重的东西中冲出，但是不能够。耳朵中有什么挣扎着，久之，久之，终于挣扎出来了，隐约像是长嗥，像一匹受伤的狼，当深夜在旷野中嗥叫，惨伤里夹杂着愤怒和悲哀。”

的批判立场上对于“国民性”的“疗救”和诊治，有着更为密切的关联。①

2. 胡风的“精神奴役创伤”

由鲁迅充分发展的“国民性”批判（“揭出病苦”）与拯救（“疗救”）这个命题，在新文学发展中得到了承续，特别是在胡风这里得到了最强烈的呼应，鲁迅的旗帜成为贯穿胡风一生的文学追求。晚年胡风在总结自己文学道路的时候表示：“我是二十年代初进中学时就受到新文艺的影响的，而且是以鲁迅的影响为主”②，“由于鲁迅的实践（他是凭着创作实际与庸俗社会学对立的），我接受社会主义现实主义的理论是凭着实感的”，“我把中国革命文学的发展叫做鲁迅的道路”。③ 胡风的“主观战斗精神”和“精神奴役创伤”的命题也是从鲁迅先生的创作精神和文学观念中演绎出来的。

在1936年写的小册子《文学与生活》中，胡风就在引用了鲁迅关于做小说动机的那段话，作了自己的阐释：“所谓‘主见’，所谓‘为人生’，所谓‘要改良这人生’，不就是说明了作者的主观的欲求，主观的理想么？然而，他所说的‘主见’，并不是从现实生活底外部凭空拿来的，这只要读一读他的作品就可以明白。”④ 胡风特别强调的是鲁迅创作中鲜明的主体性立场，其中已经孕育着他后来更为明确和完善的

---

① 这里依然不能忽视鲁迅命题与路翎“人民底原始强力”在内涵上的差异。这一方面固然受到现实语境的影响；另一方面鲁迅作为思想者和文化先驱，能够以其开阔的视野和深邃的思想，达到对中国历史和现实的透辟理解和观照，因而“国民性”这一命题能够超越时代的局限，开启了一个新的文化视野，具有普遍的文化意义；与此相比，路翎在提出这个命题时，仅仅作为初涉文坛、年仅20岁的青年作家，因此局限性是很显著的。鲁迅提出的“国民性”，主要立足于对中国社会的整体性考察，特别是经由对历史的深透洞察，揭示出封建主义对民众心理和精神的严重奴役，而造成普遍性的灵魂麻木和奴性意识。因此带有整体性民族文化反思的意义。路翎的“人民底原始强力”，由于时代语境的变化，对于“人”的思考必然融合到较有政治色彩的“人民”这一时代命题当中，其包含的集体性立场在所难免。因此，路翎主要是针对当时的黑暗社会现实，从社会对人民的压迫（包含阶级压迫）及其带来的“精神奴役创伤”的深切体认出发，把“人民底原始强力”作为一种“疗救”的路径。因此，路翎的命题更具有时代的规定性。

② 胡风：《〈胡风评论集〉后记》，见《胡风全集》第2卷，第584页。

③ 同上书，第586—587页。

④ 胡风：《文学与生活》，见《胡风全集》第2卷，第319页。

“主观战斗精神”的因子。而胡风对现实主义的理解及其理论的核心，基本上是从鲁迅的传统中衍生出来的。他认为“新文艺的发生本质是由于现实人生的解放的愿望”[①]，同时把这一点与鲁迅的立场相关联，指出：“‘为人生’，一方面须得有‘为’人生的真诚的心愿，另一方面须得有对于被‘为’的人生的深入的认识。所‘采’者，所‘揭发’者，须得是人生的真实，那‘采’者‘揭发’者本人就要有痛痒相关地感受到‘病态社会’的‘病态’和‘不幸的人们’的‘不幸’的胸怀。这种主观精神和客观真理的结合或融合，就产生了新文艺的战斗的生命，我们把那叫做现实主义。”[②] 这样，从鲁迅的文学立场和对鲁迅精神的理解出发，胡风把对于客观对象的深透把捉（“客观真理”）与创作主体强烈的主观立场（“主观精神”）相融合，形成了富有辩证色彩的现实主义理论体系。

“精神奴役创伤”的命题，同样来自鲁迅“国民性”批判所给予的深刻启示，与之存在着深刻的历史连续性。不过，由于时代语境的变化，胡风这一命题的内涵自然不可能与鲁迅的本题完全一致。“精神奴役创伤”就是在新的时代对作家提出了“与人民结合”的迫切要求的背景下提出的：

> 作家应该去深入或结合的人民，并不是抽象的概念，而是活生生的感性的存在。那么，他们的生活欲求或生活斗争，虽然体现着历史的要求，但却是取着千变万化的形态和复杂曲折的路径；他们的精神要求虽然伸向着解放，但随时随地都潜伏着或扩展着几千年的精神奴役创伤。[③]（着重号为引者加）

胡风提出这一命题的意图在于，一方面，他强调作家必须带着强烈的“主观精神”与人民结合，积极向人民靠拢；另一方面，却又不能仅仅凭借单纯的热情，满足于公式化地看待对象，必须意识到并深入地

---

① 胡风：《现实主义在今天》，见《胡风全集》第3卷，第38页。

② 同上。

③ 胡风：《置身在为民主的斗争里面》，见《胡风全集》第3卷，第189页。

感知和把握“人民”实际（“感性”）存在的复杂性。

此外，更重要的是，“精神奴役创伤”的提法，跟胡风对民族战争（新民主主义）阶段文学承担任务的理解直接相关。40年代“民族形式”论争中，“民间形式中心源泉”论虽然在当时受到了不同程度的批评，但是“由于种种复杂的原因，它事实上是在不断被强化”①。因此，在“民族化”、“大众化”的旗帜下，五四新文学所开启的反封建传统的内涵发生了显著的变化，向民间传统的复归相应成为主导趋势。与此不同，胡风首先认为正是五四新文学开启了“革命文学”的传统，并确认了在三四十年代民族战争阶段“它（五四传统）已经变成了和争取解放争取进步的民族的现实发展过程结合着的、物质的力量”。相应地，对于当时的“大众化”问题，他认为“大众化不能脱离五四传统”，“五四传统也不能抽去大众化”②；对于“民族形式”问题，则认为“它本质上是五四的现实主义传统在新的情势下面主动地争取发展的道路”③。基于以上理解，胡风坚持认为五四新文化运动以至现阶段的“文化运动”，都担负着同一任务，即帮助人民“‘从亚细亚的落后’（‘今天的状态’）脱出，接近而且获得现代的思维生活”④。因此，“精神奴役创伤”的命题，对于胡风而言，是自觉地承续着鲁迅的批判“国民性”命题，从人道主义立场出发，强调社会和历史原因（“病态社会”）对人的精神奴役和戕害——无疑，这也正基于他对当前“文化运动”与“五四新文化运动”所承担的相同的反封建任务的体认而提出的。在这个意义上，“精神奴役创伤”意指几千年封建社会的历史中，封建主义意识、观念、思想、制度等对个体生命欲望、主观精神意志、对人的个性的压抑，对人精神的摧残以及性灵的压制、扼杀，最终以奴性意识取替了主体意识：“那精神奴役的创伤，当‘潜在着’的时候，是怎样一种禁锢、玩弄、麻痹、甚至闷死千千万万的生灵的力量，当‘拓展着’，特别是在进入了实践过程的成员身上拓展着的时候，会

---

① 钱理群：《胡风与五四传统》，《文学评论》1988年第5期。

② 胡风：《论民族形式问题》，见《胡风全集》第2卷，第722页。

③ 同上书，第727页。

④ 胡风：《论持久战中的文化运动》，收入《民族战争与文艺性格》，见《胡风全集》第2卷，第542页。

成为一种怎样的虐杀千万生灵的可怕的屠刀。”① 它与“国民性”批判命题的历史承传性是显然的。②

第四节　差异中的路翎与胡风

一　路翎对“精神奴役创伤”的阐释

“原始强力”与“精神奴役创伤”的一致性

对胡风的“精神奴役创伤”的命题，路翎同样深会于心。在论争文章中，路翎就胡风的“几千年的精神奴役创伤”，作出了较为明晰的阐释，以至于被研究者认为“较之胡风散见各处且多显现艰涩的论述，无疑要清楚简直得多”③。相对于胡风的燃烧的“战斗热情”和乐观主义，路翎对于作为创作对象的“人民”现状的理解，似乎显得更为冷峻。

---

① 胡风：《论现实主义的路》，见《胡风全集》第3卷，第555页。

② 必须注意，这一命题是在40年代“知识分子和人民结合”的迫切要求的语境中，胡风基于自己对现实的理解而提出的，因此其内涵必然与鲁迅的本题存在差异。首先，“人民”的概念，比鲁迅所说的“国民”的概念具有更强的（政治）限定性，而鲁迅的“国民”则着眼于历时性的总体文化反思立场。而且，胡风这一命题，通过辩证方法把肯定和否定融合为一，更富有“战斗热情”和革命乐观主义精神气质。其内涵如下：“生活在以经济关系为基石的社会诸关系里面的人民”，一方面，“承受着劳动重负的坚强和善良”，“这伟大的精神就是世界的脊梁”；另一方面，这又是以“封建主义的各种各样的具体表现所造成的各式各态的安命精神为内容的”。前者“产生了创造历史的解放要求”，后者“却又把那个要求禁锢在、麻痹在、甚至闷死在‘自在的’状态里面”。存在于人民身上的这两个相互对立的方面“激荡着、纠结着、相生相克着，形成了一片浩漫的大洋”。在胡风看来“每一个人民的内容都是这样一片浩漫的大洋”，不能用“快刀切豆腐”的办法把两者“光光净净地各在一边”（《论现实主义的路》）。胡风认为真正意义上的“和人民结合”，就是作家怀有强烈的“主观战斗精神”，对于存在于人民身上的“精神奴役创伤”及其复杂性的深刻理解。在这个意义上，“精神奴役创伤”构成了“主观战斗精神”的题中应有之义，也是针对“和人民结合”的时代命题中存在问题的一个警示。鉴于“客观主义”和“主观公式主义”把人民抽象化与神圣化的弊病和潜在的危险，胡风要求充分发挥作家的主体精神，不能把对象当作“‘思想’的工具”，而是要深入“平凡的但却深含着各种各样活的内容的具体的人民”，而这“具体的人民”身上就存在着正面的肯定性因素（“明天性的诸因素”），亦存在负面的否定性因素（“昨天性的诸因素”）。作家与对象“拥合”的过程中，就必然触及这沉积着的沉重的“精神奴役创伤”，并与之进行“血肉的相搏”，同时也就开始了与其“相生相克”的战斗过程。

③ 张业松编：《〈路翎批评文集〉编后记》，第322—323页。

他认为：

> 不可否认，也不容天真的乐观，我们底人民在主观情况（即旧习惯和旧意识底控制）上仍然是**相当落后**的。我们所生活、斗争的差不多是世界上**最落后**的一个国家，我们底斗争因此是**长期的、艰苦的、多方面的**。我们以为，凡是认真地在战斗着的人们，都应该承认这件事情；我们以为，承认这个正是因为有了必胜的光明的决心，承认这个是一件好事情。①（着重号为引者加）

这里，一再使用“落后”一词，足以表明路翎是如何痛感于现实的严峻而急欲改变的决心，同时也表明他清醒地意识到改变现状的艰巨性。这种直面现实的态度和低调的判断，无疑是出于真诚的社会责任感；然而，却在当时人们普遍欣喜于“迎接明天”的高度热情和“天真”的乐观主义氛围中显得令人难以接受，甚至被戴上“拒绝与人民结合”的个人主义罪名。

他把胡风的“精神奴役创伤”明确界定为“我们所认识的人民里面的旧习惯和旧情绪、旧道德观点和旧人生观”②，并对“精神奴役创伤”的严重后果作了详细的阐说：

> 这创伤是沉重的，多少年来致人民于死命的，这精神奴役，是比外表上的奴役还要厉害的，因为它是控制了人民底精神，它是杀人不见血的；它是使被杀者自己都不知道是怎么被杀的。它是用着吃人的礼教，忠臣孝子的感情，三从四德的规范，仁义道德的温情来进行着看不见的屠杀的。它这种精神奴役，是使得人民在被屠杀之后还要感激它的。它蒙蔽了人民底精神，歪曲了人民的感情，使得人民看不见世界的真实。

封建主义对人的精神奴役，路翎对此有着非常痛切的认识。除了

① 路翎：《论文艺创作底几个基本问题》，见《路翎批评文集》，第97页。

② 同上。

反复出现的"人民"一词，显示了强烈的时代色彩，他描述"精神奴役创伤"状况的话语，似乎更属于五四时代的修辞方式，充满了对"传统"的控诉和决绝的"斗争"姿态，与40年代末期"工农兵方向"指导下的话语方式颇为迥异。这表明，与胡风对于五四传统的捍卫和对于传统的较低评价相似，路翎也同样对传统表现出了过于偏激的拒斥态度。他甚至认为"今天底文化斗争，事实上即是占领并消灭旧文化的斗争"，"大众化的主要工作应该是追击，并肃清旧美学底残余，在人民中间启发新的美学、社会学的感觉和情绪"。[①] 由此他对中国传统文学中的"大团圆"情节结构模式表示强烈的不满："大团圆实在是旧美学里的最害于妥协性的东西"，认为它是统治阶级用来麻醉人民的骗局。基于对"精神奴役创伤"的深切体认和激烈的反传统（反封建）立场，他逐渐开始寻找一条用以"疗救""精神奴役创伤"路径——最后的结果则是"人民底原始强力"的提出。他曾说："在《饥饿的郭素娥》中，我是企图用描写'原始的生命强力'来反对'精神奴役创伤'的。"[②] 因此，《郭素娥》中从语词到人物形象"'浪漫'地想象"的用意也就不难理解：要通过这个充满了"原始的强悍"的女人，展开一个也许不完全真实、但却具有强烈冲击力的、充满原始生命力的世界。

此外，路翎小说在当时就被指责为人物有"精神上的歇斯底里"，他和胡风曾探讨过这个问题：

> 胡风告诉我，向林冰说我的小说中的人物有着精神上的歇斯底里。我说，"唐突"，突击的时代我要寻找往前进和唐突与痉挛，因为时代和人的心理都有旧事物的重压，所以有这种唐突与痉挛；沉滞的时代我也寻找，这种重压在沉滞的时代更多些。但歇斯底里，唐突，是一个爆炸点，社会总是在冲突中前进的，而反面人物的唐突，也说明他心中的和环境的激战点。胡风十分赞成我的想

① 路翎：《对于大众化的理解》，原载1948年5月《蚂蚁小集》之二《预言》，署名冰菱。见《路翎批评文集》，第80页。

② 路翎：《一起共患难的友人和导师——我与胡风》，见《路翎批评文集》，第284页。

法，他也是这么说的。这也是我在后来关于描写矿场、工厂生活和农村生活题材的作品《饥饿的郭素娥》给胡风的信里说的，我要在作品里“革”生活的“命”。[①]（着重号为引者加）

“唐突、痉挛”，在这里被路翎理解为是由于“旧事物重压”而导致的心理的扭曲、变态。但路翎不是从消极意义上否定它们，而是将其作为“往前进”的一种方式，特别是在他所处的“重压”更多的“沉滞的时代”，它们作为人物心理在突破极限时的“爆炸点”，是导致社会前进的动力，因而更具有积极的意义。从这里出发，我们可以理解，“原始强力”与“唐突”、“痉挛”具有同样的性质，后者是“重压”在心理上造成的“创伤”，而原始强力无疑也就是势所必至的“爆炸”和释放。

二　“原始强力”与“精神奴役创伤”的差异性

1. 精神腐蚀”：对“精神奴役创伤”的深切体认

“原始强力”，作为对“精神奴役创伤”的一种自觉探索，对胡风命题的一种“回应”，是路翎试图给出的“答案”，因此二者的联系性毋庸赘言。但是严格地看，两个命题之间某些微妙差异，还是值得重视的。

从上述路翎对于“人民”主观“现实”情况（落后）的判断看，他所理解的“精神奴役创伤”的严重性，甚至超过了胡风的估计。这从他自己提出的“精神腐蚀”这个语词也可以看出。路翎回忆中提到，胡风在编《希望》时，“希望有反映民主要求或揭发沉重的封建黑暗的作品”，并希望路翎能写一篇。路翎“犹豫很久，不知怎样写法”。从正面表现民主要求的主人公，“一时想不起来”，于是最后写成了《罗大斗的一生》，主人公是一个“反面的小奴才人物”，路翎把罗大斗身上“精神腐蚀”的“病态的情形”写了出来。胡风看了以后说“似乎直接地写正面人物的民主性质的反抗更好些”，想让路翎“写一篇另一种的”。后又要求路翎“减少一点阴暗的内容，而加强正面的事物”，

① 路翎：《一起共患难的友人和导师——我与胡风》，见《路翎批评文集》，第283页。

经过两次改动后才得以发表。①

比起“精神奴役创伤”，“精神腐蚀”已经由外在的社会对人的精神奴役变成了直接的奴役者，罗大斗因此成为一个众所鄙弃的负面人物。这篇小说与鲁迅的《阿Q正传》有着明显的联系。小说主要展现一个最终堕落为乞丐的破落户子弟，其“卑劣”的灵魂——既甘于奴役，同时又以更残暴的方式去奴役那些更弱者——的复杂性和矛盾性。但是，鲁迅笔下的阿Q，主要是作为承受封建意识重压而生成奴性意识的普通民众的代表，画出“国人的魂魄”，以此表现“国民性”批判的主题。鲁迅在揭示阿Q精神愚昧状况的同时，是指向对造成此结果的“吃人”社会的严峻批判。而路翎则是要直接呈现孳生和包容了封建主义全部罪恶的罗大斗令人难以忍受的奴性心灵，即“精神腐蚀”本身的“卑劣”和污浊，因此，通过一部奴才性格史，路翎“揭示了以往文学很少问津的一个污秽的社会角落和发臭的心灵角落”②。“精神腐蚀”，可以说是路翎在对“精神奴役创伤”这一命题经过深切体验和深入思考之后的一个新发现，是对它的延伸和发挥。相对于胡风对正面人物的强调，路翎则把笔触延伸到这个被忽视的负面形象身上［《燃烧的荒地》中的郭子龙，无疑和罗大斗有着相似性，也可以作为“精神腐蚀”的表现］，正是痛感于“旧观念、旧意识、旧道德”的“杀人不见血”的本质。更难能可贵的是，路翎没有把这些负面人物简单化、概念化，他以作为“社会心理学家”（杨义语）的卓绝探索精神，冷静地探入到这些被忽视然却又真实存在的“卑污”灵魂的深处，让人们认识到了人性的复杂性，这种“卑污”所具有的“恶”，也就予人以同样令人发指的震撼力。因此，可以认为，对于封建意识毒害性的体认，路翎较之胡风似乎更深刻；他笔下的负面人物，因此达到了现代文学史上罕见的深度。从这个意义上看，如果说，胡风的“精神奴役创伤”命题是提出了一个“问题”，那么作为“答案”或“回应”——路翎的“人民底原始强力”是显示了颇为深邃独到的思考的。

---

① 路翎：《一起共患难的友人和导师——我与胡风》，见《路翎批评文集》，第288—289页。

② 杨义：《灵魂奥秘的探索者》，《文学评论》1983年第5期。

另外，前文已述，与“精神奴役创伤”相关联，路翎曾提出“语言奴役创伤”的命题，也是基于创作的直接体验，从文学形式方面对胡风本题的一个发挥，颇为新异。虽然他并没有对“语言奴役创伤”作过完整阐释，但是从其创作实际看，他对自己文学形式的选择，特别是语言的取向，与当时主流倾向存在巨大差异。亦可看出路翎对“精神奴役创伤”广泛性和复杂性的深刻理解，从封建意识和观念对人的主体性的严重“腐蚀”后果出发，而力图进行从观念到文学形式的全方位“反抗”。

由这一点，我们进而可以深入对胡风理论与路翎创作关系的探讨。这一问题许多论者多有触及，但似乎过于简单化。研究者一般倾向于把路翎作为胡风文艺理论的实践者，或者是作为研究胡风文艺思想的一个便当的“佐证”。这固然有其合理性的一面。但是，文艺理论和创作实践之间关系是复杂的，也正是基于这一点，已有论者提醒大家应当“注意对路翎的作品胡风的阐释与路翎本人的反省之间的差异”，由此既要看到“其基本一致，互相影响与补充”的一面，同时“也要注意彼此的差异以至矛盾”①，可谓切中肯綮。的确，就胡风和路翎而言，两者间存在的一致性毋庸置疑，但差异性应该更值得关注，特别是在深入研究路翎创作时，应该清醒地认识到这一点。只有这样，才能从路翎创作的实际中探寻出其独特的、“活生生”的属于他自己的特质。

2. 路翎立场的“假定性”与怀疑精神

这里，不妨就先以《饥饿的郭素娥》为例，从路翎对自己创作动机的说明与胡风对路翎这一动机的理解，来看看其中的微妙分歧。为便于比较，我们再次征引路翎的原话：

> 郭素娥，不是内在地压碎在旧社会里的女人，我企图“浪漫”地寻求的，是人民底原始的强力，个性底积极解放。但我也许迷惑于强悍，蒙住了古国底根本一面，象在鲁迅先生的作品里所显现的。我只是竭力扰动，想在作品里“革”生活的“命”。事实也许并不如此——“郭素娥”会沉下去，暂时地又转成卖淫的麻木，自

① 钱理群：《文体与风格的多种实验》，《文学评论》1997年第3期。

私的昏倦。（着重号为引者加）

细细品味这段话，不难感受到路翎的矛盾心境。首先，这段话里面包含了两个方面：一方面，是与“浪漫”相关联的“理想”的一面；另一方面，是与之相对的“真实”（“现实”、实际）的一面。从前者出发——出于对“浪漫”、“理想”的追求——路翎提出希望寻求“人民底原始的强力，个性底积极解放”，而采用的方式则是“竭力扰动”，以此达到“‘革’生活的‘命’”的目的。这种方式无疑是激进的、“积极的”、充满了燃烧的热情和“主观精神”。然而，路翎同时提醒我们注意另一面——即“现实”的本然存在：事实“并不如此”，至少郭素娥的“现实”是可能会“沉沦”下去，安于既成的“卖淫”命运，麻木昏倦，随波逐流。可见，路翎在“理想”的豪情中，并未失去面对“现实”的理性和清醒，他意识到自己“也许迷惑于强悍”，因而“蒙蔽”了事实的真相。在此，路翎特别提示了鲁迅作品所呈示的“现实”——“古国底根本一面”：保守、狭隘、中庸、甘于奴役、麻木不仁、胆怯，等等——也许才是真正的“现实”。我们由此可以看到路翎创作的复杂心态：一方面是“浪漫”（理想主义）的“寻求”，另一方面是清醒的理性反思；从这一点看，“人民底原始强力”的提出，仅仅是基于对“现实”的清醒体认而采取的一种假定性立场。而这一假定性立场的形成，是因为“现实”与“理想”之间的落差对作者造成了不可避免的困境；因此，“假定性”一方面强烈地昭示出作者本人的深切“焦虑”，另一方面也是用以从困境中“突围”的意愿和方式。还应该看到，路翎的这种理性反思既经由对鲁迅作品的参照而引发，同时也是经由鲁迅作品而让他最终回到并得以面对“现实”的层面——“郭素娥”的实际命运与“古国底根本一面”之间的同一性。

因此，这段话对我们认识路翎具有深刻的意义：它反映出路翎创作心态的复杂性，同时也提醒我们注意鲁迅作品和鲁迅精神对他的深刻影响，由此进而去思考路翎对鲁迅传统的继承性问题。就后者而言，我们可以很自然地联想到鲁迅在《〈呐喊〉自序》中对于“铁屋”的比喻和对于“呐喊”的解释：一方面是怀着“毁坏这铁屋”的“希望”而“呐喊”，体现了作为“精神界战士”和文化先驱的奋勇的“战斗”精神；另一方面基于“希望”的“有与无”的不确定性，鲁迅却又怀着无语以告的“悲哀”和“寂寞”，其中不免包含着深刻的悲观意味。可以说，鲁迅的“呐喊”本身就是基于一种“假定性”的立场，在高扬“战斗”精神的同时也包含了强烈的怀疑精神。

虽然由于时代语境的不同、主观方面如身份、个性等因素的差异，我们当然不能将鲁迅的上述立场移用到路翎身上，但是如果从创作心理的层面看，路翎的“假定性”立场和鲁迅确实存在着某种相似性。其一，“浪漫”的“理想主义”和“人民底原始强力”的命题，即体现了路翎对于“精神奴役创伤”（“古国底根本的一面”）的痛切体认，因而作为“反抗”以“人民底原始强力”作为一个突破口，或者作为“突破重围”的一种可能的路径。正如鲁迅通过“呐喊”来唤醒沉睡于“铁屋”中的“愚弱的国民”，以此作为“疗救”的一种途径；“人民底原始强力”，似乎也同样以“竭力扰动”的剧烈方式来“‘革’生活的‘命’”，发掘出蕴藏在民众心底的、原本被压抑的自然生命力量，同时也作为民族性的本原力量，以之为疗治“精神奴役创伤”的诊方，同时也作为改变“古国底根本一面”的一种努力。其二，面对现实的理性精神，又使得路翎能够对自己立场的“假定性”进行清醒的反思，意识到“理想”对于“现实”的遮蔽和简化，由此也不免生发出深刻的悲观情绪和怀疑精神。因此，两个似乎分裂的方面的共生俱在——一为面对现实的“斗争”的勇气和热情，二为由于现实的深切体认而生的悲观与怀疑——构成了路翎与鲁迅在文学立场与复杂创作心态方面的一致性。由此，我们也许可以更深入地理解，路翎创作过程中始终存在的“疑虑”和困惑、犹豫、焦虑，等等，一方面固然是由于时代语境的强势压力，另一方面与他性格的“分裂”特征——即此种悲观情绪和怀疑精神——之间也必然存在着深刻的联系。

3. 胡风的回答：“并不‘并不如此’”

路翎致胡风信中的那段话在胡风给《郭素娥》作的序中被征引，胡风并作出了自己的评价。通过胡风对路翎创作动机的理解，来反观二人之间在个性和文学立场上的差异，也许是颇有意味的：

> 但我看，事实是并不“并不如此”的。郭素娥，是这封建古国

> 底又一种女人，肉体的饥饿不但不能从祖传的礼教的良方得到麻痹，倒是产生了更强的精神的饥饿，饥饿于彻底的解放，饥饿于坚强的人性。她用原始的强悍碰击了这社会底铁壁，作为代价，她悲惨地献出了生命。[1]（着重号为引者加）

相对于路翎态度的犹疑，胡风在此更多地显示出了"战斗者"的明快和斩截，他欣喜于郭素娥这个全新的"封建古国底又一种女人"的出现，从其肉体的饥饿中看到了"更强的精神的饥饿"。从这一点，他一方面肯定路翎使"新文学里面原已存在了的某些人物得到了不同的面貌"，另一方面敏锐地发现路翎使"现实人生早已向新文学要求分配座位的另一些人物，终于带着活的意欲登场了"。因此，对于郭素娥，他更推重的是似乎她用"原始的强悍"碰击"社会底铁壁"所具有的坚决、彻底、刚毅和决绝的力度——这正是胡风认为路翎"替新文学的主题开拓了疆土"的具体表现。"碰击"一词，正显示出一往无前、视死如归的勇猛和壮烈。因此，他特别提到郭素娥的"原始的强悍"所造成的效果："郭素娥死了，她的命运却扰动了一个世界"；"这劳动世界的旋律，带着时代的负担，带着被郭素娥的惨死所扰起的波纹，却在辉煌的天空下面继续前进"。这些语句充满着由"受难"精神激起的乐观主义精神，它的格调是昂扬的、激奋的，充分体现了充满了"胡风式"的"主观精神"和"战斗意志"。并且，从这种乐观主义的立场出发，胡风认为作者路翎的立场是"向时代的步调突进"，其"着力点每一步都放在祖国的明天"。虽然胡风也注意到"作者的笔尖还带着欲进又止的疑虑"，其作品中存在着"苦闷的痕迹"，但是似乎仅仅把它当作由于路翎处于生活（写作）"开端"时期自然会遇到的正常情况。在胡风看来，作为其理论主张在创作实践上的收获，他的喜悦似乎已经有效清除路翎所感觉到的"疑虑"。

用"原始的强悍"来解释"人民底原始的强力"，这一点上路翎和胡风是一致的。但我们看到，路翎在提出他的命题时，其心态是颇为矛

① 胡风：《一个女人与一个世界——序〈饥饿的郭素娥〉》，见《胡风全集》第3卷，第100页。

盾的，他显然抱着怀疑和保留的态度；胡风却取了乐观向上、毫不动摇的肯定态度。那些纠缠在路翎心底的"困惑"和"疑虑"（"并不如此"），在胡风这里经过"并不'并不如此'"的否定而变得明朗、清晰；那些暧昧不清的情绪、意念，在胡风的坚执和自信面前，似乎显得"多余"。两人基于个性差异而形成的对于现实和文学立场的分歧从中可以见出。

4. 个性的殊异："我的魂魄，是在夜里漂流而踌躇的"

路翎性格的"分裂"特质　路翎曾向胡风谈到自己："我底童年是在压抑、神经质、对世界的不可解的爱和憎恨里度过的，……我在心理上和生理上都很早熟，悲哀是那么不可分解地压着我底少年时代，压着我底恋爱。"[①] 幼年的痛苦记忆所带来的"不可解"的"悲哀"的"阴霾"，似乎始终没有离开过路翎："只有你知道我精神上的负荷是多么重的。我是一个坏性格，除却痛苦，我是再不会得到别的的。"[②] 与这种"悲哀"相伴随的，就是情绪上纠结不清的寂寞、孤独、苦闷，这一方面固然由于青春期特有的敏感，另一方面却似乎与其性格中天生的忧郁气质不无关联。因此，在路翎这里，这种情绪似乎显得格外强烈，甚至到了"夸张"的程度："在荒凉的路上的时候，自己就觉得'寂寞'与'孤独'"[③]，"我现在觉着向前走，同时就感到自己停留、空虚、彷徨"[④]；"我的魂魄，是在夜里漂流而踌躇的。做着好梦和恶梦"[⑤]。虽然沉陷于苦闷、彷徨和"悲哀"的情绪沼泽中，路翎对自己并不缺乏清醒的分析，他深深意识到自己个性的"分裂"特征，在低迷的伤感中对自己有着意外的冷静决断："我的路是早就决定的了"，"站着这些分裂点上，我很痛哭了几次。我还很懦弱。但我也觉得自己还坚强"[⑥]。"懦弱"和"坚强"，这用以形容性格的两个极端，被路翎如此自然地关联在一起。并且，这种天生的"分裂"特征，使路翎对

① 路翎：《致胡风书信全编》，第34页。

② 同上书，第36—37页。

③ 同上书，第9页。

④ 同上书，第25页。

⑤ 同上书，第74页。

⑥ 同上书，第20页。

自己充满了怀疑，以至许多时候流露出了令人难以理解的"自卑"甚至"恐惧"："我时常恐惧着我背后有一个影子……我很'丑'，但是我愿意把我的灵魂挖出来"①；"有什么东西或者就要把我底生命和生活夺走了，那时候我就要在阴暗潮湿的地下嫉妒着别人了罢"②。于是，在这种深重的、难以言说的悲剧意识的濡染中，他体验着超常的"孤独感"："没有一个人和我的感情相同，我是十分孤独的。"③同时，与这种"孤独感"的斗争，成了不为人所知的他的精神上的另一面——也许正是最真实的一面："关于孤独，我是总在与自己斗争的。我相信没有任何人感到这个，除了你。但我在你的面前是不隐瞒的，实在说，是有点软弱的。"④ 于是，与他在文学上迅速成名相伴随的，不是昂扬亢奋的自信，路翎收获到的是沉重得连自己都觉得讶异的心境："以我的年龄而走入如此的荒凉，我自己是觉得惊异的。但这是好的，一切是真实的。"⑤

值得注意的是，路翎还曾反复提到"墙壁"的意象："我觉得我底周围形成了一个看不见的、可怕的墙壁，……我想我要攻击这个墙壁，否则就灭亡。""我只知道有一个大的东西在运转。我底周围是墙壁，同时我也是别人底墙壁"。⑥（着重号为引者加）写这封信时，他和朋友何剑薰有过不快，所以这里说的"墙壁"，可能跟朋友相处时的摩擦有关。不过，抛开这个具体事件，"墙壁"一词本身意味着隔阂、障碍和阻力，这里自然有着因"孤独"感而引发的无法与别人沟通的苦闷；同时，"墙壁"的意象本身，又自然地让我们联想到鲁迅关于"铁屋"的比喻。"墙壁"的普遍存在，似乎就让人感到了绝望和同样无语以告的鲁迅式的悲愤和"寂寞"。不过，另一方面，路翎发出的"我要攻击这个墙壁"的"宣言"，似乎又显示了他身上的另一种质素：即面对"困境"和阻力不屈服的"苦斗"勇气和意志，这一点无疑和鲁迅、胡

① 路翎：《致胡风书信全编》，第3页。
② 同上书，第33页。
③ 同上书，第107页。
④ 同上书，第109页。
⑤ 同上书，第120页。
⑥ 同上书，第72页。

风都具有同一性。由此，也再次彰显出路翎性格的某种“分裂”特征：一方面是对于现状的悲观、怀疑甚至绝望的情绪，另一方面却又并不沉溺于情绪的泥沼而走向虚无与幻灭，“反抗”和“攻击”的战斗意志似乎并没有因为悲观的情绪而被放弃，这也是他被赋予“精神界战士”称誉（钱理群）的更主要的原因吧。

作为结果，他身上分明携带着堂·吉诃德式的悲壮和执著：

> 我们都是带着什么一种武装到这个世界上来的。迅速地被戳破，又迅速地缝补。到了最后，恐怕是满身破烂地挂着残盔破甲了罢。如果这一副破烂的披挂，连同着长枪瘦马，还能够交到将来的人们底手里，就该是幸福的了罢。“儿郎们，前进！”①

这一段话似乎向我们揭示了一个更为平实的路翎。在他的观念中，生命过程被理解为一个不断循环的“被戳破”与“缝补”的过程，最后个人能够得到的也许仍不免是“残盔破甲”的悲剧性结局，然而这却丝毫不会影响他的坚持和战斗的信念——因此，能够坚持到把一切交付给“将来的人们底手里”，成为足堪慰藉的“幸福”。这样，这个悲剧性的生命观竟然焕发起了更为坚定的战斗的意志：“儿郎们，前进！”

对路翎的“分裂”性格，他的朋友陈守梅（阿垅）也深有体会：“我总觉得你有一个原则，一个与任何原则都不相同的原则。它似乎绝对支配着你，虽然有时也并不。我想找出它，曾为之努力很久。但总是找不出来，而愈找却愈认为是‘有的’。认为是‘有的’，而终于找不出来，所以我攻击之曰‘矜张’，判断之曰‘形而上’。用一句通俗的话总而言之，即所谓‘非人类’也。”“你在逃避一些事情，又企求一些事情，两面夹攻，就把你的‘真我’弄得奇形怪状了。”② 显然，陈守梅强烈地感觉到却又“找不出来”的这种“非人类”的“原则”，正是由于路翎个性气质当中的“分裂”性质，在惯常的生活中比较难以把捉的原因。路翎曾坦率地向胡风表示：

---

① 路翎：《致胡风书信全编》，第 86 页。

② 张以英编：《路翎书信集》，第 29 页。

> 这个世界上，有许多事情，是在“理性”的范围之外的，它们看来似乎永远不能解决。那些坑坑谷谷，真是令人胆寒。不过，我还是要跳进去——不是带着勇气，而是带着一大堆悲伤的思想，就是小资产阶级是也。我确实有这个毛病。[①]（着重号为引者加）

对胡风来说，情况则明显不同。[②] 他非常注重文艺创作中社会性的一面。在给路翎提的意见中，他反复强调“要减少你的忧郁的心情，文学形象的负担也会压得人忧郁”[③]，认为路翎的小说“心理纠葛没有穿过活的社会纠葛里面，失败处就在这里”，“应该在更浓的社会感的形象里面去把握心理发展”[④]，“我可惜他过甚地削去了社会性的形象”[⑤]，“希望和具体的政治形势贴紧点”[⑥]，等等。这些意见，似乎都是针对路翎作品中相对个人化，或者过于注重对心理的挖掘而忽视了环境的展现而提出的，其中社会性的因素，在胡风看来似乎过于薄弱而有意强调的。

胡风：“第一义”的诗人　值得注意的是，尽管按照学界的公论，在胡风所担当的文艺理论家、诗人和编辑人三个角色中，一般认为作为文艺理论家的重要性应该排在首位，但是胡风自己却始终坚持自己最重

① 路翎：《致胡风书信全编》，第 87 页。

② 早年的胡风曾自称是一个“先天不足的理想主义者”。青年时期，他曾深深沉浸在文艺的世界中，受到《湖畔诗集》影响，写过一些比较个人化的、风格较为委婉、情绪惆怅的诗歌。社会的剧烈变动曾经吸引过他，但是一旦热情过去又回到了文学的自我的世界。这种执迷于文学而对社会的疏离，被他称为“先天不足的理想主义者在这里是彻底地战败了”。后来他到了日本接受了苏联文学和苏联文学直接引导的日本普罗文学的影响之后，他自认为最终“解消了纠缠了七八年的社会观和艺术观的矛盾”（见胡风《理想主义者时代的回忆》）。从他后来发表的文艺理论和批评文章，可以看出，他所说的“社会观和艺术观的矛盾”的解决，是通过对苏联“唯物辩证法”的创作方法——即以世界观为创作方法——的接受获得的。而胡风人生观和文艺观的这一转折，在后来看显然是比较彻底的（见陈顺馨《社会主义现实主义理论在中国的接受与转化》，安徽教育出版社 2000 年版，第 93—94 页）。

③ 路翎：《一起共患难的友人与导师——我与胡风》。

④ 胡风：《致路翎书信全编》，大象出版社 2004 年版，第 3 页。

⑤ 同上书，第 5 页。

⑥ 同上书，第 6 页。

要的成就“首先的主要的是诗人”。[①] 原来，胡风对“诗人”的概念有着自己的理解，它包含了两层含义：一是就通常意义的“诗歌”而言；二是把“诗”当作一个“**形容性的字**”，是与其所张扬的“主观战斗精神”直接相关的为人类、为他人、为理想而战斗不息的“精神战士”——而这个意义上的诗人才是他最看重的，他将这个层面称之为“**第一义的诗人**”。正如他所说，“一个为人类的自由幸福的战斗者，一个为亿万生灵的灾难的苦行者，一个善良的心灵的所有者，即令他自己没有写过一行字，我们也能毫不踌躇地称他为诗人”[②]。在这个意义上，他说“鲁迅的一生就是一首诗”，并强调不能仅仅从修辞学上来解释这句话。因此，他对于自己作为“诗人”的定论，当就这“第一义的诗人”——即作为“战斗者”、“苦行者”、“善良心灵的所有者”——的意义上而说的。由此，我们也可以看出，作为“第一义的诗人”、作为“精神战士”，胡风在个性上显得果决而刚毅，一旦认准自己的信仰就决不动摇，毫无畏惧，甚至以“受难”的勇毅自蹈死地而不悔。因此，他的气质，似乎更偏重于自信、明朗和刚性的。胡风性格的完整性和路翎的“分裂”似乎是有着显著差别。

5. 胡风作品中的“人民”形象

如果具体到对于“人民”——这个40年代核心概念——的理解，我们也可以发现，胡风与路翎的差异也是一个显著的事实。胡风提出的“主观战斗精神”中，特别强调了人的“感性存在”，强调不能用抽象的“概念”而把具体的、活生生的人的“感性存在”抹杀或消解。他的这一观念无疑深刻地影响了路翎。不过，更进一步看，路翎在创作中遭遇到的在“人”和“人民”之间关系的复杂纠结或者内在张力，在胡风这里，似乎通过他的“相生相克”的“辩证法”而得到了某种程度的“化解”：一方面是对于对象的“体现过程或克服过程”，另一方面是主体的“自我扩张”；一方面是作家主观上的“迎合或抵抗的作

① 胡风的小儿子晓谷在回忆父亲的文章中，谈到他曾问过胡风对自己成就的看法，“最重要的是文艺理论，是翻译，还是作为诗人”，胡风毫不犹豫地回答：“首先的主要的是诗人。”见晓风、晓山、晓谷《我的父亲胡风》，春风文艺出版社2001年版，第224页。

② 胡风：《关于人与诗，关于第二义的诗人》，最初发表于《诗创作》第15期，即写给诗人王晨牧的信，见《胡风全集》第3卷，第74页。

用”，另一方面则是对象的“促成、修改”作用，而在这二者的相生相克、相反相合的富有流动性、充满活力而毫不拘滞的“辩证”过程中，主体非常自然地实现了“自我斗争”。从这一点看，胡风理论中作家和对象之间辩证关系，无疑构建了一种既紧张又和谐的更具理想形态的互动关系。但是，正如我们看到的，在路翎的实践过程中，“人”与“人民”之间的牵连盘结，构成了多么严重的困扰；其创作所体现的全部复杂性，似乎都必须从这一问题上寻根溯源。

我们可以结合胡风的诗作，来看看他所理解和表现的“人民”形态。[①] 在写于抗战后的《为祖国而歌》中，他流着“感激的泪水”和“悲愤的泪水”吟唱着：

祖国呵
为了你
为了你底勇敢的儿女们
为了明天
我要尽情地歌唱：
用我底感激
我底悲愤
我底热泪
我底也许迸溅在你底土壤上的活血！[②]

这里的抒情主人公以“祖国”的“勇敢的儿女们”的身份自命，把自己全部情感（感激、悲愤）毫无保留地奉献给“我底受难的祖国”。一方面，在“你底勇敢的儿女们”的集体称谓中，诗人自然地融入了这个“儿女们”的群体中；同时，祖国“母亲”和“你的儿女们”

① 胡风早期的诗作，受到《湖畔诗集》的影响，并且由于和社会的接触较少，比较个人化，偏于感伤色彩。到30年代后接受了马克思主义以后，其诗作就转而为具有较强的现实性、社会性和政治性，情绪大都比较昂扬，节奏明快，个人的热情都融汇于对社会和时代的感奋之中。此处我们主要简析他30年代风格转变以后的诗作，这些诗较能代表他作为“革命作家”的整体风格。

② 胡风：《为祖国而歌》，见《胡风诗全编》，浙江文艺出版社1992年版，第55页。

之间的这种不可割断的血缘关系，超越了一己的界限和阻隔，使这个“儿女”自然地归依到“母亲”的怀抱中，无论是在情感上还是在身体上都与“受难的祖国”合而为一，亲密无间。

在另一首政治抒情长诗《时间开始了》中，诗人满怀着对毛泽东、中国共产党和新中国的无限热爱之情，充满感激地吟唱着赞歌：

人民
苦难的人民
你们终于——
醒过来了
看得见了
听得懂了
觉得闷了
想到苦了
感到痛了
哭出来了
笑出来了
你要活了
你要爱了！①

我赞美了你们
不仅是赞美你们本身
通过你们
我赞美了
我的祖国
祖国的优秀儿女
我赞美了
我的人民——
劳苦的人民！

① 胡风：《时间开始了·光荣赞》，见《胡风诗全编》，第103—104页。

英勇的人民！
智慧的人民！①

抒情主人公“我”对“你们”（人民）的深情倾诉和热烈礼赞，显然是带着仰视的姿态，这与40年代特别是新中国成立的“幸福”时刻，对于“人民”普遍的膜拜和神化倾向，有着更多的相似之处。这里的人民，显然具有抽去了个体差异性的共同体性质。在这种激情的涌动中，诗人终于带着不可遏抑的激情呼喊道：

人民不朽！

在不朽的“人民”的强劲感召下，作为“个体”的抒情主人公——根据文本的语境，似乎原本是站在“岸边”——满怀着热情最终投入了涌动的人潮，汇入了“人民”的海洋中——于是，单一的“我”消失了，那个“不朽”的、伟力无边的“我们”开始成为真正的“主人公”：

我们是万流归海
劳动人民的海
战斗人民的海
创造人民的海
劳动心灵的海
战斗心灵的海
创造心灵的海！②

我们是人民
从千千万万的河道
流来了

① 胡风：《时间开始了·光荣赞》，见《胡风诗全编》，第112页。
② 同上书，第240页。

流来了这里
来祝贺祖国的新生
来接受毛泽东的检阅
来看到毛泽东摇动的手势
来听到毛泽东欢呼的声音
……①

从上述简略的勾勒中，也许能使我们稍微领略作为诗人的胡风与作为理论家的胡风并不全然相同的一面。在这里，我们发现的似乎更多是胡风和当时许多诗人的相似之处，他作为理论家的那种独异和特出似乎消隐了。这些诗作固然洋溢着慷慨激昂、炽烈欲燃的激情；但是，我们也不无惊讶地发现，在这对于“人民”（党、新社会、时代的巨人）的激情勃发的礼赞中，那个本来并不显著的“我”消失不见了，他最终汇入到了“从千千万万的河道”流来的“人民”的海洋中。在诗人的激情中，我们发现，胡风所关注的“人”的命题似乎出人意料而又合乎逻辑地淡化了，甚至退隐了，取而代之的是这个涌动着的、滚滚不息而具有强大吸附力的“人民”。“人”和“人民”这个持续性地困扰着路翎，并使其陷于困境之中的命题，对于胡风则显得明朗而单纯。至少，在胡风的诗中，我们看到的是一个理想化了的、把政治内涵和真诚的内在感情完全化合在一起的“人民”。因此，它取得了与革命文学创作中包容着显著的政治内涵的“人民”更为接近的意义。对胡风而言，诗中的“人民”是作为一个神圣的代名词，具有绝对的慑服力；其理论中所包容的“人”与“人民”之间相生相克、相反相合的互动性，在诗情的激荡中被大大简化了。

诚然，路翎和胡风，在创作和理论上配合得相当默契的这一对“搭档”，在文学立场、审美追求、价值取向乃至人生历程上都紧紧地关联在一起；特别是作为“友人和导师”，胡风对路翎的文学和人生道路都产生了不可低估的影响，路翎的许多作品与胡风的理论有着显著的契合。但是，基于两人个性气质、生活阅历及其接受的文化背景的差异，

① 胡风：《时间开始了·胜利颂》，见《胡风诗全编》，第 245 页。

基于创作和理论之间的复杂关系，同时更基于他们在创作中（同时也在观念上）事实上存在、而可能被忽视的种种微妙歧异，在理解二者的关系上，我们不能不保留更多的慎重与细致。两人个性和精神气质的差异，不仅体现在作品中，在更深层次上则意味着其人生态度、生活和生命体验以及生命观照方式上的较大的差异。与胡风相比，路翎的“分裂”特质似乎更占据支配地位，特别是他与生俱来的敏感和“孤独”感，使他在精神的领地更多地关注“自我”，并和他人保留了更多的距离感。这样，对于“自我”的敏感和对于外在环境的压力，路翎就感受得更为强烈。

三　怎样认识“人民底原始的强力”？

在40年代“人民”的海洋中，胡风似乎天然地感应着时代潮流的激荡，一方面，强调着“人”的存在，同时也非常自然、非常真诚而果决地融入时代的主潮当中；但是，对路翎来说，这一切就显得更为曲折：另一方面，时代氛围的强烈感召（当然这里也应该包含胡风的鼓舞和“主观战斗精神”影响）及其自觉的理性精神，能使他对时代和个人关系经过思考之后获得强烈的参与意识，采取更为积极地投入立场，渴望义无反顾地投身人海之中。但是，天生的敏感和精神上的孤独感，却又在甚至连他自己都不曾意识到的影响心灵深处，产生了本能的排拒。更重要的是，由于意识形态对创作的规约，“人民”这一概念越来越被当作具有政治内涵的语汇而忽略了其中个体差异性，路翎感受到的压力就越来越强烈。他的怀疑精神，不能不使他从情感上并不被自己意识到的“游离”，复归于冷静的理性思考。由此，从“人”的命题出发，他逐渐意识到文学创作中对“人民”概念的理解存在着某种阙失，即日益剥离了其中包蕴的“人”的内涵。对此，始终着意于人的价值追寻的路翎当然无法接受。作为一种“回应”——“人民底原始的强力”的提出，就是从自己的立场，力图以一种更具感性生命力、更富于冲击力和创造力的生命原欲的追寻作为突破口，通过个人的最基本的“感性存在”，作为对被抽空了“精神内涵”的“人民”的一种反拨——我们从他强调的“个性的积极解放”以及对于“个性解放”的解释中，同样看到了他对“人”和“人民”这两个维度的关注。“人民底原始强力”，正是希望通过对生命原欲的张扬，抵达“精神创伤奴役”和“个性解放”的命题，并且，把基于时代强烈诉求的人的阶级性和社会性推重关联在一起——不难看出，路翎在“人民底原始强力”这个命题上，是倾其所能地付出了他的努力。基于此，他不仅在“人”的心理表现和精神的探掘上作出了艰难的探索；“人民底原始强力”，作为具有强烈时代性的命题，也同样体现了路翎作为探索者的勇气和执著，其中包含的历史内涵也许值得我们给予更多的重视。

它包含着这几个方面的意义：

其一，从路翎自身看，在最初创作就遭遇了如何“正确”表现“工农形象”的困境。“人民底原始强力”这一命题的提出，应该说首先来自对解决该困境的一种探索：他既不愿意流于常规的公式化做法，同时对自己笔下的“工农形象”的“知识分子化”也有着强烈的惶惑；因而，“原始强力”的探掘，也许恰好可以作为对这种与人物身份不相称的“知识分子”气质的反拨。从作家与时代的“对话”关系看，这一命题也不妨理解为是对时代的“回应”——即对时代的体察、理解、思考、体验及其“主体性”立场——作为一个“具有充分价值”的“声音”，也标示出作家的独特价值。

其二，路翎对“精神奴役创伤”无疑有着深切的体认，甚至把这种“创伤”作了更为深入的发挥，提出了“精神腐蚀”与“语言奴役创伤”这些新的命题；虽然这些命题并没有展开，但是通过路翎的创作，我们还是可以从中得到不少启示。因此，“人民底原始的强力”的提出，是作为对“精神奴役创伤”的自觉“回答”，作为解决的路径而提出的。

其三，从“史”的视野看，它与新文学传统也有着紧密的联系。特别是与鲁迅“国民性”批判命题——对“病痛”的揭示，对于“疗救”的警示，以及对国民精神的“兽性”和“野性”的呼唤，等等，有着更为紧密的关系。由于鲁迅人格精神和鲁迅文学作品对路翎的深刻吸引（当然这必然又通过与胡风的引导和交往得到了强化），同时也包含在性格气质上与鲁迅的悲观意绪和怀疑精神的契合，使得路翎与鲁迅更能产生内在的联通。因此，鲁迅对“国民性”命题的思考，在40年代自然地化合到了他的文学观念和创作之中——作为结果——“人民底原始强力"，正是对鲁迅精神和鲁迅文学命题的自觉继承。

其四，它也触及了"个性解放"在新的时代语境下的变化、发展和可能的动向，同样是对五四新文学中"知识者与人民关系"命题的继承和发展。它是路翎基于自己的体验，力图对"人民"的实际存在加以审视和把握，寻找一条既合乎历史理性、又包含人文关怀，最终实现和人民"结合"的新路径。换句话说，它也体现了路翎意欲从新的视野对"个性解放"（也包括对"国民性"批判、"精神奴役创伤"等）问题进行反思和观照，达到在新语境中通过"变通"而使之有所发展的目的。同时，与作者对"人民"问题的思考相关联，它也是对"人民"这一概念的深化和具体化。显然，它是路翎基于自己的观察、体验和思考而力图对主流文学存在的"欠缺"、乃至整体性的某种"偏向"进行"弥补"和"纠正"的一次艰难探索。

需要特别指出，路翎在提出"原始强力"的命题时，有着明确的限定性，绝非无条件地鼓吹自然力的复古主义者。他是从反封建立场上，基于对现实情况的深切体认而作出的带有浪漫主义色彩的"突围"。从他对自己"假定性"立场的明确认识以及对于历史性、阶级性和社会性的一再强调，应该不难看到，他并没有把"原始强力"美化。对于生命原欲的张扬，是着眼于实现"个性解放"的社会目的。路翎强烈的时代感和社会关怀立场，使他不可能离开社会孤立地赞美自发的生物力量，他是意欲从这种自然力的张扬中发现社会前进的动力，同时借以实现对"人"自身的发现。这一点上，他与作为思想斗士的鲁迅在"国民性"问题上的立场颇为类似，既有基于对现实的透彻认识而采取的冷峻批判，同时更以燃烧的热力不懈地进行探索与追寻，充分体现出以决绝的斗志付诸实践的勇毅和坚定。从其作品中，我们看到，他对"原始强力"的表现与张扬，总是联系着对人物逐渐萌生的"觉醒"与"抗争"的社会意识及其生长过程而展开，"原始强力"的爆发是以其社会历史内涵为基础的。从其创作历程中则可以看到，对"原始强力"的认识，作家也经历了一个不断深化的过程。在初期的创作中，"原始强力"似乎来自朦胧的直感，尚缺乏明确的体认，如《"要塞"退出以后》中沈三宝在瞬间获得的战斗勇气，表现在情节中就显得比较突兀。到了《郭素娥》时，则成为作家自觉的追求；但对于"原始强力"的具体表现，路翎似乎主要通过“夸张”的方法，着意于张扬这种力量本身的“强悍”，而对其社会基础的认识和表现似乎还比较薄弱；到了更后期的创作，如《燃烧的荒地》中，“原始强力”仍然是其主题之一，但是却把重心放到了“原始强力”释放过程的艰难性和复杂性上，因此，小说最后人物“原始强力”的爆发过程其社会历史内涵也就显得更为富足。这样看来，“人民底原始的强力”，作为“阶级觉醒的初生的带血的形态”，其最终归宿必然是“革命斗争”和社会的解放。如果取消了原始强力的社会性而孤立的赞美所谓的生命力，那么这种未经理性导引的原始力所具有的破坏性，则是反人类、反社会的，它必然招致社会的混乱乃至人类的灭绝。这一点路翎有着清醒的认识。他非常不满于理论家对他的批评，而说道：“‘人民底原始的强力’吗？他们就把‘原始’两个字摘出来了；‘个性的积极解放’吗？他们就把‘个性’两个字摘出来了。”① 这正是由于没有具体分析路翎在提出这一命题的规定性，而产生了理解上的较大失误，不能不引起特别关注。

本章小结

本章承接第四章对路翎创作中“人民”问题复杂性的理解，就路翎自己提出的“人民底原始的强力”这一命题作为重点，对该命题提出的背景、内涵及其渊源作初步的阐释，意在从这一命题切入对路翎创作立场的总体把握。这一命题有着强烈的现实针对性，它首先是对胡风“精神奴役创伤”的“回应”和探索。由此更进一步，是以鲁迅开启的“国民性”批判命题作为精神渊源，是对鲁迅本题的深入思考；并显示了作家力图在新的时代背景中，将五四时期“人”的命题加以深化和融合的努力。在转型期的特殊文学语境中，文学创作中作为主题的“人民力量”的表现，由于主要从社会历史变迁的现实需要出发，过于注重物质的层面和经济地位的解放，相对忽视了“人”的精神维度而造成了创作中“人民”形象的简单化、概念化倾向，也与五四时期“个性解放”的命题有所疏离。基于路翎对社会现状的深切反思和对“人民”

① 路翎：《论文艺创作底几个基本问题》，见《路翎批评文集》，第104页。

实际状况的体认，他对文学发展的这种偏误显然极为担忧。因此，这一命题的提出，也同时显示了他试图通过对被压抑的生命本原力量的发现和张扬，以此作为切入口，将两个不同时代的命题——即当下对“人民力量”的追寻和五四时期以实现人的“主体意识”为鹄的“个性解放”——加以“缝合”的努力。可以说，这一命题正是基于他的独立思考之后对于现实困境的“突围”，自然也可理解为是对“时代”的“回应”，彰显出作家强烈的责任感和主体意识。特别值得注意的是，由于路翎在个性上与胡风的明显差异，其性格中的“分裂”性质和怀疑精神使他对“人民”的命题更多地保持着理性反思和批判立场；因此，虽然提出该命题是以“浪漫”的理想主义作为精神动力，却同时也是基于他对现实状况（“精神奴役创伤”的深重）较为深切的体认。无疑，它是一种相当清醒的“反抗”，这尤其与鲁迅的文学立场和精神血脉相通。

结语　情系五四："主体"的坚守与反思

路翎是一个极为特殊的作家。其独特的文学形式和文学取向，使他与主流的革命文学创作取向显得格格不入，甚至被目为"异端"，竟至于被迫终止写作生涯。几乎在他最初受到文学界热烈称赞的同时，就已经伴随着来自"民间形式中心源泉论"的非议（向林冰）。随着"工农兵"方向的确立，他面临的困境日益明显。40 年代末，"人民文艺"作为新的文艺路线得到全面贯彻，鲁迅与五四文学传统的许多宝贵经验没有受到足够的重视；虽然此时路翎保持着极高的创作热情①，但受到的干预和批评却更为严重。反观路翎的写作遭际，不难看出，所谓的"异端"，并不是由于他本人有意追求"特立独行"的结果，而是由于外在的文学语境的规定性过于强大和单一，缺乏对异质形态适当的包容度。只是在这个意义上，路翎创作对于主体性的坚持才显得颇为"怪异"。毋宁说，路翎遭遇的困境、批判和最终的"消隐"，乃是由于其创作一直保持着不被理解和容纳的某种"偏离"；而这种"偏离"，则在另一方面，恰恰显示出与鲁迅和五四文学传统之间存在的联系。这一点，甚至早在《财主底儿女们》出版之时，胡风就指出过："不管由于时代不同的创作方法底怎样的不同，为了坚持并且发展鲁迅底传统，路翎是付出了他底努力的。"② 循着胡风的断语，下文对路翎与鲁迅和五四文学传统之间的"对话"作一番考察。

---

① "他不停歇地创作，当剧院刚刚否定了他的一个剧本，他又交出了第二个。当人们正忙着打印、传阅、提意见、组织讨论时，他已埋头在第三个剧本的写作中了。"杜高：《一个受难者的灵魂——为〈路翎剧作选〉出版而作》，中国戏剧出版社 1986 年版，第 424 页。

② 胡风：《青春的诗——路翎著长篇小说〈财主底儿女们〉序》，见《胡风全集》第 3 卷，第 268 页。

一 以鲁迅为代表的五四文学传统

五四先驱者和作家们所倡导的“人的文学”，一方面极力张扬知识者的个性觉醒，同时又把目光投向社会解放和民众精神的提升。五四文学传统的可贵之处也正在于包容了个性解放意识与社会解放意识的双重内涵。必须强调，五四传统并不是一个单一化的概念，它应当是一个多元互动、相互补充、相互吸收和渗透的多种文化形态的组合，有其多样性和丰富性，其中一大批理论家和作家都在五四文学传统的形成中发挥了不同程度的作用。由于他们各自的文学渊源、立场和具体的实践不同，他们都分别以各自的立场和实践体现了作为五四文学传统的某个方面，因而彰显出各自的特殊性，构成了他人无法替代的特性。无疑，作为现代文学之父和思想启蒙家，鲁迅始终以其宏阔的视野和切实的努力，肩负着对社会根本问题的探讨和国民性格重塑的文化使命，对形成五四文学传统产生了决定性的作用。就胡风的理论与路翎的创作而言，无疑与鲁迅的传统保持了更为紧密的联系。因此，我们这里也主要从以鲁迅为代表的五四文学传统寻找路翎创作的基准点和历史连续性。

个性解放是五四文学传统的核心，鲁迅正是“个性解放”最积极的倡导者。应该说，鲁迅的个性解放主张对路翎创作产生了最为深刻的影响。鲁迅主张的特殊性在于：“鲁迅的个性解放思想，始终不主要表现为‘情’的自由抒发和‘欲’的热烈追求，他并不否定这些东西，也肯定它们的积极意义，但他自己却始终把‘意力’的充分发挥放在首位。他强调坚韧的斗争精神，歌颂敢于独战多数的精神战士。”① 的确，对于“意力”的推重，正是由于迫切认识到中国国民性格的严重依附性和精神面貌的萎弱而有意采取的一种“偏至”立场。早年的鲁迅就曾从“立人”与“立国”两个方面提出了解决中国现实问题的文化构想，并把重心放在了“立人”上：“首在立人，人立而后凡事举”，“人既发扬踔厉矣，则邦国亦以兴起”。在鲁迅看来，“人”的建设和自觉正是欧洲文明得以迅速提升的最直接动力，同时也正是解决中国社会问

① 王富仁：《尼采与鲁迅的前期思想》，见《先驱者的形象》，浙江文艺出版社1987年版，第212页。

题最迫切的途径。他认为19世纪崇尚物质文明达于极端（"倾向偏趋"）而终于导致了"失文明之神旨"的恶果，"诸凡事物，无不质化，灵明日以亏蚀，旨趣流于平庸，人惟客观之物质世界是趋，而主观之内面精神，乃舍置不之一省"。因此，在"立人"的理念中，鲁迅是把"主观内面之精神"作为"人"的建设的重心；在提出"意力"的同时，鲁迅还用了诸如"内部之生活"、"性灵之光"、"主观心灵之世界"等内涵相似的语汇。无疑，这些都是为了强调只有摆脱外在的物质束缚对人的"灵明"的遮蔽和压抑，获得了精神上的自由，"以己为中枢，亦以己为终极"，方能造就精神独立、个性完整的健全人格。因此，在鲁迅看来，"内部之生活强，则人生之意义亦愈邃，个人尊严之旨趣亦愈明"。[①] 虽然后来鲁迅对社会和政治的关注较前期明显增强，但是其"立人"思想却是一贯的；直至30年代，他仍然表示"说到'为什么'做小说罢，我仍抱着十多年前的'启蒙主义'"[②]。

二　以鲁迅为代表的五四文学传统对路翎的影响

1. 鲁迅"立人"思想对路翎的影响

鲁迅对于人的主观力量和内在"精神"的着重，在胡风这里得到了特殊地强调，构成了胡风文艺思想的基石。无论是"主观战斗精神"，还是"精神奴役创伤"，我们都不难看到鲁迅上述思想的影子，这一点同时成为七月派的基本创作取向。胡风对于"主观公式主义"和"客观主义"的警觉与批驳，正是因为敏感于文艺界的"混乱"状况，特别是其中"主观战斗精神的衰落"，导致对鲁迅的文学传统日益疏离，这种"混乱"和阙失就尤其为他所无法容忍。胡风提出的一系列主张，其核心也正是在于对作家主体作用的强调和对更具普遍性的"人"的重视，使当时日趋政治化而以"理"抑"情"的文学趋势能够有所回转。无疑，路翎的创作让胡风看到了希望，路翎创作强烈的主体意识，既与当时主流文学取向显示出鲜明的差异，同时也体现出对鲁迅精神和文学传统的延续。

---

① 鲁迅：《坟·文化偏至论》，见《鲁迅文集全编》第1册，第298页。

② 鲁迅：《南腔北调集·我怎样做起小说来》，见《鲁迅全集》第4卷，第512页。

不过，路翎对鲁迅思想的接受，既得自于作为鲁迅传统“捍卫者”胡风的感染和胡风理论的直接影响；同时，更得自于路翎自身对鲁迅作品的体悟、濡染和自觉的“内化”：

> 许多年来，鲁迅书中的人物，虚构的和实际的，时常在我的头脑里出现，伴随着我的生活之路。我读鲁迅的书籍，许多年来他所塑造的形象，他所攻击和赞美的，发扬和鄙弃的，他所描写和他所记载下来的实际的人生，是排列在我所目睹我所想象的正面的和反面人物的行列里的，也正是我的指引前途的灯火。①

不能低估鲁迅精神对路翎潜移默化的影响，因为它不仅直接体现于创作的外在表现中，而且往往是对人的精神、思想的整体影响，这种“整体性”的影响可能最终形成了作家的根本立场、文学观念和社会意识，因而对其创作有着决定性的作用。

鲁迅对于“主观内面之精神”的强调，在路翎创作中得到了最明确的体现，特别是在文学自身的“主体性”越来越受到削弱的语境中，路翎无法割弃地对“人”的命题的关注，就尤为值得重视。受到鲁迅“立人”思想的影响，路翎创作鲜明的“主观”色彩，表现在几个方面：

第一，鲁迅的“立人”观中，启蒙者主体自身的建构无疑构成了实现社会解放和国民精神提升的前提，只有主体自身获得强大的人格力量和深邃的思想力量，以“意力轶众”，以其“性灵之光”成就其“先觉者”的超越性地位，才有可能以“精神界之战士”的风范和勇毅完成启蒙重任。在创作中，这表现为对创作主体“心灵界”优先性的肯定，以此承担起把握、表现和“改造”人（对象和读者）的情感和灵魂的特殊功能。鲁迅对封建道德“吃人”本质的深刻揭示，对于民众灵魂麻木的透彻表现，特别是他始终不曾放弃对自己的无情“解剖”——对“我自己也帮助着排筵宴”的反省②，对“背负”在自己身上的“古老

① 路翎：《我读鲁迅的作品》，见《路翎批评文集》，第277页。

② 鲁迅：《而已集·答有恒先生》，见《鲁迅全集》第3卷，第454页。

的鬼魂"[1] 的警惕——无不体现出强大的"主观内面之精神"，它无疑也包含着建构自身主体力量的强烈吁求。这在鲁迅创作中，则表现为情感的极端热烈性（"哀其不幸，怒其不争"）与思想的极端冷峻性之间的渗透与浑融。这一点，借助了"主观战斗精神"的理论支撑，在路翎创作中得到了最为特出的体现。正如胡风指出，他的作品把"深邃的思想力量"、"对于生活的感受力"和高昂的"热情"三个方面"凝成了浑然一体的、向人生搏斗的精神力"。而路翎自己也多次用过"奋力地突击"、"竭力扰动"、"'革'生活的'命'"等这样的语汇表达他对于现实的强烈情感投入和批判立场。我们看到，无论是话语形态的选择，还是叙述方式的取舍，路翎始终抱持着"高度的组织气魄"、"不使作者碎裂"的信念，正是要把主体在精神创造中的力量充分显示出来，将作者自身塑造为具有强大人格力量的独立主体。

第二，路翎对对象"精神世界"的倚重，正是对鲁迅上述观念的直接发扬。他表示：

> 鲁迅先生说过，知道了电影制法之后，对于电影反而冷起来了，我就在这里有这样的感觉。我认为只要不是混蛋和糊涂虫，都应该直写人生，花巧愈少愈好。[2]（着重号为引者加）

正是基于把对象当作具有独立价值的"自我"，试图发掘出其作为"主体"的存在的真态，路翎取了"直写人生"的立场，立意去除"花巧"而直接突入对象的"主观内面之精神"——这也正是对鲁迅"立人"思想的直接呼应。当然，鲁迅以其特有的精湛和卓绝的创造力，用简笔勾勒的方式而达到了"画出国人的魂魄"的艺术至境，每一个人物都涵容着深广的文化意蕴，这是鲁迅的高卓之处。鲁迅显然没有因为"为人生"，就忽视了文学形式和表现功能；恰恰相反，他的"写人生"正是要通过精简凝练的艺术方式，造成特殊强烈的艺术感染效果，从而达到整体性的民族文化观照以求对国民心理深度揭示的高度。而路翎对

---

① 鲁迅：《坟·写在〈坟〉后面》，见《鲁迅文集全编》，第370页。

② 路翎：《致胡风书信全编》，第95页。

精神世界的呈示，则较多拘滞于具体人物内心状态的理性把捉，并且由于过分胶着于人物内在冲突的复杂性，难于获得超越性的文化视阈，这是路翎的局限性所在。另外，前文已经述及，路翎提出“人民底原始的强力”的命题，也正是对鲁迅“国民性”命题的自觉承续，是力图在新的时代语境中，把鲁迅的命题加以发挥并推进到更为具体的现实层面的一种努力。

第三，由于意识到主导性的文学形式（民间化、通俗化）与自己创作取向之间的冲突，虽然承受了极大的压力和焦虑，但路翎仍然试图通过形式的“挣扎”，达成对自己确认的文学立场的坚持。一般来说，文学形式的取弃，本应属于作为精神创造主体——作家——的自由领地。但是，战争语境的现实诉求，使文学的性质和功能都不能不受到强烈影响；因此，文学形式的选择就超出了个人的调控范围而受制于时代的规约。对此，路翎并非毫无所动，甚至产生了强烈的惶惑。但是，一旦确认了自己的目标和取向所具有的价值，他就义无反顾地开始了有意的疏离，甚至是自觉的“反抗”——这里的“文”的自觉也正体现了“人”的自觉，表现出强烈的主体意识。这一点同样可以与鲁迅相联系。鲁迅作为“创造‘新形式’的先锋”，《呐喊》集中“几乎一篇有一篇新形式”①，鲁迅对于形式的选择，正是为新的创作观念、创作思想和内容寻求新形式的大胆而成功的探索。与此相应，路翎对于形式的探索，虽然留下了诸多可议之处，但是这种在形式取舍上表现出坚定的“主体性”，却与鲁迅保持了亲密的联系，特别是在他所处的语境尤显难能可贵。

2. 鲁迅的社会关怀意识及其创作的社会指向对路翎的影响

王富仁先生论及鲁迅前期小说与俄罗斯文学的关系时指出：“清醒的现实主义精神、广阔的社会内容、社会暴露的主题是鲁迅前期小说与俄国文学的共同特征之一，也是二者相互联系的主要表现之一。”② 的确如此，鲁迅的“立人”思想本身就始终着眼于“改造中国社会”（“立国”）的文化目标，因此他的“个性解放”绝不是西方浪漫主义思

① 雁冰：《读〈呐喊〉》，《文学周报》1923 年 10 月 8 日第 91 期。

② 王富仁：《鲁迅前期小说与俄罗斯文学》，见《先驱者的形象》，第 59 页。

潮全力张扬的"自我"的释放和追求。他最初对俄国文学的青睐和接受，主要就是看中其面向现实的"为人生"的取向，特别是让他有了发现"天火"的震惊："明白了一件大事：是世界上有两种人：压迫者和被压迫者。"[①] 基于这一点，他的创作和眼光始终朝向广阔的社会人生，"他是坚决主张人性、人欲和个性的解放的，但他从来没有把它们作为孤立的东西来表现，而是把他们纳入到更广大的社会问题中去"[②]。个性解放和社会解放的双重意识，在鲁迅观念和创作中得到了最理想的渗融。几乎他的每一篇作品都使我们深深感受到他所抱持的强烈的社会关怀意识和高度的社会责任感。

鲁迅强烈的社会关怀意识及创作中明确的社会指向，深刻地影响了路翎："鲁迅的小说，我读《呐喊》较多些，有好些遍，很被他的有感情的文字所打动。"路翎从《阿Q正传》中意识到，"如果中国要革命要进展，是需要下层人民的觉醒的"。[③] 从题材看，构成了鲁迅小说中心的农民和知识分子，也同样成为路翎小说的核心内容。鲁迅对社会生活的把握和表现，显然不止于静止的"反映"，而是意在对社会问题的解剖，特别是对文化心理和民族性格的深度解剖，以此达到"立人"和"立国"的最终目的。循着鲁迅的足迹，路翎在把重心放在对人的精神世界的表现的同时，也同样着眼于对社会性的总体把握，并且为此倾其所能地付出了他的努力。

路翎说过，"对于各样的角落、各样的斗争、各样的人生的检讨，是我们今天应做的工作之一"。[④] 和鲁迅相似，路翎不满足于"再现"式的反映，而是力图透视和剖解出社会问题的深层根源，并由此展示出"历史的要求"和动向。鲁迅的小说虽然都是短篇，但是其中的人物却包蕴着深刻的社会历史内涵，他笔下的人物，阿Q、祥林嫂、闰土、七斤嫂等，都不单纯是传统现实主义小说中由外在事件的不断展开（或人物的行动的进展）而最终确立起来的具有高度稳定性的"性格"典型，而是容纳了特定社会历史内涵、同时又具有特定文化心理特征的具体的

---

① 鲁迅：《南腔北调集·祝中俄文字之交》，见《鲁迅全集》第4卷，第460页。

② 王富仁：《鲁迅前期小说与俄罗斯文学》，见《先驱者的形象》，第69页。

③ 路翎：《我读鲁迅的作品》，见《路翎批评文集》，第274页。

④ 路翎：《〈求爱〉后记》，见《求爱》，上海海燕书店1946年版。

“人”。因此，在写人上，“鲁迅小说意在思想革命，故着眼于灵魂，其他一切描写手段也莫不是围绕着‘写灵魂’进行”①。无疑，路翎创作也急欲冲破“典型人物”理论中，环境和情节对展示人物内在世界的束缚，而从心理的维度切入，以人物所具有的心理内涵来涵容其特有的社会历史容量。“写灵魂”同样成为路翎写人的核心，不管是对知识分子的困惑和苦闷，还是对底层人民受到的精神奴役创伤，路翎都立意越过表相的“记录”，深入透视其内在心理的复杂性，从而揭示出深层的社会历史原因，起到服务于文艺作为“社会斗争底武器”的作用。当然，鲁迅和路翎从“写灵魂”出发的偏重于精神维度的社会解剖，还是有着显著的区别。鲁迅对社会的解剖，着重于从整体性的文化层面展开，具有巨大的历史概括性和深厚的文化容量，同时鲁迅思想的超越性和深邃的历史眼光，使他达到了对中国社会和乃至人类整体发展的终极性把握。相形之下，路翎的解剖，则着眼于对作为社会细胞的个体内在心理复杂性的解剖，一方面表现社会历史变化对个体心理的影响，另一方面则从个体的角度对社会历史发展加以折射。显然，路翎的解剖具性特征最为显著，通过对诸个体内心心理的细致剖掘，最终实现文艺“反映一代的心理动向”的使命，虽然无法达到鲁迅所具有的整体性和超越性，却也显示出了强烈的时代性特征，有其独特意义。

3. 鲁迅人文主义思想对路翎的影响

五四时期，大量的知识分子亲近俄国文化，促成了五四“为人生”的艺术，其中鲁迅所做的工作更值得注意。对于注重人的内在自由和精神价值独立性的俄国人文主义的接受，无疑对鲁迅的思想和文学创作产生了重要的影响，使他始终着眼于从精神和思想层面观照现实，避免了对激进的革命理论的盲从。他曾说“俄国文学是我们的导师和朋友。因为从那里面，看见了被压迫者的善良的灵魂，的酸辛，的挣扎”②。在新文化运动普遍性的激进主义热潮中，鲁迅饱含着深情把笔触探进那些“被压迫者”的灵魂深处，特别是对农村日常生活中“小人物”的命运和苦难作出了揭示。尤为可贵的是，这种揭示并不着眼于平面地展示其

① 王富仁：《试论鲁迅对中国短篇小说艺术的革新》，见《先驱者的形象》，第114页。

② 鲁迅：《南腔北调集·祝中俄文字之交》，见《鲁迅全集》第4卷，第460页。

生活的困苦，而是要深透地挖掘和揭出他们身上的精神创伤和意识观念层面所存在的“病苦”。鲁迅人道主义立场的深刻和博大之处在于，他从“立人”的目标出发，确认这些被欺凌和被侮辱的“小人物”作为“人”应当具有、而被社会忽视的价值和自由；同时，更要揭示出他们所遭受的精神奴役的深重，竟至于对自身精神价值和主体性存在的淡漠、麻木——对此，鲁迅是怀着激切的“爱”与“憎”把它的悲剧性揭示了出来。这一点，使五四文学“人”的主题达到了前所未有的深刻性。

无疑，鲁迅的人文主义思想同样对路翎产生了不可低估的影响。路翎谈到，鲁迅文章“替辛苦的劳动者所做的悲愤的控诉和对‘黑暗的闸门’、‘因袭的重担’所作的顽抗与奋斗”给他深刻的印象。从路翎创作亦可看出，这一点与俄苏文学“人民性”的感染结合在一起，能够使他与40年代及之后主流的革命文学创作普遍存在的对于“人”命题的忽视拉开了距离，始终保持了人文主义关怀立场。特别是在创作中，路翎以极为复杂的方式把“人”与“人民”这两个命题之间的纠葛深刻地表现出来。应该说，由鲁迅提出的“先觉者”与“庸众”关系的启蒙课题是40年代“人”与“人民”命题的母题，它在新的历史背景下获得了深入的展开，但同时多种因素的交错又使它包含着前所未有的复杂性。战争强化了“人民”的历史合理性，但是如果它是以牺牲更为本真的“人”作为代价，那么无论是对社会发展，还是在文学的实践中，都将产生难以挽回的损失。因此，在“转折”期的特殊语境中，路翎带着深重的困惑，勇敢地把这一时代性命题提了出来，真诚地表白了对于“人”的关注，对“人”的精神价值的推重，虽然显得颇“不合时宜”，但正是对鲁迅人文主义立场的强烈呼应。并且，和鲁迅相似，他对于二者之间复杂性的理解是相当深刻的：一方面坚持着理想的追寻，另一方面却也洞彻了现实的真貌；一方面迎着时代的潮流坚定地引导着人物走向“人民”，但另一方面却充分肯定人物的精神价值和作为“人”的合理性。虽然，路翎并不能对这一命题给出明确的答案，但是作为作家，这个不可开解的困境本身却正昭示出深切的人文主义关怀也恰与鲁迅声息相通。

三 鲁迅人格精神对路翎的影响

鲁迅先生伟大的人格力量和精神感召，作为鲁迅传统丰厚资源的一部分，与他的思想及作品一起，给予后来者以深刻的影响。无疑，这也正是其“立人”思想在自身实践中的完美体现。在这方面，我们也能分明感觉到路翎与鲁迅的血脉相连。据许寿裳回忆，他曾和鲁迅讨论过关于民族性格的问题：“当时我们觉得我们民族最缺乏的东西是诚与爱，——换句话说，便是深中了诈伪无耻和猜疑相贼的毛病。”[①] 在后来的文章中，鲁迅更将此弊端总结为“瞒”和“骗”：“中国人向来因为不敢正视人生，只好瞒和骗，由此也生出瞒和骗的文艺来。”为此，鲁迅先生大声疾呼：

> 我们的作家取下假面，真诚地，深入地，大胆地看取人生并且写出他的血和肉来的时候早到了；早就应该有一片崭新的文场，早就应该有几个凶猛的闯将！[②]

对“瞒”和“骗”最其严厉的抨击，对“诚”与“爱”最其热切的呼唤，贯穿了鲁迅为人为文的全部过程，也是鲁迅精神的精髓。

胡风是鲁迅精神不遗余力的传承者和践行者，胡风对鲁迅的定位是“思想家、战士、艺术家”。作为“思想家”和“艺术家”的鲁迅对胡风的影响毋庸赘言，而胡风更为强调的似乎是鲁迅作为“战士”的超常“战斗意志”和“战斗力量”。这形成了胡风独具特色的鲁迅观，也是他用以洞察和判断三四十年代（包括新中国成立后）文艺界状况的尺度；同样，也主要是在鲁迅“战斗”精神的影响下，胡风形成自己理论体系的基础。在为鲁迅逝世写的悼文中，胡风表示“先生所开辟的道路开展在我们底前面……只有用先生底打得退明枪耐得住暗箭的大无畏的精神，才能够继承先生底志愿”[③]。他对《狂人日记》的理解是

---

① 许寿裳：《回忆鲁迅》，收入《我所认识的鲁迅》，人民文学出版社1978年版。

② 鲁迅：《坟·论睁了眼看》，见《鲁迅选集》第2卷，第90页。

③ 胡风：《悲痛的告别》，见《胡风全集》第2卷，第363页。

"叫出自我燃烧的战斗要求"[①]；在这个基础上，胡风认为"只有鲁迅才是深知旧社会的一切又和旧社会打硬仗一直打到死"，"五四运动以来，只有鲁迅一个人摇动了数千年的黑暗传统，那原因就在他的从对于旧社会的深刻认识而来的现实主义的战斗精神里面"。胡风并把鲁迅"战斗"的一大特点归结为"心"与"力"的结合："别人当战斗的时候只能运用脑子，即所谓理智，或者只能凭一股热血，但他则不然，就是在冷酷的分析里面，也燃烧着爱憎的火焰。"[②] 胡风对鲁迅精神理解是相当深刻的。他的充满活力的文艺理论体系及其作为"七月派"核心的人格力量，很大程度上与鲁迅精神资源所提供的支持是分不开的。

胡风对鲁迅精神的发挥和扬厉，无疑对路翎产生了强大的影响，这特别鲜明地体现在他的创作之中，从其作品中所贯注的作家主观意志力和人格力量内涵，也自有深切体会。单是从他对"客观主义"、"色情文学"、"市侩主义"等这样过于强调战斗热情而有失偏颇的称谓和批驳中，也足以见出胡风所呼唤的"战斗"热情的高涨。从其文学立场上看，路翎对艺术品的要求是"怀着某种斗争的热情和兴奋，希望着一场恶战"[③]，写出典型的目的在他看来是"为了血淋淋的人生斗争和历史渴求"，认为新文学"所绝对要求"的是"战斗的人生态度"、"战斗道德底高贵"。[④] 他笔下的人物，无论是充满"原始强力"的"人民"形象，还是"举起了他底整个生命在呼唤着"的知识分子（蒋纯祖），都有着是"强力"的个性，超越了日常生活的松弛，也与传统文化中的和谐、静谧的意境迥异，他们的生活和精神状态都处于持续的冲突和尖锐的对峙之中，无不迸射着生命力量的高蹈与强盛，一方面与来自外界的压力搏战，另一方面更是在自己的内心展开了精神"苦斗"和意志的较量。而作者对他的人物似乎也立意要把他放在"万难忍受"的炼狱之中进行残酷的考验，创作过程充满了"血肉相搏"的紧张与

---

① 胡风：《文学上的五四》，见《胡风全集》第2卷，第623页。

② 胡风：《关于鲁迅精神的二三基点——纪念鲁迅先生逝世一周年》，见《胡风全集》第2卷，第501—502页。

③ 路翎：《淘金记》，《希望》1945年12月第1集第4期，署名冰菱，见《路翎批评文集》，第36页。

④ 路翎：《市侩主义底路线》，见《路翎批评文集》，第37页。

“惊险”，成为一场“血淋淋”的“恶斗”，在“相生相克”的艰难冲撞和互相生发中不断“突进”。

不过，胡风对鲁迅“战士”品质的强调，也许只是突出甚至“夸张”了其中的一个方面。鲁迅精神所具有的“多面”性和丰富性，远远超出了任何抽象概括的可能。至少，与其“战斗”精神并存的强烈的怀疑精神，在胡风这里没有得到足够的重视。但它却曲径通幽地在路翎身上被折射出来，让我们得以把握路翎与鲁迅之间微妙的精神关联，也因此得以区别出他与胡风的殊异。鲁迅在对社会人生的不懈解剖和对希望与理想奋力追索的同时（甚至之前），是已经意识到全然不同的“现实”的另一面。在提倡“诚”与“爱”的同时，他又以甚至显得“尖刻”的冷峻，断言这正是“我们民族最缺乏的东西”；作为“战士”，在决绝地“举起了投枪”的同时，他清醒地意识到自己面对的“无物之阵”，而冒死“战斗”的结果却是“他终于在无物之阵中老衰，寿终。他终于不是战士，但无物之物则是胜者”（《野草·这样的战士》）；那个伤痕累累的“过客”，并非不愿意领受善意的“劝告”和“布施”，但是却意识到诱惑所带来世俗的阻碍和对自己毅力的摧折（《野草·过客》）；也因此，鲁迅发出了深省的感喟：“绝望之为虚妄，正与希望相同”。更为动人心魄的是狂人那句有力的追问：“从来如此，便对么?”这种深刻的否定精神，表示了怀疑所具有的强大创造力：毋宁说，对鲁迅而言，只有经过否定和怀疑，那种向着“希望”和“前方”的行进，方能称做真正的“战斗”。

路翎在这一点上，似乎有着颇为相似的地方。前文分析过，在张扬“原始强力”的同时，他已经意识到“现实”的否定性状态；他的个性气质的敏感与“分裂”同样显示了强烈的怀疑精神。除此以外，从其作品中，同样不难发现这种怀疑精神的普遍性。他笔下的人物尤其是知识分子，显然不是可以在社会现实中被明确归位的“性格”，而是始终处于波动和精神漩流中的“分裂者”。他们无时不在反省着自己的一切，在时时处处的回顾与前瞻之间左右徘徊，与任何一种选择相伴随的必然是反向而来的诘问与质疑，一切都是不确定的，一切都是暂时的。这些“思想家”式的人物之所以承受着如此剧烈的内心冲突，正是因为他们作为意识到自身存在价值的“主体”，始终要以对自己存在意义的确认为精神依归；但是，由于意识到具有同样价值的“他者”的存在，因此就不能不时时从“他者”的立场反观自身，也就处于不可终结的肯定与否定的循环之中。这使其精神世界不再具有自足完整的封闭性，而是始终处于与他者的“对话”之中，“怀疑”和“否定”作为他们精神状态的本体特质，也决定了其“挣扎”状态的“宿命”性质。即使是那些矿工、流浪汉、农民们，在路翎看来，也在外界的刺激下，逐渐开始反思自己的存在境遇、命运和未来的出路，因此往往在幡然“顿悟”中，对现实和自己的命运产生了强烈的疑惑，进而开始了“否定”，甚至最终以“原始强力”的释放重新塑造了自己。他们的怀疑和否定，作为“人”的意识的“初步觉醒”，同样作为在主体意识的萌生之后的创造性力量。

无疑，作为中国文化现代性的开端，五四文学具有的强大生命力和创造力，为中国现代文化形态的生成奠定了坚实的基础。特别是基于反封建立场所标举的“人”的命题，赋予国人以不同于传统伦理观念和思想意识的全新视野，使思想和文学的面貌焕然一新，为中国社会和文化发展注入了新的活力。作为无穷丰富的思想资源、文化资源和精神资源，鲁迅先生产生了最为深刻和广泛的影响，特别是其眼光的敏锐和思想的透辟，他清醒地意识到并以切实的努力避免激进主义可能造成的不利影响，尤有特殊意义。但是，随着现实语境的变化，三四十年代以来日益强烈的通俗化和政治化倾向，使得许多革命作家和理论家对马克思主义文艺观的理解陷于僵化，产生了不少偏误。人民文艺由于过于强调政策对文学的指导作用，忽视了作家对生活的体验和“实感”，文学创作的“主体性”维度渐趋削弱，使文学发展受到较多的限制，不能不陷入模式化、机械化的困境，文学创作的生命力日益萎弱，甚至走向误区。从文学史的角度看，这种困境导源于对以鲁迅为代表的五四文学传统中许多宝贵经验的忽略，也是对鲁迅传统的某种偏离。因此，作为对这一不利倾向的补正，胡风以其强烈的责任感提出了以“主观战斗精神”为核心的现实主义理论体系，虽然其中部分论点过于偏激和狭隘，但的确也切中了革命文学发展的弊端。路翎，则通过其颇具特色的创作实践，以同样强烈的社会关怀立场和时代使命感，自觉地以鲁迅为代表的五四文学传统和鲁迅精神为指引，力图以自己的“探索”，就他所意识到的文学创作中对“人”的忽视的欠缺有所补益。因此，路翎的创作在文学转型时期与鲁迅传统保持了最为紧密的牵连；换言之，正是在文学的“转折点”上，路翎倾其所能地在创作中力求实现对以鲁迅为代表的五四文学传统的承续。他的这种意图和实践，由于文学与政治关系的复杂性而变得相当艰难，作为一个探索者，路翎显示了罕见的执著和真诚。这赋予路翎创作以特殊的意义。经历二十多年的文化劫难之后，“新时期”文学作为一个新的开端，以“回到‘五四’”作为口号，逐渐在文学界达成普遍共识；同时，“新时期”文学在“思想解放”的指引下迎来的收获，以及在文化界引起热烈反响的关于文学“主体性”的争论，等等，从整体看，都与路翎（和胡风）其时极力关注的“人”的命题密切相连。毋宁说，“新时期”文学正是对路翎（和胡风）在40年代语境中已经发现并明确提出的“问题”的反思、“重读”和新的探索、实践。仅此，我们不能也不应该对路翎创作的特殊性视而不见，对其创作提出的许多命题不能不给予特殊的关注。

对于路翎来说，“挣扎”渗透了他独特的生命体验，体现出他对“人”的存在境遇的深沉思考，预示了人类生存的悲剧性境遇，痛苦的感觉和强烈的怀疑精神贯穿着路翎的一生，使他和他笔下的人物在灵魂的“炼狱”里承受永不停息的“试炼”和煎熬。可以说，在40年代的特殊语境下，路翎以其特殊的方式向人们展示了一个充满悖论、困惑、焦虑而又显示着强大张力而震撼人心的奇异世界，最大限度地呈现出人的心灵的复杂和丰富。可贵的是，他没有因此而陷入虚无主义和颓废主义之中，而始终保持着对时代的参与，保持高度的社会关怀意识和深切的人文主义立场，以“主体性”的张扬作为向现实和精神困境“突围”的动力。这种精神投射到创作中，就是用主体的强大精神力量，把人从种种精神束缚中解放出来，复原和昭示出“人”的价值和尊严。就路翎而言，无论是在文学的审美创造上还是在其文学立场上，都表现出强烈的创造力和鲜活的生命力。面对物质性的多重压抑，始终坚守精神园地的纯洁，这在40年代显得极为特殊。很显然，其创作“形式”层面的“挣扎”就是这种精神层面的“挣扎”的一种物质性的表现方式。他的“苦斗”的勇气和力量，表现了极具主体意识的作家对自身精神困境和写作困境的顽强抗争和“突围”：虽然苦闷的阴影始终无法消除，但是这种独立思考的精神，无疑正是对"人"的命题及其内涵最直接的体现。

作为一个"天才"，路翎是"未完成"的。

作为一个作家，路翎称不上"伟大"。

但是，作为一个活生生的"人"，作为一个有着鲜明个性的"作者"，他和他的作品提供的启示，值得我们深深地追味……

参考文献

一　路翎作品及相关作家作品

《饥饿的郭素娥》（中篇小说），南天出版社 1943 年版。

《青春的祝福》（短篇小说集），南天出版社 1945 年版。

《财主底儿女们》（上）（长篇小说），希望社 1945 年版。

《蜗牛在荆棘上》（中篇小说），新新出版社 1946 年版。

《求爱》（短篇小说集），海燕书店 1946 年版。

《财主底儿女们》（下）（长篇小说），希望社 1948 年版。

《云雀》（剧本），希望社 1948 年版。

《燃烧的荒地》（长篇小说），作家书屋 1951 年版。

《在铁链中》（短篇小说集），海燕书店 1949 年版。

《迎着明天》（剧本），天下图书公司 1951 年版。

《英雄母亲》（剧本），泥土社 1951 年版。

《平原》（短篇小说集），联营书店 1952 年版。

《祖国在前进》（剧本），泥土社 1952 年版。

《板门店前线散记》（报告文学集），作家出版社 1954 年版。

《朱桂花的故事》（短篇小说集），作家出版社 1955 年版。

《初雪》（短篇小说集），宁夏人民出版社 1981 年版。

《战争，为了和平》（长篇小说），中国文联出版公司 1985 年版。

《财主底儿女们》（上、下）（长篇小说），人民文学出版社 1985 年版。

《路翎小说选》（短篇小说集），四川文艺出版社 1986 年版。

《路翎剧作选》（剧作集），中国戏剧出版社 1986 年版。

《燃烧的荒地》（长篇小说），作家出版社 1987 年版。

《饥饿的郭素娥 蜗牛在荆棘上》（中篇小说集），人民文学出版社1988年版。

《路翎小说选》（短篇小说集），作家出版社1992年版。

《路翎文集》第1—4卷，安徽文艺出版社1995年版。

张业松、徐朗编：《路翎晚年作品集》，东方出版中心1998年版。

朱珩青编选：《路翎代表作》（中短篇小说集），华夏出版社1999年版。

朱珩青编选：《路翎文集》（中短篇小说集），华夏出版社2000年版。

朱珩青编选：《旅途》（中短篇小说集），华夏出版社2003年版。

《鲁迅全集》第1—7卷，人民文学出版社1981年版。

《鲁迅选集》第1—4卷，人民文学出版社1983年版。

《鲁迅文集全编》第1册，国际文化出版公司1995年版。

《老舍文集》第15—16卷，人民文学出版社1991年版。

《沈从文全集》第3、12卷，北岳文艺出版社2002年版。

《从文自传》，人民文学出版社1981年版。

《张爱玲文集》第4卷，安徽教育出版社1992年版。

《汪曾祺全集》第4卷，北京师范大学出版社1998年版。

二　路翎传记、书信集、研究资料集、研究专著及胡风有关资料

张以英编：《路翎书信集》，漓江出版社1989年版。

晓风编：《我与胡风——胡风事件37人回忆》，宁夏人民出版社1991年版。

牛汉、绿原编：《胡风诗全编》，浙江文艺出版社1992年版。

胡风：《胡风回忆录》，人民文学出版社1993年版。

杨义等编：《路翎研究资料》，北京十月文艺出版社1993年版。

晓风编：《胡风路翎文学书简》，安徽文艺出版社1994年版。

朱珩青：《路翎：未完成的天才》，山东文艺出版社1997年版。

张业松编：《路翎印象》，学林出版社1997年版。

张业松编：《路翎批评文集》，珠海出版社1998年版。

胡风：《胡风全集》第1—10卷，湖北人民出版社1999年版。

刘挺生：《思索着雄大理想的旅行者——路翎传》，华东师范大学出版社1999年版。

李怡：《七月派作家评传》，重庆出版社2000年版。

朱珩青：《路翎传》，大象出版社2003年版。

王丽丽：《在文艺与意识形态之间——胡风研究》，中国人民大学出版社2003年版。

胡风：《致路翎书信全编》，大象出版社2004年版。

路翎：《致胡风书信全编》，大象出版社2004年版。

周燕芬：《执守·反拨·超越——七月派史论》，中华书局2003年版。

三　现代文学史、文学思潮、文学流派、文学理论及研究论著

严家炎：《中国现代小说流派史》，人民文学出版社1989年版。

钱理群、吴福辉、温儒敏、王超冰：《中国现代文学三十年》，上海文艺出版社1987年版。

杨义：《中国现代小说史》第1—3卷，人民文学出版社1991年版。

温儒敏：《新文学现实主义的流变》，北京大学出版社1988年版。

温儒敏：《中国现代文学批评史》，北京大学出版社1993年版。

陈思和：《中国新文学整体观》，上海文艺出版社1987年版。

陈思和主编：《中国当代文学史教程》，复旦大学出版社1999年版。

夏志清著：《中国现代小说史》，刘绍铭等译，香港中文大学2001年版。

司马长风：《中国新文学史》，香港昭明出版社1980年版。

周策纵：《五四运动史》，陈永民等译，岳麓书社1999年版。

魏绍馨：《中国现代文学思潮史》（上、下），浙江大学出版社1988年版。

吴中杰：《20世纪中国现代文艺思潮史》，复旦大学出版社1996年版。

郝明工：《20世纪中国文学思潮及流派》，西南师范大学1998

年版。

许志英、邹恬主编：《中国现代文学主潮》，福建教育出版社 2001 年版。

刘炎生：《中国现代文学论争史》，广东人民出版社 1999 年版。

北京师范大学中文系现代文学改革小组编：《中国现代文学史参考资料》第 1—3 卷，高等教育出版社 1959 年版。

《中国新文学大系》第一集（文学理论集一），上海文艺出版社 1987 年版。

《中国新文学大系》第二集（文学理论集二），上海文艺出版社 1987 年版。

《二十世纪中国小说理论资料》第 1—5 卷，北京大学出版社 1997 年版。

茅盾：《我走过的路》（上、下），人民文学出版社 1997 年版。

老舍：《老舍生活与创作自述》，人民文学出版社 1997 年版。

李何林编：《中国文艺论战》，陕西人民出版社 1984 年版。

朱星：《中国文学语言发展史略》，新华出版社 1988 年版。

黄俊英编：《小说研究史料选》，四川教育出版社 1988 年版。

钱理群：《心灵的探寻》，河北教育出版社 2005 年版。

钱理群：《1948 天玄地黄》，山东教育出版社 1998 年版。

钱理群：《丰富的痛苦》，时代文艺出版社 1993 年版。

赵园：《艰难的选择》，上海文艺出版社 1986 年版。

赵园：《论小说十家》，浙江文艺出版社 1987 年版。

王富仁：《中国反封建思想革命的一面镜子》，北京师范大学出版社 1986 年版。

王富仁：《先驱者的形象》，浙江文艺出版社 1987 年版。

王富仁：《中国的文艺复兴》，广西师范大学出版社 2003 年版。

陈平原：《中国小说叙事模式的转变》，北京大学出版社 2003 年版。

陈平原：《小说史：理论与实践》，北京大学出版社 1993 年版。

夏志清：《人的文学》，辽宁教育出版社 1998 年版。

王晓明主编：《二十世纪中国文学史论》，东方出版中心 2003 年版。

柳鸣九主编：《二十世纪现实主义》，中国社会科学出版社 1992

年版。

乐黛云、王宁主编：《西方文艺思潮与二十世纪中国文学》，中国社会科学出版社 1990 年版。

陈顺馨：《社会主义现实主义在中国的接受与转化》，安徽教育出版社 2000 年版。

贺桂梅：《转折的时代》，山东教育出版社 2004 年版。

李扬：《抗争宿命之路》，时代文艺出版社 1993 年版。

［斯洛伐克］玛利安·高利克著：《中国现代文学批判发生史（1917—1930）》，陈圣生等译，社会科学文献出版社 1997 年版。

林毓生著：《中国意识的危机》，穆善培译，贵州人民出版社 1986 年版。

李欧梵：《现代性的追求》，三联书店 2000 年版。

王德威：《想象中国的方法》，三联书店 2003 年版。

陈万雄：《五四新文化的源流》，三联书店 1997 年版。

谭楚良：《中国现代派文学史论》，学林出版社 1996 年版。

张德祥：《现实主义当代流变史》，社会科学文献出版社 1997 年版。

刘小枫：《现代性社会理论绪论》，上海三联书店 1998 年版。

李泽厚：《中国现代思想史论》，安徽文艺出版社 1994 年版。

钱中文：《现实主义与现代主义》，人民文学出版社 1987 年版。

汪晖：《汪晖自选集》，广西师范大学出版社 1997 年版。

汪晖：《反抗绝望》，河北教育出版社 2000 年版。

汪晖：《死火重温》，人民文学出版社 2000 年版。

王光明：《艰难的指向》，时代文艺出版社 1993 年版。

四　相关理论著作

1. 中文著作

《毛泽东选集》第 1—4 卷，人民出版社 1991 年版。

毛泽东：《论文学与艺术》，人民文学出版社 1960 年版。

《周扬文集》第 1—4 卷，人民文学出版社 1984 年版。

《周扬近作》，作家出版社 1985 年版。

黄药眠：《黄药眠美学文艺学论集》，北京师范大学出版社 2002

年版。

童庆炳:《文体与文体的创造》，云南人民出版社1994年版。

童庆炳:《文学活动的审美维度》，高等教育出版社2001年版。

童庆炳:《童庆炳文学五说》，时代文艺出版社2001年版。

童庆炳:《艺术创作与审美心理》，百花文艺出版社1999年版。

童庆炳:《维纳斯的腰带——创作美学》，上海文艺出版社2001年版。

童庆炳主编:《现代心理美学》，中国社会科学出版社1991年版。

程正民:《创作心理与文化诗学》，辽宁人民出版社、辽海人民出版社2001年版。

程正民:《巴赫金的文化诗学》，北京师范大学出版社2001年版。

程正民:《俄国作家创作心理研究》，百花文艺出版社1990年版。

程正民:《二十世纪俄苏文论》，百花文艺出版社1994年版。

刘宁、程正民:《俄苏文学批评史》，北京师范大学出版社1992年版。

王一川:《修辞论美学》，东北师范大学出版社1997年版。

王一川:《中国现代性体验的发生》，北京师范大学出版社2001年版。

李春青:《诗与意识形态》，北京大学出版社2005年版。

钱中文:《文学理论:走向交往对话的时代》，北京大学出版社1999年版。

罗钢:《叙事学导论》，云南人民出版社1994年版。

罗钢:《历史汇流中的抉择》，中国社会科学出版社1992年版。

罗钢、刘象愚主编:《文化研究读本》，中国社会科学出版社2000年版。

陶东风:《文体演变及其文化意味》，云南人民出版社1994年版。

陶东风:《社会转型与当代知识分子》，上海三联书店1999年版。

杨义:《中国叙事学》，人民出版社1997年版。

申丹:《叙述学与小说文体学研究》，北京大学出版社2001年版。

秦秀白编著:《文体学概论》，湖南教育出版社2003年版。

唐跃、谭学纯:《小说语言美学》，安徽教育出版社1995年版。

柳鸣九主编:《自然主义》,中国社会科学出版社 1988 年版。

柳鸣九主编:《意识流》,中国社会科学出版社 1989 年版。

伍蠡甫、胡经之主编:《西方文艺理论名著选编》下卷,北京大学出版社 1987 年版。

赵毅衡编选:《“新批评”文集》,百花文艺出版社 2001 年版。

殷国明:《小说艺术的现实与未来》,上海文艺出版社 1990 年版。

白烨:《文学论争 20 年》,华中师范大学出版社 1998 年版。

2. 汉译著作

[苏联] 巴赫金著、钱中文主编:《巴赫金全集》第 1—6 卷,河北教育出版社 1998 年版。

[苏联] 伊·谢·科恩著:《自我论》,佟景韩等译,三联书店 1986 年版。

[俄] 什克洛夫斯基等著:《俄国形式主义文论选》,方珊等译,三联书店 1989 年版。

[美] 韦勒克、沃伦:《文学理论》,三联书店 1984 年版。

[美] 爱德华·萨丕尔著:《语言论——言语研究导论》,陆卓元译,商务印书馆 1985 年版。

[美] 苏珊·朗格著:《情感与形式》,刘大基等译,中国社会科学出版社 1986 年版。

[美] W. C. 布斯著:《小说修辞学》,华明、胡晓苏、周宪译,北京大学出版社 1987 年版。

[美] 丹尼尔·贝尔著:《资本主义文化矛盾》,赵一凡等译,三联书店 1989 年版。

[美] 华莱士·马丁著:《当代叙事学》,伍晓明译,北京大学出版社 1990 年版。

[美] 杰姆逊著:《晚期资本主义文化逻辑》,张旭东译,三联书店 1997 年版。

[美] 乔纳森·卡勒著:《文学理论》,李平译,辽宁教育出版社 1998 年版。

[美] 马泰·卡林内斯库著:《现代性的五副面孔》,顾爱彬、李瑞华译,商务印书馆 2002 年版。

［美］J. 希利斯·米勒著:《解读叙事》，申丹译，北京大学出版社 2002 年版。

［美］M. H. 艾布拉姆斯著:《镜与灯》，郦稚牛等译，北京大学出版社 2004 年版。

［法］罗兰·巴特等著、张寅德编选:《叙事学研究》，中国社会科学出版社 1989 年版。

［法］罗兰·巴特:《符号学原理》，三联书店 1999 年版。

［法］茨维坦·托多罗夫编选:《俄苏形式主义文论选》，中国社会科学出版社 1989 年版。

［法］热拉尔·热奈特著:《叙事话语 新叙事话语》，王文融译，中国社会科学出版社 1990 年版。

［法］托多罗夫著:《巴赫金、对话理论及其他》，蒋子华、张萍译，百花文艺出版社 2001 年版。

［法］伊夫·瓦岱著:《文学与现代性》，田庆生译，北京大学出版社 2001 年版。

［法］贝尔纳·瓦莱特著:《小说——文学分析的现代方法与技巧》，陈艳译，天津人民出版社 2003 年版。

［德］马克思:《1844 年哲学经济学手稿》，人民出版社 2000 年版。

［德］恩斯特·卡西尔著:《人论》，甘阳译，上海译文出版社 1985 年版。

［德］马丁·海德格尔著:《存在与时间》，陈嘉映、王庆节合译，三联书店 1987 年版。

［德］加达默尔著:《真理与方法》（上、下），洪汉鼎译，上海译文出版社 1999 年版。

［德］埃里希·奥尔巴赫著:《摹仿论——西方文学中所描绘的现实》，吴麟绶等译，百花文艺出版社 2002 年版。

［德］格奥尔格·西美尔著:《生命直观》，刁承俊译，三联书店 2003 年版。

［英］伊格尔顿著:《二十世纪西方文论》，伍晓明译，陕西师范大学出版社 1990 年版。

［英］罗杰·弗勒:《语言学与小说》，重庆出版社 1991 年版。

［英］拉曼·塞尔登编：《文学批评理论》，刘象愚、陈永国等译，北京大学出版社 2003 年版。

［英］雷蒙·威廉斯著：《关键词》，刘建基译，三联书店 2005 年版。

［瑞士］索绪尔著：《普通语言学教程》，高名凯译，商务印书馆 1980 年版。

［荷］米克·巴尔著：《叙述学：叙事理论导论》，谭君强译，中国社会科学出版社 2003 年第二版。

［阿根廷］博尔赫斯等著：《波佩的面纱》，朱景冬等译，社会科学文献出版社 1999 年版。

［日］厨川白村：《苦闷的象征》，百花文艺出版社 2000 年版。

五　英文著作

Kirk · A. Denton, *The Problematic of Self in Modern Chinese Literature*: *Hu Feng and Lu Ling*, California: Stanford University Press, 1998.

Edited by Kirk · A. Denton, *Modern Chinese Literary Thoughts*: *writings on literature 1893—1945*, California: Stanford University Press, 1996.

Edited by LiuKang and Xiaobing Tang, *Politics*, *Ideology and Discourse in Mordern China*, Dumam and London: Duke University Press, 1993.

M. H. Abrams: *A Glossary of Literary Terms* (《文学术语汇编》), 外语教学与研究出版社 2004 年版。

后　记

好久以来，幽囚于小小的居室一隅，时常感觉自己已经离开了喧嚣的世界，像是在茫茫的海面上，没有灯光，也没有声音——是真正的沉寂和黑暗。许多的日子，就这样匆匆地过去了。虽然于本书写作的困扰和寂寞时，每每想象着“结束”时候的轻松与快慰。而此刻，当终于必须写下这两个字时，期盼中的喜悦并未如期而至。

我只能说一切都过于匆忙。匆忙，然而无奈，却好像也是无法抗拒的宿命。

把这样一个笨拙的结果呈现给那些关心着我、为我付出了许多心力的师友和亲人面前，我不能不为它的鄙陋而惶恐。唯一让我稍感慰安的是，写作的过程让我从未如此清晰地理解了自己的有限。也因此，我将在后面的路途上多一分理性。

我要把最深情的感激和敬意敬奉给两位导师：童庆炳教授和程正民教授。

童老师是高远的、阔大的，闽地山区的雄浑孕育了先生的诗情和从容。他的简易平实而又深邃博雅的教诲，带着他丰富的人生体验，使愚钝如我者也每每能领略到人生和文学的胜境。三年以来，先生以他饱满的热情和谨严的治学之道给予我许多的启示，它是我人生的重要收获。本书的选题和写作过程中，都渗透了先生的许多心血。常常是他及时的提醒和点拨，使我从困惑和误区中警醒，也因此保证了本书还算顺利的进展。我还不能不深深地感谢童老师给我的特别关照，让我同时成为程正民教授的学生——这使我比同学们更多了一份幸运，也因此走近了程老师悠远而淡泊的学术与生活世界。

程老师理解问题的谨严和细致，让粗疏的我领略了理性的清晰和周密。先生渊博的学识、敏锐的眼光，特别是对俄苏文学和巴赫金理论的透辟见解，为本书提供了许多直接的启发。然而先生又是如此宽厚、温慈、平和，他不仅容忍了我的浅薄和疏漏，也常常给我许多生活上的关切，让常年在外的我感受到融融的暖意。最使我愧疚不安的是，当我因急欲暂时解脱本书写作的沉重，而匆促地把凌乱的初稿交给他，事后才意识到自己的严重失误而等待着先生的责备时，却发现先生竟以极大的耐心认真审读了那不成型的稿子，并细致地给出了许多的意见——此时，我已经无语表白我的心情……三年来，先生不曾嫌弃我的粗浅和愚拙，他尊重和信任每一个人，甚至包括我这样的学生，虽然这常常使我感到不安。论文写作中，当我沉陷于思路的困境中，先生常常以极大的耐心启发我，甚至以他精通的俄苏文学史为例"旁敲侧击"地开导着我。常常是在先生随意简淡的漫谈中，我领悟了历史的深邃和驳杂，也由此开启了对本书更深的思考。

两位先生的教导和关爱，以我贫乏的文字实难言表。没有他们的悉心指导，本书的完成是无法想象的。然而，他们对我的教诲和激励，却又远远超出了本书的范围。是的，常常是他们无形的引领，使我理解了许多虽然浅显却始终未曾真正体验过的为人为文之至理。我只能说，为人师表，言传身教的风范和力量，我是从两位先生这里得到了最为深切的体认，它同时将成为我今后人生路途上最重要的指引。此外，北师大文艺学中心李壮鹰教授、王一川教授、李春青教授、蒋原伦教授、季广茂教授、曹卫东教授，在我的写作中都曾提出过中肯的意见，他们高超的学术造诣使我获益匪浅，在此谨向他们的辛勤劳动表示感谢。

我还必须把特别的谢意奉献给我的硕士导师——福建师范大学潘新和教授。许多年来，潘老师温和从容的目光始终没有离开过我，使我常常感觉到前方亲切的引领，感觉到身后脉脉的关爱。本书写作中他始终关心着我的进展，给我提出了许多建设性意见，他的安详和关切也缓解了我的焦虑和紧张。八年前，是潘老师微笑的目光迎接了初到福州惊慌窘迫的我，从此他也引我开始了一种新的生活。无论如何，感谢您和师母赠与我的每一个美好的日子，每一份温暖的记忆！

衷心感谢集美大学中文系苏涵主任、朱宝荣副主任以及我的同事们，全赖你们的全力支持和周到安排，才使我能全无后顾之忧地将全部心力投入北京的学业。谢谢你们给予我温暖的集体感和归属感，使我在卑微的人生漂泊中找到了一方小小的位置。

谢谢陈建文师兄向我慷慨提供了关于路翎的许多宝贵资料，保证了论文的顺利开始。在收集资料过程中，由于对海外部分重要资料无从获取，我斗胆向远在美国的刘康教授和王德威教授索要他们的相关研究资料，竟然很快得到了他们的回复，王德威先生并在百忙中寄来其新作中涉及路翎的一篇文章。我谨向他们对我论文写作的大力支持致以深深的谢忱。

谢谢你们，我不曾唤出名字的我的室友、我的同学、我同门的兄弟姐妹们，三年里和你们朝夕相伴，谢谢你们给我友谊的温暖和快乐，能和你们共同品味人生的这一段甘苦，是我今生的缘分。我忠实的朋友们，你们是我生命中不可或缺的存在，而你们丰富生动的存在，永远给我以面对现实的勇气和信心，使我常常于情绪的沼泽中领受到你们澄澈的阳光般的拂照。

我不知该如何表达——我亲爱的父母和家人，你们的信任和毫无怨艾的付出，还有你们无私的容忍，使我在本应承当重任的而立之年，仍然像一个被宠爱的孩子一般毫无拘忌地自由行走。也许对你们来说，这本书全然是一个不相干的世界，而你们从没有因此而减少对它的“重视”——仅仅因为它是我这三年生活的主要内容……我迈出的每一个笨拙的脚步都来自于你们精神上的扶助和支持；因了你们的爱，我小小的世界变得无比丰富。我的生命如此微末，无论如何，我不能不双手合十，叩谢上苍如此丰厚的赠与……

三年的求学生涯，像一次艰难的跋涉。时光的河流无声息地流过，一切终将成为记忆的收藏。可是，在某个瞬间，回望彼端迢遥的过往，也许总还是会回到这些最初的起点罢？而三年的读书生涯，必将成为我平凡生命中不能缺少的一点慰安，也必是一份弥足珍贵的人生收获。

慧英谨记

后记补记

光阴荏苒，几乎一转眼的感觉，又是六年已逝。时间太快，人生太短，甚至容不得细数握在手中的沙。光阴之水无声地流，兀然回首才发现自己在浑浑然中甚至忘记了打捞，这些空白的日子就毫无踪影地沉落到岁月的河底了。所以，这本书稿承载着六年前的记忆，在审视自己时不免凛然一惊，为自己的疏懒和芜漫。

本书在本人博士论文的基础上对答辩委员会专家的意见经过思考后做了一些修改，大体保持了论文的原貌。研究对象路翎是一个沉重的话题，这不单是因为他个人的人生际遇。不夸张地说，在这个并不很广为人知的作家身上，集结了20世纪中国文学诸多的“难言之隐”。从学术史的角度看，路翎本人以及他的创作则将革命文学最为纠结的困扰以非常特出的方式提示了出来，由此留下了可供我们从不同角度进行思考的许多课题。无论未来的文学史将如何书写这个甫登文坛即引来众多争议的作家，但路翎及其创作本身将为现代文学史乃至思想史提供一个有重要价值的鲜活个案。本书的写作和修改过程中，虽然我努力将有关路翎创作的重要问题予以全面深入的揭示，但限于视野和能力，必定有许多不能避免的疏漏和谬误，恳切期望得到方家的批评、指正。

对我来说，尽管它有不少不成熟的地方，但确是我人生旅程的一个小小纪念。此书付梓出版之际，感谢一直以来以各种方式给我关心、鼓励，并陪伴我走过生命中快乐和悲伤的所有师长、同事、同学、朋友和我的家人。其实许多感谢的话，不但是无法表达的，更令人惶恐的是，当你领受了之后竟无法回报它以万一。然而因着这沉沉的感动和温暖，再微小的生命，即如山间小草一般，也可以在轻风白云的拂照中铺展出自己的春天。

再次感谢我的两位导师童庆炳先生、程正民先生对我的鼓励，并在百忙中为拙著欣然作序。还要感谢我所在的集美大学文学院的领导和同事对本书出版给予的热情支持，本书出版得到了我院“行健学术基金”的大力资助。同时，感谢责任编辑任明先生对拙著付出的心血和努力。

生命因感激而温暖，而明朗。此外，就算怀着许多遗憾和愧怍，时间却永远是一个跑着、跳着、飞着而永远在前方招摇变幻的精灵，一刻不停地正往前去。我们能做的，唯有追赶而已。谨以此自勉。

谢慧英

2012年7月